De princesa a caballero

CAIT JACOBS

De princesa a caballero

Traducción de Cristina Macía

ALFAGUARA

Papel certificado por el Forest Stewardship Council®

Título original: *Medievally Blonde*

Primera edición: noviembre de 2025

Printed in Spain – Impreso en España

ISBN: 978-84-10489-66-0
Depósito legal: B-16.348-2025

Compuesto en M.T. Color & Diseño, S. L.
Impreso en Rodesa
Villatuerta (Navarra)

AL 8 9 6 6 0

Para todo el que alguna vez haya sentido que no está a la altura:
eres más de lo que crees.

Y para mi abuela, que me oyó contar las historias de otros
y me animó a escribir las mías.

Los cinco reinos de Inismian

Álainndore

(pronunciado *ólindor*)

Familia real: el rey Tighearnán, la reina Eithne y la princesa Clíodhna Fionnáin

Dios protector: Tara, diosa de la agricultura, la sanación, la familia y la vida

Don del Treibh Anam: el cneasú

Scáilca

(*escálcu*)

Familia real: el rey Cathal, el príncipe Domhnall y la princesa Aoife Lochlainn

Dios protector: Ríoghain, dios de la muerte, el sueño, la guerra y las pesadillas

Don del Treibh Anam: la gema de Ríoghain

Tinelann

(*tinelón*)

Familia real: el rey Ardal Rinne

Dios protector: Aodhán, dios del fuego y la sabiduría

Don del Treibh Anam: el árbol de Eagna, el árbol de la sabiduría

Liricnoc

(*leericruc*)

Familia real: la reina Sláine MacCába

Dios protector: Tadhg, dios de la música, la poesía, el amor y las travesuras

Don del Treibh Anam: Gráceol, el arpa de Tadhg

Oileánster

(*ilónster*)

Familia real: el rey Brogán y la reina Íde Ó Máille

Dios protector: Orlaith, el Tejedor de Tormentas, dios de los océanos, las tormentas, el caos y la destrucción

Don del Treibh Anam: Torthúil

Primera parte

Capítulo 1

No hay nada más aterrador que poner en práctica un plan que preparas desde hace mucho tiempo.

Todo se había decidido años ha: Clíodhna se había pasado la vida entera preparándose para aquello. El palacio era un torbellino de emociones y todos esperaban la llegada del príncipe Domhnall, pero Clía se había escondido en sus aposentos. Debería estar entusiasmada, no preocupada, y un temor gélido le atenazaba los pulmones.

Antes de la noche del día siguiente estaría prometida, y sus padres, su reino, contaban con ello. El futuro estaba a una jornada de distancia y todo tenía que salir a la perfección.

Empezando por el vestido que luciría.

Sárait, una costurera de palacio, había ido a llevárselo y a Clía se le encogió el corazón nada más ver el tejido.

Todo estaba mal. Era demasiado ceñido, demasiado rígido. Se lo puso y, cuanto más se miraba en el espejo, más sentía que la tela le arañaba la piel, hasta que no pudo soportarlo ni un minuto más.

—No tendría que haberle confiado el diseño a Maura —comentó Sárait, compungida, mientras la ayudaba a quitárselo—. ¿Y si te pones otro vestido? —Dejó el atuendo rechazado sobre el respaldo de una silla y se encaminó al armario. Clía fue con ella después de enfundarse una delicada bata sobre la camisola—. Tienes el de seda amarilla que te pusiste para el banquete de Aotaine. Estabas preciosa.

Clía negó con la cabeza.

—Las mangas me quedaban muy cortas.

Sárait sacó uno de seda azul hielo con volutas de piedras preciosas rodeadas de complejos bordados.

—¿Y este? Las mangas son perfectas.

—Es… demasiado.

La costurera se concentró en el vestido siguiente, que era de lino.

—Con este no basta —suspiró Clía antes de que Sárait tuviera tiempo de decir nada.

Era inútil. Todos los vestidos tenían algún fallo, algún detalle que saltaba a la vista y se burlaba de ella. Solo cuando hubieron repasado todos los armarios, todos los cajones, se le ocurrió una idea. Miró el que había quedado sobre la silla, con la tela reluciente a la luz que entraba por la ventana. Tal vez sí fuera lo que necesitaba.

Clía cogió las tijeras.

—Necesitamos más tela, unos dos metros, a juego con la de la falda y el corpiño. Y un rollo de seda rosa claro. Y barbas de ballena.

Los ojos de Sárait brillaron de entusiasmo.

—A ver qué encuentro.

Clía le dio las gracias con un ademán y empezó a descoser la falda por las costuras.

Sárait acababa de incorporarse como costurera a palacio. Clía y ella no se conocían desde hacía mucho, pero se habían ganado el respeto mutuo. Cuando Clía la vio por primera vez, Sárait llevaba un vestido color lavanda que resaltaba contra su piel tostada, con bordados de flores en las mangas. Eran tan detallados y precisos que delataban una mano maestra. Clía se los alabó con gran entusiasmo.

—Sabes reconocer el talento —se limitó a decir Clía—. Los he hecho yo.

De cuando en cuando, Sárait iba a los aposentos de Clía con algún recado de la jefa de costureras, y se quedaba un poco más de lo necesario. A veces se pasaban el rato charlando, pero sobre todo les gustaba coser.

Cuando Sárait volvió, empezaron a trabajar y solo se oyó el sonido de las tijeras que cortaban la tela. Hacía años que la moda era lo único que entendía Clía, lo único que podía controlar. Cada puntada de la aguja hacía que se le calmaran el pulso y la mente. Si se concentraba en la tarea que tenía delante, se podía olvidar de las expectativas que recaían sobre ella, de todos los problemas que le podía deparar el futuro, de todas las cosas que podían salir mal al día siguiente.

No tardaron mucho en alterar el vestido con un forro de seda que ayudaba a la caída de la falda y en volver a coser el corpiño tras sustituir el corsé de acero por uno más flexible de ballenas.

Clía se lo volvió a poner.

La suave tela rosa relució a la luz del final de la mañana y los rayos dorados de sol acariciaron las mangas que se ensanchaban a la altura de las manos. El corpiño se le ceñía al torso a la perfección, le marcaba cada curva, mientras que la falda caía en una delicada cascada de seda vaporosa. Era lujoso, pero no demasiado ostentoso. No buscaba atención de manera evidente, pero la atraía.

—Es perfecto —susurró Clía en voz tan baja que Sárait no la oyó. Se le relajaron los labios con un atisbo de sonrisa—. Todo va a salir a la perfección.

—¿Ya tienes el vestido? —le preguntó su madre al tiempo que daba instrucciones a un paje que transportaba un gran centro floral.

Clía fue hacia ella en el salón del trono mientras la gente entraba y salía para decorar, limpiar y organizarlo todo para el día siguiente.

—Sárait me lo ha traído esta mañana —respondió.

A la reina no le hacía falta saber en qué condiciones había llegado.

—Bien. He confirmado que las flores del patio oriental estén en su mejor momento. Cuando llegue el príncipe Domhnall, lo recibirá un pequeño grupo, solo los nobles de más alto rango y unos cuantos músicos. Transcurrido un tiempo adecuado, vosotros dos os apartaréis del grupo, y lo acompañarás aquí. Será el marco perfecto.

Clía tuvo que contenerse para no formular las palabras al unísono. Llevaba la semana entera oyendo a su madre repetir una y otra vez el plan para el día siguiente.

Al ver que no decía nada, la reina Eithne siguió hablando.

—No olvides que Álainndore necesita esta alianza. Nosotros necesitamos esta alianza. El Draoi ya ha puesto en duda nuestra capacidad de liderazgo, la dedicación a Inismian y la devoción a los dioses.

El Draoi era la orden druídica que preservaba el equilibrio de Inismian, que canalizaba la energía de la tierra de los dioses, Tír Síoraí, hacia los reinos. No debía lealtad a ninguno de los cinco reinos que componían Inismian, y aceptaba a cualquiera que jurase lealtad a la tierra y a los dioses. Su conexión con el druidismo que latía en el corazón de la reina traía prosperidad a los reinos.

La pérdida de su apoyo podía suponer la ruina.

Fue como si su madre le leyera el pensamiento.

—Tinelann perdió su apoyo y mira lo que les ha pasado. —El reino de Tinelann se extendía al otro lado de la frontera norte de Álainndore, separados solo por la inmensidad de las montañas Diamhair. Nadie sabía por qué, pero algo había provocado que el Draoi canalizara menos energía hacia Tinelann durante el último año, y el reino lo estaba pasando mal. Habían perdido cosechas y los mares estaban agitados—. Este matrimonio con el príncipe Domhnall es el gesto simbólico que nos hace falta. Es el heredero del reino de Ríoghain, y tú eres la heredera de Tara, así que los reinos quedarán unidos como hicieron los dos divinos amantes. Será una historia poética para la posteridad, además de la muestra de nuestra dedicación que evitará que suframos el mismo destino que Tinelann.

Cuanto más hablaba, más crecían los temores de Clía. El placer de haber perfeccionado el vestido se evaporó y los pensamientos revueltos que habían acechado al fondo de su mente pasaron a primer plano para recordarle las mil maneras en que podía fallarles a sus padres y al reino.

La reina Eithne se volvió hacia ella y la miró con firmeza a los ojos.

—Mañana, todo irá de maravilla. No puede ser de otra manera.

Tal vez la afirmación trataba de tranquilizarla, pero Clía sabía que no debía dejar traslucir sus temores. Respiró hondo y logró impostar una sonrisa.

—Claro. Yo me encargo de eso.

~

Clía salió del salón del trono en cuanto tuvo ocasión. Los pasillos del palacio eran un torbellino de sonidos y movimiento. Había pintores, doncellas, jardineros, todos ajetreados y activos; quitaban el polvo a los tapices, recortaban los arbustos y comprobaban que todo estuviera en su lugar para el día siguiente. Las charlas y conversaciones superpuestas llenaban el espacio, y los olores del pan recién horneado y de la carne especiada subían de las cocinas mientras los chefs lo preparaban todo para las celebraciones del día siguiente.

Nadie pensaba en otra cosa que no fuera la visita del príncipe de Scáilca.

Clía se abrió paso por el caos del salón principal, se metió por un pasillo más tranquilo, y allí escuchó una conversación que le llamó la atención.

—Sí, todos los suministros, robados. Según los rumores, pudo ser cosa de Tinelann. —Había una guerrera a pocos pasos, con las manos a la espalda; hablaba con el jefe Ó Connor. Clía se detuvo y se escondió en una hornacina para que no la vieran—. Tenía que informar al jefe Barra, pero no lo encuentro, no lo ha visto nadie.

—Estará ocupado con los preparativos de lo de mañana. Es una visita real, se requiere máxima seguridad. Pero se lo diré a Barra en cuanto lo vea. Gracias por el informe.

Ó Connor sonrió a la joven guerrera, pero el tono de voz era desdeñoso. La mujer también se dio cuenta, porque asintió con un movimiento rígido y se retiró.

Clía salió de su escondite para acercarse a Ó Connor.

—Sí que lo has zanjado deprisa.

—A ver si te quitas esa costumbre de escuchar a escondidas las conversaciones ajenas.

—¿Y qué conversaciones ajenas voy a escuchar a escondidas, entonces? —replicó con una sonrisa burlona.

Ó Connor suspiró, pero no sin afecto.

—A veces no sé ni cómo te aguanto. Debería dejar que se te llevaran los sídhes.

Era la misma amenaza que le hacía desde niña, pero los seres del Otro Mundo que acechaban en los bosques ya no le daban miedo.

—Me aguantas porque no tienes más remedio. —Sonrió todavía más. Sabía que Ó Connor formaría parte de su vida aunque no fuera el mejor amigo de su padre. Prácticamente la había criado mientras sus padres tenían que hacer frente a sus obligaciones. Y a sus fiestas—. ¿Qué suministros son esos que han robado?

—Nada por lo que debas preocuparte, mi señora. No es más que un informe llegado de una aldea del norte. Tus padres están muy ocupados para que los moleste con estas trivialidades, así que no me importa ayudar mientras el jefe Barra está pendiente de otros asuntos.

Clía sabía que, en el caso de los reyes, «muy ocupados» quería decir que el tema no les interesaba lo más mínimo. Les pasaba mucho, solían estar «muy ocupados» para los asuntos triviales y cotidianos del reino, y dejaban esas cosas en manos de los jefes; sobre todo, de Ó Connor.

Ó Connor sabía sin duda que Clía iba a querer más información. Los rumores valían más que el oro en la corte. No obstante, cambió de tema.

—Eché una partida de fidchell con tu padre la semana pasada y aún me debe cinco escreplos. Si te apetece jugar, tú también me puedes dar dinero.

La cogió del brazo para salir con ella del vestíbulo principal y dirigirse hacia el ala este.

—Para eso tendrías que ganarme.

Se echó a reír.

—Pues vamos a ver, ¿no?

El bullicio ajetreado del palacio quedó atrás, y Clía pudo por fin relajar los hombros. Le pareció ver la punta de una cola peluda por el rabillo del ojo.

—¿Murphy?

Un ser menudo, semejante a una nutria, asomó por la esquina. Corrió hacia ella agitando la cola, con las garras traqueteando contra el suelo. Clía se arrodilló y el animal saltó a sus brazos.

—No me explico que tengas a ese bicho —masculló Ó Connor—. ¡Solo el mes pasado, los dobhar-chús mataron a cuatro personas!

La princesa restregó con la nariz el suave pelaje pardo de la bestia, y se le caldeó el corazón cuando frotó la cabeza contra ella.

—Murphy no le haría daño ni a una mosca. Y en la cocina le dan carne de sobras.

—Ya sabes que va a crecer, ¿no?

—Y cuando crezca será igual de mono. —Le sonrió al ser y le rascó la oreja.

Era verdad que, cuando se hizo cargo de Murphy, hacía ya unas semanas, el tamaño que alcanzaría en el futuro no había sido una de sus preocupaciones prioritarias. Antes de su habitual paseo matutino, habían avisado a Clía de que era mejor no acercarse al lago que había fuera de los terrenos del palacio. Los guerreros de Álainndore acababan de matar a una pareja de dobhar-chús que habían atacado a un aldeano hacía unos días. Pero ella se negó a cambiar de ruta, y cerca del agua advirtió la presencia de Murphy, acurrucado entre las rocas de la orilla. El cuerpecito le temblaba con las olas que rompían contra él. No tenía nada que ver con los monstruos feroces contra los que la habían alertado: estaba solo, con los enormes ojos negros cargados de tristeza… Fue incapaz de dejarlo allí abandonado.

Ó Connor sacudió la cabeza y se apartó el fino pelo rubio de la frente.

—En fin. ¿Qué hacías antes de que te diera por escuchar mis informes confidenciales?

—Tuve una conversación con la reina. —Suspiró y dobló un recodo del pasillo—. Quería repasar una vez más el plan para la llegada de Domhnall.

Él se detuvo e inclinó la cabeza a un lado.

—¿No estás emocionada ahora que va a venir de visita?

—Me encantará ver a Domhnall. Lo demás me emociona un poco menos —reconoció.

Le costaba esfuerzo pasar tiempo con nadie que no fuera Ó Connor, y ahora Sárait, pero conocía a Domhnall desde hacía tanto tiempo que estar con él le parecía…, bueno, tanto como fácil, no, pero menos agotador. No le hacía falta fingir demasiado. Le seguía la corriente en sus juegos tontos en la corte y, a cambio, había encontrado en él un buen aliado, tan consagrado a su reino como ella al suyo.

—¿No te apetece que llegue el compromiso? —preguntó Ó Connor.

Clía negó con la cabeza.

—Domhnall es un buen amigo; casarme con él es más de lo que podría esperar. Seremos felices aunque no estemos enamorados, y quién sabe qué nos traerá el futuro. Lo que me preocupa es lo de mañana. Mi madre ha dicho que todo tiene que ir «de maravilla», pero hay tantos momentos en que se pueden torcer las cosas… —Se le empezaron a escapar las palabras que había guardado bajo llave, y fue incapaz de detenerse. Pero se trataba de Ó Connor. Podía confiarle sus temores más que a ninguna otra persona—. Si no sale a la perfección, puedo dar al traste con todo para ellos. Para todos.

—No, no darías al traste con nada. —Se lo dijo con ese apoyo sin fisuras que solo te da la familia, pero Clía estaba desesperada por creerlo—. Además, tu madre ha dicho que tenía que salir de maravilla, no a la perfección.

—No sé cómo va a ser una cosa y no la otra —confesó Clía.

Ó Connor le puso la mano en el hombro para que se volviera hacia él.

—La perfección no se puede planear, solo llega cuando aceptas lo que escapa a tu control. —Se le iluminó la cara con una sonrisa amable, la misma que le dedicaba siempre que Clía pensaba que el mundo se le venía encima. Era tranquilizadora, reconfortante, un recordatorio de que no estaba sola—. No puedes forzar un momento para que sea lo que no es, y no deberías arriesgarte a destruir lo que puedes tener buscando constantemente lo que está fuera de tu alcance.

Las palabras tenían sentido, aunque la mente de Clía le dijera que no. Asintió.

—Entendido.

Él negó con la cabeza, pero no la estaba juzgando.

—Me parece que no lo entiendes, pero voy a empezar las celebraciones sin presionarte. Lo que tienes que hacer ahora es descansar. Te espera un día muy importante.

Capítulo 2

—Hoy te espera un día importante, capitán Ó Faoláin. No quiero errores.

—Claro que no, comandante.

Ronan asintió y trató de no pensar en lo raro que le sonaba el título antepuesto a su nombre. Capitán. Era el rango que tenía desde el día anterior, tras la muerte repentina de Grúgán, el anterior capitán de la guardia del príncipe Domhnall. El orgullo que sintió ante el honor del nombramiento se había evaporado durante la noche, muy deprisa, para convertirse en una sensación pesada y densa. No sabía qué hacer con aquella carga, pero aprendería a llevarla. Hacía nueve años que había iniciado aquel camino y no sabía hacer otra cosa que seguir adelante.

La preocupación de la comandante Derval estaba justificada. Era demasiado pronto para confiarle a un capitán novato la seguridad del príncipe en un viaje fuera de Scáilca, y más con los recientes ataques ionrondios. Los invasores marinos eran brutales y despiadados. Pero Ronan se había entrenado durante años, conocía bien al príncipe y, lo más importante, comprendía la responsabilidad de mantener a alguien a salvo. Proteger era para él una segunda naturaleza. No podía ser de otra manera.

Pero el motivo de que lo hubieran elegido era otro, y este lo perseguía allá a donde fuera: ¿en quién se podía confiar más que en el muchacho a quien había considerado prometedor el general Kordislaen, la Espada de Scáilca? Ronan había llegado al castillo a los diez años y lo habían entrenado los mejores guerreros de Inismian.

Sabían que era la opción más lógica.

Y él les demostraría que era digno de las oportunidades que le habían dado.

Derval salió del establo polvoriento. En ese momento, entró el príncipe Domhnall, que fue hasta el caballo de Ronan. Este le había dicho que eligiera ropa de viaje, pero la chaqueta azul del príncipe parecía recién planchada, y saltaba a la vista que los pantalones eran nuevos. Menos mal que había guardado la corona con el equipaje.

—¿Te has enterado bien, Ronan? Nada de meter la pata, que no quiero tener que quitarte el rango.

Domhnall se apartó el pelo rubio de los ojos sin molestarse en ocultar la sonrisa. Ronan sonrió también, muy a su pesar, y se concentró en la silla que estaba poniéndole al caballo.

—No, ni hablar. No quiero perder la oportunidad de darte órdenes.

El único que bromeaba con él de aquella manera era Domhnall. Se habían conocido cuando no eran más que niños: Domhnall, un príncipe que deseaba jugar a la guerra, pero a quien rodeaba gente que tenía miedo de incurrir en las iras del rey si le enseñaban; Ronan, a quien Kordislaen había enviado allí para entrenar, acompañado por los rumores que decían que lo había bendecido Ríoghain, el dios de la guerra. Nadie se acercaba a ellos, así que hallaron el uno en el otro un espejo para su soledad y ambición.

Su alianza se forjó con el acero de las espadas y el peso de sus objetivos. Cuando Ronan miraba a Domhnall, no veía a un futuro rey ni a un noble tan frágil que no podía desafiarlo. Veía a una persona decidida a ser mejor, a hacer mejor su reino. Y el príncipe sabía que la habilidad para el combate de Ronan no había sido el regalo de un dios, sino fruto de la dedicación y de horas de entrenamiento, de mucho pelear y mucho caer, de superar el dolor y la duda y los recuerdos que lo perseguían como sombras omnipresentes.

Ronan montó a caballo sin hacer caso de la conocida sensación de dolor en los tobillos y metió los pies en los estribos.

—Sube al carruaje. Quiero llegar a Álainndore antes de que caiga la noche.

Domhnall hizo un ademán con la mano.

—Si te empeñas…

Mientras veía al príncipe meterse en el carruaje que aguardaba, Ronan movió los tobillos para ponerlos a prueba. Se mordió los labios ante el latigazo de dolor, pero sabía que no iba a cesar a corto plazo. El dolor lo acompañaba desde hacía casi una década, de modo que se irguió en la silla y siguió adelante, como siempre.

LA CAMPIÑA DEL SUR DE SCÁILCA SE COMPONÍA DE GRANJAS INMENSAS Y densos bosquecillos que se derramaban por la falda de las colinas hacia algún que otro lago de aguas turbias. De seguir hacia el sur para adentrarse en Liricnoc, los bosques se volverían menos densos y ya no verían lagos, pero siguieron hacia el este, en dirección a Álainndore. Tardaron todo el día en avistar en el horizonte la frontera, la cima verde de la colina de Tiarnas. En la parte más alta, el círculo de piedras dejaba apenas entrever otra fría y gris, la piedra de la coronación en medio de ellas.

Aquello era el centro de Inismian, donde se encontraban los tres reinos vecinos de Scáilca, Álainndore y Liricnoc, el lugar donde los dioses habían pisado la tierra por primera vez. Numerosas generaciones de monarcas habían recorrido el continente para ser coronados allí. Algún día, Domhnall se arrodillaría ante los dioses, como habían hecho sus antepasados, y tal vez Ronan, su amigo, su sombra, se encontraría a su lado.

Ronan sintió una extraña opresión en el pecho y apartó de su mente el pensamiento. El futuro sería como fuera. Tenía que concentrarse en el presente.

La tensión vibraba en el aire a su alrededor. Ronan no habría sabido decir si era por la magia de aquel lugar o por su propia ansiedad: no podía dejar de pensar en las advertencias del comandante contra las posibles amenazas.

Las sombras del bosque, cada vez más densas, los envolvieron en su camino hacia el sol poniente. Los últimos jirones de luz se colaron entre las copas de los árboles, se enredaron en las ramas y el musgo. Poco después, ya no podía ver el lugar por donde habían entrado entre los árboles.

Sabía que, de seguir por aquel camino de tierra, atravesarían el bosque y llegarían hasta el claro al pie de la colina. Pero los árboles susurraban. Las ramas entrechocaban con el viento estival, las hojas crujían. Y Ronan comprendió que no estaban solos.

Detuvo el caballo, con lo que el guerrero que iba detrás de él lo miró, confuso. Ronan mantuvo la posición. Los demás guardias lo imitaron y se pararon. Se llevó la mano al arco y soltó los cierres que lo sujetaban a la silla sin dejar de escudriñar la vegetación.

Si cometía un error, la comandante Derval no se lo tomaría bien. Ya se imaginaba su mirada irritada, expectante. Ya oía sus palabras: «Nada de errores, Ó Faoláin».

Se oyó un crujido a su izquierda. Una pisada, una rama rota. Todas las posibilidades se le pasaron por la cabeza a toda velocidad.

Podía tratarse de otro viajero, no de una amenaza.

Podían ser bandidos en busca de la manera de embolsarse unos cuantos escreplos con facilidad. En ese caso, habrían visto el número de guerreros de la comitiva y no atacarían, y lo mejor sería proseguir el viaje.

Podía ser un sídhe, uno de los seres que rondan por los bosques y llanuras de Inismian. Por suerte, casi todas las demás bestias peligrosas quedaban descartadas, dado que la amenaza no procedía de los cielos. En ese caso, avanzar deprisa seguiría siendo la mejor opción.

Podía ser eso que se rumoreaba en los mercados y tabernas: guerreros de Tinelann que rompían el tratado que había mantenido tantos años la paz entre los reinos.

O…

Ronan se movió antes de que nadie tuviera tiempo ni de parpadear. Echó mano del carcaj, puso una flecha en el arco y disparó hacia los árboles. El cuerpo cayó de entre los arbustos con un golpe sordo y quedó tirado ante ellos. La armadura de cuero le dijo a Ronan que estaba en lo cierto: el hombre era ionróndio, un soldado del continente al otro lado del mar, Mhór Rhoinn, cuyo objetivo era debilitar el reino de Scáilca y abrirse paso por Inismian.

Hubo un momento de silencio. Luego, se oyó un rugido y casi dos docenas de hombres salieron de entre los árboles y atacaron desde todas partes. Superaban holgadamente en número a la guardia del príncipe, pero la flecha de Ronan había puesto en alerta a la caravana. Estaban preparados.

Un hacha voló sobre la cabeza de Ronan. El que la había lanzado se sacó un puñal del cinturón y atacó desde el suelo. Ronan se tiró sobre la cabeza del caballo y desenvainó la espada. El ionróndio fue a por el animal para igualar la pelea, pero Ronan paró el golpe con el plano de la espada y, antes de que le diera tiempo a lanzar otro ataque, le cortó el cuello con un tajo rápido que lo mató al instante.

Otro hombre ocupó su lugar y la pelea empezó de nuevo.

De pronto vio a dos ionróndios que iban directos hacia el carruaje del príncipe. Los guerreros más cercanos estaban enzarzados en combate, con lo que el príncipe había quedado solo, vulnerable.

Ronan saltó del caballo y corrió esquivando golpes de espada, hachas voladoras. Llegó al carruaje justo cuando el primer hombre abría la puerta. Ronan vio por encima de él al príncipe Domhnall ya preparado, con el acero en las manos. Agarró al ionróndio por la armadura de cuero y tiró de él hacia atrás, y ambos cayeron rodando.

Un dolor agudo le atravesó la mejilla cuando las piedras del camino se le clavaron en la piel. El ojo le escoció cuando, de la frente, le empezó a gotear sangre, probablemente suya de algún enfrentamiento previo. Se le cayó la espada, pero consiguió quedar por encima del hombre.

Agarró al ionróndio por el cuello con una mano y con la otra cogió el puñal que llevaba contra el pecho.

El hombre se resistió, consiguió que se dieran la vuelta y acabar encima, pero el impulso solo sirvió para que Ronan le clavara el puñal en el corazón. El cadáver del ionróndio cayó rígido sobre él y la presión repentina supuso a la vez un alivio y un dolor atroz.

Ronan apartó el cadáver y se volvió hacia el carruaje, hacia el príncipe, solo para ver al segundo ionróndio muerto en el suelo ante él.

—¿Estás bien? —Ronan clavó la vista en Domhnall.

El príncipe tenía los ojos oscuros muy abiertos. El interior del opulento carruaje estaba salpicado de sangre roja que resaltaba contra los dorados y contra la piel blanca del príncipe. Pero en el gesto de este no se leía solo el asombro. También había una buena dosis de emoción, de entusiasmo.

—Estoy bien. ¿Y los demás guerreros?

Pese al fragor de la batalla, la voz de Domhnall era tranquila. Ronan hizo caso omiso del dolor que le perforaba la muñeca y el tobillo izquierdos, y miró a su alrededor.

—La pelea está terminando.

El suelo estaba salpicado de cadáveres de los guerreros invasores. Los soldados scáilqueños estaban acabando con los supervivientes. Algunos de los caídos vestían con el azul del reino, pero eran los menos.

—Hemos tenido suerte. Vámonos ahora mismo, no quiero arriesgarme a otro ataque.

En aquel momento, la comandante Derval fue hacia ellos.

—Tenemos que seguir adelante, alteza —dijo, igual que Ronan.

—Claro, pero antes… —Domhnall paseó los ojos por la escena y luego miró a Derval—. A la luz de… lo sucedido, quiero que el capitán venga conmigo en el carruaje. Tenemos que hablar de muchas cosas antes de llegar a Álainndore.

El rostro de Derval se mantuvo inexpresivo.

—Por supuesto, alteza.

El príncipe sonrió.

—Excelente. Pues en marcha.

El camino a Álainndore era tortuoso y en el carruaje reinaba el silencio. Aún tardarían unas horas en llegar a Bailetara, la capital. Ronan ansiaba sentir el movimiento rítmico de su caballo, pero tenía que ir con el príncipe, confinado en aquella estructura claustrofóbica de hierro y madera.

—Debería estar fuera —dijo mientras miraba por la ventana del carruaje.

Las cortinillas estaban abiertas, pero eso solo le permitía atisbar el bosque que estaban atravesando.

—Estás cubierto de sangre y tratas de no pisar con el pie izquierdo —apuntó Domhnall.

Ronan siguió la mirada del príncipe hacia sus pies. Tenía el izquierdo en ángulo para aliviar la presión y el dolor. Trató de enderezarlo.

—No te preocupes por mí.

El príncipe se acomodó en el asiento, se sacó un pañuelo del bolsillo y se lo tiró a Ronan. El bordado le arañó las heridas al limpiarse la cara.

—Si no te cuidas más, me seguiré preocupando por ti. —Domhnall se encogió de hombros—. Así me distraigo.

Podía entender aquello.

—¿Te preocupa volver a ver a la princesa?

En los años que llevaba al lado del príncipe, Ronan había oído hablar ya demasiado de la princesa Clíodhna. No había chismorreo que no versara sobre ellos: el compromiso, cómo su matrimonio ayudaría a los dos reinos a ganarse el favor del Draoi y de los dioses…

—Me preocupa lo que hay que hacer.

—Ya sé que este matrimonio no es lo que habrías elegido de haber podido elegir, pero pensaba que la princesa Clíodhna te caía bien.

Ronan siempre era el primero en escuchar los relatos de los viajes de Domhnall a Álainndore, y la princesa nunca faltaba en ellos. Unas veces se escapaban para ir a la ciudad, o les hacían alguna travesura inofensiva a los nobles, pero la princesa Clíodhna siempre era una de las cómplices favoritas de Domhnall.

No compartía el afecto de su amigo hacia la princesa. Sus padres le habían negado a Scáilca la ayuda necesaria para la reconstrucción tras un ataque ionróndio más brutal que los anteriores acaecido durante el intento de invasión de la pasada primavera. Argumentaron que tenían las arcas vacías, pero al mismo tiempo alardeaban del gran banquete de Aaotaine que habían dado el mes anterior. Y no era el único que pensaba que la familia real, los Fionnáin, disfrutaba de todos los lujos de la sangre azul sin sentir nunca el peso de la responsabilidad. Domhnall debía hacer caso omiso debido a la amistad y las alianzas que Scáilca necesitaba, y para satisfacer al vigilante Draoi, pero Ronan no tenía esa obligación.

La luz que entraba por la ventanilla iluminó los ojos de Domhnall, de un verde tan intenso como los árboles que el príncipe miraba.

—No, si Clía me cae bien. Ese es el problema.

Ronan arqueó las cejas. «Explícate».

Domhnall suspiró y se inclinó hacia delante con los codos sobre las rodillas, y jugueteó con el puño de la camisa.

—¿Nunca has tenido que hacer nada a sabiendas de que no es lo que quieres? ¿Que puedes hacerle daño a alguien a quien aprecias?

—¿A qué te refieres?

Domhnall se miró las palmas de las manos como si le resultaran ofensivas.

—Sé lo que tengo que hacer. Sé que es lo correcto. Pero no por eso me resulta más sencillo.

—Nada es sencillo —susurró Ronan.

En las semanas anteriores, había dado por hecho que la inquietud de Domhnall, el incesante ir y venir por sus aposentos, se debía a que por fin experimentaba la presión del compromiso. Pero tal vez no fuera así. ¿Y si no se trataba solo de la tensión, sino de los sacrificios que aquella situación conllevaba? ¿Tal vez de una amante secreta a la que no quería perder?

Pero Ronan no podía ayudarlo si Domhnall no lo reconocía.

—¿Qué es exactamente lo que tanto te inquieta?

—Tu trabajo no consiste en preocuparte por mí.

Ronan le lanzó una mirada.

—Prueba con otra excusa, porque mi trabajo consiste precisamente en eso.

Domhnall gruñó, alzó la cabeza y lo traspasó con la mirada.

—Y, como ya te he dicho muchas veces, eso puede cambiar en cualquier momento.

—Con lo que me ibas a echar de menos.

—De eso, nada. Soy el futuro rey. Te puedo sustituir en un abrir y cerrar de ojos por alguien que me caiga mejor.

La sonrisa de Domhnall contradecía sus palabras, y Ronan no se molestó en ocultar la suya.

—Sí, claro.

—Sabes lo que implica tu nueva posición, ¿no? —Domhnall cambió de tema con elegancia, y Ronan se lo permitió. Por el momento—. Dentro de una semana tendrás que estar conmigo en Caisleán Cósta.

A Ronan se le cortó la respiración.

Ya sabía que Domhnall tendría la oportunidad de estudiar en Caisleán Cósta; todos los miembros de las familias reales de Inismian tenían la opción de entrenarse allí y aprender del general Kordislaen y de los eruditos del Draoi. Quienes no tenían sangre azul en las venas no podían acceder con tanta facilidad. Solo los guerreros más importantes del pueblo llano conseguían acceder. Ronan se había pasado años albergando la esperanza de ser uno de ellos.

Se moría por demostrarle a Kordislaen, la persona que había depositado su confianza en él, que no se había equivocado.

Domhnall lo miró; sabía lo que pensaba. Durante el entrenamiento, en lo más oscuro de la noche, habían compartido sus sueños cuando estaban a solas bajo las estrellas. El joven Ronan se lo había contado casi todo al príncipe, y el joven Domhnall había comprendido la ambición que escondía cada palabra.

—Cuando decidí ir a Caisleán Cósta, insistí en que me acompañaras. Lo que no me imaginaba era que apenas encontraría resistencia. Tu reputación te precede. Estuvieron encantados de que fueras. Caisleán Cósta es una fortaleza y allí no correré el menor peligro, de modo que serás otro estudiante más, igual que yo.

Ronan iba a tener por fin su oportunidad. Se aclaró la garganta.

—Gracias, Domhnall.

Su amigo esbozó una sonrisa amplia, luminosa, con un toque de travesura.

—No me las des aún. Caisleán Cósta supone todo un desafío. A lo mejor me acabas odiando por esto.

Capítulo 3

—Llega tarde.

Su madre lo dijo con aparente desinterés, pero Clía detectó la frustración en la voz. Siguió mirando hacia el fondo del salón del trono, hacia las puertas que Domhnall no tardaría en cruzar.

—Vendrá.

—Bueno, cuando venga, no arrastres la cola del vestido por la zona de tierra del patio —le recordó la reina Eithne—. No dejaré que te prometas con el vestido sucio.

—Iré por el camino.

Era la segunda vez que su madre se lo recordaba. Bueno, así al menos sabía la respuesta correcta.

—El compromiso está casi cerrado —intervino su padre con una sonrisa en la cara y los ojos fijos en los nobles del salón—. La alianza no se echará a perder por un vestido sucio.

Clía estaba con sus padres en el estrado, desde donde se dominaba a la nobleza que rondaba por la estancia. El rey y la reina estaban sentados en tronos gemelos, de madera, con intrincadas tallas de enredaderas e historias: leyendas de los dioses y los tesoros que habían dejado a su paso. La reina apoyaba el brazo en los pétalos tallados de un cneasú, una flor capaz de salvar la vida pero que solo florecía en sangre derramada. Se decía que era un regalo de Tara, la diosa protectora del reino, como recordatorio de que una gran alegría debe nacer de un gran sacrificio.

De niña, Clía nunca había comprendido por qué un dios ponía semejantes condiciones.

El cneasú no era el único elemento decorativo del trono. Cada miembro del Treibh Anam, los dioses que vivieron en Inismian antes de la aparición de los reinos, tenía un don. Un símbolo. Clía se había pasado muchas horas buscándolos en los bosques. Recorría con los dedos las cuerdas del arpa de Tadhg, palpaba con la mano los bordes afilados de la gema de Ríoghain, y todo eso mientras volvía a narrar las historias para sus adentros. Gracias a eso, se abstraía del ruido y las expectativas del salón del trono.

El ruido. Era lo primero que detectaba siempre al entrar en aquella estancia. Los músicos tocaban de fondo, entre una cacofonía de charlas y cotilleos, los anillos tintineaban contra las copas, los tacones tamborileaban contra los suelos de mármol. Luego estaban los olores: los perfumes más lujosos se entremezclaban hasta crear un aroma denso y amargo que se le quedaba pegado en la garganta.

—¿Me estás escuchando, Clíodhna? —La voz brusca de la reina Eithne la arrancó de sus pensamientos—. No es momento para que te distraigas, hay demasiado en juego.

—Te pido perdón. —Clía inclinó la cabeza en gesto de deferencia—. Todo irá bien esta noche, te lo prometo. Has trabajado mucho para llegar a este acuerdo.

La reina la miró atenta, con aire calculador.

—Así es. Ahora está en tus manos. Pero dices que lo tienes todo bajo control y te creo. De hecho…

La reina se levantó de la silla. El deslumbrante vestido azul zafiro cayó como una cascada, como olas que rompieran contra la orilla, y se hizo el silencio en la sala. Lo que imponía respeto no eran las gemas: Eithne brillaba con una elegancia que acaparaba toda la atención. Cada uno de sus movimientos era cautivador y, cuando se puso de pie, todos tuvieron que volverse para ver qué iba a hacer.

Era una cualidad que Clía esperaba tener algún día. La admiración era una joya más valiosa que cualquier diamante, un arma más afilada que cualquier espada.

—Mientras esperamos a nuestros invitados, quiero hacer un brindis. Por mi hija. —La voz de la reina Eithne llegó a todos los rincones del salón del trono y sus ojos se iluminaron con una ternura maternal que Clía solo le había visto cuando había público. Alzó la barbilla y miró a los nobles allí congregados—. Ya sé que todos estáis a la espera de más noticias sobre el compromiso entre la princesa Clíodhna y el príncipe Domhnall de Scáilca. Yo también. Nuestra paciencia no tardará en verse recompensada. El amor que mi hija siente hacia su patria es infinito, y me ha jurado que conseguirá que veamos la unión de los herederos de los reinos de Tara y Ríoghain. ¡Por la princesa Clíodhna!

—¡Por la princesa Clíodhna! —repitió la corte, y Clía trató de no hacer una mueca.

Sabía muy bien que el discurso de su madre no tenía como objetivo animarla. Era todo actuación, el papel que tenían que representar. Y Eithne lo representaba de maravilla. Ahora, si los planes de su madre se malograban, la culpa sería de Clía, y de nadie más.

Clía se puso una mano sobre el corazón y sonrió con humildad como si su madre no la acabara de echar a las fieras. Las conversaciones y risas se reanudaron, el salón se volvió a llenar de alegría.

Eso le dio la oportunidad de pasear la vista por la estancia. Se suponía que iba a ser una celebración íntima, pero había una extravagante selección de platos y bebidas en las mesas pegadas a las paredes, más comida de la que hacía falta para unas docenas de nobles de alto rango de Álainndore. Clía no quiso pensar en los montones de sobras que irían a la basura por la mañana, todo en nombre de las apariencias y del lujo.

Paseó la vista a su alrededor y se encontró de cuando en cuando con la mirada de un noble que se le clavaba en los ojos antes de concentrarse en el suelo. La princesa no podía ser nunca la primera en apartar la vista, por mucho que lo deseara. Se pasó los dedos por la tela de la amplia manga en busca del consuelo de la textura del encaje.

Lo que la angustiaba no era la atención, sino el escrutinio, las opiniones, las preguntas. Qué fácil era convertirse en el tema de los cotilleos del día siguiente. Solo había que decir una frase errónea, ponerse el accesorio que no debía, para convertirse en el objeto de las burlas. Al ser la princesa, estaba protegida hasta cierto punto, por suerte. Si cometía un error, la gente tendría que murmurar un poco menos. Un poco más bajo.

—La draoi Ruairc viene para acá. —La reina Eithne señaló con la barbilla a una mujer de pelo oscuro que se acercaba al estrado—. Ve a buscar a Ó Connor, me ha parecido verlo con lady Brigid. Tenemos muchas cosas de que hablar.

—Domhnall no se ha declarado todavía —le recordó Clía a su madre en voz baja—. Te agradezco el discurso, pero no hay nada firmado.

La reina miró a su hija desde arriba.

—Ya lo sé, pero, como has dicho, lo hará. Venga, date prisa.

Clía obedeció.

Los nobles paseaban por el salón del trono adornados con joyas centelleantes, vestidos que llegaban hasta el suelo y chaquetas bordadas con hilo de oro resplandeciente. Más de una mano le rozó el brazo para que se detuviera a hablar un momento. Todas las conversaciones estaban llenas de sonrisas, siempre, pero la ambición teñía cada palabra. No podía confiar en que nadie quisiera conocerla simplemente. Todo el mundo buscaba algo.

El ruido era excesivo. Demasiado alto. Demasiado brusco. Anhelaba una escapatoria que sabía inalcanzable. Cada paso que daba por el suelo de mármol le resonaba en los oídos. Seguro que los nobles oían las pisadas. Trató de caminar con paso más sosegado, con la espalda erguida, de transformarse en la imagen viva de la confianza mientras recorría el salón con elegancia calculada…

—¿Has visto lo que llevaba el jefe MacSeáin…?

—Me han dicho que han visto a lady Kallista con…

—El jefe Barra no ha respondido a…

Las conversaciones cruzadas retumbaban contra las paredes. Se obligó a concentrarse. Se revelan muchas cosas cuando crees que nadie te escucha.

Ella también tenía secretos, los guardaba bien bajo capas de ropas de seda y collares de diamantes. Lucía la belleza a modo de armadura. Se escudaba así de las flechas verbales que volaban hacia ella por todo el salón y desviaba las miradas hacia donde quería.

—La flautista es un genio —comentó lady Brigid a pocos metros de ella. Sonrió al jefe Ó Connor—. Por favor, pídele su contacto a la reina. Quiero que toque en mi próximo baile.

—Por supuesto. —Le dedicó una sonrisa tensa y Clía acudió al rescate.

—Hola, jefe. Lady Brigid. —Los saludó con una inclinación de la cabeza.

—Es un honor, alteza. —La dama hizo una reverencia rápida—. Le decía al jefe Ó Connor lo maravillosa que es la fiesta. Debes de estar muy emocionada con la visita del príncipe Domhnall.

—Claro. Hace mucho que espero este día.

La gente, por lo general, prefería escuchar mentiras, siempre que fueran las mentiras adecuadas.

La sociedad estaba llena de reglas no formuladas, a menudo contradictorias, que cambiaban cada vez que soplaba el viento. Nunca las había entendido, pero había aprendido a fingir, a distinguir cuando algo que decía provocaba satisfacción o disgusto. Tras años de práctica, sabía muy bien lo que querían que fuera, y lucía la máscara con habilidad.

La sonrisa de lady Brigid subió de temperatura y Clía supo que había dicho lo que quería oír. Casi sintió cierto orgullo por elegir las palabras adecuadas y desempeñar bien su papel.

—Si me perdonas, la reina quiere hablar un momento con el jefe Ó Connor.

Sonrió a modo de disculpa. Se había criado en la corte, así que tenía la ventaja de haberse visto expuesta con frecuencia a la nobleza álainndorina, con lo que conocía los gustos y peculiaridades de cada dama y cada caballero. Lady Brigid respondía bien a la cortesía y la seguridad, y siempre cedía a los caprichos de la reina.

—Por supuesto —respondió la noble—. Pero antes quería preguntarte algo… Tu vestido es maravilloso, ¿me puedes decir quién te lo ha hecho?

—Gracias. Ha sido entre dos costureras, Maura y Sárait.

Le dolió darle parte del mérito a Maura cuando entre Sárait y ella casi habían tenido que rehacer el vestido, pero era consciente que la nobleza no debía enterarse de su interés por la costura. No era una ocupación a su altura, como le recordaba siempre su madre.

—Tienen un talento asombroso. Ojalá mi sastre supiera hacer unos vestidos tan espectaculares. —Lady Brigid suspiró, pero al final hizo una reverencia y se apartó de ellos.

—Gracias por el rescate —dijo Ó Connor—. Antes de que nos interrumpieras, llevaba más de diez minutos hablándome de los candelabros de las paredes.

—Los candelabros de las paredes son un elemento crucial en cualquier habitación. Crean atmósfera. —Ó Connor le lanzó una mirada a Clía como si tuviera miedo de que ella también fuera a embarcarse en un monólogo de diez minutos, y ella tuvo que contenerse para no poner los ojos en blanco. A las princesas había que rescatarlas, no podían ir por ahí burlándose de la gente. Y estaban en el salón del trono, seguro que había alguien mirando. Para ser exactos, todo el mundo estaba mirando—. Era verdad, mi madre quiere verte.

—Pues no hagamos esperar a su majestad. —Ó Connor le indicó con un ademán que fuera por delante de él.

Justo cuando Clía y Ó Connor llegaban al estrado, las puertas del salón del trono se abrieron de golpe. El sonido le provocó un escalofrío a la princesa e hizo callar a todos los nobles. Ó Connor se situó detrás de ella, y Clía vio por el rabillo del ojo que sus padres se volvían hacia la entrada.

La multitud abrió paso al príncipe Domhnall rodeado por un grupo de guerreros. Caminó con paso decidido hacia el estrado y los nobles se inclinaron. Cuando llegó a pocos metros de Clía y de sus padres, se detuvo y realizó una elegante reverencia.

Clía observó a su futuro prometido. Domhnall mostraba buen aspecto, pese a los dos días de viaje. Un observador cualquiera habría dicho que no tenía ni un cabello fuera de su sitio, pero Clía se fijó en su manera de estirarse el jubón. El corte y el tejido eran perfectos, no le hacía falta ajustárselo. Así que estaba nervioso.

Cuando se irguió de nuevo, Clía pensó que iba a mirar hacia ella, que le dedicaría una sonrisa o un gesto, como tantas otras veces. Pero el príncipe estaba concentrado en los reyes. Una fría sensación de intranquilidad la invadió.

—Sé bienvenido a nuestro hogar, príncipe Domhnall. —La voz de la reina era empalagosa de puro dulce—. ¿Cómo se encuentra tu padre? ¿Y tu hermana, la princesa Aoife?

Representaba de maravilla el papel de amiga preocupada, pero el rey scáilqueño no había respondido a las tres últimas invitaciones de su madre para visitar la corte con Domhnall. Hacía una semana, Clía había escuchado a su madre mascullar que el hombre debía de estar «en su lecho de muerte» para hacerlos quedar tan mal.

—Se encuentran bien, majestad. —Domhnall se puso las manos a la espalda y alzó la cabeza—. Mi padre os ruega que lo disculpéis. Habría querido acompañarme en esta visita, pero los asuntos del reino requieren toda su atención.

Clía estaba segura de que el rey Cathal no tenía el menor deseo de visitar Álainndore, pero el baile de cortesías que se exigía de las familias reales estaba a menudo plagado de mentiras. La sinceridad no era una virtud deseable.

Eithne apretó los labios.

—Tal vez venga la próxima vez.

—¿Has tenido un buen viaje? —La voz cálida del rey Tighearnán resonó en la estancia.

Domhnall se puso tenso y Clía aprovechó la ocasión para examinar con detenimiento a los guerreros que lo acompañaban. El grupo era más reducido de lo que esperaba. Le faltaban algunos guardias. Lo normal habría sido que entraran en el salón del trono todos con armadura de plata centelleante y la cabeza alta, pero las armaduras tenían melladuras y manchas color rojizo. Sangre.

Hubo un reajuste minúsculo, un cambio sutil en la mirada que Eithne dirigió a la corte expectante.

—Debes de estar cansado por el viaje —dijo con una voz alta y clara que se dirigía a todos los presentes—. Vamos a dejar a solas a nuestros invitados. Las celebraciones continuarán más adelante.

Al momento, los nobles que componían la corte se dirigieron hacia las puertas y dejaron a la familia de Clía a solas con Domhnall y su séquito.

Resultaba extraño ver tan vacío el salón del trono, sin murmullos quedos ni conversaciones susurradas. El silencio la calmó, pero no lo suficiente.

Los guerreros de Domhnall también parecieron relajarse al disminuir el riesgo de cualquier amenaza. Todos menos uno. Era alto, de piel morena y un pelo negro que casi le llegaba a los hombros. En vez de descansar, siguió escudriñando la estancia en busca de algún peligro. No lo había visto en las anteriores visitas del príncipe, y no se habría olvidado de un hombre tan impactante, pero llevaba la armadura y los distintivos de capitán de la guardia del príncipe. Qué raro. Ese puesto lo había ocupado un caballero de más edad. Tal vez se había retirado.

Domhnall carraspeó para aclararse la garganta y Clía se fijó en él.

—Siento decir que el viaje no ha sido tan tranquilo como esperábamos, majestad. Hemos sufrido un ataque al pasar por Tiarnas.

A la reina se le borró la sonrisa y miró al príncipe con los ojos entrecerrados.

—¿Un ataque? ¿Contra una comitiva real?

—Han sido ionróndios. Puede que estuviéramos en el peor lugar y en el peor momento, pero lo dudo. Nunca se habían adentrado tanto. Tenemos motivos para pensar que se han aliado con Tinelann, con lo que tienen acceso a las montañas Diamhair…

—Imposible —lo interrumpió Eithne—. El Tratado de Diamhair prohíbe el paso a todo el mundo por esas montañas. Sería un acto de guerra.

«Eso no quiere decir nada», pensó Clía para sus adentros.

—Los que no pueden viajar por las montañas son los tinelannios —la corrigió Domhnall—. Y puede que no lo hagan. Pero los ionróndios no son de Inismian. El tratado no los obliga a nada. —Las palabras de Domhnall plasmaban los pensamientos de Clía. La seriedad del joven la sorprendió—. Tal vez Tinelann utilice a los ionróndios para debilitarnos.

—El rey Ardal no cometería la estupidez de aliarse con Ionróir.

—Es joven. Solo ha pasado un año desde la muerte de su padre, y Tinelann ya tenía problemas mucho antes de acceder al trono. Es inexperto y está desesperado. Lo digo porque, si van a por Scáilca, tal vez quieran atacar también a nuestros aliados. He pensado que deberíais saberlo, ya que Scáilca no es el único país que tiene frontera con Tinelann.

Clía sintió un escalofrío que le recorría la espalda.

—Gracias por la información, príncipe Domhnall —dijo el padre de Clía sin dar tiempo a que su madre siguiera insistiendo.

Se acomodó contra el respaldo del trono con la mirada perdida, como tenía por costumbre. Como si no le acabaran de decir que había una amenaza contra su reino.

La reina se puso de pie.

—Esta conversación puede seguir más tarde. Habéis hecho un largo viaje. Os acompañarán a vuestros aposentos para que descanséis. Mañana por la noche hemos organizado un pequeño banquete en vuestro honor.

—Estamos muy agradecidos, majestades, pero probablemente no nos quedaremos tanto tiempo. Tengo que transmitirle esta información a mi padre y ayudar a los preparativos en caso de que estemos al borde de una guerra. Será mejor si cumplo mi cometido para emprender el regreso mañana por la mañana.

«Si cumplo mi cometido». Qué manera tan romántica de referirse a una petición de mano.

—Por supuesto, lo comprendemos. —La reina sonrió y se volvió hacia Clía, de nuevo toda madre—. Estoy segura de que Clíodhna y tú tenéis mucho de lo que hablar. El patio oriental está precioso a esta hora del día.

—Me lo imagino. —Domhnall se volvió hacia ella por primera vez desde que cruzara las puertas—. ¿Quieres dar un paseo conmigo, Clía?

Bajó del estrado hacia él con la cabeza alta y la vista al frente, sin hacer caso del manojo de nervios que tenía en el estómago.

—Será un honor.

~

CAMINARON EN SILENCIO HASTA EL PATIO ORIENTAL. SU MADRE ESTABA en lo cierto, a aquella hora del día el jardín parecía precioso. Las flores tenían el mismo color que el mar cercano, un azul intenso salpicado de corales y lavandas delicados. Sus arrecifes privados. El sol los acariciaba, pero no era violento. Al contemplar los muros cubiertos de hiedra del palacio solo sintió una cálida paz.

—Me alegro de verte de nuevo. —Domhnall hablaba en voz baja, tentativa, como si pusiera a prueba cada palabra. Se mordisqueó el labio inferior y contempló el jardín que los rodeaba. Miró en todas direcciones menos a Clía. Su guardia, el alto y cauteloso, permaneció a una distancia discreta, tras él, junto al de Clía—. Estás muy guapa.

Le habría costado menos creerlo si la hubiera mirado en algún momento, pero se había esforzado mucho en la confección de aquel vestido, así que optó por pasarlo por alto.

—Gracias. Yo también me alegro de verte. —La respuesta le salió en voz más baja de lo que esperaba. Y más temblorosa.

Se hizo un silencio incómodo. Aquello era nuevo. Hasta entonces, nunca les había costado trabar conversación: la charla fluía sin problemas, ligera, sin esfuerzo. Clía estaba acostumbrada a que le costara dar con las palabras, pero no cuando hablaba con Domhnall. Le pareció que estaba… diferente. Más serio. Un poco encorvado, como si cargara con un peso enorme.

Se volvió hacia ella.

—Bueno, debería ir al asunto que nos ocupa, ¿no? —El tono era despreocupado, pero en sus ojos se leía una emoción que Clía no conseguía interpretar.

—Pues sería lo mejor, sí. —Se echó a reír con la esperanza de cortar la tensión, pero no lo logró.

Caminaron juntos hasta un banco de piedra del jardín y se sentaron. Tenían las piernas casi en contacto, y a Clía le pareció sentir el calor de su cuerpo.

Se imaginó una vida, un futuro, con Domhnall. No estaba mal. Sus padres serían felices. Sería la reina y no le faltaría nada. Y con

Domhnall se lo pasaba bien. Era listo, se entendían, y siempre quedaba la esperanza de que, con el tiempo, surgiera algo más entre ellos. Tal vez no un gran amor, pero sí una fuerte camaradería.

—Ya sabes que te tengo afecto —empezó él—. Eres una amiga muy querida.

—Yo también te tengo afecto… —Clía no sabía bien a dónde quería ir a parar Domhnall.

—Nos lo hemos pasado muy bien juntos. ¿Te acuerdas de cuando competimos a ver quién propagaba el rumor más ridículo? Buscábamos cotilleos y echábamos leña al fuego de los más idiotas.

Clía se echó a reír, y esta vez de buena gana.

—El jefe MacSeáin aún no me ha perdonado lo de su pelo. Fue una canallada, Domhnall. Dame las gracias por haber cargado con la culpa, que te tocaba a ti.

Él le cogió la mano y se la apretó, reconfortante.

—Tengo suerte de que formes parte de mi vida.

Volvieron a quedarse en silencio.

—Ya sabes que mis padres me presionan para que me case. —Domhnall miró las manos unidas—. Y, con la creciente amenaza de Ionróir, quieren que la sucesión al trono esté garantizada. Desean una boda con la que distraer al reino. Quieren un futuro rey que garantice un futuro luminoso.

Las palabras se parecían mucho a las que ella había oído tantas veces de labios de sus padres. Una alianza fuerte entre Scáilca y Álainndore, una celebración del amor entre los dioses protectores de los dos reinos, Ríoghain y Tara, y ganarse así el favor del Draoi. Una unión bendecida por el Treibh Anam.

—La futura reina scáilqueña tiene que ser fuerte. Feroz. Imbatible. Una guerrera, como su pueblo —siguió—. Debe ser grande para inspirar grandeza. Comprendo sus motivos, y siento que estoy preparado. He aplazado este próximo paso porque me recordaba todas las futuras responsabilidades que tendríamos como gobernantes, pero ahora estoy preparado.

—Yo pienso lo mismo —dijo Clía, con voz clara y firme ahora.

Por eso iba a funcionar la unión con Domhnall. Siempre estaban de acuerdo en lo relativo a sus familias, a sus futuros.

—Me alegro. Para mí, es importante que estemos de acuerdo en lo que hay que hacer.

Clía alzó la barbilla.

—Sabes que siempre estaré a tu lado.

La miró a los ojos y sonrió, pero su mirada estaba cargada de ansiedad.

—Eso espero. Nuestros padres nos presionan desde hace años para que nos comprometamos, Clíodhna. De hecho, desde que nacimos. Sería un honor ser tu esposo, pero… no puedo casarme contigo.

Las palabras flotaron en el aire en torno a ellos antes de caer a plomo, junto con el corazón de Clía. Casi oyó cómo se le rompía.

Se lo quedó mirando, incapaz de disimular la reacción con la habitual sonrisa amable. La máscara se le estaba desmoronando.

—Eres estupenda, Clía —se apresuró a añadir Domhnall—. De verdad. Pero Scáilca necesita una reina formidable. Una guerrera. Mi reino requiere una reina fuerte, una líder. Y tú no lo eres.

La fachada regia de Clía desapareció por completo. Apartó la mano de golpe.

—¿Qué?

Él abrió más los ojos.

—No… Pensé que te lo imaginabas. Esos ataques son una amenaza creciente y necesitamos un buen aliado. Te darás cuenta de que tú…, bueno, de que tu reino da una imagen. No podemos tolerar que se perciba la menor debilidad.

—¿Crees que soy débil? —preguntó en voz baja, temblorosa de pura incredulidad.

Domhnall apretó los labios.

—Yo no he dicho eso.

—No, claro, perdona, solo has dicho que se nos percibe como débiles. Menos mal, eso es muy diferente.

Se levantó y le dio la espalda. Le hacía falta poner distancia. Las botas del príncipe resonaron sobre las piedras del camino cuando lo siguió.

—No sugería eso. Lo que quería decir… ¿De verdad esperabas que mi padre te dejara gobernar su reino? ¿Que estarías a la altura de sus expectativas imposibles?

—¿Y eso desde cuándo ha sido un problema? Hace un año, por lo visto, no le parecía que no estuviera a la altura.

En su última visita la habían agasajado con un banquete y un baile. Se desempeñó a la perfección en su papel de princesa. Ni un error. ¿Y ahora el padre de Domhnall decía que no estaba a la altura?

«¿Quién lo piensa, su padre o él?», le susurró una vocecita en el corazón.

Daba igual. En cualquier caso, había fracasado.

Se volvió para hacerle frente y se encontró con la nariz contra su pecho. Retrocedió un paso.

—¿Y a ti no se te ocurrió salir en mi defensa? ¿No significo nada para ti?

—Claro que significas algo, significas mucho. —Bajó la vista hacia sus ojos airados y respiró hondo al tiempo que sonreía para aplacarla—. No me has entendido bien.

—Te he entendido de maravilla. —Clía alzó la cabeza con la esperanza de no tener las piernas tan temblorosas como el corazón—. No sabes lo que es la verdadera fuerza, ni la de una persona ni la de voluntad. Hasta hora, siempre pensé que íbamos a casarnos, y tú me animaste a pensarlo. Mis padres aún tienen esa impresión. Igual que todo el mundo. ¿Y ahora vienes aquí y me dices que no hay nada? ¿Que, tras toda una vida encaminados a este momento, has decidido de repente que quieres algo mejor? Ah, perdona, que no eres tú. Tu padre. El que lo ha decidido es tu padre. Y tú ni siquiera has luchado por nuestro futuro.

—¿Quién dice que quiera luchar por eso?

Su voz resonó en todo el patio. Era fría, vacía, no se parecía en nada a la del príncipe al que había conocido.

—¿De verdad pensabas que íbamos a encontrar la felicidad verdadera? —siguió, implacable—. Vivimos para nuestro pueblo. Para gobernar, para guiar. Ni más ni menos. Nuestra vida pertenece al reino, no a nosotros. Y esas ideas románticas demuestran que nunca podrás ser la reina que necesita Scáilca.

Se hizo un silencio que la aplastó. Clía trató de sacarse aquellas palabras de la cabeza, de olvidar las esperanzas que había puesto en él, en su vida futura.

—Es obvio que estás disgustada.

La ira llenó las grietas que se habían abierto mientras Domhnall hablaba. Lo miró hecha una furia.

—¿De verdad? ¿Tú crees? ¿Por qué será?

—La amenaza de Tinelann e Ionróir es real, y tú cederías bajo la presión de una guerra. Necesito estar con alguien que sobreviva a las batallas que se avecinan, y no solo eso, que las gane. Necesito una estratega, alguien fuerte bajo el fuego. No me basta con tener a mi lado una cara bonita.

Aquellas palabras se le clavaron en el pecho como un puñal. Se había pasado toda la vida moldeándose para ser la hija perfecta. La princesa perfecta. Se había puesto la máscara que todos querían de ella. Y pensaba que él lo sabía, lo entendía.

—¿Eso crees que era? ¿Nada más?

Domhnall más que nadie debería haber sabido que era mucho más de lo que aparentaba. Era su amiga. ¿No se daba cuenta de lo que había bajo la máscara, bajo la pretensión?

—¡No, no! Clía… Esto no es lo que pretendía. No quería que las cosas salieran así.

—¿Y qué pensabas que iba a pasar? —La ira que la animaba era mucho menos dolorosa que la duda que amenazaba con apoderarse de ella—. ¿Pensabas que me iba a alegrar de que tiraras por tierra mi…, nuestro futuro? ¿Que me tomaría bien que me arrebataran sin consultarme lo que planeo desde hace años? ¿Cómo creías que iban a salir las cosas?

La miró, suplicante. Le tendió las manos.

—Espera, deja que empiece otra vez.

—No. —Cerró los ojos y, cuando volvió a abrirlos, ya no lo estaba mirando. Todo lo que había planeado, todo aquello por lo que había trabajado, se había derrumbado ante sus ojos, y no podía hacer nada para impedirlo. Y su amigo, el hombre al que pensaba que algún día podría amar, era el que estaba acabando con todo—. Ya he terminado.

Capítulo 4

Ronan estaba junto a un arbusto, incómodo.

—La conversación ha ido bien —anunció Domhnall después de que la princesa Clíodhna saliera a toda prisa del patio. Se sentó en el banco sin ninguna ceremonia. No había nadie más en el jardín, aparte de ellos dos. Por un momento le pareció detectar un atisbo de dolor en los ojos del príncipe, que dejó paso enseguida a la determinación—. No voy a decir que ha ido como me esperaba, pero así suelen ser las cosas.

—¿Y qué esperabas?

Ronan le habría podido decir a Domhnall que la noticia no iba a ser bien recibida. No conocía mucho a la princesa, pero bastaba con algo de sentido común para entender que romper un compromiso matrimonial casi en el último momento, y más uno que había generado tanta expectación como aquel, no iba a provocar una respuesta positiva.

Y, después de ver a la princesa, se felicitaba de que Domhnall hubiese salido vivo de la conversación. Había fuego en aquellos ojos color avellana; no le habría sorprendido lo más mínimo que sacara un puñal y se lo clavara al príncipe en el corazón.

Pero no había visto solo cólera. Cuando se dio la vuelta para marcharse, encorvó los hombros en una postura de derrota y, por un momento, Ronan se compadeció de ella. Le habían arrebatado sin previo aviso el futuro que habían planeado desde que nació. Aunque no le gustasen ni ella ni su familia, entendía el golpe que representaba tal pérdida. Sobre todo, porque se lo había asestado un amigo.

Domhnall se volvió hacia Ronan con una mirada de impotencia.

—Pensé que lo entendería…

—¿Que entendería que tu padre y tú pensáis que es demasiado débil para gobernar?

—Puede que eso haya sido un poco cruel —gruñó Domhnall.

—¿Puede?

Ronan arqueó una ceja. No sabía por qué sentía el impulso de defenderla. Pero también entendía el dilema de Domhnall. «El reino es lo primero». El deber era un lenguaje que ambos hombres compartían.

Ronan se sentó en el banco de piedra, al lado del príncipe. Era un alivio para las piernas, que le dolían después de pasarse tantas horas en aquel carruaje diminuto. El dolor siempre empeoraba al viajar.

—¿Quieres que te diga la verdad? Lo podrías haber gestionado mucho mejor. Pero hecho está; no sirve de nada darle vueltas.

—Ah. Que creas que no tengo motivos para preocuparme es una muestra de tu inexperiencia en el terreno romántico. —El comentario de Domhnall no fue del agrado de Ronan. «¿Inexperiencia?». Pero el príncipe no había terminado—. Clía no lo olvidará. Me temo que hoy he perdido a una buena amiga.

La voz de Domhnall ya no estaba teñida de frivolidad fingida. Cuando Ronan lo miró y vio los hombros caídos y la mirada clavada en el cielo, como suplicando a los dioses, no vio a un príncipe. Solo vio a su amigo.

Así que era eso lo que tenía tan preocupado a Domhnall en el carruaje. El príncipe no quería dejar a la princesa, pero sentía que no tenía otra opción. Si el rey Cathal se oponía de verdad a esa unión, empeñarse en luchar por ella sería inútil. El final era desafortunado, pero inevitable.

—Todavía no sabes si la has perdido —sugirió Ronan—. Pero advertirla de algún modo habría suavizado el golpe. Ni siquiera yo sabía que tu padre había cambiado de opinión, ni las dudas que sentías.

Era una afirmación, pero también una pregunta. Domhnall nunca le ocultaba nada, y Ronan jamás le había oído expresar ni la más mínima duda sobre la princesa Clíodhna.

—Creía que pensabas que la unión no era una buena idea, y no quería darte la razón —respondió Domhnall, pero la excusa sonó forzada. Vacía. No estaba siendo del todo sincero.

Ronan quería seguir preguntando, averiguar qué se estaba guardando Domhnall para sí, pero en los ojos de su amigo se veía el agotamiento. No era momento para presionarlo.

Se contentó con un intento tímido de consolarlo.

—Estoy seguro de que, con el tiempo, te perdonará.

—Mientes fatal. —Domhnall agachó la cabeza—. No quería herirla.

De eso Ronan estaba seguro. Por desgracia, no cambiaba las cosas.

—Pero lo has hecho, y ahora tienes que vivir con ello. —Hizo una pausa—. Lo que le has dicho, que Scáilca necesita una reina formidable dado lo que se avecina… ¿Lo decías en serio?

Ronan había sentido los aceros de los ionróndios esa misma mañana. Pero que Domhnall estuviese tan preocupado…

—Hace tiempo que sabemos que Tinelann e Ionróir son amenazas crecientes. Pero, si los ionróndios se han atrevido a atacarnos, a atacarme a mí, es que se están envalentonando. Mucho más que antes, quizá lo suficiente para lanzar una invasión en serio. Sospecho que la única razón para que se sientan de repente tan fuertes es una alianza con Tinelann.

Ronan sopesó la posibilidad.

—Así que hay guerra a la vista.

—Y tengo toda la intención de que sobrevivamos.

RONAN ESPERABA OÍR MÁS JALEO AL CRUZAR LOS SALONES DEL CASTILLO de Bailetara. Cuando la gente hablaba del aliado oriental de Scáilca, las historias siempre se centraban en la música y los bailes, las modas estridentes y el amor por las celebraciones y la alegría. Pero los salones estaban tan sumidos en el silencio como los de Suanriogh.

Mientras se dirigía a la sala de guerra, no tenía otra compañía que la de sus pensamientos. Pensamientos que lo llevaban una y otra vez a Caisleán Cósta.

Tras años de entrenamiento incansable, de forzarse hasta el límite y aprovechar cada oportunidad que se le presentaba, por fin tendría la ocasión de que lo entrenasen junto a su amigo, y de volver a ver a Kordislaen.

Llevaba casi diez años sin ver al general. Diez años desde el peor día de su vida. Un día que se repetía en su memoria cada noche, mientras se deslizaba hacia el sueño. Si hubiese sido más fuerte, más valiente, más listo, quizá habría podido salvar a su madre.

En sus sueños aún sentía el sol que lo cegaba mientras buscaba a toda prisa un lugar donde esconderse, como ella le había ordenado. Recordaba que las piernas no fueron lo bastante rápidas y que un ionróndio invasor lo agarró por el hombro. Recordaba a su madre, fuerte y decidida, que luchó para salvarlo. Era una guerrera.

Aún veía el arma que acabó con ella, la sangre que le salpicó los zapatos, el ribete de la ropa, el corazón.

En aquel momento no lloró; se quedó mirando, conmocionado. ¿Cómo podía alguien tan fuerte, tan obstinado, caer bajo el hacha de un desconocido? ¿Cómo podía él, en apenas un instante, perder una parte de su familia, una parte de sí mismo?

¿Cómo podría salir adelante?

Pero así fue.

Se zafó del ionróndio y tendió la mano hacia la espada de su madre. Golpeó. El hombre que había matado a su madre cayó sin elegancia ni ceremonia. A continuación, Ronan también se derrumbó, demasiado exhausto para aguantarse de pie. Con la última brizna de energía, le apartó a su madre el pelo de la cara.

No lloró, pero se quebró. El dolor de su corazón viajó hasta las manos, las piernas, los tobillos. No lo notó de inmediato, pero al final sí, y ya nunca dejaría de sentirlo por completo.

Pero en aquel momento no sintió nada. Ni siquiera cuando el hombre que lo había agarrado se acercó con el arma desenvainada. No sintió nada cuando la espada se abatió sobre él. No sintió nada cuando otra espada se interpuso, a unos centímetros de su pecho.

Aquel día, Kordislaen lo salvó. Vio a un muchacho que acababa con un hombre adulto y quiso que ese muchacho sobreviviese a la batalla. El general vio que, pese a tener solo diez años, el chaval prometía, y se aseguró que aquel niño de una pequeña aldea recibiese el mejor entrenamiento posible. Llevó a Ronan al palacio para que aprendiese y lo animó a seguir el camino que se le había marcado. Ronan se unió a la guardia real en cuanto tuvo edad suficiente.

Desde aquel momento no había vuelto a ver a Kordislaen, pero de vez en cuando le llegaba un regalo. Espadas, armaduras, libros. Muy de vez en cuando, una carta. Eran siempre breves, y nunca personales; solo consejos e instrucciones. Cuando Ronan recibía una, sabía que era porque estaba haciendo las cosas bien.

Ronan practicaba hasta que le sangraban las manos y estudiaba hasta que le dolía la cabeza. Hasta que el dolor le impedía salir de la cama durante días. Pero seguía esforzándose al máximo.

Kordislaen le salvó la vida y le dio un futuro. Y Ronan iba a demostrarle que había sido una buena inversión.

Alguien chocó con Ronan y lo sacó del ensimismamiento. Sin pensar, estiró las manos para sujetar a la persona y evitar que cayera.

—Perdón.

La princesa Clíodhna levantó la vista hacia él. Tenía los ojos un poco rojos, pero el gesto sereno. Ronan apartó las manos.

—No hay nada que perdonar. Lo siento, estaba distraída. —Se estiró la falda, y Ronan no pudo evitar seguir el movimiento con los ojos. Aunque la había visto antes, no la había mirado. Su trabajo era proteger al príncipe. Ahora que la veía por sí misma, se dio cuenta de que el rosa del vestido habría conjuntado a la perfección con las mejillas sonrosadas…, si no hubiese estado tan pálida.

Ella le sostuvo la mirada.

—Perdona si soy demasiado directa, pero ¿no eres uno de los guardias de Domhnall? ¿No deberías estar con tu príncipe?

—Voy a reunirme con él. Ha convocado una reunión y ha solicitado mi presencia; y ya llego tarde. Si me disculpas, princesa… —Intentó pasar de largo, pero ella no se apartó, sino que le lanzó una mirada que no supo cómo interpretar.

Antes de que pudiera descifrarla, lo distrajo un aleteo. Un ser pequeño y peludo se escondía tras la falda de la princesa. Carraspeó y retrocedió un paso.

—¿Eso es un dobhar-chús?

—Lo llamo Murphy. Y ya que hablamos de nombres, ¿cómo te llamas tú? —siguió la princesa antes de que él pudiese hacer ningún comentario sobre la cosita asesina que la seguía como un cachorrillo perdido—. Porque no puedo seguir refiriéndome a ti como «ese guerrero». No suena bien.

—Soy el capitán Ronan Ó Faoláin —respondió sin pensar, sin tiempo para preguntarse por qué la princesa tenía que referirse a él.

—Capitán Ó Faoláin. —Pronunció el nombre como si lo estuviese sopesando en los labios—. Creo que llegamos tarde a una reunión.

—¿Llegamos?

—Te acompaño. Si el príncipe Domhnall ha convocado una reunión en la sala de guerra álainndorina, que es el único sitio al que te puedes estar dirigiendo en el ala este, debe tratarse de algo grave y, como princesa de Álainndore, me parece que debería participar.

Ronan no supo muy bien cómo responder a esa afirmación.

—Alteza, no creo...

—No intentes disuadirme. No tardarás en descubrir que es inútil. Se volvió y se alejó por el pasillo, con el cabello derramado por la espalda y Murphy en sus talones. Al notar que Ronan no la seguía, se volvió hacia él—. Vamos, tenemos que darnos prisa. Llegar un poco tarde es elegante; muy tarde, una grosería.

AL ENTRAR EN LA SALA, RONAN VIO QUE EL ENCUENTRO YA HABÍA EMPEZADO. El príncipe reaccionó a su aparición con una mirada de sorpresa, debida con toda seguridad a la princesa que le pisaba los talones.

A decir verdad, la princesa Clíodhna actuó como si su asistencia a la reunión estuviera planeada. Ronan se detuvo al entrar en la sala, pero ella siguió caminando y enseguida llegó a la mesa que ocupaba el centro de la estancia. A la cabeza de la mesa había un hombre, pero se hizo a un lado para cederle el sitio a la princesa. Murphy la siguió de inmediato y se enroscó a sus pies con la cola plegada bajo el hocico. Si a alguien le sorprendió la llegada de los dos invitados adicionales, se abstuvo de comentarlo.

La sala no se había utilizado mucho. No había polvo por ningún lado (lo cual no era ninguna sorpresa, tratándose de Álainndore), pero los libros de las estanterías estaban impecables, y los lomos no mostraban señales de que los hubiesen abierto jamás. La mesa estaba pulida, sin marcas de desgaste, y Ronan no vio ningún arañazo en el suelo de madera. Los dos sillones de gran tamaño dispuestos en la esquina tenían todo el aspecto de que nadie se había sentado en ellos, y los cojines parecían ahuecados con esmero. Todo era como en el resto del palacio álainndorino: perfecto.

La princesa Clíodhna saludó con un ademán de la cabeza al anciano que le había cedido el asiento. Las facciones eran serias, pero al mirar a la princesa las comisuras de los ojos se llenaban de pequeñas arrugas. Puestos a adivinar, Ronan supuso que se trataba del jefe Ó Connor. Lo había visto detrás de la familia real cuando llegaron.

En la sala había otros tres guerreros: el comandante Derval, ataviado con el granate oscuro de Scáilca, y dos álainndorinos vestidos de verde y dorado, los colores del reino. Los reyes de Álainndore no estaban presentes, pero Domhnall ya le había dicho que era lo más probable. Por lo visto, acudir en persona a una reunión sobre el futuro de su reino era demasiado esfuerzo.

—Princesa Clíodhna, no te esperábamos. —Domhnall, sentado al otro extremo de la mesa, encontró por fin las palabras que buscaba.

—Me alegro de haber podido venir y pido disculpas por mi retraso y el del capitán Ó Faoláin. Podéis empezar. —Había tanta confianza en su voz que Ronan sintió el impulso de obedecer.

—¿Doy por hecho que el rey y la reina no van a acudir? —Domhnall miró a Ó Connor.

—Tienen otros asuntos que atender —replicó el jefe—. Estoy aquí en su lugar.

Domhnall asintió.

—Tenía la esperanza de discutir con ellos la amenaza potencial de Tinelann e Ionróir. Los aldeanos de varias villas al nordeste de nuestro reino han informado de movimientos cerca de las montañas Diamhair. Como ya he dicho, podría tratarse de ionróndios que se han adentrado más que antes. O podrían ser hombres de Tinelann, en cuyo caso han violado el tratado. Quería saber si vuestro caudillo, el jefe Barra, tenía noticia de alguna ruptura del tratado en vuestro lado de las Diamhair.

—El jefe Barra ha muerto.

Las palabras solemnes de Ó Connor resonaron por toda la sala. Clíodhna fue la primera en romper aquel silencio lleno de asombro.

—¿Cómo?

—No lo sabemos. Han encontrado su cuerpo esta mañana en un callejón de Bailetara. El rey y la reina van a ordenar que se lleve a cabo una investigación. Hasta que se determine la causa de la muerte, seré yo quien discuta estos asuntos en su lugar. Aunque soy el jefe de tesorería, también soy un curadh. Mi pasado militar nos será de ayuda. —Ó Connor pronunció estas últimas palabras con cierta sequedad.

Ronan no sabía que el jefe álainndorino, o ningún álainndorino de alto rango, ya puestos, se hubiese entrenado en Caisleán Cósta. El título de curadh solo se otorgaba a aquellos que habían completado un año de riguroso entrenamiento allí y que habían probado su valía en la batalla. Era un honor que merecía respeto.

Siempre se había preguntado si él sería capaz de ganárselo.

—Por supuesto. Y mis condolencias —dijo Domhnall. Calló unos instantes y Ronan comprendió que Domhnall sopesaba cómo seguir adelante y cuánto revelar—. La situación en la que os encontráis nos resulta familiar. El anterior capitán de mi guardia apareció muerto hace tan solo cuatro días. —Ronan se irguió mientras varias miradas se clavaban en él. Ya sabía lo que le había ocurrido a su predecesor y que la investigación no había sido concluyente. Sin embargo, oírlo de nuevo era un recordatorio y una advertencia de cómo había llegado a su puesto actual, y de los peligros que conllevaba—. Creo que esas muertes acentúan la importancia de lo que quiero proponer —siguió Domhnall—. Si Tinelann e Ionróir están colaborando, no me sorprendería que extendieran su influencia hasta nuestros propios hogares. Que Tinelann rompa el tratado y que los ionróndios avancen tierra adentro afecta a nuestros dos reinos. Tenemos que reunir información para tomar decisiones y prepararnos. Y si los rumores de la presencia de enemigos en las montañas Diamhair son ciertos, entonces, sea quien sea el enemigo, tenemos que estar listos para la posibilidad de que estalle la guerra.

Se hizo el silencio mientras todos los presentes asimilaban esas palabras. Inismian llevaba décadas sin ver una guerra, más allá de pequeñas invasiones desde otro continente. El Tratado de Diamhair había mantenido la paz entre los cinco reinos: Álainndore, Scáilca, Tinelann, Liricnoc y Oileánster.

Pero si Tinelann estaba cruzando las montañas, violando así lo que daba nombre al tratado, quizá la guerra fuese inevitable. Y si se había aliado con Ionróir… Podría ser catastrófico.

Los ionróndios eran expertos en el combate; llevaban décadas atacando las costas scáilqueñas. Como potencia costera cuyo poder se basaba en el dominio naval, estaban limitados por los caprichos del mar y por el número de guerreros que podían embarcar en sus navíos para hacer el trayecto de Mhór Rhoinn a Inismian. Tinelann era el punto de entrada que necesitaban para someter a los otros cuatro reinos.

Domhnall se inclinó sobre la mesa, apoyado en las manos, y siguió hablando.

—Jefe Ó Connor, con el permiso del rey Tighearnán y de la reina Eithne, me gustaría proponer que el comandante Derval dirija un pequeño contingente de guerreros hasta el pueblo de Santarroja. Es el asentamiento álainndorino más próximo a las montañas y un sitio ideal para explorar en busca de actividad enemiga. ¿Qué te parece?

Ronan miró de reojo a Clíodhna, a la que Domhnall había dejado al margen de la conversación. No parecía afectada, ni por las palabras ni por el peligro inminente. Estaba tranquila, como quien mantiene una charla intrascendente mientras toma el té.

Ó Connor hizo una breve negación con la cabeza.

—No.

Domhnall se incorporó. Los jefes de Scáilca nunca le llevaban la contraria al príncipe. Ejercía sobre ellos una firme influencia, ganada con respeto y lealtad. Pero allí no tenía esas ventajas.

Las tendría, quizá, si no hubiese roto el compromiso, pensó Ronan. Pero no lo dijo, claro.

El anciano jefe se irguió y, cuando habló, las palabras sonaron definitivas.

—Comprendo tus preocupaciones y aplaudo la dedicación al sugerir una misión como esa, pero el rey y la reina no quieren implicarse en tales asuntos.

Domhnall clavó la mirada en el jefe.

—No tendrían que hacer nada, excepto dar permiso.

—Eso sería implicarse, y por tanto implicar a Álainndore, en vuestra guerra. Es un riesgo demasiado grande —sentenció Ó Connor.

—El riesgo merecería la pena, dado lo que está en juego. Álainndore se ha ahorrado los ataques ionróndios hasta ahora, pero ¿y si se desplazan tierra adentro? ¿Y si empiezan a atacar la costa este? Vuestro reino no estará a salvo para siempre.

Esas palabras no parecieron afectar a Ó Connor.

—Si llegara el caso, reconsideraremos nuestra postura. Pero ni un instante antes.

Ronan escogió ese momento para intervenir.

—Puede que para entonces ya sea tarde.

El jefe hizo caso omiso de la intervención de Ronan y siguió mirando a Domhnall.

—Te he dado mi respuesta. Si no hay nada más que discutir, me retiraré.

Se volvió para marcharse, pero Domhnall lo detuvo.

—Quiero una audiencia con los reyes.

—Como ya he dicho antes, no quieren verse implicados. —Ó Connor le dirigió una sonrisa serena, que recordó a Ronan que el hombre había nacido y se había criado en Álainndore, igual que Clíodhna—. Ha sido un placer verte de nuevo, alteza.

Ronan estaba cada vez más ofuscado. Ó Connor salió de la sala y los dejó allí, junto a la mesa, como unos pasmarotes. Ronan habría querido seguirlo, gritarle, exigirle que prestase atención. Pero no se movió.

La princesa miró a Ó Connor con una expresión indescifrable. Ronan esperó a que dijese algo. Superaba en rango al jefe; si quisiera, podría anular su decisión. Y, si le importase su reino, lo haría.

En silencio, se levantó de la mesa y salió por la puerta tras Ó Connor.

Tal vez fuera un castigo mezquino por la traición de Domhnall. Pero ahora todos iban a pagar el precio.

Capítulo 5

El vestido en cuyo arreglo había invertido horas estaba ahora hecho jirones en el suelo de su habitación.

Iba a ser su vestido de prometida, pero ya no le serviría de nada. Y no podía considerarlo perfecto cuando todo lo demás se había desmoronado.

Tras la reunión en la sala de guerra, Clía oyó los susurros que la siguieron mientras se ocupaba de sus quehaceres por el castillo. Tuvo que echar mano de todo su autocontrol para parecer despreocupada.

«¿Te has enterado? El príncipe Domhnall se ha echado atrás».

«Por lo visto, Scáilca no la ve capaz de gobernar».

«Ha puesto en ridículo a todo el reino».

«De verdad, es patético».

«Es tan débil…».

En cuanto tuvo ocasión, Clía hizo lo que realmente quería desde la conversación con Domhnall: esconderse en su habitación. Se dejó caer sobre la cama mullida con la almohada sobre la cara y meditó sobre todas las decisiones que había tomado a lo largo de su vida y que la habían llevado a aquel momento. ¿En qué se había equivocado? ¿Dónde había fallado? ¿Por qué no había estado a la altura de lo que se esperaba de ella?

No se podía quitar aquella idea de encima. Le retumbaba en cada recoveco de la mente, le daba vueltas por la cabeza. Tiró la almohada al suelo. Fue a caer encima del vestido.

«No me basta con tener a mi lado una cara bonita».

¿Eso creían que era?

El sol de la tarde entró sin contemplaciones por la ventana y la bañó.

Su futuro siempre se había alzado como una torre imponente ante ella, pero pensaba que, con Domhnall a su lado, no tenía por qué temerlo.

Tal vez no había hecho más que engañarse.

Un golpe en la puerta la arrancó de sus pensamientos.

—¡Fuera de aquí! —gimió; no le importaba parecerle grosera a quien estuviera llamando.

Ya estaba harta de preocuparse por lo que pensaban los demás, y había dejado bien claro que no quería recibir visitas en lo que quedaba de día. Fuera quien fuese, la grosería la cometían ellos.

—¿Y a quién le doy la lata para jugar al fidchell? —le llegó desde el otro lado la voz familiar del jefe Ó Connor.

El jefe iba a hacer caso omiso de sus deseos de estar a solas, claro. Se secó a toda prisa las lágrimas que le corrían por la cara. No quería que Ó Connor tuviera que preocuparse por ella.

—Pasa —dijo, y se levantó de la cama para recibirlo.

Ó Connor entró en sus habitaciones con gesto preocupado, pero Clía no le prestó atención y se dirigió hacia el tablero de fidchell, en la salita. Al otro lado, en el dormitorio, los restos del vestido de compromiso seguían en el suelo. Ó Connor los vio al momento.

—¿Estás cambiando de guardarropa?

Clía se alisó una arruga inexistente en el vestido azul celeste. Era uno de sus atuendos cotidianos más elaborados. El elegante trabajo de bordado de la falda la tranquilizó al pasar los dedos por el relieve.

—Hoy no es día para el rosa.

—Una rara ocasión, entonces. —Ó Connor puso la primera pieza en el tablero—. Me ha sorprendido que vinieras a la reunión.

Ella también movió.

—¿A qué viene la sorpresa? Soy la princesa. Tengo que velar por mi reino.

Sabía que un razonamiento tan endeble no iba a convencer a Ó Connor, pero tenía la esperanza de que lo dejara correr. Las palabras de Domhnall le habían provocado la necesidad de demostrar que estaba equivocado, y la reunión le había parecido una ocasión excelente.

—Ah, muy bien. ¿Y qué te pareció? —preguntó.

Un cierto alivio barrió parte de la tristeza. Murphy eligió ese momento para subirse de un salto a su regazo. Le empezó a rascar la cabeza.

—Lo que plantean los scáilqueños tiene sentido. ¿Por qué no les has dado permiso, como te pedían?

Sus padres preferían un Álainndore aislado, sobre todo para no tener que preocuparse por los problemas de los reinos vecinos, pero estaba segura de que, de haber querido, Ó Connor los habría convencido.

—Lo que pretendían era que los ayudáramos en sus batallas. No tenemos ni tiempo ni guerreros para eso —dijo, con la mirada fija en el tablero.

Clía enderezó la espalda.

—Puede que al final nos veamos arrastrados a esta guerra. ¿No sería mejor estar del lado de nuestros aliados? Así, al menos, si llega el enfrentamiento, podríamos estar preparados.

Una sombra nubló el rostro de Ó Connor.

—Estamos preparados.

Clía comprendió de pronto lo que Ó Connor no le decía. La guerra había llegado ya a Álainndore. La muerte repentina del jefe Barra, los suministros robados en el norte…

Ó Connor alzó la vista y apretó los labios, y se dirigió a ella antes de que le diera tiempo a decir nada.

—¿Qué ha pasado hoy? ¿Por qué estás tan disgustada?

Le habría gustado volver al asunto de la guerra e insistir hasta obtener respuestas, pero, si le estaba ocultando algo, sus motivos tendría. Ó Connor era de la opinión de que Álainndore estaba preparado. Y le creía. La había apoyado desde el día en que nació, la había guiado a cada paso que daba. Le salía natural confiar en él.

—¿Por qué das por hecho que me ha pasado algo? —Movió otra pieza.

—Has asistido a una reunión por voluntad propia, no aceptas visitas y aún no has pronunciado el nombre del príncipe. Es obvio que ha ocurrido algo que te ha afectado mucho.

Eso no se lo podía discutir, así que optó por ser directa, como si eso pudiera mitigar el dolor que sentía en el pecho.

—El príncipe y yo no nos vamos a casar.

—¿Eso lo has decidido tú o él?

—La respuesta a eso también es obvia.

Era su turno para mover de nuevo; puso la última pieza en el tablero y lo bloqueó. Ó Connor dejó escapar un suspiro de cansancio.

—Así que él. —Con el siguiente movimiento se llevó la pieza que Clía acababa de poner. Tendría que haberlo visto venir. Había trazado una diagonal casi perfecta en el tablero, con solo un pequeño hueco. Lo tenía todo dispuesto para ganar—. ¿Cuál será tu próximo movimiento?

No se refería a la partida.

—Me ha dicho que soy demasiado débil para gobernar. Que soy… —Se le encogió el corazón y no consiguió que le salieran las palabras, que se le engancharon en el corazón y en los pulmones. Se detuvo y carraspeó para poder seguir—. Ha dejado muy claro que no le parezco digna de ser la reina de Scáilca.

Se apresuró a mover una pieza para impedir su victoria inminente. Ó Connor estudió el tablero, luego a ella, y al final movió una pieza para cerrar la línea y terminar la partida.

—Dejar que las emociones tomen las decisiones es la manera más rápida de perder la batalla. ¿Qué deseas? ¿Cuál es el resultado ideal en esta situación?

—Quiero que se celebre el matrimonio. Quiero que se establezca la alianza.

Eso traería felicidad al reino y a sus padres, por no mencionar que todos esperaban que se casara con Domhnall, era lo esperado, y a Clía nunca le habían gustado los cambios.

Desde muy pequeña, siempre había sabido que en su futuro no había una historia de amor. Su matrimonio iba a ser una pieza más de un plan político mucho más amplio. Le habían interesado otras personas, claro, pero hacer algo al respecto habría sido una pérdida de tiempo. Lo que Clía anhelaba era que la admirasen y amaran como reina, como a su madre, y ser la hija que sus padres querían que fuera. Todo eso se haría realidad gracias al matrimonio con Domhnall. Además, hasta aquel mismo día, Domhnall y él habían sido amigos, que era mucho más de lo que la mayoría de los príncipes podían esperar de su emparejamiento.

Era imprescindible que se comprometieran.

—Entonces, piensa con lógica. ¿Cómo lo puedes conseguir? —Ó Connor limpió el tablero—. Se va a pasar un año fuera de tu alcance en Caisleán Cósta, donde se preparará para la guerra…

—Tengo que demostrarles a Domhnall y a sus padres que soy fuerte. Que puedo ser una guerrera.

Empezaron otra partida. Ella bloqueaba sus ataques, él se cobraba piezas, pero Clía se defendía.

Ó Connor adelantó una pieza y se llevó una más de ella. Tenía la victoria al alcance de la mano. La miró a los ojos y vio en ellos la preocupación.

—Puede que parezca que es el fin, pero siempre hay una salida. Si solo piensas a la defensiva, no puedes ganar. Puede que sea el momento de pasar al ataque.

Clía examinó sus piezas, a primera vista dispersas por el tablero, y en ese momento la vio. La línea. La manera de ganar. Hizo la jugada. Él hizo la suya. Y, luego, la definitiva: cambió la pieza y ganó la partida.

Ó Connor la miró con orgullo.

—Bien. ¿Y qué vas a hacer?

Clía le devolvió la sonrisa.

—Caisleán, ¿eh? Tengo el plan ideal.

CLÍA ESPERÓ HASTA LA MAÑANA SIGUIENTE PARA HABLAR CON SUS PADRES tras ensayar muchas veces sus argumentos. Cuando dio con ellos por fin en el garrán cercano al palacio, no estaban a solas.

Los árboles se alzaban a su alrededor envueltos en hiedra, con los restos de viejas cintas de tela, los deseos y plegarias del año anterior, colgados de las ramas. Tras ellos, el sol de la mañana acariciaba las hojas e iluminaba el pozo cubierto de musgo, el pozo de los deseos, con una suave luz dorada. La reina Eithne y el rey Tighearnán estaban entre los árboles, en medio de un círculo de piedras, y la draoi Ruairc hablaba con ellos en susurros apremiantes.

—... el príncipe scáilqueño se ha marchado sin sellar el compromiso con vuestra hija. Corren rumores de que no la considera apta para gobernar. ¿Hay algo de cierto en eso?

Clía se detuvo y puso una mano en el árbol más cercano.

—Nuestra hija ha recibido instrucción de los mejores tutores y está más que preparada para ascender al trono cuando nos llegue la hora —respondió la reina—. Ayer mismo supervisó una reunión entre el príncipe Domhnall y uno de nuestros jefes. No hagas caso las habladurías.

Clía casi habría agradecido las palabras de su madre si no supiera que la reina solo las decía para calmar a la draoi.

—¿Me pides que acepte tu palabra al respecto? Sin duda comprendes lo importante que es que los cinco reinos sigan unidos. —La draoi se acuclilló en la hierba. Ante ella, a la sombra de las altas piedras, había una florecilla silvestre mustia. La draoi le acarició los pétalos y de pronto la flor se alzó más erguida, con las hojas más verdes. Todo el mundo conocía el poder del Draoi y su influencia sobre el Inismian; aun así, resultaba impresionante e intrigante al mismo tiempo ver cómo canalizaban la energía del Tír Síoraí—. El Treibh Anam creó esta tierra para que la cuidáramos juntos, y le confió al Draoi la misión de garantizar su prosperidad. Pero no podemos hacerlo solos.

»Habéis hecho caso omiso de vuestros hermanos de Inismian demasiadas veces. Este compromiso iba a ser la prueba de vuestra dedicación al Treibh Anam, a Inismian. Si nos dierais motivos para dudar de vuestro apoyo, el Draoi se vería obligado a retiraros el suyo.

La draoi Ruairc se levantó y dejó de tocar la planta. Y, sin su contacto, volvió a marchitarse.

Clía dio un paso atrás y pisó una ramita, y el crujido resonó en todo el claro. Masculló una maldición cuando la draoi Ruairc y sus padres se volvieron hacia ella.

—¿Clíodhna? —La mirada de su madre fue dura.

—Os pido perdón por interrumpir. Venía a buscar a mis padres para hablar con ellos un momento.

Se puso la máscara y sonrió con dulzura a la draoi Ruairc.

—No tienes por qué disculparte, alteza. Ya habíamos terminado. Reina Eithne, rey Tighearnán, os veré mañana para hablar de la organización del Taranasadh.

La draoi se despidió y dejó a Clía a solas con sus padres, rodeada de árboles y de los jirones de deseos del año anterior.

En poco más de un mes, las tiras de tela colgadas de los árboles contarían con la compañía de otras nuevas cuando gente de todo Álainndore llegase a aquel garrán para celebrar el Taranasadh, el festival en honor de Tara que marcaba el inicio de la cosecha. El bosquecillo y el pozo se adornarían con esperanzas de que los dioses prestaran atención a sus cuitas. Y, para celebrar la temporada de la cosecha, sus padres organizarían un banquete en la corte, abierto a todo el mundo.

—¿Es cierto lo que dice? —preguntó la reina en cuanto la draoi se hubo alejado. Estaba calmada, pero Clía sabía que se encontraba en el ojo del huracán—. ¿El príncipe Domhnall rechaza el compromiso?

—Así es. El príncipe ha rehusado. —Clía trató de mantener la voz calmada.

Se terminó la paz, llegó la tormenta.

—¿Cómo se atreve a echar por tierra este acuerdo? Todos aguardábamos este compromiso. El reino entero. —Eithne no alzó la voz en ningún momento, pero cada palabra le salió teñida de cólera gélida. Clía sabía que era inútil recordarse que no habían sellado ningún acuerdo, que solo habían existido expectativas vagas entre las dos familias—. Era un plan perfecto, bendecido por los dioses. ¿Cómo te las has arreglado para espantarlo?

Clía se encogió. La decepción de su madre se le clavó hasta los huesos y no supo qué decir en su defensa. Las palabras que Domhnall había dejado caer no le salían de la boca, pero la reina la urgía a dar explicaciones.

De modo que dijo lo único que se le ocurrió.

—Se me ha ocurrido cómo arreglarlo.

La reina Eithne se apartó de ella.

—No sé cómo. Si el príncipe ha decidido que no habrá compromiso, eso es que no habrá compromiso. No, ahora tenemos que reparar los daños. Hay que aplacar al Draoi y buscarte un prometido aún mejor, si es posible.

—¿Qué te parece Sláine? —sugirió el rey Tighearnán—. Me he acordado de ella porque estaba buscando compañera.

La reina aún tenía el ceño fruncido por la frustración, pero inclinó la cabeza a un lado para sopesar la idea.

—Un nexo más fuerte con Liricnoc sería bien recibido. No es suficiente, pero bastaría para empezar.

Hablaban como si Clía no estuviera allí, como si sus opiniones carecieran de importancia. Y era verdad que Clía había creído estar enamorada de la nueva reina de Liricnoc cuando eran más pequeñas, pero aquel capricho ya era cosa del pasado. Además, lo que sus padres habían ansiado siempre no era una alianza con Liricnoc. Eso no les granjearía el favor del Draoi de la misma manera que sellar la relación con Scáilca.

—¿Y si puedo disuadirlo? —insistió Clía.

—¿Cómo lo vas a conseguir? —preguntó su padre.

—Voy a ir a Caisleán Cósta.

Su madre se volvió hacia ella con gesto severo.

—¿Y eso de qué servirá?

—Quiere una reina guerrera. ¿De qué otro modo le demostraré que soy suficientemente fuerte y astuta como para serlo, que soy capaz de liderar su reino durante una guerra?

Caisleán Cósta era casi tan antiguo como Inismian. Su fundación databa de antes de los tiempos del primer rey, y era una de las cinco instituciones sagradas que dirigía el Draoi. Tenía las puertas abiertas para quienquiera que quisiera seguir el camino de Ríoghain hacia la batalla, y la recompensa era la posibilidad de ganarse el título de curadh.

—¿Quieres entrenarte en Caisleán?

La reina Eithne soltó un bufido. Clía se encogió todavía más.

—Ó Connor se entrenó allí.

—Eso fue hace décadas, y ya había demostrado su valía en la batalla antes de recibir la invitación. —Los ojos oscuros de la reina se clavaron en Clía—. Te entrenarías bajo las órdenes del general Kordislaen. Tiene la fuerza de un sídhe y la misma crueldad. Según Scáilca, puso fin a la primera ola de invasiones ionróndias hace treinta años, cuando era poco mayor que tú. Cada año, tres cuartas partes de sus pupilos abandonan el entrenamiento antes de terminar. ¿Y crees que vas a ser la excepción, que serás una campeona de Ríoghain? Con toda franqueza, lo único que harás en Caisleán Cósta es ponerte en ridículo.

—Tomo nota de tu falta de confianza en mí —respondió Clía, tensa. Las dudas de su madre la corroyeron por dentro, se instalaron junto al rechazo de Domhnall—. Pero no se trata solo de mí. Si el príncipe de Scáilca cree que soy débil, imagina lo que pensarán nuestros ciudadanos. Nuestros aliados. ¡Y nuestros enemigos! Tenemos que parecer fuertes. Si la princesa de Álainndore entrena en Caisleán y se convierte en curadh, nuestra reputación subirá como la espuma. Comprendo que dudes de mi habilidad, pero al menos permíteme intentarlo.

—Esta conversación no tiene sentido. Rechazamos la invitación que te llegó el año pasado, y no me imagino que el general Kordislaen vaya a perdonar ese agravio —replicó la reina Eithne.

La academia aceptaba el ingreso de cualquier inismiano noble, pero no lo invitaban dos veces. Eso no detuvo a Clía.

—Pues lo convenceremos. Eres la reina, y él es un general; aunque sea scáilqueño, te obedecerá. Puede que Ó Connor nos ayude a hacerlo cambiar de idea.

—No es mala idea, cariño —intervino su padre para tratar de mantener la paz—. Pero no hace falta que te preocupes por la situación del reino.

—¿No? ¿No voy a heredarlo algún día? Llegará un momento en que este reino dependa de mí y no os tendré a vosotros ni a

Ó Connor para guiarme. Si el pueblo cree que soy incapaz de gobernar ahora, ¿por qué pensará lo contrario más adelante?

—Como quieras —replicó su madre, con tono brusco—. Hablaremos con el general y pediremos que te inviten, pero esto no se puede hacer a la ligera. ¿Crees que estás preparada para asumir las responsabilidades del reino? Pues recuerda que eres nuestra única heredera, y que vas a ausentarte de aquí justo ahora que se acerca una guerra. Dices que lo haces por Álainndore, pero yo no veo más que a una niña ingenua que corre tras el chico que la ha rechazado. —A Clía se le encogió el corazón—. Ve con cuidado, hija mía.

Las expectativas de sus padres atenazaron a Clía durante todo el día siguiente. Su madre había dicho que tratarían de convencer a Kordislaen, pero Clía no se fiaba de que la reina lo consiguiera a tiempo. Tendría que actuar por su cuenta.

Así que acudió a Ó Connor.

—No te preocupes —dijo él después de escucharla—. Hace años que conozco al general Kordislaen. Escribe una carta exponiendo tu interés y yo me encargo de lo demás. Pero antes quiero que me confirmes que estás segura de lo que haces.

—Claro que sí.

—Caisleán Cósta no se parece en nada a los salones de baile de Álainndore. Sé de lo que eres capaz, pero se trata de algo muy diferente. Ojalá tus padres me hubieran permitido darte aunque fuera un entrenamiento básico, como les pedí cuando eras pequeña. Les pareció innecesario, igual que el resto de mis propuestas —añadió, con un deje de amargura poco habitual en él.

Clía puso los ojos en blanco y lo miró con afecto.

—Todo irá bien. No te preocupes por mí.

—Claro que me preocupo. Como siempre.

Le dirigió una sonrisa triste y salió de la estancia para dejar a Clía a solas con la misión de escribirle la carta al general Kordislaen.

Necesitó tres borradores antes de darse por satisfecha. Selló el sobre con el escudo de su familia y espolvoreó con polvo de oro la cera esmeralda antes de que se enfriara, y luego empezó a planear el viaje. Pero a cada paso que daba, las dudas le retumbaban en los oídos.

Para cuando por fin se retiró a sus aposentos, su cabeza bullía de energía y determinación; era consciente de que aquella noche le iba a costar conciliar el sueño.

Así que se concentró en su proyecto secreto.

Llevaba un mes entero trabajando en el diseño de un vestido nuevo, el vestido perfecto. Los que tenía le provocaban picores, le irritaban la piel, eran como mínimo una molestia y, en los peores momentos, una carga insoportable al final del día. Hacía años que había empezado a modificar y diseñar su ropa, y ese vestido en concreto era su última obsesión.

Notaba la mente más tranquila con cada puntada. Cuando tenía una aguja en la mano, lo comprendía todo mejor.

El diseño era un vestido de día, suelto, que le llegaba por encima de los tobillos y le daba libertad para bailar y montar a caballo. Era sencillo: un corpiño básico con escote cuadrado y ballenas, mangas de encaje cuya longitud se podía ajustar y falda drapeada. Lo mejor sería la tela que eligiera: las capas de seda y organza le darían brillo y luz con el movimiento, mientras que el lino lo haría fresco y veraniego.

Notó la calidez de Murphy en su regazo mientras trabajaba. El pelaje pardo relucía rojizo a la luz parpadeante de la vela.

No tardarían en partir hacia Caisleán Cósta, donde Clía podría demostrarle su valía a Domhnall y sellar la alianza entre los dos reinos.

Y él descubriría lo mucho que se había equivocado al minusvalorarla.

Capítulo 6

Lo primero que Clía vio de Caisleán Cósta fueron los chapiteles oscuros de la torre norte.

Ó Connor lo había dispuesto todo sin que el general Kordislaen pusiera objeciones, porque Clía fue aceptada nada más enviar la carta de solicitud. La rápida respuesta de Kordislaen le permitió ultimar los planes de viaje a tiempo para llegar justo con todos los demás nuevos estudiantes. Pero nada le pareció real hasta que sintió la sacudida del carruaje al cruzar las puertas y entrar en el antiguo castillo.

Había llegado.

Las viejas piedras grises del edificio estaban cubiertas de hiedra trepadora y enredaderas. A lo lejos se oía el sonido de las olas al romper contra el acantilado de los Susurros, y la brisa le traía el olor del océano salado. Se detuvieron ante una entrada flanqueada por dos guardias. Mientras esperaba a que uno les abriera la puerta, se preparó para salir: recogió las pertenencias que había dispersado por el asiento durante el largo viaje y compuso una expresión para disimular la sonrisa impaciente.

Vio por la ventanilla que ninguno de los guardias se había adelantado. ¿Acaso tenía que bajar del carruaje ella sola?

Por lo visto, sí.

«Ahora eres una dalta —se recordó Clía—. Una futura guerrera que hace el entrenamiento».

A los guardias les daba igual que fuera una princesa. No era la primera que entraba por aquellas puertas.

Irguió la espalda y abrió la puerta. Bajó con cuidado al empedrado, y por el camino se le torció la tiara sobre la cabeza.

Se estiró las faldas, dedicó a los guardias una sonrisa deslumbrante y echó a andar hacia el edificio. El conductor se encargaría de entrar con el resto del equipaje. Murphy tiró el cubo de agua que ella le había llevado y saltó del carruaje para ir tras ella.

Clía se colocó bien la corona con una confianza que no sentía antes de abrir las puertas del prestigioso castillo. La manera más rápida de esconder un error consistía en fingir que lo tenía planeado desde el principio.

La luz entraba a raudales por las ventanas del salón principal y creaba una sinfonía de contrastes. Había guardias en posición de firmes contra las paredes y los uniformes oscuros se fundían contra las sombras de las paredes de piedra. Las columnas talladas con enredaderas y árboles sostenían el alto techo. Todo parecía guiar la mirada hacia la pared más distante, donde una losa de mármol cincelada mostraba la imagen de fieros seres del Otro Mundo, todo zarpas y garras, alrededor de una figura conocida.

La deidad de la guerra y la batalla, del sueño y la muerte. Ríoghain.

Se erguía en toda su estatura, con la espada desenvainada y la expresión resuelta, como si con la mirada dominara a un ejército. La gema incrustada en la corona que llevaba en la cabeza casi parecía relucir a la luz que se filtraba en la estancia. Era la gema de Ríoghain, uno de los dones del Treibh Anam.

La estancia estaba llena de draois ataviados con la túnica blanca hasta la rodilla y guerreros con la espada al costado que llegaban por los dos pasillos que se abrían, uno a cada lado del salón. En las paredes se veían estandartes y tapices, así como puertas que llevaban a sitios que Clía se moría por explorar.

Pero, por el momento, debía centrarse en su objetivo.

Domhnall tenía que estar por allí.

—Perdona, ¿dónde están mis habitaciones? —preguntó al guardia más cercano.

—¿Dalta? —El guardia la miró desde arriba y Clía asintió—. Los dormitorios de los daltas están en el ala este. Todo recto por el pasillo, dobla la esquina dos veces y a la izquierda. El draoi Griffin te estará esperando.

Le dio las gracias y echó a andar con la cabeza muy alta y los hombros erguidos.

Al final del pasillo se encontró en la biblioteca. Los faroles iluminaban las paredes de piedra y la luz natural se derramaba en la sala procedente de dos enormes ventanales. El techo era casi tan elevado como el del salón principal, y las estanterías de tres paredes llegaban casi hasta allí. Varias escaleras móviles permitían el acceso a los tomos polvorientos. Justo ante ella, entre las ventanas altas, la chimenea ardía a pesar de que el verano aún se aferraba al aire, y un montón de alfombras descoloridas proporcionaban un lugar para sentarse ante el fuego.

En el centro de la biblioteca había un hombre. La túnica dorada que vestía relucía contra la piel morena del cuerpo enjuto y lo delataba como draoi de alto rango. Estaba inclinado sobre un libro, con una arruga de concentración en la frente.

—¿Draoi Griffin? —Entró en la habitación con pasos quedos.

El hombre alzó la vista y parpadeó al ver a Murphy. El dobhar-chús estaba junto a las piernas de Clía con el hocico alzado. El draoi suspiró.

—La princesa Clíodhna, me imagino. Encantado de conocerte.

Clía se quedó en la puerta sin saber qué hacer. Si estuvieran en el palacio, el hombre se habría apresurado a acercarse a ella para darle la bienvenida. Intercambiarían unas frases corteses, la conversación fluiría, tal vez le daría alguna información sobre lo que iba a pasar. Pero ya no estaba en su casa, y el hombre se limitaba a mirarla. Expectante.

Enderezó la espalda y trató de invocar la elegancia que con tanta naturalidad le salía a su madre.

—Me han dicho que venga aquí para ir a mis habitaciones.

—Claro. Ven conmigo.

Le hizo una seña para que lo siguiera y la guio hacia una puerta que se abría junto a una de las gigantescas estanterías. Al otro lado había un pasillo estrecho y serpenteante de piedra fría.

La puerta se cerró de golpe tras ellos.

La humedad del verano atrapada entre los erosionados muros del castillo se le aferró a la piel y a los pulmones. Cuanto más se adentraban, más se preguntaba Clía las cosas que habrían visto aquellas estancias.

Nadie sabía a ciencia cierta lo antiguo que era el castillo. Era un punto fijo en la historia de Inismian, una institución sagrada de los rituales y sabiduría del Draoi que abrían a los demás para compartir sus conocimientos. Muchos creían que databa de antes de la creación de los cinco reinos. El castillo en sí era un prodigio de la arquitectura, con siete torreones y una puerta de acceso que había protegido durante siglos a los draois en la fortaleza.

El draoi Griffin se detuvo ante una puerta de madera y la abrió para mostrar una habitación de menor tamaño que su armario del palacio. En el rincón había una cama pequeña de madera, de aspecto frágil, con un colchón a la vista y sábanas finas de lana dobladas. No había ventana ni lavabo. El único ornamento era un arcón pequeño, al otro lado de la cama.

Un arcón donde tendría que meter todas sus ropas.

—¿Ya está? ¿Nada más? —preguntó sin poder contenerse.

—Es una habitación normal para los guerreros. El resto de los daltas compartirán el salón contigo. Te recomiendo que empieces a instalarte. A mediodía, os haré un recorrido por Caisleán Cósta, y después comeremos. Todo el mundo deberá estar presente.

Se volvió hacia él y consiguió reconstruir la sonrisa.

—Gracias por acompañarme hasta aquí. Los criados van a traerme los baúles. Te agradeceré si les indicas dónde estoy.

Griffin apretó los labios y asintió.

—Claro. Mandaré a tus criados. Si tienes alguna pregunta, estaré en la biblioteca.

Y, sin más, se dio media vuelta y la dejó en lo que era poco más que la celda de una mazmorra.

CLÍA NO TENÍA TIEMPO PARA TRANSFORMAR LA HABITACIÓN EN ALGO tolerable. Apenas había empezado a deshacer el equipaje cuando recordó el recorrido de Griffin.

Dejó a Murphy dormido en la cama y salió apresurada de la habitación para recorrer el pasillo a paso vivo. Una dama nunca corre, y Clía, menos.

En la biblioteca la recibió un mar de rostros que la pilló desprevenida. Se sobresaltó al cerrarse la puerta de golpe a su espalda, pero hizo frente a las miradas de curiosidad que se clavaron en ella y, con la cabeza alta, fue a reunirse con los demás.

Un vistazo rápido por la biblioteca le dijo que Domhnall no estaba entre los presentes.

Griffin se encontraba de pie junto a la chimenea, y la recibió con un gesto severo antes de dirigirse a los presentes.

—Ahora que estamos todos, podemos empezar. La biblioteca que veis es vuestra sala común, para uso exclusivo de los daltas. Durante el tiempo que paséis aquí habrá sesiones de entrenamiento físico, pero también tendréis que asistir a clases y conferencias.

Las dos cosas son cruciales para sobrevivir como guerreros, así que aprovechad todos los recursos a vuestro alcance para triunfar.

Los acompañó por todo el castillo para darles explicaciones sobre cada habitación que recorrían. Clía prestó mucha atención y memorizó todo lo que les decía. La antigüedad y la historia del castillo saltaban a la vista en cada recoveco. Había caminos horadados en la piedra, alfombras descoloridas por el tiempo y por el sol, enredaderas que crecían en las grietas de las paredes. En toda la fortaleza se sentía el olor de los libros de los draois, una mezcla de cuero viejo y páginas polvorientas.

Cuando salieron del castillo para dirigirse hacia los terrenos de la zona norte, atravesaron un ondulante prado verde y jardines floridos antes de llegar a lo que Griffin denominó «área de entrenamiento». Clía vio a su derecha una armería con más armas de las que había visto en toda su vida. Ante ella, los muros de piedra gris que les llegaban a la cintura delimitaban un espacio cubierto de arena clara, rodeado de gradas. Y, en el centro de la arena, un hombre aguardaba de pie su llegada.

El aura de severidad que irradiaba era visible pese a la distancia. Vestía un jubón rojo sangre a juego con la compleja filigrana de metal del puñal oscuro que llevaba a la cadera. Tenía el pelo liso, muy corto, negro, que contrastaba con la blancura de su piel. Las arrugas se le fundían con las cicatrices, trofeos victoriosos de muchas batallas.

Su voz era tan aguda como una espada afilada.

—Bienvenidos. Soy el general Kordislaen.

Se oyó un murmullo entre los jóvenes. Palabras de sorpresa, de emoción. De miedo.

Clía recordó una vez más lo que le habían dicho sus padres. Todo Inismian conocía la reputación del general Kordislaen, las batallas en las que había peleado, las vidas que había salvado. Era temerario. Era despiadado. Se contaba que, hacía ya dos décadas, había conseguido expulsar a los ionróndios de Scáilca y poner fin a sus incursiones durante casi una década. En la actualidad, Kordislaen dirigía Caisleán Cósta con mano de hierro, y en los diez últimos años su control de la academia no había hecho más que incrementar su leyenda.

—Gracias por traerlos, draoi Griffin. —Las palabras eran en realidad una orden para que se retirara, y Griffin obedeció sin titubear—. Espero que hayáis descansado del viaje, porque el aprendizaje empieza ahora. Para los que no lo sepáis, soy un curadh, que es a lo que aspiráis vosotros. Pero, más importante aún, soy el jefe de Caisleán Cósta, General y Espada de Scáilca, y solo respondo ante el jefe Lyons y ante el propio rey Cathal. Me encargaré de dirigir vuestro entrenamiento. Bajo mi tutela, se espera de vosotros que alcancéis la excelencia. La reputación de Caisleán va en ello.

»No importa vuestra procedencia. Todos tenéis que demostrar que os merecéis estar aquí. Algunos ya os habéis empezado a labrar una reputación por vuestro valor, fuerza e inteligencia. —Hizo una pausa tras cada palabra y fue mirando a los ojos a los nuevos daltas—. De todos los guerreros y nobles de Inismian, vosotros sois los que estáis hoy ante mí. No olvidéis que aprender aquí es un privilegio. Si veo que lo olvidáis, os mandaré de vuelta a casa. No permitiré que el título de curadh o nuestra arma estén en manos indignas.

Se dio una palmada en el pecho, en la insignia que se sujetaba la capa: un círculo de nudos de plata en torno a un puñal. El emblema de Caisleán Cósta.

Clía solo había visto aquella insignia dos veces en toda su vida. Una la tenía una oficial de Álainndore, que no se la quitaba nunca; la otra era de Ó Connor, que la guardaba a buen recaudo en la biblioteca. Rara vez la lucía, y eso que era el más alto honor que podía recibir un guerrero de Inismian.

El número de los considerados dignos de recibir la insignia había menguado aún más desde que Kordislaen se hizo cargo de la academia. Hacía tres años, ni un solo estudiante estuvo a la altura de sus expectativas, con lo que decidió que no iba a conceder ningún título. Por eso se valoraba tanto a los curadhs: los únicos que completaban el curso de un año eran los bendecidos por los dioses.

—Solo quiero aquí a los mejores. Me da igual que tengáis un título o vengáis de una familia noble: mi tiempo se lo dedico a los guerreros más fuertes y disciplinados de Inismian. Ese honor conlleva oportunidades con las que no podéis ni soñar y un nivel de respeto que no se puede conseguir de ninguna otra manera. Vigilaré vuestra evolución y talento natural durante todo el año para comprobar sois dignos de él. No me falléis.

»Bien. Antes de enseñaros el arte de la batalla, tengo que saber desde dónde partimos. El curso comenzará con una prueba.

A Clía se le encogió el corazón.

«¿Una prueba? ¿El primer día?».

—Id a la armería y elegid un arma. Os recomiendo que sea algo con lo que os sintáis cómodos. Volved con ella dentro de cinco minutos.

PARA CUANDO CLÍA CONSIGUIÓ ABRIRSE CAMINO ENTRE LA GENTE, LA armería era un caos, un desastre. Aterrada, buscó con los ojos alguna espada, y cogió la que vio más cerca. El acero le pesó en las manos al tratar de levantarlo, pero no podía hacer otra cosa. El general Kordislaen aguardaba.

Nada más volver, Kordislaen los organizó por parejas, y a ella le correspondió una chica alta y musculosa, capaz de partir a Clía en dos con la mano. Era muy hermosa, con la piel bronceada y una melena impresionante de pelo oscuro y rizado al que el sol arrancaba destellos rojizos. Caminaba con una seguridad innegable y un paso tan elástico como si el propio suelo se combara ante su voluntad de avanzar.

—Soy la princesa Clíodhna Fionnáin. —Clía saludó a su compañera con la sonrisa cálida de su máscara habitual. No le iba a servir de nada mostrarse intimidada, y más le valía invertir las energías en trabar amistad con ella. Le iba a hacer falta una aliada.

Al oír su nombre, la otra chica entrecerró los ojos y la miró de arriba abajo antes de apartar la vista despectiva y sacudir la melena.

—Niamh Morrigan.

—¡A las gradas! —La voz del general Kordislaen retumbó y puso fin a cualquier intento de conversación.

Clía se sentó en primera fila, con lo que tenía unas vistas perfectas de la arena. No podía permitirse el lujo de perderse ni un detalle.

—Excelente. —El general se cruzó de brazos—. ¿Algún voluntario para empezar?

Niamh levantó la mano al instante.

—¡Yo! —anunció por encima del viento.

El guerrero arqueó las cejas y Clía habría dicho que casi estaba impresionado si no fuera porque no parecía capaz de sentir una emoción positiva.

—Perfecto. Morrigan, ¿no?

—Sí, señor.

—Tu padre era un curadh.

Ante la mención de su padre, la chica torció el gesto.

—Sí, señor.

—Lord Declan Morrigan era un gran guerrero. Veremos si estás a la altura. Ven. —Niamh se levantó y fue hacia donde le había indicado—. ¿Quién te ha correspondido?

Niamh señaló a Clía, que levantó la mano, titubeante.

—Yo.

Kordislaen la miró.

El corazón le latía a toda prisa al ponerse en pie. Arrastró la punta de la espada por la tierra mientras se dirigía a donde la esperaban. Llegó junto a Niamh y Kordislaen la miró.

—Ah, Fionnáin.

—Princesa Fionnáin —respondió.

La corrección le salió automática; cuando era pequeña, no entendía la etiqueta, pero sus padres insistieron en que jamás olvidara aquella regla: a un miembro de la familia real había que dirigirse por el título.

Kordislaen la paralizó con una mirada.

—Aquí, no. Aquí, si quieres un rango, te lo tienes que ganar.

A Clía se le cayó el alma a los pies. Kordislaen había echado por tierra sin vacilar las reglas de la corte. Al parecer, Caisleán Cósta tenía sus propias leyes.

El general se dirigió al resto de la clase.

—La prueba de hoy comenzará con un duelo. Vuestro adversario se ha elegido al azar, como sucedería en el campo de batalla. Morrigan, Fionnáin. Cuando dé la señal.

Se le detuvo el corazón.

—¿Qué? ¿Tan pronto? ¿Y contra… esta? —Trató de no pensar en los músculos que había admirado hacía unos momentos—. ¿No tendríamos que conocernos un poco antes?

—Cuando tienes la hoja de una espada contra el cuello, no hay tiempo para cortesías. La bondad no te va a proteger. —Kordislaen se sentó en las gradas—. Va a ser un duelo a primera sangre. No quiero… heridas innecesarias, pero haced lo que tengáis que hacer.

Clía abrió mucho los ojos, espantada. Miró en dirección a las gradas en busca de alguna persona razonable que pusiera fin a aquello, y divisó a un chico de cabello rubio. ¡Domhnall! ¡Estaba allí! Él la podía ayudar. Vio en sus ojos alarma y confusión, pero el príncipe apartó la vista a toda prisa.

A ella se le hizo un nudo en el pecho.

—¿Has terminado de rezar? —Niamh esbozó una sonrisa y adoptó la postura de ataque, con las rodillas flexionadas y la espada en alto.

—No voy a pelear contigo —replicó Clía.

La espada le pesaba en las manos. No había viajado allí para hacerle daño a nadie; había ido para aprender, para demostrar su valía. Pensaba que desarrollaría la habilidad con armas de entrenamiento, no en duelos con acero afilado nada más llegar, y empezaba a darse cuenta de lo ciega que había estado. Se sonrojó al comprender hasta qué punto había sido una ingenua.

—Vaya, ¿la princesita tiene miedo? Venga, no me estropees esto.

Niamh inclinó la cabeza a un lado. Luego, se lanzó al ataque.

Clía se apartó por puro instinto. Se le desgarró el vestido al pisárselo mientras trataba de recuperar el equilibrio. Soltó la espada, que quedó en la tierra, detrás de Niamh, cuando esta se volvió con los ojos brillantes.

Eso era justo lo que Niamh quería: la caza. Que Clía se esforzara, que tratara de ser una rival a su altura. Si no tenía oponente, ¿cómo iba a exhibirse?

Niamh le cortó el camino hacia la espada. No podría cogerla. Y, aunque tuviera un arma, acabaría con ella en un instante. Clía no había recibido ningún entrenamiento, y Niamh parecía bendecida por Ríoghain.

El miedo le clavó las garras en el pecho, la paralizó. Niamh se lanzó de nuevo contra ella, y los reflejos de Clía no entraron en acción a tiempo. No sabía esquivar. El metal le hirió el brazo.

Dejó escapar una maldición y los ojos se le llenaron de lágrimas. Se llevó la mano a la herida bajo la mirada atenta de Niamh. Cuando apartó la palma, la tenía cubierta de rojo.

—Ha sido un espectáculo patético. —La voz de Kordislaen resonó sobre la arena—. ¿Cómo te atreves a luchar así? ¡Y en Caisleán!

Cada palabra iba cargada de ira. Clía se quedó muda, roja de vergüenza.

—Vuelve a dejar la espada en la armería. Ni siquiera la has utilizado. —Sacudió la cabeza, y el desprecio que se leyó en sus ojos le dolió más que la ira. Parecía que no sabía hacer más que fracasar—. Apártate de mi vista antes de que te castigue por este fracaso. Mañana, cuando vuelvas al entrenamiento, espero que al menos finjas que eres digna del puesto que ocupas.

Capítulo 7

El aullido del viento que acariciaba las murallas de Caisleán Cósta recordaba los gritos de los guerreros que antaño lucharon allí.

Ronan, que recorría los pasillos del antiguo castillo, no podía evitar pensar en los que lo habían hecho antes que él. Monarcas, dignatarios y héroes legendarios. El castillo los había cobijado a todos, en un momento u otro.

Y ahora, a él.

Esperaba notar algún cambio en su interior. Una nueva confianza, o el fin de su ambición desmedida. «Algo».

Pero no se sentía distinto del día anterior.

Solo podía pensar en cual debía ser su siguiente paso. En la necesidad de mostrar su valía en Caisleán.

Los rumores sobre la naturaleza despiadada e implacable de Caisleán Cósta eran moneda frecuente en cada patio de entrenamiento que había pisado. Pero le daban igual. No le importaba caer rendido en la cama cada noche, desesperado por dormir. Ni despertar con los miembros agarrotados de dolor. Lo único importante era que había llegado hasta allí.

Quizá nunca se librase del dolor, de las pesadillas, de esos aspectos de su vida que se esforzaba por ocultarles a los demás a cualquier coste. Pero sentía una quietud en el alma al saber que eso no lo frenaba, ni lo haría en el futuro.

Ronan se adentró en la sala que les serviría de aula. Era grande, con filas de bancos suficientes para las pocas docenas de daltas presentes ese año. Nada más entrar distinguió enseguida a la princesa Clíodhna sentada al frente, cerca de un grupo de guerreros, pero separada de ellos. Al vestido que le habían roto durante la prueba le faltaba el dobladillo, y el tejido desgarrado ahora le envolvía la herida del brazo. El sol poniente se derramaba por las ventanas y convertía su cabello en un halo de luz. Pese a la sangre y el polvo que le manchaban la cara, sonreía a un guerrero que se había girado a hablar con ella.

Ronan encontró a Domhnall al fondo de la clase, sentado junto a Niamh Morrigan. Ocupó un asiento a su lado, pero, antes de que dijese nada, el draoi Griffin entró en la sala.

—Estáis aquí para aprender el camino de Ríoghain. El camino de la guerra. —Ante el sonido de su voz, suave pero firme, la sala se sumió en el silencio—. Para forjar a un guerrero no basta entrenar el combate. Para convertiros en auténticos soldados, debéis estudiar la historia y el arte de la guerra. Debéis comprender los cálculos y conjeturas previos a desenvainar una sola espada.

Durante un par de horas, el draoi estableció los fundamentos de las lecciones futuras, y Ronan lo escuchó con atención. En el palacio ya había estudiado por su cuenta, pero no era fácil conseguir que un draoi te enseñase. No pensaba desperdiciarlo.

El draoi Griffin era un brillante orador. Ronan se preguntó qué lo habría llevado a Caisleán Cósta. La orden del Draoi daba la bienvenida a cualquiera que quisiera dedicar su vida al Treibh Anam y al continente y, por ese motivo, había draois por todo Inismian. Algunos residían en los cinco institutos dirigidos por el Draoi, como Caisleán Cósta, dedicado a preservar el camino de su deidad protectora; otros permanecían en la corte, con la nobleza, como consejeros de los líderes de Inismian; unos cuantos vivían entre la gente común y cuidaban la tierra de cerca.

Aunque algunos draois sabían, nada más unirse, qué camino deseaban seguir, otros iban a donde eran más necesarios. ¿A qué grupo pertenecería el draoi Griffin? ¿Habría soñado siempre con Caisleán Cósta, como Ronan?

—Creo que ya basta por hoy. Os dejaré un poco de tiempo libre para que os asentéis. Mañana seguiremos con la conversación.

Tras esas palabras, Ronan y Domhnall salieron de la sala detrás de sus compañeros de clase.

—Había pensado en ir a...

—Tengo algo que hacer. ¿Nos vemos luego? —lo interrumpió Domhnall, sin quitarle ojo a Niamh, que se iba pasillo abajo.

—Claro. —Ronan le lanzó una mirada inquisitiva, pero el príncipe ya se iba.

Antes siquiera de poderse preguntar qué tramaba Domhnall, una voz lo llamó.

—Ó Faoláin. —Kordislaen se había parado a corta distancia de él—. Hablemos un momento.

Tras años de entrenamiento, preparación y trabajo para llegar hasta allí, de repente Ronan se quedó sin palabras; solo pudo asentir y esperar a que el general hablase.

—Te has convertido en todo un guerrero, como predije. —La expresión que se asomó a las facciones de Kordislaen casi casi podría considerarse una sonrisa.

Ronan carraspeó.

—Gracias, señor. No lo habría logrado sin ti.

El general asintió.

—Entrenar y estudiar ayuda, por supuesto. Pero tu éxito se debe a una mente perspicaz e instintos certeros. Nada más verte, supe que tenías un potencial con el que la mayoría no podrían ni soñar. Siempre he tenido fe en que te abrirías camino hasta llegar aquí.

A Ronan se le aceleró el corazón. Kordislaen aún se acordaba de él, y creía en él.

—Gracias, señor. Por todo.

—No hace falta que me des las gracias. Animarte a seguir tu camino era mi deber hacia Scáilca y hacia Ríoghain. Eres un gran guerrero, y sé que ya has servido bien a tu reino. Lo único que espero de ti es que continúes por ese camino.

Rebuscó en su mente una respuesta a la altura, más allá de «Gracias, lo haré» o «¿Cómo podría agradecerte alguna vez lo que has hecho?».

Al final se tuvo que contentar con asentir.

—Has pasado por muchas cosas, más de las que te corresponderían por tu edad. Pero perseveraste y destacaste sobre tus iguales. Eso requiere auténtica fortaleza, una fuerza interior con la que algunos daltas solo podrían soñar. Sin embargo, me preocupa que haya quien sienta celos por la ayuda que has recibido. —Kordislaen escogió las palabras con cuidado—. Pueden llegar a pensar que recibes un trato preferente. Se te va a tratar como a los demás, y sufrirás las mismas consecuencias que cualquier otra persona, pero a veces la desesperación da paso a la sospecha. Sería conveniente que no divulgases tu historia.

«Mi historia». Kordislaen se refería a la influencia que había ejercido en la vida de Ronan.

—Sí, señor —respondió de inmediato—. Por supuesto.

—Bien. Sigue con lo tuyo. Estudia un poco antes del almuerzo de mañana. La mejor forma de no quedarse atrás es ir por delante.

—Tu habitación es muy aburrida. —Domhnall contempló el pequeño espacio. Con los dos dentro, no quedaba sitio para moverse, pero Domhnall lo intentó de todos modos—. Como tú —añadió, pensativo.

El ejemplar de *Historia anotada de Tinelann* reposaba en las manos de Ronan. Debería estar leyéndolo, pero el príncipe parecía empeñado en ponérselo difícil.

—Da gracias de que sea lo bastante grande para tu ego —respondió Ronan.

En el palacio de Suanriogh, los guardias compartían dormitorios. Muchas veces había convivido con otros cuatro guerreros. Tener un espacio propio era todo un lujo.

El dormitorio estaba limpio, pero desnudo. No necesitaba adornos y, además, tampoco sabía cuánto tiempo lo iba a ocupar. En su caso, el riesgo de que lo mandasen de vuelta a casa era doble; porque, si rechazaban a Domhnall, Ronan, como guardia del príncipe, partiría con él. Y si era Ronan a quien despedían... Bueno, no quería ni pensarlo. Pero, en cualquier caso, tenía que estar preparado para marcharse sin previo aviso, y, por eso, en el dormitorio no había más detalle personal que sus libros. Estaba allí para perfeccionarse como guerrero, y no había mejor manera de hacerlo que leer. Los volúmenes y los textos se acumulaban en pilas bien ordenadas, en el suelo y en todas las superficies disponibles.

Domhnall, que toqueteaba la portada de un ejemplar de *La era del Treibh Anam*, habló de nuevo.

—He oído que Kordislaen conversó contigo mientras me iba. ¿De qué quería hablarte?

—No era nada importante. —Ronan trató de seguir con la lectura.

—¿Ahora te vas a poner misterioso?

Al oír un libro que caía de la mesa al suelo levantó la vista hacia el príncipe; pese a estar junto al volumen caído, era la viva imagen de la inocencia.

Ese hombre era peor que un gato.

Lo taladró con la mirada y Domhnall, dándose por aludido, recogió el libro y se lo pasó a Ronan. Era viejo y tenía el lomo muy gastado, y la caída le había asestado el golpe definitivo. Las páginas estaban sueltas. Leerlo iba a ser engorroso.

—Me has roto el libro.

—Lo sacaste de la biblioteca de mi familia, así que creo que en realidad es mío. De todos modos, no es nada especial. Seguro que aquí en Caisleán lo tienen también. —Se encogió de hombros—. ¿Podemos volver a lo que importa, es decir, tu conversación con el general?

Ronan suspiró y se pasó la mano por el pelo.

—No hay nada que decir.

Domhnall conocía el vínculo de Ronan con Kordislaen y el motivo de venir a Caisleán, pero ahora que el general le había pedido discreción, Ronan se sentía reacio a recordárselo. Además, una vocecilla en el fondo de la cabeza le decía que quizá Kordislaen tuviese razón y que la gente no creería que se había ganado estar allí. Otra vocecilla, aún más débil, se preguntaba si no tendrían razón. Después de todo, ¿estaría allí si Domhnall no lo hubiese solicitado?

«No importa. Si llegaste a capitán de la guardia de Domhnall fue porque trabajaste muy duro.

»Claro que también sabías que entrar en el círculo del príncipe te garantizaría una mejor posición».

La culpa le atenazó la garganta.

—De acuerdo. Pregunta lo que quieras.

Domhnall lo miró con una expresión extraña.

—¿Y me responderás con algo más que monosílabos?

Ronan reprimió un suspiro. Domhnall nunca ponía las cosas fáciles.

—Sí —murmuró, pero el príncipe ladeó la cabeza, a la espera. Ronan se obligó a continuar—: Lo prometo.

—Gracias. —Domhnall respondió con una gran sonrisa; nada lo hacía más feliz que ganar—. Creí que sería más difícil convencerte. Ya estaba pensando en qué método de tortura usar.

Ronan no estaba demasiado convencido de que no lo estuviese torturando ya.

Domhnall ladeó la cabeza; probablemente discutía consigo mismo cómo empezar el interrogatorio.

—Desde que volviste a Scáilca, ¿le has escrito a tu padre?

—No —admitió Ronan en voz baja.

—Me has prometido más sílabas —le recordó Domhnall.

Ronan le lanzó una mirada indignada.

—De acuerdo. No, no le he escrito aún, porque no quiero sentirme mal por haber logrado mi objetivo.

Las facciones de su amigo se suavizaron en un gesto comprensivo.

—Tu padre se preocupa por ti. No se lo puedes echar en cara.

Sabía que Domhnall tenía razón. Ronan tenía pesadillas sobre su madre, pero él protagonizaba las de su padre. Había perdido a una esposa en el camino del guerrero, y Ronan había escogido por voluntad propia ese mismo camino. Para su padre, que Ronan acudiese a Caisleán Cósta era como si se condenase a sí mismo a una muerte inevitable.

—Esta noche le escribiré —prometió—. Ahora respóndeme tú a una pregunta: ¿a dónde fuiste después de la clase?

—Tenía que preguntarle algo al draoi Griffin. —Domhnall se reclinó hacia atrás y apoyó la mano en el baúl de viaje de Ronan. La respuesta no sería inapropiada, excepto por el detalle de que el draoi Griffin seguía en el aula cuando ellos se marcharon.

Lo que significaba que Domhnall le ocultaba algo. Otra vez.

—No me puedo creer que Clía esté aquí —siguió Domhnall—. Para recordarme mis errores, seguro. —Ronan habría creído que el cambio repentino de tema era un intento de distracción, de no ser porque el príncipe parecía totalmente sincero—. Hice lo correcto al cancelar nuestro compromiso, ¿verdad?

La duda asomó a los ojos de Domhnall. Ronan lo había visto expresar orgullo, temor, obstinación y determinación... Pero la duda era algo nuevo.

—Dijiste que el rey Cathal no lo aprobaba —respondió Ronan—. Sería una locura oponerse a su voluntad. Y la princesa no es una guerrera; creo que hoy ha quedado bien claro.

—Tienes razón, por supuesto. —Domhnall asintió, pero la duda no desapareció. Antes de que el príncipe pudiese tirar más del hilo, Ronan cogió el volumen de *Historia anotada de Tinelann* y lo hojeó—. ¿Algo interesante en este?

—Poco que nos pueda ayudar a enfrentarnos a Tinelann. Tampoco hay nada que justifique su comportamiento actual, aparte de dificultades con los cultivos, que los haya empujado a buscar nuevas tierras hacia el sur.

—¿No tienen ningún vínculo histórico con Ionróir que hayamos pasado por alto? —Como príncipe scáilqueño, Domhnall tenía acceso a todo el conocimiento de Inismian, pero confiaba en las investigaciones de Ronan.

—No he encontrado ninguno. Tinelann siempre ha gozado de una posición naval dominante; no me sorprendería que ellos mismos hubiesen navegado hasta Ionróir para planear esos ataques. Pero no he visto nada que nos permita adivinar qué le han prometido a la corte ionróndia, ni predecir cuál será su próximo movimiento.

Domhnall asintió.

—El nuevo rey de Tinelann ha perdido el apoyo del Draoi, y aún no hemos descubierto por qué. Cada vez que los presionamos para que nos den más información, nos recuerdan su voto de neutralidad. Cabrones hipócritas. No tienen problema en jugar a la política para conseguir que los reinos se inclinen ante ellos...

No era la primera vez que Domhnall salía con algo así. Ronan le lanzó una mirada significativa (mejor tener cuidado y no hablar mal del Draoi en el castillo) y el príncipe respondió con un gesto de exasperación. En cuanto Domhnall se fue, Ronan volvió la mirada hacia el libro. Hasta ese momento, sus esfuerzos no habían arrojado ninguna información novedosa. Quizá fuese hora de buscar en otra parte.

~

La biblioteca de los daltas estaba desierta, excepto por una persona. La princesa Clíodhna se sentaba frente al fuego, con el pelo cayéndole sobre la cara, mientras miraba el libro que tenía en el regazo como si fuese una ofensa personal. A su lado, sobre un cojín, dormía a pierna suelta la bestezuela que había visto con ella en Álainndore.

Ronan dejó que la puerta hiciese ruido al cerrarse, para alertar a la princesa de que ya no estaba sola. Al oírlo se sobresaltó y cerró el libro.

—Discúlpame, alteza —dijo Ronan sin alzar la voz.

Ella se apartó el pelo de la cara y le sonrió; una sonrisa educada, como la que mostró en el patio.

—Capitán Ó Faoláin. Es un placer volver a verte.

Ronan lo dudaba mucho.

—Lo mismo digo, princesa.

—Por favor, llámame Clía. Aquí somos todos iguales, ¿no?

Se levantó y Ronan vio que se había cambiado de vestido; el dobladillo estaba intacto. Pero aún tenía la herida vendada con la tira que le había arrancado al otro vestido.

—¿Has ido a que te hagan una cura? —le preguntó.

La princesa se miró el brazo, sorprendida.

—Yo… Eh… Me temo que no he tenido oportunidad.

—Espera un momento. —Salió de la sala sin esperar respuesta y corrió a su habitación.

Cuando volvió, Clíodhna estaba de nuevo sentada, leyendo el libro. No levantó la vista hasta que se detuvo frente a ella.

Le enseñó la bolsita que traía.

—Vendas y otras cosas. Mejor limpiamos la herida, antes de que se infecte.

—Quizá debería ir a ver al sanador —ofreció ella, titubeante.

—Te harán lo mismo que yo, pero yo ya estoy aquí—. Alzó una ceja—. A menos que me creas incapaz. Te aseguro que, aunque mi trato con los pacientes es mejorable, tengo mucha práctica en hacer curas.

—Te creo. —Se sonrojó—. Gracias. —Su voz era casi inaudible sobre el crepitar de las llamas. Le ofreció el brazo a Ronan y él se puso manos a la obra.

Estaba acostumbrado a hacerlo; no era diferente de curar a otros guerreros después de una larga sesión de entrenamiento.

Excepto que nunca se había entrenado con ningún guerrero con la piel tan suave.

—Puede que esto te escueza —advirtió, antes de limpiar la herida con todo cuidado.

La princesa tensó los músculos, pero no se le escapó ningún sonido. El dobhar-chú sí que notó el respingo que dio. Para ser un animal tan pequeño, tenía una mirada muy amenazadora.

—No me va a morder, ¿verdad? —Lo dijo en broma. Más o menos.

Clíodhna se echó a reír; era un sonido agudo y casi musical.

—No, a menos que le des motivos.

No le quitó ojo a Murphy hasta que se acomodó de nuevo en el cojín.

—Me alegro de saberlo.

Mientras se dedicaba de nuevo a la herida, Ronan se permitió hacer la pregunta que le rondaba desde que la vio allí.

—Hacía varias generaciones que ningún miembro de la realeza álainndorina acudía a Caisleán Cósta. ¿Por qué has querido venir a entrenarte? Dudo mucho que te resulte divertido.

Ella se quedó inmóvil, y Ronan se preguntó si había metido la pata, y cómo.

—Sé que todo el mundo piensa que nuestros gobernantes solo se dedican a las fiestas y celebraciones —dijo Clía—. Pero mi familia es consciente de que se prepara una guerra. Le debo a mi pueblo superarme a mí misma para poder guiarlos como es debido en tiempos de crisis.

—¿Cuántas veces has practicado la frase? —preguntó Ronan, sin malicia.

Clía le dedicó una sonrisa cortante como una espada.

—No todo el mundo tiene el lujo de librarse de que se analice cada palabra que dicen, ni se discutan durante la comida la dicción y la entonación, delante de sus propias narices.

Ronan conocía la complejidad de la política palaciega; había visto a Domhnall zambullirse en ella, y de cerca. También sabía que no le atraía lo más mínimo. Se encogió de hombros.

—Conmigo no hace falta que midas las palabras. Te lo prometo. No me interesan los chismorreos y no estoy en posición de juzgar a nadie. Así que cuéntame: ¿por qué estás aquí, de verdad?

—Se podría decir que quiero demostrar algo.

Eso podía entenderlo.

—Ya te darás cuenta de que tenemos eso en común. —Sonrió mientras le ponía una venda limpia.

—Se te da bien —dijo, tras examinar el trabajo de Ronan—. ¿Has pensado en ser sanador?

—Mis talentos se decantan más hacia infligir heridas que curarlas, pero gracias. —Se fijó en el libro que leía—. ¿Te estás poniendo al día de las lecciones de historia?

Clía se recostó en la silla y cerró el libro sobre el pecho.

—Admito que mi conocimiento militar es deficiente. Mis padres siempre me animaron a centrarme en otros temas, en batallas de otro tipo. Pero esa mentalidad ya no me sirve. Tengo que recuperar el tiempo perdido.

Su resolución era admirable, pero el plan tenía un fallo evidente.

—El libro no te enseñará a blandir una espada.

—Quedarme sentada sin hacer nada tampoco me ayudará —replicó—. Puede que tu instinto sea tirar de la espada… Yo cojo un libro.

Ronan se llevó la mano al puñal que tenía en el cinto.

—¿Puedo? —preguntó y, al recibir un gesto afirmativo, le cogió la mano con suavidad y cerró la suya sobre la de ella, de forma que los dedos delicados rodeasen la empuñadura—. Se sujeta así. La clave es agarrarlo con fuerza, pero sin rigidez. Quieres controlarlo, no que te arrastre. —Mientras hablaba le movió el brazo para enseñarle algunas posiciones básicas—. Con una espada será distinto, pero el principio básico es el mismo.

Ella bajó la vista un momento, y luego le devolvió el puñal.

—¿Para qué has venido a la biblioteca?

Ronan se sorprendió. Casi se había olvidado.

—Quería investigar un poco más sobre las montañas Diamhair. Al contrario de lo que piensas de mí, mi primer instinto también es coger un libro.

Que le echase en cara sus prejuicios no pareció avergonzarla. Más bien le provocó un brillo de curiosidad en los ojos.

—Te preocupa saber por qué Tinelann rompería el tratado —dijo—. Yo me hago la misma pregunta. Después de la reunión, me pregunté qué otro motivo tendrían para ir a las montañas, aparte de viajar.

—Los mares suelen estar en calma y podrían navegarlos. Si necesitan acceso al resto de Inismian, hay rutas mucho menos arriesgadas —contestó Ronan.

Clíodhna le respondió con una sonrisa diferente de las que le había visto hasta entonces: sincera, y no solo una máscara.

—Lo que significa que hay otra razón.

Ronan asintió.

—Hay un motivo obvio: los pasos de montaña les permiten enviar hombres a nuestros reinos con discreción. Con las debidas precauciones, incluso podrían establecer campamentos en las colinas de cara a posteriores acciones militares. —Se dirigió a una estantería y rebuscó en ella—. Dados la ubicación estratégica de las Diamhair y el tratado que garantiza que nadie los molestará, es un plan inteligente. Siempre que no los pillen. —Cuando encontró por fin lo que buscaba, le llevó el libro a Clíodhna.

—Estoy de acuerdo. Pero ¿y si hay algo más? —Miró el libro que sostenía Ronan: *La era del Treibh Anam*. Levantó la vista y le brillaban los ojos—. ¡Me alegra ver que no soy la única que lo piensa! Podrían estar buscando la gema de Ríoghain.

Todo el mundo había oído hablar de los dones del Treibh Anam. La flor, el árbol, el arpa, la red y la gema. Eran historia y a la vez mito, tesoros de los dioses. Objetos mágicos que moldearon el pasado de Inismian y ayudaron a los reinos a sobrevivir. La gema de Ríoghain siempre había sido el más buscado… Deseado, como suele pasar con el poder, por quienes menos la merecían. Pero llevaba siglos perdida.

—Algunos draois creen que está oculta en las montañas, desde que Ríoghain volvió a Inismian para arrebatársela al Gran Rey Mael. —Ronan rebuscó entre las páginas hasta que encontró el capítulo adecuado.

Clíodhna estudió las ilustraciones de la página. Mostraban al Gran Rey de antaño, que se erguía orgulloso sobre la colina de Tiarnas. En el centro de la corona destacaba un asombroso cristal de color rojo sangre.

—Lo recuerdo de las lecciones de mi infancia —dijo Clía—. La gema canalizaba la energía directamente desde Tír Síoraí, y le daba una fuerza acorde a su voluntad. Pero no le bastaba. Quería todos los regalos del Treibh Anam y decidió conquistar Inismian para obtenerlos.

—Y entonces intervino Ríoghain —terminó Ronan.

—El texto dice que Ríoghain devolvió la gema al «corazón de Inismian». Las montañas Diamhair. Mael se lanzó en su busca, pero murió en una avalancha..., apuesto que provocada por Ríoghain —dijo Clíodhna.

—No me sorprendería —respondió Ronan, sonriente.

—Si la joya está allí, tiene sentido que alguien sediento de poder la busque. Y me parece que eso también está relacionado con los ataques ionróndios. Solo se atreverían a ir a por Domhnall si contasen con el apoyo de un reino inismiano..., y puede que el rey Ardal esté tan desesperado como para ofrecérselo a cambio de una distracción.

—Y de su ayuda para conquistar tierras y recursos del sur.

—Scáilca es demasiado fuerte para que lo conquiste por su cuenta...

—Y por eso se aliaría de buen grado con los ionróndios. Los envía a que nos hostiguen, con la idea de dejar el reino sin heredero y así desestabilizar Scáilca. Mientras tanto, los tinelannios buscan la gema en las montañas y el rey Ardal planea atacar Scáilca cuando se haya debilitado lo suficiente. —Las palabras le salieron a borbotones; intercambiar ideas les estaba ayudando a hacerse una imagen de conjunto.

Clíodhna hizo una pausa.

—Álainndore no ha sido atacado, pero creo que quizá nos tengan en el punto de mira. Nos han robado suministros en los pueblos del norte, cerca de las Diamhair. Tal vez piensen que somos tan débiles que pueden aprovecharse de nosotros. —Habló con voz firme, pero el temor subyacente era perceptible.

Ronan escogió sus palabras con mucho cuidado.

—Puede que se estén preparando para una invasión a gran escala y que planeen hacerlo a través de las Diamhair. Cuando estábamos en Álainndore, Domhnall propuso investigar Redhallow, y tenía sus motivos. Si Tinelann piensa en expandirse más allá de las montañas, ese pueblo sería un excelente punto de entrada. Está algo aislado del resto de Álainndore, pero a la vez lo bastante cerca de Tinelann y de la frontera de Scáilca.

—Así que Álainndore es su prioridad. —La princesa habló en voz baja, pero sonó como un grito.

Hacía décadas que la guerra no llegaba a Álainndore, desde mucho antes del reinado de los actuales monarcas. Ronan ni siquiera sabía qué tamaño tenía su ejército. Había criticado a Domhnall por cómo manejó la situación con Clíodhna, pero el príncipe no se equivocaba al juzgar su reino. Su preparación para la guerra era deplorable.

—Tengo que irme —dijo Clíodhna. Hizo ademán de dirigirse a la puerta, con Murphy pisándole los talones, pero Ronan la sujetó por la muñeca.

Por un instante, sus ojos de color avellana se cruzaron con los de él (casi dorados, bajo aquella luz), y no vio a la mujer que había estado a punto de prometerse con Domhnall, ni a la princesa vanidosa de la que le habían hablado. Solo era una muchacha preocupada por su hogar.

La piel de ella era cálida bajo sus dedos, y le dieron ganas de atraerla hacia él y ofrecerle consuelo.

La soltó al instante, como si quemase.

—Te pido perón. Solo... ¿Estás bien?

Una vez más, Clíodhna había adoptado la pose reservada y solemne de una princesa.

—Por supuesto. Nuestra conversación me ha dado mucho en que pensar. Te lo agradezco. Ahora, si me disculpas, tengo que escribir una carta.

Capítulo 8

El comedor, abarrotado de draois, daltas y guerreros, era una cacofonía de ruidos. Tras hablar con Ronan en la biblioteca, Clía había vuelto enseguida a su cuarto para escribirles una carta a sus padres. Cuando por fin bajó a comer, todo el mundo había llegado ya. El olor a polvo y a sudor que se adhería a la piel de los otros daltas casi tapaba el aroma de las mesas repletas de comida.

No se podía quitar de la cabeza la conversación con Ronan. Era un guardia de Domhnall y, por tanto, dado a tener una visión no muy positiva de Álainndore; pero no había sido despectivo. Había escuchado las inquietudes de Clía y había compartido las propias.

Si él no le hubiese hecho caso, quizá no sentiría la angustia que ahora la atenazaba. Hablar de los reinos de ambos y de los peligros que los amenazaban le recordó a Clía las partidas de fidchell: predecir los movimientos del adversario y descubrir los puntos débiles de su estrategia. Pero se había unido a la partida demasiado tarde.

Álainndore era débil. Quizá no como lo describió Domhnall al romper el compromiso, pero el reino de Clía carecía aún del entrenamiento y la dedicación de los guerreros scáilqueños y del cuidado diligente de su realeza. Scáilca, bajo la protección de Ríoghain, había prosperado, mientras que Álainndore se había centrado en exceso en cuestiones superficiales: moda, chismorreos, alianzas y manipulación. Había un tiempo y un lugar para todo, pero sus padres habían dejado que esos elementos se adueñasen de la corte y de ellos mismos.

El reino no estaba preparado para la guerra.

En la carta mencionó sus sospechas y que le preocupaba el destino del reino. Le envió también una segunda carta a Ó Connor, con un contenido similar.

Estaba demasiado lejos de casa como para poder intervenir, y además aún había otro problema que requería de su atención. Clía casi podía oír a su madre regañándola: «Céntrate en lo que tienes entre manos». Del reino ya se encargaban sus padres y Ó Connor. Lo mejor que podía hacer para ayudar era arreglar la ruptura con Domhnall.

El entrenamiento de aquel día no había ido como tenía previsto, y eso la frustraba en gran medida, pero la cena brindaba nuevas oportunidades.

Vio al príncipe sentado en la esquina del fondo y, cosa extraña, sin el capitán Ó Faoláin. Se peinaba el pelo hacia atrás con los dedos y tenía el jubón azul marino arrugado y cubierto de polvo, pero aun así ajustado a la perfección.

Cuando eran niños, Clía siempre lo ayudaba con la ropa. Domhnall se quejaba y se resistía, pero más tarde, cuando se presentaba con una apariencia impecable a cualquier evento, en sus ojos se leía la gratitud. Ya por aquel entonces se le daba fatal, y quizá las cosas no habían cambiado tanto.

Estaba atento a la conversación con la chica que se sentaba a su lado. Cuando se volvió, Clía reconoció de inmediato a la guerrera.

Niamh Morrigan.

¿Quizá a Domhnall le había incomodado el duelo y el ataque de Niamh, y se estaba interesando por el bienestar de Clía? O tal vez se conocían de antes. Kordislaen se había referido al padre de Niamh como «lord»... Los Morrigan debían de pertenecer a la nobleza scáilqueña. Era probable que se hubiesen criado en los mismos ambientes.

Pero, en ese caso, ¿por qué nunca le había hablado de ella? Domhnall y Clía habían compartido sus vidas en cartas y visitas. No habría olvidado mencionar a alguien como Niamh.

Al acercarse a ellos adoptó la sonrisa más luminosa que pudo y se alisó el cabello dorado. Era una oportunidad para reconquistarlo; nada de distracciones. Se le daba bien ese tipo de lucha.

—¡Clía! —Al verla acercarse, Domhnall apretó los labios—. Debo decir que me ha sorprendido verte hoy.

—¿Por qué? —preguntó con voz inocente.

—Bueno, yo… Nunca pensé que te interesase el combate. —Le lanzó una mirada indescifrable a Niamh y se puso de pie—. ¿Puedo hablar contigo un momento, en privado?

Clía arqueó una ceja.

—¿Para qué?

—Me gustaría decirte algunas cosas.

«Ha comprendido su error. Lamenta haberme dejado. Quiere que nos casemos antes del amanecer».

Apartó de la mente esas ideas ridículas.

—Por supuesto. Te sigo. —Señaló la puerta. Él la cogió del brazo con delicadeza y salieron de la sala.

Cuando alcanzaron la relativa tranquilidad del pasillo, Domhnall le soltó el brazo. Ella dio un paso atrás y lo miró de arriba abajo. Los brazos esbeltos, la mandíbula firme, los ojos familiares y penetrantes. Pese a todo lo ocurrido, verlo siempre la reconfortaba.

—Te he echado de menos —murmuró.

—¿Qué haces aquí? —dijo él al mismo tiempo, con voz estridente.

Clía se irguió y lo miró a los ojos. Domhnall esperaba una repuesta, impaciente.

—He venido a aprender.

—Nunca te han interesado las batallas ni los juegos de guerra, Clía. Si casi ni me escuchabas cuando te hablaba de mis entrenamientos. —Esbozó una sonrisa, como un amistoso recordatorio.

«Scáilca necesita una reina formidable. Y tú no lo eres».

—Tal vez me aburría lo que contabas. —Imitó su gesto y la sonrisa de él se desvaneció.

—Tú no eres así. Tú prefieres… los vestidos y…, no sé…, las joyas y los chismorreos.

«No me basta con tener a mi lado una cara bonita».

—¿Crees que no puedo disfrutar de otras cosas? —Se cruzó de brazos frente a él, que se quedó boquiabierto.

—No quería decir eso —respondió balbuceando—. Clía… Lo siento. Lo estoy haciendo muy mal.

—Por fin dices algo sensato —respondió, cortante. La mirada dolida de Domhnall le recordó que estaba allí para ganarse su admiración, no para enojarlo. Suspiró—. Disculpa. Eso ha sido muy grosero.

Él se rio sin ganas.

—No, tienes toda la razón. El grosero he sido yo.

Clía recordó entonces lo que era reír juntos, y cómo solían ser el uno con el otro.

Pero ahí radicaba el problema. Cómo eran antes el uno con el otro no había funcionado. Hacía falta comenzar de nuevo. Quizá lo hiciese allí.

Domhnall rompió el silencio.

—Quería hablar contigo para ser el primero en decirte que… —Inspiró hondo—. Me voy a casar.

Clía palideció. Lo había entendido mal, seguro. Las expectativas de sus padres y la responsabilidad de su puesto eran como una presión en el pecho; le costaba respirar.

—¿Perdón? —Un susurro dolido se abrió camino a través de los labios.

Domhnall dio un respingo.

—Estoy comprometido. Todavía no es oficial, pero pronto lo será. Mi familia se granjeará el apoyo de los nobles más recalcitrantes y Scáilca se verá fortalecida.

Una ira ardiente le consumió el pecho, pero la contuvo. Le escocían los ojos. No sabía si estaba más enfadada con Domhnall o consigo misma. Sacudió la cabeza para tranquilizarse.

—No puedo... No puedo creerlo.

—¿Va todo bien? —preguntó una voz conocida. Ronan avanzó hasta detenerse entre ambos.

—No pasa nada, Ronan. Eso es entre Clía y yo —dijo el príncipe mientras Clía se esforzaba por contener las lágrimas. Lo que menos falta le hacía eran testigos de su debilidad.

La mirada de Ronan se posó en ella, y tuvo la sensación de que veía todo lo que ella intentaba ocultar, y que, por mucho que se esforzase, el frágil control que tenía sobre sus emociones se estaba agrietando.

—Tal vez deberíamos ir a comer. —Las palabras de Ronan, dirigidas a Domhnall, parecían una sugerencia, pero el tono indicaba lo contrario. Domhnall se quedó pensativo un momento, como decidiendo qué le convenía más, y por fin asintió. Se despidió de Clía con una reverencia y luego se volvió en dirección al salón y despareció.

Clía inspiró con fuerza, para enterrar en lo más profundo de sí la cólera y la tristeza; ya se ocuparía de ellas más tarde, en sus propios términos.

Creía que Ronan seguiría a Domhnall, pero no se había movido, y la miraba como evaluándola.

—¿Te encuentras bien?

Era la segunda vez que se lo preguntaba en el mismo día.

—Estoy bien. De verdad. —Tiró de su entrenamiento de princesa para enderezar los hombros y calmar la voz—. Debería volver a mi cuarto. No tengo hambre, y ha sido un día muy largo. Te veré por la mañana. —Probó a sonreír, pero solo le salieron cristales rotos y un corazón vacío.

~

En su segunda mañana en Caisleán no la despertó el sol. Ni su luz ni su calidez lograron atravesar los muros de piedra del dormitorio.

Lo que despertó a Clía de un sueño intranquilo fueron unos golpes suaves en la puerta. Murphy dormía en el nido improvisado que se había hecho con mantas y cojines, sin que el ruido lo inmutase. Nunca se había sentido tan celosa de ningún otro ser vivo.

Se arrastró fuera de la cama y se pasó la mano por el pelo, como si así pudiese domesticar los mechones enmarañados. Abrió la puerta con cuidado y se asomó a mirar.

Y parpadeó, asombrada.

—¿Sárait?

La chica sonrió.

—Hola otra vez —respondió con voz dulce y despierta, pese a lo temprano que era.

Clía no sabía qué pensar al ver frente a ella a la costurera de Álainndore, con su habitual mata de pelo negro que reflejaba la luz de la vela y ese cuerpo diminuto que apenas le llegaba al hombro.

—¿Cómo…? ¿Por qué?

—Parece ser que al general Kordislaen no le hizo mucha gracia que pidieses entrenarte este año, después de rechazar la invitación anterior. El jefe Ó Connor buscó una forma de convencerlo, y resulta que Kordislaen necesitaba otra costurera. Ó Connor se ofreció a enviarle una, pagada por Álainndore, por supuesto. —Se encogió de hombros—. Siempre he querido viajar, así que al instante me ofrecí voluntaria.

«Ó Connor lo había organizado». Seguro que sabía que a Clía le gustaría ver una cara conocida. La estaba cuidando, como siempre.

Mientras hablaba, Sárait estudió a Clía de los pies a la cabeza: el pelo enmarañado, el camisón arrugado, y seguro que tenía los ojos enrojecidos de llorar la noche anterior. La mirada de la muchacha se endulzó y eso casi la hizo llorar de nuevo. Pretendía transmitir fuerza para impresionar a Domhnall, y en vez de ello daba lástima.

Por suerte, Sárait no hizo comentario alguno; solo rodeó a Clía y entró en la sala. El movimiento despertó a Murphy, que, antes de que Clía pudiese detenerlo, saltó hacia Sárait. Clía intentó apartarlo, pero Sárait se agachó entre risas para saludar al dobhar-chús.

—Yo también me alegro de verte —le dijo. Lo acarició y él sacudió la cola, excitado. Así que Murphy tenía otras amigas, aparte de ella.

Clía sonrió.

—Me alegro muchísimo de que estés aquí.

Sárait se levantó y le brillaron los ojos oscuros. Murphy, decepcionado porque ya no era el centro de atención, se acurrucó de nuevo en su nido.

—Yo también. Sé que estás ocupada. Pero si necesitas ayuda con cualquier cosa, o quieres compañía, ven a verme. —Posó los ojos de nuevo en el rostro de Clía, en busca de rastros del llanto de la noche pasada—. De hecho, vuelvo enseguida. Creo que tengo algo que será de ayuda… —Dejó la frase a medias.

Por primera vez desde que llegó a Caisleán Cósta, Clía sintió una reconfortante sensación de familiaridad. Algo que entendía, y alguien a quien conocía, aunque solo fuese un poco.

—Será un placer.

Durante la ausencia de Sárait, Clía se peinó a toda prisa las ondas del pelo y cubrió el camisón arrugado con una bata de seda digna de una princesa. Le resultó fácil sumergirse en la rutina de la belleza y tapar cualquier falta con seda y brillantina.

Pero la conversación con Domhnall se adueñó de sus pensamientos.

¿Sería la nueva prometida más inteligente que ella? ¿Más fuerte? ¿Sería mejor gobernante?

Podía superar la vanidad. Si él le decía que su nueva prometida era más hermosa, que llamaba más la atención, que se había enamorado a primera vista, eso lo entendería. No iba a dejar de dolerle, pero lo aceptaría. No sería culpa suya; sabía que era tan bella como para inspirar canciones.

Lo que la molestaba era que él dijese que tenía ciertas carencias.

—Se te ve más despierta —comentó Sárait al volver al dormitorio. Con un gesto le indicó a Clía que se sentase en la cama, cosa que hizo.

—No sé para qué me molesto, si no va a servir de nada —murmuró; la amargura era más fuerte que la humillación de confesar algo así a una persona que apenas conocía.

Sárait le puso la mano en la mejilla para que la mirase.

—Cuando todo parece ir mal, es el momento de tomarse tiempo para una misma. Y está claro que algo se ha desmoronado en tu vida.

—¿Te has enterado? —Clía se apartó del contacto de la otra mujer y dirigió la vista al suelo, de nuevo recelosa.

—Siempre hay rumores. —Sárait abrió el bote que había traído y que contenía una crema de color de barro—. Entiendo que no quieras hablar de ello. No te conozco mucho, la verdad, ni tú a mí, pero sé que nos parecemos. Y, al margen de lo que yo haya oído o no, me doy cuenta de que te sientes herida. A menos que quieras convencerme de que tienes los ojos hinchados porque te sentó mal la cena de ayer.

Clía estudió a la muchacha. Se la había enviado Ó Connor, y eso ya decía mucho de su carácter. Y, aunque se habían tratado poco, a Clía siempre le había caído bien.

—El príncipe Domhnall se va a casar con otra. Hacía años que éramos amigos, nuestro compromiso ya era casi firme, pero en el último momento me dijo que yo no estaba a la altura. Mis padres necesitan… Yo necesito ese matrimonio. La única razón de venir aquí fue reconquistarlo, pero ahora se ha prometido a otra persona.

—Pues es un idiota, el pobre. —Sárait sacudió la cabeza con lástima mientras extendía la crema sobre la piel de Clía. Era una mezcla fría y suave; pero lo que le resultó extraño fue que alguien la cuidase—. Querida, eres una belleza. Nadie deja a alguien como tú sin un buen motivo.

Pretendían ser palabras de consuelo, pero se estremeció al oírlas.

—Me dijo que era débil, que necesitaba algo más que «una cara bonita» —explicó Clía en voz baja.

Sárait se quedó pensativa unos segundos.

—No me trago que sea eso ni por un instante. Tiene que haber otra razón.

—Supongo que la otra razón será su nueva y hermosa prometida.

—Si erais amigos y el compromiso llevaba años preparándose, me parece lógico suponer que veía un futuro junto a ti. Puestos a apostar, diría que se ha asustado. O que alguien lo ha convencido de cancelarlo. ¿Se ha casado ya? —Frotó la crema sobre la piel de Clía con mano experta.

—No.

—Entonces todavía estás a tiempo. Puedes recuperarlo.

Clía negó con la cabeza.

—No pienso romper el compromiso de otra persona. No sería justo.

—Si fuese un matrimonio por amor, no lo apoyaría, pero algo me dice que no es así. El matrimonio es política, como los impuestos. No te propongo que lo seduzcas con engaños y te lo lleves a la cama, sino que le demuestres que eres lo que busca y que le saldría a cuenta tenerte a su lado.

Clía sopesó esas palabas. Cuando Domhnall y ella se conocieron eran unos críos y hacían lo que les decían sus padres. Pero al final surgió una amistad sincera, aunque quizá la conexión no era tan profunda como pensaba Clía. ¿Y si pudiese hacerle ver que no tenía por qué elegir entre su reino y ella? ¿Que lo mejor para ambos sería seguir adelante con el plan original?

—Tienes razón —dijo por fin—. Dejé Álainndore y vine aquí por una razón, y no voy a permitir que este contratiempo me detenga.

Sárait le dio una palmadita en la cara y luego se apartó.

—Así se habla. Ahora, recuerda: lávate la cara dentro de diez minutos para quitarte la crema. La hinchazón y el enrojecimiento habrán desaparecido y tendrás la piel luminosa. Cuando veas a tu hombre para la primera lección estarás asombrosa.

La idea de entrenar le arrancó un gruñido a Clía. Por muy estupenda que tuviese la piel, la idea de entrar de nuevo en la pista de entrenamiento la llenaba de terror.

Capítulo 9

—Si morís durante la prueba, no nos molestaremos en recuperar vuestros cadáveres. No tengo tiempo para esos incordios. Por tanto, os sugiero que os mantengáis con vida. —Cuando llevaban poco más de una semana entrenando, Kordislaen decidió que era hora de ponerlos de nuevo a prueba—. Os dividiré en grupos y asignaré a cada uno un guerrero que os acompañe. Cumpliréis la misión por vuestra cuenta; ellos solo estarán ahí para supervisar. Dicho lo cual, espero que los respetéis como a mí mismo. Si os dan una orden, cumplidla.

»Cada grupo tendrá que matar una bestia; cómo lo hagáis es asunto vuestro. Regresad el día antes del Taranasadh. Si volvéis más tarde, será solo para hacer las maletas. Encontraréis a vuestros objetivos en el bosque Fantasma.

Entre los daltas reunidos se hizo el silencio.

El bosque Fantasma bordeaba el lado scáilqueño de las montañas Diamhair: una espesura entreverada de monstruos y mitos en la que ningún humano se atrevía a entrar solo. Se decía que, cuando el Treibh Anam abandonó Inismian, ese viaje debilitó el velo entre los mundos y se abrió una grieta que permitió que a su marcha creciese el bosque Fantasma, y que los seres del Otro Mundo invadiesen aquellas tierras. Bean sídhes, kelpies, fear gortas… Se podían encontrar por todo Inismian, pero la mayoría habitaban en el bosque.

Y ahora cada grupo tendría que matar a uno. En cinco días.

Kordislaen, sin dar tiempo para preguntas, empezó a llamar a los daltas uno a uno para asignarlos a un equipo.

—Ronan Ó Faoláin, con el comandante Ó Dálaigh.

Las rodillas de Ronan protestaron al levantarse para reunirse con el comandante. Ó Dálaigh era un hombre alto enfundado en una armadura, con canas en las sienes y los dedos apoyados en el pomo de la espada. En el poco tiempo que llevaba en Caisleán, Ronan había averiguado que Ó Dálaigh era el tercero al mando de la fortaleza, tras Kordislaen y el comandante en jefe Brecc, a quien no conocía aún.

Una mano cayó sobre el hombro de Ronan. Se volvió y se encontró frente a otra persona de su grupo.

—¿Capitán Ó Faoláin? Es un placer conocerte. Soy Kían Horgan.

Se dieron la mano. La armadura plateada de Kían relucía al sol y contrastaba con su piel morena. Ronan recordó dónde había oído el nombre. Domhnall lo había mencionado antes.

—Lísoir Kían, Caisleán Cósta te queda muy lejos de Oileánster.

—Ah, veo que has oído hablar de mí. —Su sonrisa rebosaba encanto, pero Ronan se acordaba demasiado bien de lo que Domhnall le había contado de las habladurías de la corte como para acabar de fiarse—. Dime, ¿qué te han dicho? Si fue lady Léara, juro que son todo mentiras, y que de hecho la estatua la rompió ella. Además, ¿de verdad hay algo que no tenga precio? Pero si te refieres a esa historia de que maté a un oilliphéist con mis propias manos y salvé a un pueblo entero… Eso es totalmente cierto.

—Eh… Digamos que tu reputación es bien conocida. —Ronan esquivó la pregunta.

—Como debe ser —respondió Kían, que enseguida se distrajo con los otros daltas que acudían hacia ellos: Domhnall y Niamh—. ¡Nuevos amigos! Bienvenidos a nuestro pequeño grupo de héroes.

Mientras Kían los metía en la conversación, el último miembro del grupo se acercó poco a poco. La princesa Clíodhna.

Jugueteaba con el borde de la camisa. Ronan no hablaba con ella desde que discutió con Domhnall después de la primera cena, y «hablar» quizá fuese una exageración. Durante la última semana, la princesa se había mantenido al margen; llegaba a las sesiones de entrenamiento y luego se iba sin decir palabra. De vez en cuando la veía en la biblioteca de los daltas con la costurera del castillo.

No dejaba de pensar en la conversación que tuvieron después de curarle las heridas y de que compartieran sus investigaciones.

Abrió la boca para saludarla, pero Kordislaen eligió ese preciso momento para dar por concluida la reunión, y ella se giró al instante y se marchó a toda prisa. Mientras la veía alejarse, el general lo llamó aparte.

—Lo estás haciendo muy bien. —Ronan se llenó de orgullo al oír esas palabras—. Y por eso te voy a confiar una mercancía preciosa. Seguro que te has dado cuenta de que tu grupo incluye a los dos daltas de mayor rango. Si le pasara algo a cualquiera de ellos, tendría que hacer un montón de papeleo, sin contar el problema potencial que supondría para sus reinos. Te he puesto con ellos para que no les quites ojo. No dejes que mueran.

Era una orden que Ronan no necesitaba; aun así, asintió.

—Los mantendré a salvo.

Kordislaen parecía complacido.

—A la chica, Clíodhna, no se le da bien la espada. Estaría bien que aprendiese un poco más rápido, ¿no te parece?

La frase contenía una orden implícita.

Perder el tiempo con la exprometida de Domhnall no entraba en los planes de Ronan para triunfar allí. Pero Kordislaen ya le había dado mucho. Si ayudar a la princesa a ser algo menos torpe con la espada contribuía a la reputación de la escuela, era lo menos que podía hacer.

Y así quizá saciaría la curiosidad que sentía por ella.

~

RONAN TENÍA LA MOCHILA PREPARADA Y EL CABALLO LISTO ANTES DE que el sol asomase por el horizonte, pese al perpetuo dolor de las articulaciones y a los músculos agarrotados.

Prepararse para una misión era una rutina que conocía como la palma de la mano. Antes de convertirse en capitán de la guardia de Domhnall, se había ofrecido voluntario a cuanta oportunidad de pelear se le presentó. Fuera cual fuese su puesto, Ronan siempre buscaba más. Ver más, hacer más, ser más.

En parte lo necesitaba para labrarse un camino en Caisleán Cósta e impresionar a Kordislaen. Pero dentro de sí había otra parte, muy escondida, motivada por el rencor. Rencor contra sí mismo, contra su propio cuerpo, que osaba traicionarlo así y provocarle tanto daño. Si su cuerpo le sugería que no podía, o no debía, hacer algo, él encontraba la forma de hacerlo. Quizá no del modo planeado; pero no iba a permitir que el dolor lo detuviese. Ninguna barrera lo iba a detener, ni siquiera las que él mismo se imponía.

Domhnall lo animó una vez a hablar con una sanadora de palacio, y Ronan le hizo caso, pero sin resultados. No tenía huesos rotos ni heridas mal curadas, nada que ella pudiese ver. Pero el dolor no se rendía. Ni él tampoco.

Los demás miembros del grupo llegaron a los establos con las primeras luces del alba. Clíodhna fue la última en aparecer.

—¿Eso se considera «elegantemente tarde» o «descortés»? —se burló Ronan al pasar la princesa a su lado.

Clía se puso a ensillar el caballo, mientras adoptaba una expresión de total cortesía.

—Reunirse al alba no es un concepto bien definido. Podría ser antes de que salga el sol, o nada más asomarse este, o en cuanto ha terminado de salir. El cielo está todavía teñido de rosa, así que, en sentido estricto, he llegado a tiempo.

—No te juzgo. —Ronan levantó las manos en señal de rendición, pero las bajó al darse cuenta de que faltaba algo—. ¿Hoy no llevas a tu bestezuela?

—Murphy se queda. El bosque Fantasma no es sitio para un cachorro de dobhar-chús. Además, no lo llevo conmigo a todas partes. No viene a los entrenamientos.

Ronan enarcó una ceja.

—¿Vas a dejar varios días solo a tu dobhar-chús devorador de hombres?

Clíodhna levantó la silla y la pasó sobre el caballo con un golpe sordo.

—Es importante que aprenda a ser independiente ya de cachorro. Le he enseñado dónde está el lago y se pasa allí mucho tiempo.

Una palmada brusca interrumpió la conversación: Ó Dálaigh reclamaba la atención de todos.

—¿Tenéis un plan? —preguntó el comandante.

Ronan fue el primero en responder.

—A caballo, deberíamos llegar al bosque Fantasma en dos días. Hay varios puntos de entrada en teoría seguros, pero cuál escojamos dependerá de lo que estemos cazando. —Miró al comandante.

—Os han enviado a por un onchú —explicó Ó Dálaigh—. Cuatro personas han muerto en Whitspell en la última semana, y los aldeanos afirman haber visto uno rondando la linde del bosque.

Ronan había oído historias de los onchús. Bestias nobles, altas como un hombre y con garras afiladas como los aceros de los daltas.

Clíodhna pareció sorprendida.

—No puede ser cierto. Desde que era niña no he oído que un onchú ataque a un humano.

—Pues este, sí, y tendréis que acabar con él —dijo Ó Dálaigh—. Kordislaen ha ordenado que traigáis la cabeza, como prueba de que habéis completado la misión.

Ronan sabía que Clíodhna tenía razón en una cosa: el último ataque conocido de un onchú databa de hacía una década, cuando uno salió del bosque y vagó por ahí hasta matar a nueve personas. Los dos primeros fueron una pareja liricrana de una pequeña aldea. Enviaron guerreros para acabar con él. Los onchús evitaban interactuar con los humanos, y más si eran numerosos, así que causó mucho asombro que matase a siete guerreros antes de que los demás acabasen con él.

—Whitspell está cerca de la entrada sur —dijo Ronan—. Conozco un camino que nos llevará cerca de allí. Sugiero que viajemos en parejas: Niamh y Domhnall al frente, Clíodhna y Ó Dálaigh en medio, y Kían y yo en la retaguardia. Si no hay objeciones, deberíamos ponernos en marcha.

Asintieron al unísono y montaron en los caballos.

~

VIAJARON HASTA QUE EL SOL ALCANZÓ SU CÉNIT Y EL CALOR ATRAVESÓ las armaduras y les caló hasta los huesos. Domhnall y Niamh hacían un buen trabajo en cabeza, y el comportamiento despreocupado de Kían se había transformado en intensa concentración. Curiosamente, era Ó Dálaigh el que parecía más incómodo allí. Ronan oía a la princesa hacerle preguntas sin interrupción.

—No hay azul más bonito que el cielo a esta hora de la mañana. Y, por cierto, ¿siempre vistes de azul? —la oyó preguntar.

—No siempre —mascullo Ó Dálaigh.

—Pues deberías. Te sienta muy bien. Aunque ese tejido…

Casi se echó a reír al ver la expresión del comandante cuando miró para atrás. Ronan decidió acabar con su sufrimiento.

—¿Por qué no cambiamos de posiciones por un rato? —sugirió tras acercarse a ellos. Ó Dálaigh asintió al instante, aliviado, y se dejó caer a la retaguardia.

—No me ha costado demasiado —dijo Clíodhna.

—¿El qué?

—Hacerte venir. Creía que el comandante Ó Dálaigh aguantaría mucho más. Lo he sobrevalorado.

Ronan la miró con curiosidad. No se había dado cuenta de que había estado provocando a propósito al comandante. Y, además…

—¿Por qué querías que viniese?

—Por tu compañía, desde luego. —Lo dijo como si fuese obvio, pero para Ronan no podría haber una respuesta más sorprendente. ¿Quién se iba a imaginar que un muchacho de Calafort se ganaría el favor de dos miembros de la realeza? Su padre se sentiría orgulloso. Tal vez.

Pensar en su padre lo puso melancólico. La última vez que Ronan lo vio, estaba en el jardín, con las manos manchadas de tierra, y abrazaba a Ronan con fuerza. No le deseó suerte a Ronan en su viaje, pero tampoco le pidió que no fuese. Estaba resignado; era lo más parecido a aceptación que Ronan le había visto en años.

Eso fue dos semanas atrás, antes de que Ronan se convirtiera en capitán de la guardia del príncipe. No le contó las noticias a su padre al momento, sino que le escribió cuando ya llevaba un día en Caisleán, como le había prometido a Domhnall. Solo esperaba que las noticias fuesen bien recibidas, y que quizá un día su padre le perdonase escoger el deber antes que la familia.

—Lo siento, no se me… Quizá tú no querías mi compañía —sugirió Clíodhna para llenar el silencio de Ronan—. Puedes volver a cambiarnos de posición; te prometo que no agobiaré a nadie más.

—No es eso, princesa. Lo siento, me he quedado ensimismado al pensar en mi hogar.

—¿Dónde está tu hogar? —se interesó ella.

—Calafort. Es un pueblecito de Scáilca. Me temo que no se puede comparar con tu hogar en Álainndore.

Clíodhna posó la vista en las colinas que se divisaban a lo lejos.

—El palacio es para mis padres, y para la gente; no para mí. Casi todo lo que hay allí lo han escogido entre mi madre y la corte; mi opinión no cuenta, excepto en lo relativo a mis aposentos. —No era una queja, ni ingratitud, solo un hecho—. Y allí nunca estoy sola. Me encanta tener compañía, pero a veces sería agradable poder decidir cuándo la quiero y cuándo no. —Se calló, quizá al darse cuenta de que había hablado de más—. Lo único que pretendo decir es que me imagino que tu hogar será precioso.

Ronan aceptó el cambio de tema.

—Solo pintoresco, pero para mí es especial. Los ingresos de mi padre son modestos, pero unidos a los míos bastan para que tenga un plato para comer y un techo bajo el que dormir. Y le permiten cultivar su jardín como le apetezca.

—Tu padre… ¿Es granjero?

—Sí, pero su auténtica pasión son las flores. Por desgracia, las flores son una frivolidad que mucha gente del pueblo no puede permitirse, así que se gana la vida vendiendo las hierbas y las verduras que cultiva. He intentado convencerlo de que aprenda las propiedades medicinales de algunas plantas, que se haga aprendiz de un boticario, pero se niega. Tendría que irse del pueblo y él… —Se interrumpió—. No es una opción.

—¿Y tu madre? ¿No ayuda en la granja?

—Mi madre era una guerrera, pero emprendió el camino a Tír Síoraí. —Logró decirlo como si no tuviese un enorme agujero en el pecho que se reabría cada vez que hablaba de ella.

—Lo siento —susurró Clíodhna, con la voz más baja que le había oído jamás. Por alguna razón, eso lo hizo sentirse aún peor.

—No te preocupes. Ya han pasado diez años. ¿Y tus padres? —Ronan se dio cuenta de lo estúpido de la pregunta antes de terminar de hablar.

Por suerte, Clíodhna entendió a qué se refería.

—Mi padre es paciente. Le encanta el fidchell, pero es incapaz de ganar una partida. Mi madre es… Bueno, es mi madre. Es perfecta, y valiente, y brillante, y en general un modelo que seguir.

—Parece difícil estar a su altura.

—No se espera menos de una princesa.

Ronan sabía que no debía insistir, pese a que sentía el impulso de pedir más detalles.

—¿Y qué hay del jefe Ó Connor? Lo he visto hablar con tus padres y contigo. ¿Tenéis buena relación?

—Es casi como un hermano para mi padre. Ayudó a criarme. Y puedo decir sin mentir que le gano al fidchell a menudo, aunque él me gana a mí muchas más veces. —Sonrió, con una sonrisa sincera y radiante que por un momento lo dejó sin aliento, como si le faltase el aire de los pulmones. Apartó la mirada, sorprendido por su propia reacción.

Tras esa conversación guardaron silencio un buen rato, pero Ronan oía cada inspiración y cada cambio de postura de las piernas de ella contra el cuero de la montura. Creía que el golpeteo de los cascos ahogaría los sonidos procedentes de Clíodhna, pero, por mucho que tratase de impedirlo, toda su atención se centraba en ella.

Capítulo 10

—¿Cuántos años tienes, capitán?

Ronan cabalgaba unos cuantos pasos por detrás de Clíodhna, lo que la obligó a mirar atrás para hablarle… Y de paso le dio la oportunidad de ver la confusión reflejada en el rostro. A esas alturas, tratar de entenderla era imposible; lo mejor era seguirle la corriente dijera lo que dijese.

—Diecinueve. —Cada cierto tiempo las parejas de jinetes se intercambiaban posiciones. Pocas horas después de la primera conversación, Ronan se encontró de nuevo junto a Clíodhna, y por tanto sometido a sus preguntas. Aunque charlar con ella sería agradable en otras circunstancias, cuanto más se alejaban de Caisleán Cósta, más tenía que concentrarse en lo que los rodeaba. Las distracciones podían resultar peligrosas.

El camino que seguían, y que rodeaba lagos y poblaciones, recorría el extremo oriental de Scáilca. A lo lejos, los picos de las montañas Diamhair se asomaban sobre el horizonte. Se acordó del ataque al convoy de Domhnall en Álainndore y se puso en alerta.

«Los ionróndios no son la única preocupación. Hay muchas formas de morir en una misión militar». Si quería mantenerlos vivos a todos, tenía que estar atento.

Algo que la princesa Clíodhna parecía empeñada en impedir.

—¿Solo diecinueve? No creía que con diecinueve años se pudiese ser capitán de la guardia del príncipe. Parece un puesto demasiado importante para alguien tan joven.

Ronan, cuyos dedos se cerraban sobre las riendas, se encogió de hombros.

—Supongo…

—¿Supones? —Clíodhna rio y el mundo pareció callarse ante un sonido tan melodioso—. De alguien que ha ascendido tan rápido a capitán me esperaría una respuesta un poco más decidida.

—En ese caso, sí —dijo, con el ceño fruncido—. Demasiado joven.

—¿Eres la persona más joven que ha ocupado el puesto? Nosotros no tenemos a nuestro servicio a nadie tan joven y que a la vez cargue con tanta responsabilidad.

—Lo soy —suspiró Ronan—. El más joven, quiero decir.

—¿El capitán más joven de Scáilca? Es un gran logro. No me extraña que estés en Caisleán. Seguro que, con esa edad, no hay muchos espadachines así de buenos.

Ronan miró hacia otro lado para que no se diese cuenta de que las alabanzas lo incomodaban. La princesa esperó una respuesta.

—Me tomo muy en serio mi trabajo —explicó por fin.

—No me cabe la menor duda —afirmó ella. Dejó de hablar y Ronan se concentró de nuevo en las colinas que los rodeaban. Apenas unos segundos después, oyó que a la princesa le sonaban las tripas.

La miró de reojo y ella se encogió de hombros.

Dado que estaban cruzando una aldea, a Ronan le pareció un buen momento para hacer una pausa.

Silbó para llamar la atención de Domhnall y señaló el mercado con la cabeza. El príncipe lo entendió al instante y frenó a Niamh, para que el convoy se detuviese a comer.

Kían y Niamh se fueron a explorar el mercado, mientras Ronan se quedaba con Ó Dálaigh y los dos miembros de la realeza. Llevaban provisiones (carne curada, queso y pan), pero, si tenían la opción de comer algo del día, mejor aprovecharla. Y más porque no sabían a qué se enfrentarían en el bosque Fantasma.

Estaban sudorosos y doloridos, así que descansar fue un alivio. Extendieron unas mantas a un lado del camino, cerca del extremo norte de la aldea. Kían y Niamh se reunieron con ellos; llevaban cestas de productos frescos. Tras un día entero de viaje, el olor les hizo la boca agua.

Ronan gruñó en voz baja al extender la manta de lana suave para disfrutar de la sombra. El calor hacía que le doliesen más manos y piernas, pero ya estaba acostumbrado. Siempre empeoraba con los cambios de tiempo.

Buscó a Clíodhna con la mirada. Se estaba pasando los dedos por el pelo al tiempo que se ponía horquillas en las trenzas para reparar los estragos de un día de viaje.

—No sé por qué te sientas conmigo, después de esa conversación tan desastrosa. Casi juraría que no querías hablarme —dijo Clíodhna sin molestarse en mirarlo—. Y quiero señalar que no ha sido por mi culpa. De repente parecía que no fueses capaz de decir dos palabras seguidas.

Ronan hizo un gesto de incomodidad.

—Estaba ocupado. —Ella, sin hacerle caso, siguió arreglándose el cabello—. Sabes que en un par de horas volveremos a cabalgar y ese trabajo no habrá servido para nada, ¿verdad?

—Al menos, durante unas horas tendré mejor aspecto. —Se puso la última horquilla con una sonrisa satisfecha.

Aunque Ronan discrepaba de los métodos de la princesa, sus excentricidades no le resultaban del todo incomprensibles. Al fin y al cabo, llevaba años junto a Domhnall. No obstante, Clíodhna hacía gala de un optimismo único. Al mirarla de reojo, comprendió que el gesto de satisfacción era ahora una sonrisa sincera.

—Nunca había conocido a nadie como tú. —Se le escapó sin poder evitarlo.

El brillo de los ojos de Clíodhna se apagó.

—Me enorgullezco de ser diferente —replicó con cierta brusquedad.

—No pretendía ser un insulto. Me resulta estimulante. —Al ver que ella alzaba un poco la cabeza, se alegró de haberlo aclarado.

—Encantada de ayudarte, capitán.

—Llámame Ronan. Después de todo, en teoría ahora somos iguales, ¿no es así, princesa? —respondió.

—Entonces deberías llamarme Clía.

—De acuerdo. Clía, pues. —El nombre era una caricia en sus labios. Sonrió.

La noche los alcanzó mientras cruzaban el bosque por un camino polvoriento. Aún tendrían que cabalgar un día más antes de llegar al bosque Fantasma, donde vagaban las bestias de Tír Síoraí. Cuando encontraron un claro, Ronan los hizo parar. Era pequeño, pero los árboles ofrecían cobertura y evitarían que los pillasen por sorpresa.

Todos comenzaron a instalarse, desempacando los pertrechos y montando las tiendas a toda prisa. Ronan acababa de terminar sus preparativos cuando reparó en que Clíodhna, Clía, había desenrollado el saco de dormir y, sentada en él, contemplaba las copas de los árboles.

Se agachó a su lado para no mirarla desde arriba.

—¿Dónde está tu tienda? —quiso saber.

—¿Por qué lo preguntas? —Le lanzó una mirada penetrante, pero lo vio enarcar una ceja y se ablandó—. La semana pasada prometiste no juzgarme. Te lo cuento, pero no te rías.

Al verla ruborizarse, de inmediato, se preguntó qué podría avergonzar a una mujer como ella.

—No lo haré —mintió.

Ella lo miró con mala cara y suspiró.

—Te vas a reír. Seguro.

Una sonrisa se extendió por el rostro de Ronan, pero la reprimió en cuanto comprendió que no le ayudaba. No sabía por qué, pero allí, a la luz de la luna, otra vez tenía ganas de bromear con ella.

—Te lo juro —le prometió—. No me burlaré de ti.

Clía se tapó la cara con las manos y murmuró algo que él no pudo entender.

—Perdona, ¿qué has dicho? —Le apartó las manos de la cara. Los dedos callosos rodearon la piel suave de la muchacha como si tuviesen vida propia.

Clía hizo pucheros. Literalmente.

—He dicho que no he traído tienda. Ni siquiera tengo.

La risa burbujeó queriendo escapar de sus labios y Ronan se esforzó por contenerla, pero perdió la batalla al ver la reacción de ella, que le dio un empujón como si fuese una niña pequeña.

Eso acabó con el poco control que tenía, y se echó a reír a carcajadas. Ella lo miraba intentando a su vez contener la sonrisa, hasta que por fin pudo dejar de reír.

—Lo siento, de verdad. En mi descargo, diré que me estaba aguantando hasta que me atacaste. —Hizo una mueca, que ella respondió con una risita—. ¿Por qué no lo dijiste cuando partimos de Caisleán? Seguro que sabías que era importante.

Si Ronan se hubiese dado cuenta, la habría ayudado, pero, como llevaba tantas bolsas, supuso que la tienda iría en alguna de ellas.

—Me di cuenta, pero en ese momento me pudo el orgullo —admitió Clía—. Todo el mundo está esperando que meta la pata, que tropiece, para clavarme las garras y terminar conmigo. No quise ponérselo fácil. Pensé que podría disimular, dormir en el saco y fingir que lo había planeado así.

Ronan estudió el claro y los bosques que lo rodeaban y que podían esconder cualquier peligro.

—No deberías quedarte fuera. Mi tienda es grande, caben dos personas. Puedes dormir en ella.

Clía vaciló.

—¿Estás seguro?

Sus dudas eran comprensibles; hacía poco que se conocían. Pero, en sus misiones, Ronan había compartido tienda con guerreros a los que conocía aún menos. Se puso de pie y le tendió la mano como ofrenda de paz.

—Ahora eres una guerrera, ¿verdad? Pues así es la vida del soldado.

Ese argumento pareció convencerla. Le cogió la mano para que la levantase.

—Gracias.

—De nada, Clía. —Sonrió, y fue como si de repente se sintiese más ligero.

Le soltó la mano. Estaba claro que necesitaba acostarse.

Ronan esperó fuera de la tienda para darle a Clía un poco de intimidad mientras se preparaba para dormir. Domhnall, desde el otro lado del campamento, le hizo un gesto interrogante, y él respondió con un encogimiento de hombros. ¿Qué iba a hacer? ¿Dejar que la princesa durmiese al raso? Kordislaen le había pedido que la cuidase.

Pero Ronan sabía que había otro motivo. No podía evitar el impulso de ayudarla. Cuando él llegó al palacio por primera vez, a menudo se sintió sobrepasado; no comprendía aquel nuevo mundo que lo rodeaba. Necesitaba a alguien, como le pasaba ahora a ella.

No obstante, cuando Clía abrió la tienda para que entrase, comprendió las consecuencias de su decisión. Aunque en teoría la tienda bastaba para dos personas, no estaba hecha para eso. Y ambos eran más altos de la media. Cabían…, pero apretados.

Al acostarse se preguntó qué estaría pensando ella. ¿Se daba cuenta de lo cerca que estaban? ¿De que iban a dormir separados por unos centímetros?

Pensándolo mejor, tal vez debería haberse ofrecido a dormir fuera.

No. La tienda conservaba el calor, y sabía por experiencia que por las noches refrescaba mucho. Y eso sin contar la extraña curiosidad que se despertaba en él cuando estaba cerca de la princesa. Era la ocasión de ver cómo era Clía en privado, sin maquillaje y con el pelo revuelto.

Por el rabillo del ojo vio que, en vez del vestido de viaje a la medida, ahora se envolvía en una camisa suelta. Tenía el mismo aspecto y a la vez diferente, de un modo que no supo precisar.

Se dio la vuelta y trató de acallar esos pensamientos. ¿A qué venía esa fascinación por ella? Lo único que sabía de la muchacha era que pertenecía a la realeza álainndorina y que casi había estado prometida a su mejor amigo. No era un enigma que tuviera que resolver, o una amiga por la que preocuparse. Debería concentrarse en la misión.

Trató de ponerse cómodo en el rincón más apartado de la tienda, pero le dolían los huesos. La mochila y la armadura estaban apiladas con cuidado junto a él. Pero mantenía la espada a mano, en la vaina, por si la necesitaba de repente. Ronan reparó en que ella la miraba y se fijaba en el cuero lleno de arañazos y en la empuñadura desgastada.

Clía se arrastró hasta Ronan y se sentó a su lado, con las piernas cruzadas. Él se volvió a mirarla, pero no se levantó. El cuerpo de ella desprendía una calidez que llenaba el corto espacio que los separaba.

—¿Sí? —preguntó, al ver que no decía nada.

—Tengo una propuesta para ti.

Ronan levantó la cabeza para verla mejor.

—Debo informarte de que en estos momentos no tengo en mente el matrimonio. —Se sintió culpable nada más terminar de decirlo.

Clía bajó la vista y él se maldijo; pero, antes de que pidiese disculpas, ella lo miró con una expresión resuelta.

—Me gustaría que me ayudases con algo.

—¿Qué necesitas?

—Quiero que me enseñes a empuñar una espada. Ya me enseñaste a sostener un puñal, pero la espada es muy diferente. Y empuñarla solo es el primer paso. Necesito aprender a manejarla, a golpear y a bloquear con ella. Prefería no morir en el transcurso de la misión. —Hizo una pausa para armarse de valor—. ¿Me ayudarás?

No creía que la princesa pidiese ayuda muy a menudo, pero ahora le solicitaba la suya. Y que le pidiese hacer justo lo que Kordislaen había insinuado le hizo aún más fácil acceder a ello.

—Lo haré, pero no vamos a disponer de mucho tiempo libre. Tendremos que tomárnoslo en serio.

Ella asintió con vehemencia y el alivio se adueñó de sus rasgos.

—Por supuesto. Haré lo que me pidas.

—Entonces, nos vemos por la mañana para la primera lección. Y nada de quejas, por cierto. Recuerda que lo has pedido tú.

Se dijo que lo hacía porque también era lo que quería Kordislaen. Pero, desde las sombras, le dedicó una mirada furtiva mientras ella se acomodaba. Se había quedado dormida con una sonrisa en la cara. No debería haberse dado cuenta, pero lo hizo.

MIENTRAS BUSCABAN UN SEGUNDO CLARO, CLÍA NO DEJÓ DE QUEJARSE.

—Dijiste que me despertarías por la mañana —gruñó.

—Y tú que no te quejarías —le recordó Ronan—. Además, en sentido estricto, es por la mañana.

Se adentraron más entre los árboles, lejos del campamento. La espesura tapaba la poca luz que había y los obligaba a usar linternas para guiarse entre la niebla y los árboles. El bosque estaba en silencio (era muy temprano para que los pájaros cantasen), excepto por el crujido ocasional de sus pisadas.

Y los gruñidos de Clía.

—Si no te conociese, pensaría que quieres matarme.

Ronan se rio.

—Nada de asesinatos hoy; todavía es un poco pronto.

—Ah, así que aceptas que es demasiado temprano.

La vio avanzar entre las raíces que sobresalían y los troncos caídos, esforzándose por no tropezar, y contuvo una carcajada.

Clía se calló en cuanto llegaron a otro claro.

—Aquí está bien —dijo Ronan, y le lanzó la espada.

Ella dio un respingo y la dejó caer al suelo con un golpe sordo.

—Tenías que pillarla al vuelo.

Ella se agachó, recogió la espada y la sacó de la vaina.

—No deberías ir tirándole armas a la gente.

—Sí, me doy cuenta. Ya me gritarás luego. Mientras tanto, ponte en posición.

Clía sostuvo la espada en la mano derecha, dobló las rodillas y recolocó los pies para tener más libertad de movimientos.

—No está mal. De hecho, está bastante bien para alguien que no tenía experiencia previa hasta esta semana. Solo tendremos que hacer unos pequeños ajustes.

Ronan se acercó a ella y le movió la mano sobre la empuñadura. Al instante vio que el cambio funcionaba. Ya sostenía la espada con más confianza. Le dio un golpecito para que echara atrás los talones y la hizo sacar más las rodillas para bajar el centro de gravedad.

—Perfecto. Procura ser consciente de cómo te sientes en esta posición. A medida que mejores, podrás cambiarla un poco, por comodidad y para ganar versatilidad, pero para empezar a aprender es mejor así.

Clía asintió y luego frunció el ceño.

—¿Por qué no puedo usar mi espada?

Él le pidió permiso con un gesto para desenfundar la espada que llevaba sujeta a la cadera. Ella asintió y Ronan la sacó y la sostuvo a la vista.

—La cogiste en el armero de Caisleán, ¿verdad? Sus armas de entrenamiento no son tan buenas como la mía. —Levantó su hoja junto a la de ella para mostrarle la diferencia—. La mía está más equilibrada, así que practicarás con ella. Yo usaré esta por ahora. Y, si no tienes más preguntas, te tengo preparados unos cuantos ejercicios para practicar la postura y el agarre.

Le enseñó paso a paso los movimientos para cambiar de la posición de descanso a la de combate; de vez en cuando la empujaba con suavidad para forzarla a una postura mejor. Luego le enseñó varios ataques básicos con la espada. Dedicó cierto tiempo a explicarle cómo aprovechar el peso y el equilibrio para dar un golpe mejor.

Se le cayó la espada una infinidad de veces, y nunca encontraba la posición correcta a la primera. Pero Ronan no perdió la paciencia. La princesa tenía un enorme potencial y aprendía más rápido de lo que él se esperaba. La presionó, aunque sin exagerar, y ella no se rindió ni se desanimó.

Cuando el sol empezó a salir, los dos tenían la frente perlada de sudor y a Ronan le dolían las manos y las piernas. Seguir con las sesiones de entrenamiento agravaría el dolor, pero no iba a dejar que eso lo frenase.

Cuando volvieron, el resto del grupo estaba levantando el campamento.

El ambiente era más sombrío que el día anterior. A la puesta del sol llegarían al bosque Fantasma.

Capítulo 11

Los zarcillos de niebla gris se extendían desde el bosque Fantasma mientras la oscuridad los rodeaba poco a poco. Aunque el aire no se movía, las copas de los árboles se agitaban y rozaban unas con otras, y emitían susurros casi inaudibles, como voces que llamasen a Clía hacia el interior del bosque.

Entre los gruesos árboles destacaba uno mayor que los demás. La corteza era oscura, casi negra, y tenía un complejo símbolo tallado en el tronco.

—Nuestra entrada. —Ronan señaló el árbol desde su montura.

—Quizá deberíamos esperar al alba antes de empezar la caza —sugirió Domhnall.

Tras entrenar por la mañana y luego cabalgar todo el día, Clía estaba de acuerdo, pero no lo iba a decir en voz alta. Aunque quería ganárselo, darle la razón en algo era ir demasiado lejos; al menos, de momento.

Ronan asintió; él también se veía agotado. Los hombros caídos lo delataban. Seguir adelante solo serviría para que los matasen.

—Whitspell debería estar a poca distancia hacia el sur, al otro lado de la colina. Allí encontraremos una posada donde pasar la noche, a menos que alguien prefiera acampar aquí…

Nadie se opuso, así que siguieron la marcha.

Domhnall y Niamh, que cabalgaban a la cabeza del grupo, hablaban entre ellos en voz baja. Clía no distinguía las palabras, ni el tono de la conversación, pero sentía curiosidad. Se trataban con una forzada familiaridad que sugería más relación de la que Clía sospechaba. ¿Y si Niamh fuera la nueva prometida que había mencionado Domhnall?

Clía se obligó a interrumpir esa cadena de pensamientos. Tenían una misión que completar. Ya era bastante extraño viajar con Domhnall y Niamh; no necesitaba complicarse más la vida con teorías innecesarias.

Cuando la partida se acercó al pueblo, lo primero que notó Clía fue el tamaño. Whitspell era muy pequeño; quizá la cercanía al bosque Fantasma disuadía a los posibles habitantes. Al recorrer el camino de tierra hasta la posada no se cruzaron con nadie; no vieron más señales de vida que las cortinas que se movían a su paso.

Mientras cabalgaban, Clía pensaba en las cuatro personas muertas por el onchú en la última semana. En Caisleán le habían parecido pocas, pero en aquel momento, en aquella aldea diminuta, era un número enorme.

La posada estaba en el centro del pueblo. Desde fuera no parecía gran cosa, pero Clía se moría por dormir de nuevo en una cama de verdad, por mala que fuera. Dejaron los caballos en el establo y luego, al entrar en fila uno tras otro, descubrieron que el salón estaba tan desierto como el resto de Whitspell. Frente a ellos había unas pocas mesas desperdigadas y, adosadas a la pared más lejana, unas escaleras llevaban al piso superior.

—¡Oh! —Sobre las escaleras había una mujer, con la piel clara cubierta de pecas y trenzas que le caían por la espalda—. ¿Puedo ayudaros?

Domhnall fue el primero en responder.

—Buscamos un sitio donde pasar la noche. ¿Tienes alojamiento para seis?

Los ojos de la posadera brillaron al reconocerlo. Hizo una reverencia.

—Alteza, no esperaba invitados reales. Tenemos camas de sobra. Por favor, acomodaos en las habitaciones que prefiráis. Es un honor que estéis aquí.

Domhnall le dio las gracias y, antes de subir las escaleras, depositó en la mesa un puñado generoso de monedas para pagar la estancia. Los demás subieron tras él arrastrando los pies, demasiado cansados para nada excepto para escoger habitación y dormirse al instante.

~

A LA MAÑANA SIGUIENTE, CUANDO RONAN LA DESPERTÓ PARA ENTRENAR, Clía habría preferido enfrentarse a todas las bestias del bosque Fantasma antes que levantarse del mullido lecho.

Se adentraron en las colinas cercanas a la aldea. El espacio abierto les ofrecía mucho sitio, y a la vez estaba lo bastante lejos como para no molestar a nadie.

—Primero, unos ejercicios —dijo Ronan. Se intercambiaron las espadas y él, con la de ella, le enseñó algunas posiciones básicas de guardia.

Sus brazos fuertes pasaban con facilidad de una postura a otra. Tenía una gracia natural, incluso cuando practicaba movimientos rudimentarios con una espada de menor valía. Clía trató de imitar sus movimientos, empujar, bajar la espada desde el hombro hasta el costado. Pero, al girar las manos en la empuñadura, tropezó.

—Tienes un buen juego de pies, pero te aconsejo relajar el agarre. —Ronan posó los dedos callosos sobre los de ella y ajustó la posición—. Prueba otra vez.

Lo hizo, y, aunque los cambios de posición no fueron perfectos, no se le cayó la espada ni perdió el equilibrio.

A medida que el sol se elevaba, cada vez le dolían más los brazos y le ardía la cara, pero sujetaba la espada con mayor fuerza, la postura resultaba más natural, y su confianza iba en aumento.

—Bien. —Ronan asintió—. Creo que estás lista para desviar unos golpes.

Clía abrió los ojos de par en par.

—¿Ahora?

—Es la mejor forma de aprender. —Cogió su espada y le señaló que hiciese lo mismo.

Se abalanzó sobre ella y Clía adoptó con torpeza la posición defensiva; la recompensa fue el sonido de una espada contra la otra. No era una parada perfecta (casi se le cae la espada por la fuerza del golpe), pero lo había logrado.

Sonrió sin querer, y entonces vio que él también sonreía.

Lo estaba haciendo bien.

Repitieron el ejercicio una y otra vez; podía pararlo, pero no le resultaba fácil. Era demasiado consciente de su propio cuerpo y de lo que hacía, y no podía parar de pensar en ello.

Ronan golpeó de nuevo y la hoja se detuvo a unos centímetros de su piel.

—Tienes que vaciar la mente —le dijo mientras se retiraba—. Estás demasiado tensa. Deja que actúen tus instintos.

—No creo que los tenga —replicó entre jadeos.

Él se rio.

—Claro que sí. Pero no has tenido que usarlos hasta ahora. Dame. —Le cogió la espada y la depositó en el suelo—. Siempre que tengo que despejar la cabeza, intento concentrar la atención en mi cuerpo y en lo que me rodea. Cierra los ojos.

Clía lo hizo.

—Dime qué oyes. —Hablaba en voz baja.

—Tu voz inaguantable.

El sonido de su risa, rica y grave, desató una oleada cálida en el interior de su ser.

—Aparte de eso.

Escuchó en silencio.

—El canto de los pájaros. El viento sobre la hierba. —Se concentró más—. Un arroyo, no muy lejos, hacia el este.

—Bien. Ahora, dime qué hueles.

—El polvo. La tierra.

—De acuerdo. Y ¿qué sientes?

—La brisa. Las costuras del corpiño. Me pican y son un incordio. Creo que voy a quemarlo. —Ronan tosió y ella se concentró otra vez—. El corazón me late muy rápido.

—No dejes que te afecte —susurró él—. Percíbelo nada más, como percibes todo lo que te rodea. Y abre los ojos.

Lo hizo. La cara de Ronan estaba a unos pocos centímetros de la suya.

No se había fijado hasta ese momento en las vetas de oro de sus ojos ambarinos. Bajo la luz matutina relucían como llamas.

Él parpadeó y retrocedió para abrir hueco entre ellos.

—¿Sientes la mente más despejada? Si no, a veces me pongo a hacer una lista de lo que veo, y eso suele ayudar.

Las expectativas que solían perseguirla, tanto suyas como de otros, parecían ahora muy remotas. Las tenía clavadas en el corazón y en la mente y, con frecuencia, no la dejaban pensar en nada más; pero, en ese momento, sentía que podía volver a respirar.

—¿Por qué necesitas despejar la mente? —le preguntó, con voz suave.

«¿Qué pensamientos trata de evitar?».

—Tengo algunos recuerdos que eran… insistentes. —Ronan agitó la cabeza—. No importa. Sigamos practicando esos movimientos.

El bosque Fantasma estaba sumido en el silencio.

Cuando entraron en la espesura, solo los recibió el leve susurro de las hojas. Clía creía conocer el silencio; muchas veces, lo prefería. Pero este era diferente.

Se le erizó el pelo de la nuca.

Siguieron avanzando.

Habían dejado los caballos en la posada, para continuar el camino a pie. Ronan insistió en que era más seguro. Cuanto más se adentraban en el bosque, más atrás quedaba la suave luz matinal. Se oía el crujido de las pisadas mientras se abrían paso entre la niebla y la bruma, bajo las sombras de las gruesas ramas. Apenas llegaban hasta ellos unos débiles rayos de sol.

Nadie hablaba. Clía mantenía su posición en medio del grupo, con Domhnall a su lado. Ronan y Niamh iban a la cabeza, mientras que Kían y Ó Dálaigh ocupaban la retaguardia. Pese a estar rodeada de expertos guerreros, no quitaba la mano del puño de la espada.

No había mapas del bosque Fantasma. Ni caminos que recorrer, ni marcas que seguir. Viajaban a ciegas, guiados solo por el instinto.

Clía no apartaba los ojos de los troncos cubiertos de musgo, a la expectativa de… algo. Y no era la única. Todos estaban nerviosos, precavidos.

Solo cuando la luz mortecina se desvaneció, y Clía comprendió que estaba anocheciendo, un ruido penetrante se abrió paso entre los árboles. Un lamento en el bosque.

Todos se quedaron inmóviles.

Oyó susurrar a Kían, con voz seria.

—¿Una bean sídhe?

—Podría tratarse de algún animal —respondió Niamh.

Pero lo oyeron de nuevo. Un gemido agudo y lastimero. El ruido atravesó el cuerpo de Clía y la hizo estremecer. Podía sentir la desesperación, la advertencia.

Siempre había oído historias de la bean sídhe, uno de los muchos tipos de sídhes, los seres del Otro Mundo. Se presentaban ante la gente desprevenida como mujeres envueltas en mantos blancos o grises. Te buscaban en los bosques, en la costa, a veces en el propio hogar.

Si veías a una, o si oías sus lamentos, eso significaba que alguien iba a morir.

Un ser querido. Un familiar.

Alguien a quien llorarías.

Un tercer quejido llegó hasta ellos.

Si de verdad era una bean sídhe, alguno de los presentes iba a perder a alguien a quien amaba. Y pronto.

—Sigamos avanzando —los apremió Ronan para apartarlos de esos pensamientos—. Acamparemos para pasar la noche en el próximo claro que veamos.

Nadie le llevó la contraria.

—Yo me encargo de la primera guardia. Domhnall, conmigo. Luego, Kían y Clía; y, por último, Niamh y yo —dijo Ronan mientras deshacía la mochila en el gran claro.

Clía sintió celos de Ó Dálaigh, que solo estaba allí para supervisar y podía disfrutar del lujo de dormir toda la noche.

—¿Dos guardias? —Miró a Ronan—. Tú también necesitas descanso.

—Y descansaré. Pero no voy a permitir que nadie haga guardia solo. No sabemos qué puede haber en estos bosques. —Se volvió hacia el resto del grupo—. Nada de tiendas. Si por alguna razón tenemos que movernos rápido, nos frenarán.

La forma en que lo dijo no dio pie a discusión.

Clía se preparó para la noche. Quería disfrutar al máximo cada momento de descanso. Sin embargo, fue como si la despertase una mano cálida que le sacudía el brazo nada más apoyar por fin la cabeza sobre el tieso saco de dormir.

—Te toca guardia. —Los ojos legañosos apenas distinguían la silueta de Ronan, inclinado sobre ella.

El cabello largo, sacudido por el viento, le caía sobre los ojos.

Suspiró y echó mano a la espada mientras se incorporaba.

—Quiero que sepas que me estoy aguantando para no quejarme.

—Y yo también. —El susurro de Kían detrás de ella la sobresaltó—. Todo el mundo sabe que la guardia del medio es la peor.

Ronan entrecerró los ojos.

—La próxima vez, decide tú el orden.

—Será un placer —respondió Kían.

Sin más discusiones, Ronan se metió en el saco de dormir.

—Despertadme si hay algún problema —dijo. Se dio la vuelta para dormir y la dejó a solas con Kían, que la miró.

—Entonces ¿el bendecido y tú sois amigos?

—¿Bendecido? —respondió con un susurro, para no molestar a los que dormían.

—¿Lo has visto pelear? La gente dice que Ríoghain lo bendijo de niño.

Por la mañana, cuando la despertaba con ojos legañosos, Ronan no parecía muy bendecido, la verdad. Sin duda, era un buen luchador, pero Clía lo atribuía más al entrenamiento que a ninguna deidad.

—Desde luego, es… muy hábil —dijo con cuidado. No quería insultar a Kían, si creía de verdad lo que había dicho.

Kían enarcó una ceja.

—Ah, ¿sí? ¿De qué… habilidades en concreto estamos hablando?

Clía se sintió orgullosa cuando consiguió contenerse y no poner los ojos en blanco. En vez de dignificar el comentario con una respuesta, se dirigió hacia el borde del pequeño campamento.

—Me pregunto qué opina el príncipe de tu repentina intimidad con el capitán. Tenéis un apaño bastante interesante. —Kían se le adelantó caminando de espaldas y bloqueando la visión del bosque, para no quitarle ojo de encima.

Clía le lanzó una mirada tan afilada como su acero.

—¿De qué estás hablando?

Kían se recostó sobre el árbol cubierto de musgo y esbozó una sonrisa.

—Me estoy adelantando. Dime, ¿has recuperado ya el corazón de tu príncipe? —Al ver que Clía se envaraba, se apresuró a añadir—: No voy a criticar tus objetivos. Si te contase las cosas que he hecho por amor, no acabaría. Me he visto en más de una situación comprometida. Hubo una chica que… Bueno, mejor no compartir los detalles. —Sonrió al recordar y se inclinó para mirarla directamente—. Lo que pregunto es si crees que todo esto merece la pena. Caisleán. Los bosques terroríficos.

—Por supuesto que sí —respondió Clía de inmediato.

—De acuerdo, entonces. Mientras tú lo creas…

La luz de la luna se reflejaba en el pelo ondulado de Kían y envolvía a le guerrere en un halo de luz. Al ser de noche, los arañazos de la armadura casi no se veían, pero aún distinguía unos cuantos. Trofeos de batallas victoriosas. Clía solo había viajado a Oileánster un par de veces. Era el reino más meridional de Inismian, un lugar de marinos avezados y un millar de ciudades portuarias; honraban a Orlaith, el Tejedor de Tormentas, dios de los océanos. Allí no era común la vida del guerrero. Así pues, ¿qué lísoir de Oileánster seguiría de buen grado el camino de Ríoghain?

—Si sabes tanto —dijo, en vez de preguntarlo—, ¿qué piensas del príncipe?

—Me temo que no es mi tipo.

—Claro, porque el rasgo más importante de un futuro gobernante es que tú lo encuentres atractivo.

—Exacto —respondió Kían con una mueca burlona—. Me alegro de que lo entiendas.

La guardia transcurrió sin incidentes. Una vez concluida, Clía se durmió casi antes de tocar el saco con la cabeza.

~

Al día siguiente viajaron hasta que el bosque dio paso a un extenso lago. La niebla se desprendía en oleadas, pero las aguas oscuras permanecían en calma. El lago estaba enmarcado por árboles y roca, un acantilado que se cernía sobre él como las fauces de una bestia.

—Puede que el onchú viva aquí. —Kían señaló el precipicio. Tras una espesa mata de enredaderas se distinguía a duras penas la entrada de una pequeña gruta.

Ronan asintió.

—Merece la pena comprobarlo. Clía y Kían, al flanco izquierdo. Niamh, Domhnall, quedaos detrás de mí. Si está ahí, lo haré salir. Manteneos a distancia salvo que no tengáis otra opción. Niamh, quiero que te encargues de atacar a distancia.

Todos se pusieron en marcha a la vez. Clía liberó la espada con dificultad y siguió a Kían, que la guio hasta el borde de los árboles y luego se acercó poco a poco al acantilado. Niamh preparó el arco y Domhnall empuñó la espada mientras Ronan se dirigía en línea recta a la entrada de la caverna.

Caminaba con paso firme, seguro. Aferró la espada y luego se agachó y con la otra mano cogió una piedra de la orilla. La sopesó un momento, con expresión concentrada, y luego la lanzó directa a la boca de la gruta.

Esperaron. A Clía le costaba respirar.

Hubo un momento de silencio, seguido de un golpeteo pesado.

Patas sobre la tierra.

Ronan tiró otra piedra.

La bestia emergió.

Era tan alta como Clía, una montaña cubierta de un intenso y vibrante pelaje verde. Tenía la cabeza esbelta de un zorro, las garras afiladas de un águila y las fuertes patas traseras y la cola de un lobo. No le sorprendía que tantos hubiesen caído ante ella.

Los ojos de la bestia localizaron a Ronan casi al instante. Rugió y se lanzó a la carrera.

Niamh disparó una flecha, pero ya era demasiado tarde. De un zarpazo, el onchú lanzó a Ronan por los suelos. Clía corrió hacia él mientras Domhnall, Kían y Niamh se lanzaban a por el monstruo.

—¿Estás bien? —Lo miró en busca de heridas. El peto plateado tenía marcas profundas de las garras del onchú.

—Estoy bien —bufó, y se puso de pie.

Se oyó un grito. Al volverse, vio que Niamh retrocedía tambaleándose, con una mano en el costado, y Domhnall acudía en su ayuda. Debía de haberse acercado demasiado.

La espada de Kían rajó la pata del onchú. La bestia aulló y le dio un manotazo. Kían cayó al suelo y soltó la espada mientras la bestia se le echaba encima.

—¡Cuidado, es venenosa! —gritó Ronan, que echó a correr.

Kían empujaba la cabeza de la bestia hacia atrás para impedir que le clavase los dientes en el cuello.

—¡No pensaba comérmela!

—¡No es momento de chistes! —gritó Ronan. Descargó la espada sobre el onchú.

La hoja le perforó el grueso cuello y el ser rugió de dolor. La sacó de un tirón y de la herida brotó un chorro de sangre oscura.

Clía se abalanzó sobre la bestia y acompañó el espadazo de Ronan con el suyo. El acero hendió la carne y los rugidos se transformaron en gritos. Los sonidos no eran muy diferentes de los que hacía Murphy, pero repletos de dolor y desesperación.

«Nos habría matado», se recordó a sí misma con una mueca.

De repente, los gritos cesaron. Una flecha había atravesado el ojo del onchú. Cayó hacia delante y se derrumbó. Con un gruñido, Kían se arrastró para salir de debajo del monstruo.

Niamh se alzó con gesto triunfal, la herida ya olvidada; bajó el arco y desenfundó la espada.

—Está muerto —señaló Clía con un hilo de voz.

Niamh se acercó a la bestia.

—Kordislaen quiere la cabeza. —La hoja atravesó el grueso cuello. No fue fácil ni rápido. La sangre se acumuló mientras la hoja cortaba hueso y tendones. Por fin, con un sonido enfermizo, la cabeza rodó por el suelo.

Clía tuvo una arcada, pero la frenó a tiempo.

—Cuidado con los colmillos —le recordó Ronan a Niamh cuando fue a recoger la cabeza. Era más grande que la suya, pero la llevaba como si no pesara nada—. El veneno sigue siendo peligroso.

Asintió, metió el trofeo en un saco grueso y se lo echó al hombro.

—¿Hemos terminado? —preguntó. La pregunta iba dirigida a Ó Dálaigh, que los observaba desde la linde del bosque. Cogió el saco que ella le ofrecía. El fondo estaba manchado de sangre oscura.

—Tú sí.

Los cinco se miraron entre sí. Estaban ensangrentados y magullados, pero vivos. La prueba de Kordislaen casi había acabado con ellos; había terminado con una vida. El cuerpo del onchú yacía en el suelo, abandonado. Clía sabía que no podían enterrarlo; aun así, no le parecía correcto. Les habían dicho que había matado a inocentes; pero era una bestia. Solo trataba de sobrevivir. ¿Merecía un castigo por seguir su naturaleza?

Quizá por eso los había enviado Kordislaen allí: una lección sobre la muerte. Para mostrarles que las dudas y la moralidad pueden ser insuficientes cuando lo que está en juego es tu propia vida.

O tal vez para eliminar a los más débiles.

Se dieron la vuelta para regresar a casa. Clía sentía el bosque Fantasma como una presencia cuyo peso la oprimía.

Capítulo 12

Ronan no los dejó detenerse hasta que la noche cayó por completo. Cada minuto adicional en el bosque Fantasma representaba un riesgo que no quería correr.

—Aquí —dijo cuando encontraron un pequeño claro entre los árboles. No era grande, pero sí fácil de defender—. Acampemos. Continuaremos al alba.

Domhnall encendió una hoguera y los demás prepararon los sacos de dormir.

Niamh se ató la abultada bolsa con la cabeza del onchú en el cinturón, que cedió bajo el peso. Ronan la miró con curiosidad y ella le devolvió la mirada.

—No pienso perder la única cosa que el general nos pidió que llevásemos de vuelta.

Ronan asintió. La dedicación de la mujer era muy similar a la suya.

—Clía y yo haremos la primera guardia —señaló Kían en cuanto todos hubieron desempacado. Ronan no discutió. Le había prometido a le lísoir que podría elegir los turnos de esa noche—. Domhnall, Ó Faoláin y tú haréis la segunda guardia. Niamh, me acompañarás en la tercera.

No hubo ninguna queja, aunque Ronan no sabría decir si era porque estaban de acuerdo o agotados.

Se deslizó en el saco de dormir y se dejó llevar por el sueño.

La voz de Kían lo trajo de vuelta.

—Ronan. Te toca.

Ronan asintió y, con un suspiro, se obligó a despertarse. ¿Por qué nunca había tiempo para dormir bien?

Recogió la espada y buscó un árbol en el que apoyarse. El resplandor suave de la hoguera le mostró a Domhnall que buscaba un sitio adecuado a pocos metros de distancia. El claro dejaba a la vista un pequeño resquicio de cielo, y vio que la luna flotaba justo encima.

—Pasas mucho tiempo con Clía. —Domhnall habló en susurros para no despertar a los demás—. Os vi salir juntos ayer por la mañana.

La insinuación era evidente. Ronan puso los ojos en blanco.

—La ayudo a entrenar.

—Una idea estupenda, sin duda —se burló Domhnall.

—Creo que perdiste el derecho a preocuparte de lo que hace cuando cancelaste vuestro compromiso por orden de tu padre —respondió Ronan, irritado por la actitud de su amigo.

—Opina que Clía es débil, sumisa. —Domhnall bajó la mirada—. La conozco de toda la vida. Es, o era, amiga mía. La primera que tuve. La habría aplastado.

—Espera... ¿Qué? ¿O sea que no te pidió que rompieses el compromiso? —Ronan taladró a Domhnall con la mirada.

Domhnall echó la cabeza hacia atrás y la recostó en el árbol.

—¿Soy una persona horrible?

Ronan se lo pensó.

—Le rompiste el corazón, acabaste con un tratado que habría beneficiado a ambos reinos, y apuesto a que te has ganado la cólera de tu padre. Que seas horrible o no dependerá de los motivos que hayas tenido, supongo.

—En la corte scáilqueña se la habrían comido viva. La estaba protegiendo.

—¿Sin preguntarle a ella? —Sentía una rabia inexplicable y desconocida—. ¿No se merece tener voz y voto a la hora de decidir lo mejor para su futuro?

La respuesta de Domhnall se vio interrumpida por un sonido que rompió el silencio de la noche. Un aleteo, más fuerte y ruidoso que el de un pájaro.

Ronan se incorporó al instante, con el corazón desbocado.

—El fuego. Ni se nos ha ocurrido… —maldijo Domhnall—. ¡Apágalo!

Corrieron a extinguir las llamas, sofocándolas hasta que solo quedaron rescoldos humeantes.

El cielo estaba oscuro y silencioso. Y, con todo, la mano de Ronan se fue a la empuñadura de la espada.

—¿Era la…?

Ronan interrumpió al príncipe.

—No lo digas. Si el fuego no los ha atraído ya, pronunciar esa palabra sellará nuestro destino.

Ambos callaron y escucharon con atención.

—Ya no oigo nada —susurró Domhnall—. ¿Crees que estamos a salvo?

—Nunca se está a salvo en el bosque Fantasma —respondió Ronan. Le dio un golpecito suave a Clía con el pie—. Levántate enseguida.

Se incorporó, con los ojos legañosos.

—¿Qué pasa?

Sin responder, Ronan se acercó a Ó Dálaigh. Domhnall siguió su ejemplo y despertó a Kían y a Niamh, con cuidado de no hacer ruido.

Todos los ojos se fijaron en los hombros tensos de Domhnall y en que Ronan no apartaba la mano de la espada.

Niamh fue la primera en utilizar su acero y ponerse de pie, pero los otros la imitaron al instante. Hasta Ó Dálaigh se armó. Que Kordislaen le ordenase no intervenir en la prueba no significaba que no luchase por su vida.

Esperaron en medio de un silencio sofocante.

El viento silbó entre las copas de los árboles. Ronan desenfundó la espada.

Oyó de nuevo el sonido. Un aleteo distante, que se aproximaba. Clavó los talones en la tierra y dobló las rodillas, preparado…

El sonido creció hasta convertirse en un rugido. Las sombras se extendieron sobre el claro y taparon la luna.

Y luego descendieron.

Unas alas grisáceas y unas garras afiladas se abatieron sobre ellos. Ronan golpeó con la espada a todo lo que se puso a su alcance.

La Sluagh. La hueste de los muertos errantes.

Eran seres surgidos de las pesadillas, las sombras y la muerte. Parte humanos, parte pájaros, sin ser ninguna de las dos cosas. No tenían pelo ni plumas, solo una piel correosa y orejas puntiagudas, garras que se clavaban en la carne y colmillos capaces de desgarrar una garganta.

Esas bestias de pesadilla recorrían Inismian en busca de almas, pero Ronan no iba a rendirse con facilidad ni a permitir que se llevasen a nadie de su grupo.

Esquivó las zarpas afiladas como cuchillos de uno de ellos y le lanzó un tajo al cuello. Brotó un líquido negro y el sluagh cayó. Al otro lado del claro, Domhnall retrocedía frente a dos sluagh que se le aproximaban. Ronan corrió hacia su amigo.

—¿Necesitas ayuda? —Derrapó para frenar delante de Domhnall y se enfrentó a una bestia.

La espada de Domhnall repartía sablazos a su lado.

—Me valía yo solo.

—Claro —se mofó Ronan—. Como te valiste en aquella pelea en Suanriogh.

—Han pasado dos años, ya va siendo hora de que lo olvides… —suspiró Domhnall mientras destripaba a un sluagh, que se derrumbó. A los pocos instantes Ronan acabó con el segundo.

Examinó el claro en busca de alguien que necesitase ayuda; de repente algo se movió a sus pies. Una garra que se estremecía. El ser que acaba de matar empezaba a moverse, mientras se le cerraban las heridas.

Por supuesto. No se podía matar a los muertos.

—¡Tenemos que retirarnos! —gritó Ronan. Sujetó del brazo a Domhnall y lo apartó de los sluagh, que intentaban levantarse de nuevo.

Kordislaen le había dicho que protegiese a la realeza. Tenía que sacarlos de allí.

Un grito perforó el aire. Niamh. Retrocedió tambaleándose, arrinconada por un sluagh; su espada yacía inútil en el suelo.

Hubo un fogonazo dorado y Clía corrió a su lado.

Capítulo 13

El grito de Niamh empujó a Clía a actuar. No tenía otro plan que la espada y el deseo de que nadie muriese esa noche.

Le lanzó un espadazo a la bestia y la hizo sangrar, lo que atrajo su atención. Se volvió hacia ella con un profundo rugido. El sonido, una mezcla de muerte y angustia, como una pesadilla hecha realidad, le erizó el vello de la nuca.

Le dio otro golpe. Sintió alivio al ver que la espada hacía contacto. Pero no fue suficiente. Con un movimiento rápido, el sluagh le lanzó un zarpazo.

Le ardió el costado, bajo las costillas. Se le escapó un grito y se apretó la herida con la mano libre. El dolor era penetrante y le nublaba la visión, pero el ser no había terminado aún. Se acercó poco a poco, tomándose su tiempo, como un depredador que acecha a la presa. Clía retrocedió cojeando hasta apoyarse en un árbol.

Estaba atrapada.

La bestia se cernió sobre ella con los colmillos a la vista. Tenía un aliento fétido y caliente. A Clía, inmóvil, le pesaba la espada, y respiraba con jadeos irregulares. Notaba la sangre que le rezumaba de la herida.

No pensaba morir así.

Sentía la quemazón del dolor donde la había alcanzado la bestia, pero, sin hacerle caso, levantó la hoja y, con una estocada apresurada, la clavó allí donde pudo, una y otra vez, hasta que el sluagh cayó al suelo.

Cuando levantó la mirada, Ronan corría hacia ella. Durante la pelea, Niamh se había reunido con Kían y Ó Dálaigh en el otro lado del claro. En cuanto tuvieron un respiro de sus atacantes, los tres retrocedieron y desaparecieron entre los árboles. Ronan alcanzó a Clía, le pasó una bolsa medio vacía y le tiró de la muñeca. Al ver que le costaba caminar, le rodeó la cintura con el brazo. La presión hizo que le doliese aún más la herida, pero Ronan siguió arrastrándola lejos de los sluagh y hacia los árboles.

Domhnall estaba bajo las copas de los árboles, espada en mano, y jadeaba. Ronan le pasó a Clía para que la sujetase. Ella echaba de menos la familiaridad de los brazos de Domhnall. Aun así, se zafó de ellos.

—Seguid corriendo —ordenó Ronan, que se volvió para frenar a los sluagh que los seguían—. Me reuniré con vosotros en cuanto pueda.

Las garras de uno de aquellos seres no le acertaron por poco.

—Vamos —urgió Domhnall.

Clía hizo acopio de fuerzas y echó a correr.

Apenas unos instantes más tarde oyó que se les unían los pasos de Ronan.

Recorrieron el bosque a la carrera, saltando troncos caídos y esquivando enredaderas, y solo se detuvieron al encontrarse con una pared natural. El aire escapaba de los pulmones de Clía en profundos jadeos y el corazón se le iba a salir del pecho. A cada paso que daba, sentía otro latigazo de dolor en el costado.

No oía a las bestias. Estaban solos.

Ronan se volvió e inspeccionó los alrededores con la mirada.

—Sigamos adelante.

—No, debemos encontrar a los demás. Juntos tenemos más posibilidades de salir vivos del bosque. —Domhnall habló con voz temblorosa, pero tenía un brillo en la mirada.

Ronan rebuscó en la mochila, sacó el yesquero y encendió la lámpara; luego se volvió a echar la bolsa al hombro. Los ojos de Clía se ajustaron a la luz repentina.

—Si volvemos atrás, nos arriesgamos a morir antes de encontrarlos. Deberíamos buscar refugio y dejar pasar la noche. Cuando salga el sol, podremos buscarlos y ver la forma de salir del bosque Fantasma.

—Para entonces podrían estar muertos —argumentó Domhnall.

Ronan lo miró a los ojos.

—Su seguridad no es asunto mío. Ó Dálaigh está con ellos, y Niamh y Kían son inteligentes. Hallarán refugio y se esconderán hasta que pase la amenaza. Como deberíamos hacer nosotros.

Domhnall parecía querer seguir la disputa, pero, al ver la expresión decidida de Ronan, cerró la boca e hizo un breve gesto de asentimiento.

Las ramas se agitaban al viento. Los árboles que los rodeaban eran escasos y el brillo de la luna teñía el suelo y las rocas de un tono azulado. La pared irregular que tenían detrás ofrecía algo de protección, pero seguían demasiado al descubierto.

Clía se fijó en una abertura cerca de ella. Se acercó, cautelosa. Era una grieta en la pared, que hendía la roca y dejaba a la vista un pequeño pasillo inclinado, lo bastante ancho para poder caminar por él.

—Mirad —llamó a Ronan y Domhnall en voz baja—. Tal vez nos lleve a algún refugio mejor.

Ronan estudió la abertura con atención.

—No será más peligroso que permanecer aquí.

El sendero, estrecho y sinuoso, se adentraba en la roca más de lo que Clía imaginaba. Por fin, el muro de piedra quedó atrás y pudo ver las copas de los árboles. El camino se ensanchó y se niveló hasta desembocar en un mirador. Los tres se detuvieron y contemplaron el oscuro mar de árboles bajo ellos. Clía era incapaz de decir dónde terminaba el bosque Fantasma y empezaba el cielo nocturno.

Frente a ella, piedras y tierra, y unos cuantos árboles que se alzaban sobre el paisaje. La pendiente se hacía más y más inclinada. Al estirar el cuello para ver la cima de la montaña, la descubrió cubierta de nubes.

—Ronan, ¿dónde tienes el mapa? —preguntó.

Él le pasó sin discutir el papel gastado con el que los había conducido hasta Whitspell. El bosque Fantasma estaba bastante inexplorado; el mapa solo mostraba los contornos de aquella selva, acunada por el macizo montañoso que constituía la frontera norte de Scáilca. Recorrió con el dedo las líneas del mapa.

—Son las montañas Diamhair. —Habló en voz baja, más para sí que para ellos.

—Es imposible —negó Ronan con firmeza.

Domhnall cogió el mapa y lo examinó. Luego se volvió hacia Ronan con ojos excitados.

—Pero cierto. Y cada vez nos adentramos más.

—¿Te has vuelto idiota? —El susurro de Ronan sonó tan acusatorio como un grito.

A Domhnall no pareció importarle.

—Me pasa a menudo. Es parte de mi encanto. Sin embargo, en este caso la lógica está de mi parte.

Clía paseó la vista del uno al otro.

Ronan estaba quieto como un muerto.

—Explícate, por favor.

Domhnall señaló el mapa. Las montañas descendían en curva y formaban una gran Y que separaba a Tinelann, Scáilca y Álainndore. El bosque Fantasma se acurrucaba contra ellas en el punto donde las dos cadenas superiores se unían en una sola. Allí, los tres reinos casi se podrían tocar, de no ser por esa separación natural.

—Si estoy en lo cierto —señaló el borde nororiental del bosque Fantasma—, estamos aquí. Tinelann debería estar al norte de nosotros y Álainndore hacia el este. Desde aquí, Santarroja no debe de quedar a más de medio día de viaje.

—¿Y quieres ir allí? —preguntó Ronan.

Domhnall negó con la cabeza.

—No haría falta llegar tan lejos. Si nuestra información es correcta, en las montañas tal vez encontremos pruebas de que se ha violado el tratado.

—Excepto porque, para encontrarlas, tendremos que violar el tratado nosotros —les recordó Clía. Toda esa charla de evitar una guerra no serviría de nada si ellos la provocaban.

—No, si contamos con la aprobación de los otros reinos —replicó Domhnall. Se metió en el papel de príncipe como si fuese un manto cálido—. Liricnoc y Oileánster aprobaron la propuesta de investigación hace unas semanas. Por supuesto, la aprobación de Tinelann no importa, ya que los investigamos a ellos. Solo nos faltaba el beneplácito de Álainndore. Si entramos en las montañas con la princesa de Álainndore… Desde el punto de vista político, estamos cubiertos.

Clía se descubrió mirando de nuevo los acantilados.

Por ese camino, quizá hallase respuestas. Una forma de proteger su reino.

—Contad conmigo.

—Te has lastimado —se opuso Ronan.

Sin pensar, Clía se tapó la herida del costado como si quisiera ocultársela. Desde que huyeron, el dolor se había atenuado, y ya no sangraba.

—Estoy bien. Además, no tendremos otra oportunidad como esta. No voy a dejar que un rasguño me detenga.

Ronan le apartó la mano y dejó a la vista el corpiño rasgado y las marcas de las garras del sluagh. Arqueó una ceja.

—¿Un rasguño?

Le apartó la mano de un manotazo y rebuscó en la bolsa; menos mal que Ronan había sido previsor y la había cogido entre todo aquel caos. Sacó la cantimplora y unas vendas.

—No es profundo. Me pondré bien.

Se echó agua en la herida; la piel agradeció la frescura, pero el alivio desapareció al vendarse el torso con fuerza. Mantuvo una expresión impasible, aunque la herida irradiaba dolor, y se ató el vendaje.

—¿Contento?

—No la has limpiado bien —se quejó Ronan.

Domhnall casi se mostró de acuerdo, pero una mirada penetrante de Clía lo detuvo. Sacudió la cabeza.

—Puede que sea nuestra única oportunidad de seguir esta pista. No podemos perder tiempo con heridas.

—Además —añadió Clía—, no tenemos muchas más opciones y si me quedo aquí no se va a curar antes.

Ronan paseó la mirada del uno al otro, derrotado.

—Si uno de los dos muere, me niego a aceptar la responsabilidad —murmuró.

Juntos emprendieron el camino hacia la cordillera prohibida.

Las rocas no temblaron bajo sus botas. Ningún ejército los recibió; ningún dios los fulminó. Casi se podría creer que aquellas montañas eran como cualquier otra.

Casi.

Se decía que, cuando el Treibh Anam llegó a Inismian, crearon las montañas Diamhair para poder contemplar su nuevo hogar desde las cimas.

Bajo la luz de la luna que los bañaba, a Clía no le costaba entender que los dioses eligieran un sitio así.

Algo flotaba en el aire, como un zumbido. ¿Expectación? ¿Temor? ¿Magia?

No lo sabía.

Pero el espacio que los rodeaba vibraba de electricidad, una tensión desconocida e innatural, parecida al bosque Fantasma, pero más suave, casi reconfortante. Al caminar, Clía se preguntaba si estaría pisando donde antaño habitaron los dioses.

Dejaron atrás árboles y rocas que no habían conocido presencia humana durante siglos, hasta que Clía pudo ver el horizonte a sus espaldas. Hasta que el aire frío de la montaña le entumeció los dedos y la nariz.

El suelo empezó a nivelarse y Domhnall se detuvo.

—Allí. —Señaló el valle que se abría bajo ellos. Una silueta oscura destacaba sobre el paisaje llano.

Una tienda.

Domhnall se dispuso a descender hacia allí.

Ronan lo sujetó del brazo.

—No sabemos quién hay ahí. O qué.

—Y, si nos quedamos aquí, nunca lo sabremos. Puede que sea la prueba que necesitamos. No me voy a quedar sentado a esperar que Tinelann destruya Scáilca. Pienso aprovechar cada ventaja que encuentre, y, si muero al hacerlo, al menos habrá sido protegiendo mi reino —respondió Domhnall. Se zafó de Ronan y emprendió el descenso.

Ronan la miró a los ojos.

—Quédate aquí. Tengo que asegurarme de que ese idiota no se convierta en un mártir.

—Yo también puedo ir. —Clía se cruzó de brazos. El movimiento le tiró de la herida y le provocó una oleada de dolor. Se estremeció.

Ronan negó con la cabeza.

—Estás herida, y ahora eres menos rápida con la espada. Busca un sitio donde podamos acampar hasta la salida del sol. Además, me será más fácil proteger a un cabezota de la realeza que a dos.

Podría discutírselo, o tirar de rango para exigir acompañarlos, pero los dientes apretados de Ronan le dejaron claro que no ganaría esa discusión.

Le dio la espalda con un bufido.

De acuerdo. Buscaría un sitio para que pudiesen acampar a su regreso.

«Si regresamos».

Ahogó ese pensamiento. Ambos estaban bien entrenados y sabían valerse. La duda y el miedo no eran más que distracciones.

El burbujeo de un arroyo la recibió mientras caminaba. Siguió el sonido con la intención de rellenar la cantimplora, vacía tras el intento de limpiarse la herida.

La ladera estaba salpicada de árboles, pero eran mucho más escasos que en el bosque Fantasma. Clía siguió caminando; el murmullo del arroyo iba en aumento. Hasta que oyó otro ruido, casi inaudible sobre el sonido del agua.

El jadeo entrecortado de alguien que lloraba en silencio.

Con reticencia, dio otro paso adelante, y la vio.

Una mujer. El rostro le resultaba familiar, pero no acababa de identificarlo. Podría tratarse de una doncella, o de una madre; había algo atemporal en ella. Se acuclillaba sobre el arroyo, con los ojos entrecerrados, y lavaba una tela de color verde oscuro, en cuyo centro florecía una mancha roja.

El cabello blanco de la mujer le ocultaba la cara, hasta que levantó la vista.

Clía se quedó petrificada.

A la desconocida se le escapó un quejido angustioso y desesperado.

Las pálidas facciones estaban ocultas en parte por la gastada capucha gris de su manto. Los ojos, blancos y luminosos, se clavaron en Clía.

Una bean sídhe.

El ser gimió, pero no se movió ni apartó la mirada.

Clía retrocedió de inmediato; le retumbaba el corazón en los oídos. Pero, en vez de caer contra las ásperas piedras de la ladera, solo encontró el vacío.

La gravedad tiró de ella, que se precipitó por una abertura entre las rocas.

La oscuridad la rodeó. La grieta era alta y estrecha, cubierta de musgo y enredaderas que apagaban la luz de la luna. Rebuscó la lámpara a toda prisa y la encendió con manos temblorosas. No podía pararlas. Se adentró más; la desesperación la empujaba hacia lo desconocido. Solo se tranquilizó cuando comprendió que nadie la seguía.

Por lo que sabía de las bean sídhes, estaba a salvo. Ellas no provocaban daño. Solo eran presagios.

Clía se esforzó por controlar la respiración. No tenía allí a ningún familiar. Estarían a salvo. Seguro que sí.

Se lo repitió para sí mientras se adentraba más en aquel espacio húmedo, sin saber lo que le esperaba, ni si tenía valor para averiguarlo. La mordedura del frío en la piel la hizo desear haber traído un manto.

Las paredes se cerraban sobre ella, el espacio se estrechaba y el techo parecía inclinarse. Siguió los giros y curvas del túnel en busca de otra salida, y mientras tanto otro temor empezó a carcomerla.

«Hay muchísimas formas de morir en una gruta».

El camino adoptó una ligera pendiente hacia abajo. Musitó una plegaria a Aodhán para que la montaña no se derrumbase sobre ella. De pronto lamentó no haber rezado más con los draois.

Por fin, el terreno se niveló y el túnel terminó frente a una pared sólida. Cuando la luz de la lámpara cayó sobre el muro, se reflejó en un millar de haces que bailaron sobre el suelo de tierra.

Clía se quedó boquiabierta. La pared estaba cubierta de cristales como no había visto antes. Bajo aquella tenue luz no sabía con seguridad de qué color eran. ¿Un rosa suave, tal vez? Se acercó con cuidado a la pared, hipnotizada. Nunca había visto un cristal con esa apariencia, y menos que fuese así de visible tan cerca de la superficie. Seguro que la veta se hundía a gran profundidad.

Se acercó más para examinar la formación. Tenía algo que no sabría describir, un magnetismo que nunca había sentido antes.

Quedaría preciosa en un collar. ¿O quizá en una corona?

Un pequeño fragmento del cristal sobresalía del resto; la unión con la veta parecía frágil. Sacó la espada y le dio un golpe con la empuñadura. El fragmento cayó al suelo con un chasquido y la luz de la gruta pareció atenuarse. Cerró los dedos sobre la pálida gema mientras el aire zumbaba a su alrededor. Con toda delicadeza, guardó el cristal en la mochila.

La pared que contenía el cristal era un callejón sin salida; no había manera adentrarse más en la montaña. Lo que significaba o bien quedarse allí, o bien desandar el trayecto.

En la oscura caverna era fácil olvidarse de la bean sídhe y de los sluagh y otros seres que podría haber al acecho. Era un lugar silencioso, pequeño y acogedor.

Pero tenía que averiguar si Domhnall y Ronan estaban bien. Y si habían descubierto algo.

Dado que no tenía otra opción que volver por donde había venido, recorrió de nuevo la caverna. Cuando llegó a la entrada se detuvo a escuchar los gritos de la bean sídhe. Solo se oía el silencio.

Al salir a la luz de la madrugada, estaba sola.

Le llegó un ruido desde la izquierda. Aferró el pomo de la espada. El peso era reconfortante.

—Somos nosotros —dijo Ronan. Salió de entre los árboles, seguido de cerca por Domhnall.

La mirada de Clía se fue hacia los fragmentos de papel que llevaba el príncipe en las manos.

—¿Qué habéis averiguado?

—La tienda estaba abandonada, pero se han dejado pruebas. Parte de una lista de suministros y cartas. —La mirada de Domhnall era gélida—. Teníamos razón. Tinelann ha roto el tratado.

Segunda parte

Capítulo 14

—El día de hoy nos brinda una tarea única. —Kordislaen recorrió a paso lento el centro de la pista de entrenamiento, bajo la grisácea luz matinal—. El jefe Lyons llegará a Caisleán Cósta para hablar conmigo, y nos acompañará en el banquete.

Clía, Ronan y Domhnall habían vuelto de la misión a última hora de la noche anterior, tras reunirse con el resto del grupo. Por suerte, llegaron el día antes de Taranasadh, dentro del plazo previsto. Ó Dálaigh les prometió contarle a Kordislaen lo que habían encontrado en las montañas y les dijo que se centrasen en los entrenamientos.

Kordislaen hizo una pausa.

—Supongo que no tengo que recordaros que os comportéis lo mejor posible. Dedicad un tiempo a asearos. Vuestra apariencia y vuestros actos se reflejan en mí. Si me avergonzáis, haréis el petate y os iréis a casa.

Kían, que estaba junto a Clía, gruñó por lo bajo algo sobre «no estar de acuerdo», pero ella no le hizo caso y se concentró en Kordislaen y el comienzo de la lección. Se pasaba atemorizada las sesiones con él. Ya había quedado una vez como una idiota. Otra metedura de pata haría peligrar su presencia en Caisleán y le daría un poco más la razón a Domhnall.

Cuando decidió irse de casa y acudir a Caisleán Cósta, no se esperaba que la tumbasen de culo en la primera clase, a la vista de todos. Ni tener callos ensangrentados en las palmas cada nuevo día.

No se esperaba encontrar a Domhnall de camino al altar.

Unas pocas sesiones breves con Ronan en las horas robadas al sueño no la convertían en una guerrera. Sobrevivir a Caisleán Cósta con la reputación intacta (lo mínimo, si quería recuperar a Domhnall) requería cierta estrategia.

En las clases se concentraba en escuchar y en llamar la atención lo menos posible. En las sesiones de entrenamiento se quedaba al fondo del grupo y veía de lejos las maniobras que les enseñaba el general Kordislaen, y que ella no imaginaba que fuera a usar jamás. Cuando le quemaban los brazos de hacer flexiones, no se quejaba. Le caía el sudor a chorros por la frente y le temblaban los brazos, pero apretaba los dientes y se elevaba una vez más. Si Kordislaen, al ver sus esfuerzos, le ladraba insultos, se los sacaba de la mente y se concentraba en el sonido del viento.

Al final de cada sesión de entrenamiento corrían alrededor de la pista. Clía se quedaba atrás, pero seguía avanzando con determinación. Los otros daltas sonreían con gesto sarcástico al adelantarla por tercera vez. En vez de hacerles caso, se concentraba en la sensación de la tierra bajo los pies. Nunca sería la mejor, pero eso era disculpable mientras no se parase.

Al correr, tenía que hacer acopio de voluntad para no buscar a Domhnall con la mirada, un foco de familiaridad entre el caos. Otra parte de ella, más masoquista, la empujaba a mirar a Niamh. Quería saber si la chica se sorprendía de que Clía persistiera en el empeño. Era posible que Niamh no pretendiese humillarla aquel primer día (Clía intentaba no asumir lo peor de la gente a la que apenas conocía), pero su orgullo y su reputación no se habían recobrado aún.

No obstante, cuando terminó la última vuelta y se derrumbó en un asiento al borde de la pista, a quien buscó con la mirada fue a Ronan. Estaba mejorando (durante los ejercicios de espada del día se había sentido muy cómoda) y se preguntaba si él se habría dado cuenta.

Solo que Ronan no estaba con los daltas que salían caminando de la pista, sino al fondo, hablando con Kordislaen.

Sabía que Kordislaen no lo estaría criticando; Ronan era uno de los mejores guerreros presentes. Por otra parte, la idea de que Kordislaen alabase a alguien parecía igual de imposible. El general era incapaz de ser positivo. Clía estaba convencida de que el mal tiempo de los últimos días se debía a que el sol se escondía de él.

Ronan dejó la conversación con la cabeza bien alta; su habitual aspecto serio había dado paso a un ligerísimo esbozo de sonrisa.

Se reunió con él en medio de la pista que se vaciaba.

—¿Qué quería Kordislaen? —No hizo ningún esfuerzo por disimular el tono de curiosidad. Tras pasar las madrugadas entrenándose juntos durante el viaje, había entre ellos cierto entendimiento. O quizá no era por eso, sino que Ronan, por algún motivo, la hacía sentir cómoda.

—Ó Dálaigh lo ha informado de nuestra misión. Quería felicitarme por mis dotes de mando. —Clía reparó en que Ronan apenas empezaba a absorber las palabras del general. Tenía los ojos abiertos de sorpresa y una cálida sonrisa que iba en aumento. Verlo así le despertó algo en el pecho—. El general Kordislaen me ha dicho que ve algo en mí, que tengo potencial.

Su alegría era contagiosa, y Clía no pudo evitar sonreír a su vez.

—Eso te lo podría haber dicho yo. Eres un guerrero asombroso. No me sorprendería que te ofreciese un puesto permanente aquí.

Ronan agitó la cabeza.

—No lo digas ni en broma. Sería un honor que no puedo ni soñar.

—Estás hecho para esto. Tienes un talento especial, y Kordislaen sería idiota si no lo viese. Estás aquí por una buena razón.

—Gracias. —Las palabras estaban cargadas de un significado que no supo desentrañar.

Le sonrió otra vez y luego tironeó de él para sacarlo de la pista (le daba miedo que, aturdido por el sentimiento de orgullo, se hiciese daño), cuando Niamh se cruzó en su camino.

—Clía, esperaba poder hablar contigo —dijo con tono despreocupado. Le clavó los ojos a Ronan, en un gesto implícito de despedida.

Ronan posó la mano en el antebrazo de Clía, cuyos sentidos parecieron concentrarse en ese pequeño punto de contacto.

—¿Te veo en la clase de la tarde? —le preguntó con una mirada intensa. Clía comprendió que le preguntaba si quería que se fuera. Asintió y él se volvió poco a poco al castillo. Con desgana, le pareció.

Al volverse de nuevo hacia Niamh, Clía adoptó de nuevo su papel de experta cortesana. Después de todo, Niamh era de la nobleza scáilqueña.

—Me alegro de verte, Niamh. Lamento que no tuviésemos casi tiempo de hablar durante la misión en el bosque Fantasma. Creo que solo hemos hablado de verdad durante aquel primer duelo.

—No sigues enfadada por aquello, ¿verdad? —Niamh ladeó la cabeza.

—No estoy molesta en absoluto. Bueno, a mi brazo le encantaría que hubieras mostrado un poco más de clemencia conmigo —levantó la mano para tocarse la tenue cicatriz que le había hecho Niamh—, por la sangre y todo eso, pero lo entiendo. —Y lo entendía, de verdad.

Que Kordislaen enfrentase a los daltas unos contra otros no quería decir que no pudiesen forjarse amistades. Clía se había encontrado de repente en un entorno que no sabía manejar. Le vendría bien una aliada. Una amiga.

La boca de Niamh no se relajó.

—Mejor, porque si lo estuvieras te diría que recordases dónde estás y cómo funcionan aquí las cosas.

—Ya veo. —La idea de desayunar juntas al día siguiente: descartada—. ¿De qué querías hablarme?

—No tuve oportunidad de darte las gracias por lo que hiciste en el bosque Fantasma. —Casi parecía que le doliese decirlo.

—Tú habrías hecho lo mismo —respondió Clía.

—No, no es cierto. —Lo dijo sin el menor remordimiento. Más bien, la guerrera la miró como si evaluase a una contrincante, y Clía tuvo la sensación de que no la había impresionado—. ¿Nos veremos esta noche en el banquete, supongo? —añadió, y a Clía le dio un vuelco el corazón.

No la habían preparado para el manejo de la espada, ni para la guerra (en un campo de batalla era más probable que se hiriese a sí misma que a otros), pero sí que tenía mucha experiencia en banquetes. Sus esperanzas de éxito habían fracasado una y otra vez desde la llegada al castillo; quizá esa fuese una oportunidad de darle un giro a la situación y salir airosa.

—Desde luego. Lo estoy deseando. —Sonrió.

CLÍA VIO A SÁRAIT CAMINANDO POR EL PASILLO Y CORRIÓ HACIA ELLA.

—Necesito tu ayuda.

—Ahora mismo estoy bastante ocupada. —Sárait tenía el pelo recogido en un moño y llevaba en los brazos una cesta de ropa—. Con tantos daltas, me voy a pasar toda la noche remendando para ponerme al día.

Era de esperar que la costurera de Caisleán tuviese mucho trabajo antes del banquete. Por suerte, Clía se había preparado.

—¿Y si yo remiendo mientras tú me ayudas?

La mujer le lanzó una mirada suspicaz.

—¿En qué consiste esa ayuda?

Clía sonrió sin responder, le quitó la cesta de las manos y la guio a su habitación.

En las dos semanas transcurridas desde la llegada de Clía a Caisleán, había transformado aquel espacio. Las paredes aburridas estaban cubiertas de tejidos (vestidos que ahora tenían una segunda vida como decoración) y el pequeño baúl se había convertido en un espacio de trabajo, un lugar para coser y para seguir con su proyecto, el patrón del vestido en el que trabajaba en Álainndore.

Murphy estaba acurrucado en una esquina, donde Clía había dispuesto el cojín más mullido para que durmiese y un gran barreño de agua para que se mojase. Pero, cada vez más, prefería el lago de Caisleán al barreño. Aquella mañana, al bañarse de nuevo, había dejado un reguero de agua por todo el suelo; pero a Clía no le importó.

Sárait entró tras ella, con un brazo en jarras.

—Ya que estamos aquí, ¿me dirás por fin lo que vamos a hacer?

—El banquete es esta noche, y necesito que salga bien —explicó Clía. Dejó la cesta de ropa sobre la cama impoluta—. ¿Podrías ayudarme a prepararme? Mi pelo se niega a cooperar.

No quiso admitir la auténtica razón para buscar la compañía de Sárait. En Álainndore, Clía tenía pocos momentos para sí misma (algo que solía molestarla) y sabía que podía contar con Ó Connor si lo necesitaba. En los pasillos abarrotados de Caisleán, sin embargo, se enfrentaba a una extraña sensación de soledad. Necesitaba el consuelo de charlar con alguien que la entendiese. Y, al pensar en que cosían juntas en Álainndore (por no mencionar que Sárait había sido muy amable con Clía aquí en el castillo), tenía la vaga esperanza de que esa persona fuese Sárait.

La expresión de Sárait se dulcificó. Se sentó en la cama y le hizo un gesto a Clía para que la acompañase. Luego le lanzó una camisa del cesto. Clía cogió una aguja y empezó a remendar un desgarro mientras Sárait le peinaba el cabello.

—Cuando llegué al palacio de Álainndore, no me gustó nada —explicó Sárait.

—¿Por qué? —A Clía le sorprendió la confesión. Quiso volver la cabeza para mirar a Sárait, pero la costurera se la inmovilizó con suavidad.

—Nunca había estado tan lejos de mi hermana. No sabía qué hacer sin ella. —Las manos de Sárait comenzaron a peinarle las ondas del cabello—. Me llevó un tiempo, pero al final lo conseguí. Aprendí a valerme por mí misma. Y, si me sentía sola, le escribía una carta.

Clía dejó de coser.

—¿Te ayudó?

Le puso una horquilla a Clía y asintió.

—La sigo echando de menos, para ya no duele tanto. Ahora estoy todavía más lejos. Pienso mucho en ella, pero creo que aquí podría encontrar un hogar.

Clía solo veía los muros de piedra como un reto que debía superar. No sabía si podría verlos algún día de un modo distinto.

Pero jamás ocurriría si no lo intentaba.

—Tienes demasiado pelo —gruñó Sárait, con una maldición, al soltarse una trenza de Clía y deshacerse.

El cambio de tono repentino le arrancó a Clía una risotada. El ambiente se relajó y la conversación siguió, más ligera, mientras Sárait luchaba por someter el cabello de Clía, y esta atacaba una prenda tras otra de la cesta de remiendos.

—Creo que tendremos que darnos por vencidas —dijo Clía al cabo de un rato, y Sárait se desplomó en la cama.

—Prometo que ya lo he hecho otras veces —repuso, a la defensiva, mientras jugueteaba con las puntas del pelo enredado de Clía; los intentos de trenzarlo habían dejado secuelas.

—Lo creeré cuando lo vea —rio Clía—. Quizá deberíamos probar algo más sencillo.

Sárait asintió y echó mano a un peine.

Clía cogió una túnica. La sensación de la aguja de coser entre los dedos era un consuelo muy bienvenido. Sus manos, sin nada que coser, llevaban tiempo inquietas.

—¿Cómo han conseguido rasgarte por tantos sitios? —le susurró Clía a la prenda en cuestión.

—Te sorprendería lo que puede hacer un guerrero —bufó Sárait—. Aquí no hay nada a salvo. Apaño unos pantalones, y al día siguiente vuelven a estar hechos unos zorros.

Clía le dio las últimas puntadas a la camisa.

—No tienen el más mínimo respeto por una prenda bien hecha.

—Me tienta estar de acuerdo, pero en ese caso tenían otras cosas de que preocuparse. A Burke, el propietario de esa prenda, lo enviaron de misión cuando detectaron ionróndios en el acantilado de los Susurros. —Un escalofrío le recorrió la espalda a Clía. El acantilado de los Susurros bordeaba las tierras de Caisleán Cósta, desde el sur hasta el mar. Los ionróndios se arriesgaban mucho al acercarse tanto a la fortaleza—. Su grupo volvió un poco maltrecho, pero nada que no tenga arreglo.

—¿Descubrieron nuestros soldados lo que hacían los ionróndios?

Sárait negó con la cabeza.

—Huyeron con demasiada rapidez.

Clía se volvió para tenerla de frente.

—¿Y cuál crees tú que fue la razón?

—Estoy aquí para coser, no para especular. —Cogió la túnica de manos de Clía, examinó los arreglos y luego la dobló con cuidado.

—Eres lista. Cualquiera que sea capaz de coser una costura suave y uniforme en la mejor seda cuenta con mi respeto. Además, que nadie se fije en ti te permite observarlo todo —añadió Clía—. Ves lo que los demás se pierden.

Sárait sopesó esas palabras y, por un instante, Clía temió haber dicho demasiado. Pero Sárait habló por fin.

—Los ionróndios colaboran con Tinelann… Eso es evidente. Apuesto a que cartografiaban el terreno, en busca de rutas que los lleven tierra adentro. Todo lo que hayan visto lo contarán en Tinelann, para que allí decidan si merece la pena atacar Caisleán cuando por fin se decidan a invadir Scáilca.

Las conexiones estaban claras en la mente de Clía, y la conclusión también.

—Caisleán es un castillo, pero también funciona como una torre. Contiene gran cantidad del conocimiento de los cinco reinos de Inismian y del Treibh Anam. Si se hiciesen con el control, sería una perfecta base de operaciones. Y, como no detuvimos a los ionróndios, y escaparon con la información que reunieron, ahora Tinelann también lo sabe.

—Pero nosotros lo sabemos —la tranquilizó Sárait—. Y, mejor aún, Kordislaen también lo sabe. No se saldrán con la suya.

Clía admiró el optimismo de Sárait, pero el temor ya había enraizado en su corazón.

Quizá el siguiente paso de Tinelann no fuese Álainndore; tal vez su objetivo fuese Caisleán Cósta.

Si Caisleán caía, Scáilca estaría en peligro. Y si tenían éxito, si conquistaban Scáilca… Álainndore no tendría nada que hacer. Ningún reino lo tendría.

Capítulo 15

La carta le pesaba en la mano a Clía.

Contenía todo lo que había averiguado en el bosque Fantasma y en Caisleán. Cada teoría y cada temor. Solo esperaba que tuviesen en cuenta sus advertencias.

Sus padres no habían respondido a la carta que les envió el primer día. Al principio creyó que habría algún retraso, o que el correo se habría extraviado. La llegada de una respuesta de Ó Connor demostró que se equivocaba. Su carta era amable y considerada; tenía en cuenta sus preocupaciones y le pedía que lo mantuviese al tanto de lo que pasara.

Aunque tener noticias suyas fue un bálsamo para su creciente soledad, también se sintió dolida ante la idea de que su madre no se molestase en responder por sí misma.

—Hay cosas que nunca cambian y no merece la pena preocuparse por ellas —le dijo a Murphy, que la vigilaba con atención desde su esquina.

La cera escarlata que derramó sobre el sobre se encharcó como la sangre que tanto se esforzaba por evitar. Sus padres no leerían la carta, pero Ó Connor sí. Al menos alguien en el reino sabría que tenía que prepararse.

Murphy trotó hacia ella con un sonido de garras sobre la piedra y le frotó la naricilla fría en la espinilla para reclamar su atención.

—Tienes razón —le dijo. Lo cogió en brazos mientras estudiaba los vestidos dispuestos sobre el borde de la cama—. Dejemos de preocuparnos y centrémonos en otras cosas.

Clía entendía de celebraciones. Era un escenario que conocía a la perfección.

Acarició los tejidos, contenta de haber llevado consigo varios vestidos refinados. En Álainndore, las ropas de los banquetes eran algo digno de contemplar: los vestidos relucían como cristales y las telas estaban tejidas con hilos de oro y plata. Aquella noche, Clía llevaría con ella un pedazo de su hogar.

Los ojos se detuvieron sobre el vestido de color esmeralda. El color de Álainndore.

Se lo puso, con cuidado de no estropearse mucho el peinado. Sárait y ella habían dejado que los rizos fluyesen a su aire, y añadido cuatro trenzas sueltas que se entrelazaban y se unían sobre la nuca. Se ató las lazadas del vestido y examinó el resultado. La falda le caía desde las caderas con una modesta pendiente hasta rozar ligeramente el suelo. Una elegante bordadura dorada trazaba la curva de la espalda y fluía por la cola del vestido.

«Perfecto».

Cuando llegó al salón del banquete, todos estaban ya sentados y disfrutaban de la comida. Los ricos aromas de la carne y los vegetales a la brasa y del pan recién horneado llenaban el ambiente. El comedor estaba decorado acorde con la importancia del día. Las banderas granates cubrían las paredes y colgaban de las vigas, y habían dispuesto las mesas formando un amplio círculo, encaradas hacia la pista de baile vacía que ocupaba el centro. Unos músicos tocaban con suavidad y, justo frente a la entrada, contra la pared del fondo, estaba la gran mesa para el invitado de honor, el jefe Lyons.

Antes de que pudiese encontrar un asiento, Kordislaen, situado junto al jefe, la llamó con una seña. Los otros oficiales de alto rango de Caisleán se sentaban junto a ellos. Reconoció al comandante Ó Dálaigh, que hablaba con la capitana Duinn, una mujer intimidante con la piel blanca cubierta de profundas arrugas, y al comandante en jefe Brecc, un hombre tieso cuyas trenzas negras contrastaban con la reluciente armadura plateada.

Clía se acercó a la mesa y los saludó con una cortés inclinación de cabeza.

El jefe era la antítesis de Kordislaen en todos los sentidos. Mientras que Kordislaen era alto, con el pelo negro muy corto entreverado de canas y el ceño fruncido en un perpetuo gesto de desencanto, Lyons era bajito y rubio y llevaba el pelo recogido para dejar al descubierto el rostro bronceado.

—Princesa Clía, es un placer conocerte —la saludó Lyons.

—El placer es mío, jefe —respondió de modo automático.

Kordislaen estaba atento a la conversación; pero, si Lyons se dio cuenta, no lo dejó ver.

—Kordislaen me hablaba de ti, de la aventura de tu grupo en el bosque Fantasma. Sobrevivir a un onchú y a la Sluagh es una hazaña notable. Impresionante, para tratarse de alguien sin apenas entrenamiento. Seguiré con mucho interés tu desarrollo en Caisleán.

—Agradezco de corazón la oportunidad de estar aquí. Ya he aprendido mucho y estoy deseando descubrir cómo usar esos nuevos conocimientos para ayudar a nuestros reinos —contestó.

La sonrisa no abandonó el rostro de Lyons, pero la expresión cambió de forma indescifrable. Clía se obligó a sostenerle la mirada, aunque sentía el impulso de apartarla y mirar para otro lado. La estaba poniendo a prueba, y no le iba a encontrar ninguna falta.

—Ah, ¿sí?

Rebuscó en su mente las palabras adecuadas, aunque le faltaba algo de práctica.

—Sí. De hecho, una amiga y yo hablábamos de los ionróndios descubiertos en el acantilado de los Susurros, y lo que podrían significar para Caisleán y Scáilca. Se me ocurrió una idea…

—¿A ti se te ocurrió una idea? —la interrumpió Lyons.

Un escalofrío le recorrió la piel.

—Sí. Es decir… —Inspiró hondo para despejar los pensamientos que le corrían por la mente.

Lyons la cortó antes de que pudiese continuar.

—Vamos, princesa. Es admirable que quieras entrenarte aquí. Pero eso no te da permiso para implicarte en asuntos que no te conciernen.

Respondió antes de poder evitarlo.

—¿Que no me conciernen? Soy la princesa de Álainndore. Es mi deber hacer todo lo posible por proteger mi reino.

El jefe se enfureció, como si el mero hecho de defenderse fuese un insulto hacia él.

—¿Y cómo vas a protegerlo? ¿Una niña que apenas puede sostener una espada? —La calidez anterior de su voz había desaparecido por completo.

Clía se quedó helada. No podía pensar… No sabía cómo salvar la situación. En Álainndore, jamás se habría enfrentado a un desprecio tan manifiesto.

—Mejor os dejo, entonces. —Inclinó la cabeza y se retiró de la mesa antes de que él pudiese ver que su comentario había hecho mella.

Se sentó en el primer asiento libre que encontró, que resultó estar junto a Niamh y Domhnall. Las mesas de los daltas estaban lo bastante lejos de Lyons y Kordislaen como para confiar en que la música les hubiese ocultado la conversación.

Saludó a quienes la rodeaban y trató de acallar el corazón desbocado. De repente, los olores y los ruidos la abrumaban. Todo la abrumaba. Tenía los sentidos a punto de desbordarse. La corriente de aire era como puñales sobre su piel y sentía una opresión en las costillas…

Venirse abajo no iba a ayudar a nadie, y desde luego no iba a mejorar su reputación.

Inspiró hondo, cerró los ojos y recordó lo que le dijo Ronan aquel día en la colina.

«¿Qué oyes?».

Voces. El roce de las sillas sobre las losas. Cuchillos que arañan las bandejas.

«¿Qué ves?».

Abrió los ojos poco a poco, concentrada solo en lo que había frente a ella. La mesa estaba decorada con un fino mantel azul oscuro y cubierta de innumerables bandejas de comida: carne, pan, sopa… De todo.

Inspiró de nuevo, sintiendo el aire que le llenaba los pulmones. El mundo parecía ahora algo más silencioso, menos estridente, sus aristas un poco más romas.

Se llenó una bandeja antes de reparar en la mueca que asomaba a los labios de Niamh. Llevaba la misma armadura que en el entrenamiento, pero el metal estaba recién pulido, y el pelo le caía sobre la espalda en una larga trenza. Domhnall también vestía su mejor armadura, digna de un príncipe guerrero. Al mirar a su alrededor, Clía comprendió que era la única que lucía un vestido.

—Tienes un aspecto… interesante —le dijo Niamh. La voz fría pareció resonar en los oídos de Clía.

—Gracias —respondió con placidez—. Tú también estás estupenda.

Niamh le dedicó una sonrisa forzada y se excusó para ir a hablar con un dalta de otra mesa.

Domhnall la siguió con la mirada hasta que estuvo lo bastante lejos; luego se volvió hacia Clía.

—Sabes que no estamos en la corte, ¿verdad?

—Oh, ¿en serio? No me había fijado —respondió Clía, sin pestañear. Se puso la servilleta en el regazo y jugueteó con las esquinas de la tela debajo de la mesa.

Domhnall cerró los ojos y dejó escapar un suspiro frustrado al tiempo que cerraba los dedos sobre su bebida.

—No pretendía ser grosero. Estás muy hermosa.

El corazón de Clía, traicionero, se alegró con el cumplido.

—Gracias. Pensé que estaría bien hacerle un homenaje a mi reino y a mi corte. Seguro que te acuerdas de nuestros banquetes.

—Los recuerdo muy bien —rio Domhnall, y al hacerlo pareció desembarazarse de su reciente seriedad y, por un momento, fue como si estuviesen de vuelta en Álainndore—. También recuerdo que no dejábamos de meternos en líos. ¿Te acuerdas de cuando casi tiraste al lago a la draoi Ruairc?

Clía se sumergió en los recuerdos y dejó de prestar atención a los ojos que la observaban.

—¡No fue culpa mía! Bailabas tan mal que casi me tiraste encima de ella.

—Claro. ¿También fue mi torpeza en el baile lo que le prendió fuego al vestido de lady Brigid?

Su risa era contagiosa y ella empezó a reír también.

—Diré en mi defensa que el vestido era tan largo que tarde o temprano iba a tropezar con él. Pero… ¿puedo recordarte aquella vez que casi te caes por un precipicio? Estabas demasiado distraído con tus admiradores, caballeros, damas y lísoirs que reclamaban tu atención.

—Vale, quizá de niños éramos algo torpes. —La risa se desvaneció junto con los recuerdos—. A veces olvido lo mucho que nos divertíamos —admitió, y a Clía le dio un vuelco el corazón.

—Ahora estamos los dos aquí. No veo por qué no podemos ser como antes —respondió, midiendo cuidadosamente cada palabra y disimulando sus esperanzas tras un tono indiferente.

—¿De verdad esperas quedarte aquí? —La realidad se interpuso entre ambos, empujada por el escepticismo y la duda de las palabras de Domhnall.

—Por supuesto que sí.

—Clía, debes comprender que este no es tu lugar.

Las palabras se le clavaron, y el breve instante de paz se hizo añicos.

—¿Mi lugar?

Domhnall se inclinó hacia ella.

—Sabes que serías más feliz en la corte, disfrutando de los festines y los banquetes de Álainndore, chismorreando con los nobles y metiéndote en líos. ¿De verdad quieres perder el tiempo aquí, jugando a ser soldado?

—Creo que puedo decidir por mí misma dónde sería más feliz —le respondió con un tono más duro que una roca.

—No quería decir… —empezó, pero ella lo interrumpió. Ya había sido demasiado paciente con él.

—Tienes la mala costumbre de decir cosas que no quieres.

A Domhnall se le escapó un suspiro nervioso.

—Lo siento. —Tenía una expresión resignada—. Me parece que a ti nunca logro decirte lo que quiero.

Cualquier otro día, se lo habría tomado como un cumplido. Habría dicho en broma que ella ejercía ese efecto en la gente. Habría sido un perdón sutil y Domhnall se habría relajado.

Pero ya estaba harta de proteger sus sentimientos.

Como no respondió, él se apresuró a llenar el silencio.

—No pretendía hacerte daño. Solo quería decir que… no puedes ser feliz aquí. Siempre tensa, mientras intentas convertirte en algo para lo que no estabas destinada. Kordislaen es implacable y tú no eres una guerrera, que digamos. —Hablaba con total seriedad, lo que aún empeoró más las cosas.

—Es curioso que insistas en que no quieres hacerme daño, y a la vez no comprendas lo que implican las cosas que dices —le replicó—. Perdona la pregunta, pero… Si no soy una guerrera, ¿qué clase de persona crees que soy?

Domhnall estaba cada vez más agobiado. Lo había arrinconado y no había respuesta correcta. Clía quiso disfrutar de esa victoria, pero las palabras aún le reverberaban en la cabeza. Si levantaba la vista, veía caer sobre ella las miradas de los otros daltas, los ojos crueles que la juzgaban.

Niamh regresó y su llegada salvó a Domhnall de tener que responder. Los miró a ambos y, al notar la tensión repentina, buscó un modo de intervenir.

—Domhnall, Clía, me alegro de que hayáis hablado. Sé que Domhnall estaba alicaído por cómo acabaron las cosas entre vosotros. ¿Ha ido bien la conversación?

Clía permaneció en silencio mientras Domhnall tartamudeaba una respuesta.

—Eh… Hablábamos de las fiestas de Álainndore.

—Qué encantador. Domhnall, ¿cuándo me vas a invitar a los eventos de la realeza? Tengo muchas ganas de participar en ellos. Por lo que contáis, parecen muy divertidos. —Hablaba con voz cortante.

Había un mensaje en esas frases, indescifrable para Clía, pero que Domhnall pareció entender a la perfección. Se quedó inmóvil, como un ladrón pillado in fraganti. Clía llegó a pensar que iba a salir corriendo. Luego carraspeó.

—Cuando te apetezca, por supuesto.

—No sabía que fueseis tan amigos. ¿Os conocéis bien, entonces? —intervino Clía, en un intento desesperado de guardar las formas.

Niamh la miró como si fuese una niña inocente.

—Eso espero, ya que vamos a casarnos.

El hueco donde antes latía su corazón se llenó de fragmentos de cristal, y un sonido ahogado se le escapó de entre los labios.

—Oh.

«Se va a casar con Niamh».

Una vez dicho, se sintió muy idiota. Domhnall se pasaba mucho tiempo cerca de ella. ¿Cómo había podido no darse cuenta del motivo?

—¿De verdad no se lo habías dicho? —le preguntó Niamh a Domhnall, ofuscada.

Este dio un respingo, pero, cuando habló, se dirigió a Clía.

—Lo siento. Pensaba decírtelo. Estábamos esperando la aprobación definitiva de mis padres —afirmó, como si eso fuese a borrar el dolor que acechaba bajo la piel de Clía. Como si esas palabras pudiesen reparar lo que se había roto entre ellos.

—Creo que hacéis muy buena pareja. Os deseo lo mejor. —Se levantó del asiento, sin hacer caso de la servilleta que cayó al suelo—. Si me disculpáis, me siento fatigada. Creo que es mejor que vuelva a mi cuarto. Os veré mañana.

Al irse, sintió el peso de las miradas intrigadas de los guerreros sobre ella. Por primera vez deseó haberse puesto algo más discreto. El vestido estaba pensado para atraer la atención de quienes la rodeaban, y lo había conseguido.

Capítulo 16

Ronan dejó pasar unos instantes antes de abandonar el banquete en pos de Clía. La había visto hablar con Domhnall y Niamh, y, aunque estaba lejos y no sabía de qué hablaban, comprendió que algo iba mal.

Clía llegó hasta el despacho de los daltas antes de que la pillase. Estaba desierto, ya que todo el mundo había ido al banquete.

Al oír los pasos que se acercaban, se volvió.

—¿Ronan? ¿Qué quieres?

—Te has marchado del banquete. ¿Va todo bien? —Los ojos de Clía, que miraban a todas partes menos a él, brillaban bajo la luz parpadeante de los candelabros; los dedos marcaban un ritmo rápido y repetitivo sobre el muslo—. ¿Qué ha pasado?

Clía se dejó caer sin miramientos en un sofá y le hizo un gesto para que se sentase a su lado.

—Domhnall es un gran príncipe, y puede resultar encantador. Sin embargo, cuando no está tratando de encandilar a nadie, parece que le cuesta mantener una conversación normal.

Su risa impostada casi le provocó un dolor físico a Ronan. Se había acostumbrado a su efervescente optimismo… Incluso lo esperaba.

Se esforzó por recuperarlo.

—No pierdas el tiempo con sus palabras. Me he pasado años a su lado. Sé cómo funciona su mente y te aseguro que es mejor que no hagas ni caso a nada que diga ese hombre. —Lo dijo con humor. Al fin y al cabo, Domhnall era su amigo, aunque Ronan no estuviese de acuerdo en su forma de gestionar la situación.

—¿Ni siquiera que está prometido a Niamh Morrigan?

Ronan se quedó parado. Así que tenía razón. Domhnall le ocultaba algo, y además importante. ¿Por qué?

—No importa —siguió Clía antes de que él respondiera—. Aunque quisiera ignorarlo, no puedo. Mi futuro, mi reino, depende de que yo demuestre que puedo ser la reina que él quiere. Para eso vine aquí. Y hasta ahora solo he hecho el ridículo. —Se miró las manos encallecidas.

Ronan le lanzó una mirada penetrante; los demás pensamientos y preguntas quedaron arrinconados.

—¿Viniste solo para demostrarle algo a Domhnall?

—Quería convencerlo de que no soy solo una cara bonita. Que soy lo bastante fuerte como para gobernar a su lado.

Ronan se pasó la mano por el cabello.

—¿Me estás diciendo que la única razón para que estés en Caisleán Cósta, la academia militar más estricta de Inismian, es que un príncipe te rechazó?

Por la mirada que le lanzó, cualquiera habría dicho que la había golpeado.

—No me rechazó, él…

—Clía, te dejó. Sé que era tu amigo, y quizá más que eso, pero tú misma lo dijiste. Te abandonó. Y por eso decidiste, como un capricho, venir a Caisleán Cósta. No tenías entrenamiento previo, ni sabías nada de espadas, de la guerra; no se trataba de un deseo tuyo mantenido en secreto. Lo has hecho con la única intención de reconquistarlo.

—Mi reino necesita esa alianza para recuperar el favor del Draoi. Lo hago para asegurar mi futuro. —Le clavó la mirada, desafiante.

—¿Asegurar tu futuro? Qué visión de la vida más romántica. —Se rio, pero la miró y la risa se apagó—. Sé que lo haces por sentido del deber. Pero ¿qué piensan los demás? Ven lo que te cuestan las lecciones, y que careces de habilidad con la espada. Llegas aquí como si nada importase e insistes en formarte con los eruditos draois y el general más célebre de Inismian. Hay guerreros que han luchado y matado, que arriesgan la vida cada día, y que rezan a los dioses para que les den la oportunidad que a ti te han servido en bandeja.

—He trabajado duro para llegar hasta aquí —insistió Clía, ruborizada.

—Estás aquí por tu sangre. —Se levantó—. No pretendo juzgarte; es un hecho. Yo te he visto ponerte frente a las garras de un sluagh para proteger a alguien. Pero ¿y ellos? —Señaló al vestíbulo y a los salones más allá—. Lo único que ven es una princesa que el primer día se enfrentó con el general y se puso en ridículo.

Ronan comprendía la importancia del deber, y también la necesidad de aprobación que ella tanto se esforzaba por ocultar. Eran sentimientos que lo habían empujado a él a seguir adelante pese al dolor y a los fracasos previos. Pero ¿tan importante era ese compromiso matrimonial para Clía? ¿Lo creía de veras?

Ella también se levantó; se sentía frustrada y echaba chispas por los ojos. Mejor.

—¿Y qué esperas que haga?

—Espero que lo intentes con más ganas, que dejes de verlo como un medio para alcanzar un fin y trates de aprovechar al máximo una oportunidad semejante. Todo el mundo tiene sus razones para estar aquí; todos luchamos por algo. Si quieres el respeto de los demás, tendrás que ganártelo. Demuestra que pones tanto empeño como cualquier otro guerrero.

—¿Y tú? ¿Por qué luchas tú?

Lo miró expectante; en las facciones ya no quedaba ningún rastro de cólera o de enfado. Y a él, por el contrario, el giro inesperado de la conversación lo había pillado por sorpresa. Pensaba que ella discutiría, que se defendería, o que le diría que no era quién para darle la charla. Pero, una vez más, reaccionaba de forma imprevista.

Solo había contado la historia una vez, años atrás, a Domhnall, tumbados en el frío suelo y mirando las estrellas. Había seguido adelante; no tenía sentido vivir en el pasado. Pero allí, en aquel tranquilo salón, rodeado de viejas historias, y en compañía de alguien tan luminoso, de repente sintió que quería contárselo.

—Mi madre. —Mantuvo la voz calmada y la respiración controlada. Sin querer, cerró la mano sobre la muñeca dolorida.

—Dijiste que había muerto —susurró Clía, con una voz como la voluta de humo de una vela que se extinguía—. ¿Qué sucedió?

—La mataron los ionróndios. Calafort, mi hogar, es un pueblo costero; nos atacaban con frecuencia. La mataron en una de esas incursiones, delante de mí. Solo sobreviví gracias a que Kordislaen estaba allí.

—Lo siento de veras.

Sin mediar su voluntad, se le fueron los ojos a los de ella, dos pozos de verde y dorado que lo ayudaron a centrarse.

—Gracias. —No se sintió capaz de contarle el resto: su fracaso de aquel día, el dolor posterior, las ambiciones que lo mantenían despierto de noche. Lo que le vino a la mente fue la imagen de sus padres y la vida que solían llevar—. Era una feroz guerrera, pero, si no había con quien luchar, cultivaba las flores más hermosas. Así conoció a mi padre.

»Cada vez que venían los ionróndios y dejaban un rastro de destrucción, mis padres me llevaban al jardín. Allí me enseñaban las auriflamas, de pétalos rosas y dorados que ardían como las llamas al sol del mediodía. Una belleza que solo florece con el sustento de las cenizas. Cuando mi madre murió, mi padre siguió con la tienda. Le da un techo para cobijarse y le permite ofrecer al pueblo cosas que el boticario no puede.

»De pequeño me enseñó a cuidar un jardín, pero fue mi madre quien me instruyó con la espada. —La mano de Ronan se deslizó hacia la funda sujeta al cinto. La sensación del cuero fresco sobre la palma era reconfortante—. Quería que supiera protegerme por mí mismo. Me entrené con ella desde que fui capaz de sostener una espada y, cuando murió, Kordislaen se encargó de que tuviese la oportunidad de entrenar en el palacio.

—¿Ves a tu padre a menudo? —preguntó Clía.

—Me temo que el príncipe me mantiene ocupado, pero le escribo siempre que puedo. —Sintió una punzada de culpa al pensar en la carta de su padre que seguía en el cuarto, sin abrir. Llegó mientras estaban en la misión. Parte de él se resistía a leerla, a enterarse del estrés que le causaba a su único pariente vivo—. No le gusta pensar que sigo los pasos de mi madre, el mismo camino que la llevó a la muerte. Pero entiende por qué debo hacerlo. Después de todo, mi trabajo me permite enviarle lo suficiente para que cuide de la aldea, para que ayude a los que han perdido a sus seres queridos.

Hacía años que no recorría los caminos sinuosos de Calafort. No sabía si lo que había hecho, salir corriendo a la primera oportunidad sin mirar atrás, era un acto de cobardía o de valentía. Siempre sería su hogar, pero no soportaba convivir con los fantasmas.

—El cuidado de toda una aldea no debería recaer sobre tus hombros o los de tu padre. Seguro que el rey está dispuesto a ayudar.

—Calafort es solo una aldea entre cientos. Los ataques de los ionróndios son cada vez más y más frecuentes, y el rey Cathal se ve sobrepasado por las peticiones de ayuda y de protección que van en aumento. Ni siquiera podemos contar con la ayuda de nuestros aliados más cercanos. —Le dirigió una mirada penetrante que, en vez de avergonzarla, la dejó confusa.

—Seguro que Álainndore...

Ronan la interrumpió.

—Álainndore ha denegado todas las peticiones que le hemos enviado.

—Yo no… Lo siento. No siempre estoy de acuerdo con las decisiones de mis padres —admitió—. Y ahora comprendo que hay muchas cosas de las que no he sido consciente. Pero aquí peleo por Álainndore, y también pelearé por Scáilca. Cuando vuelva a casa, trataré de convencerlos para que envíen auxilio.

En otros tiempos había considerado a Clía como partícipe consciente de la negligencia de sus padres. Tal vez hubiese contribuido, pero el deseo sincero de corregir los errores de sus padres lo sorprendió. La princesa no se parecía en nada a cómo se la había imaginado, y cada nueva revelación le daba ganas de saber más de ella.

—Te lo agradezco —dijo por fin—. Aunque dudo de que lo que se pueda enviar llegue a Calafort. Somos demasiado pequeños. Por suerte, mi ascenso a capitán de la guardia de Domhnall y la subida de sueldo que conlleva han supuesto una diferencia. Si todo va bien, Kordislaen verá mi potencial y puede que me ayude a ascender aún más rápido. Hasta podría llegar a ser general. Así enviaría más dinero a casa.

—Estoy segura de que tu padre agradece la ayuda.

Las facciones de Ronan dibujaron una sonrisa irónica.

—La odia. Insiste en que está bien y la aldea se puede cuidar por sí sola. Y puede que tenga razón… Pero sospecho que solo lo dice porque preferiría que me quedase en casa con él.

—Ya veo: terco e independiente. Me recuerda a alguien a quien conozco. —Clía chocó el hombro contra el suyo y a él se le escapó una carcajada. La sonrisa de ella iluminó la habitación.

Disfrutó de esa visión por un momento, mientras la dulce melodía de los músicos del banquete se colaba en la sala.

Sin pensárselo dos veces, Ronan se levantó y le tendió la mano.

—¿Bailas conmigo?

La mano de ella se detuvo junto a la suya, tan cerca que sentía el calor en la palma.

—¿Aquí? —dijo en voz baja—. ¿Por qué?

Cerró los dedos sobre los de Clía y tiró de ella para levantarla. Sabía que estaba sonriendo y no intentó ocultarlo.

—Porque será divertido.

Supo que había ganado cuando ella le rodeó el cuello con la otra mano y se juntó a él.

—Solo un baile.

La calidez súbita de su cuerpo, tan cercano, le impedía concentrarse.

Luego ella se movió. Dieron vueltas en el salón, a la luz de las llamas; la canción era lo bastante movida como para que no permaneciesen pegados el uno al otro demasiado tiempo. En el fondo, lo agradecía. Domhnall le había hablado de la belleza de Clía, pero Ronan nunca había tenido motivo para preocuparse por cómo le afectaría esa belleza. Ahora, en los momentos que ambos cuerpos se tocaban, le costaba pensar y solo veía el brillo que arrancaban de sus ojos las llamas de la chimenea. Con cada paso y cada balanceo, descubría algo nuevo sobre ella. El cabello que le caía por la espalda, la dulce sonrisa de su rostro, el modo en que las pestañas rozaban las mejillas con cada parpadeo.

El dolor de las piernas no le permitía ser tan ágil como habría querido, pero tampoco le impedía pasárselo bien. Si tropezaba y se echaba encima de Clía, o fallaba un paso, ella solo se reía, y él reía con ella. La danza se tornó caos, los movimientos cada vez más descontrolados, puntuados por risas jadeantes, y sintió algo que no había sentido en años, desde que murió su madre: una sensación de pertenencia. De hogar.

Luego empezó otra canción y la música se hizo más lenta. Ronan la rodeó con los brazos sin pensar. En vez de apartarse, ella se acurrucó contra él y le puso las manos en los hombros.

—¿Dos bailes seguidos? Te veo muy valiente, capitán.

Debería soltarla. Ya había bailado con ella y la había hecho sonreír.

La sujetó por la cintura.

—Dudo que a nadie le importe.

—Hacía años que no me divertía tanto bailando —murmuró ella, con la boca sobre su pecho.

—¿Años? Creía que en Álainndore las fiestas eran continuas. Seguro que Domh…, que los nobles bailan mucho mejor que yo. —Por suerte había logrado no mencionar al príncipe, pero la idea ya se había adueñado de su mente. Pese a las vidas tan diferentes que habían vivido, Ronan jamás había sentido celos de Domhnall. Hasta ese momento.

Apartó de la cabeza ese pensamiento. No tenía derecho a sentirse celoso, ni tampoco razones para ello. Y menos por unos bailes que deberían darle igual.

—En aquellas celebraciones, en aquellos días, siempre estaba tensa. Me sentía vigilada. No es que las odiase; pero era como interpretar un papel y que todo el mundo tuviese un guion, menos yo. Traté de aprender qué querían de mí, y me acostumbré a sentirme cómoda con esa máscara. Hasta que vine aquí. Esto fue como empezar de nuevo.

Quería decirle cuánto lamentaba que se hubiese sentido así alguna vez. Lo fuerte que era por perseverar.

—Cuando estés conmigo —se contentó con decir—, que sepas que no tienes que interpretar ningún papel, ni seguir ningún guion. No los necesito. Solo tienes que ser tú misma, y con eso basta. Nadie que te haga sentir otra cosa merece tu tiempo.

—A veces siento que no sé quién soy yo misma. —Le tembló la voz.

—No hace falta que lo sepas ahora mismo. Tienes el resto de la vida para averiguarlo. Pero, por si te ayuda, te diré lo que yo he visto. En las semanas que hace que te conozco, has demostrado ser leal, inteligente, testaruda y valiente. Dejaste atrás todo lo que conocías, y te pones a prueba a ti misma cada día. Es admirable.

Las manos de Clía se cerraron con fuerza sobre sus hombros. Ninguno de los dos habló. Mientras la música se apagaba, siguieron juntos. En aquella sala, acurrucados uno contra el otro, se dejaron llevar y bailaron al ritmo de la música que flotaba en el aire. Y, cuando se hizo el silencio, a Ronan se le ocurrió una idea.

—¿Y si te sigo entrenando? —susurró.

—¿Qué quieres decir?

—Has dicho que venir aquí fue como empezar de nuevo. ¿Y si puedo ayudarte? Puedo enseñarte a luchar, a pensar durante un combate. —Era una idea genial que lo hizo sonreír; y no, desde luego, porque volvería a colaborar de cerca con ella. Qué va—. Sabes que soy buen maestro. Déjame ayudarte.

—Creo que tienes complejo de salvador —se burló ella, pero sonreía.

—Y yo creo que no quieres aceptarlo muy rápido para no parecer demasiado ansiosa —bromeó él a su vez.

Ella sacudió la cabeza.

—¿Y habrá que levantarse antes del amanecer? Porque, si es así, me niego.

Él se echó a reír.

Capítulo 17

—Cómo te odio… —Ronan sonrió al oír el gruñido de Clía. Para su inmensa consternación, entre las clases y el entrenamiento de los daltas, el único horario que les quedaba para practicar era la madrugada.

Le entregó una espada del armero.

—Dímelo de nuevo cuando me hayas ganado un primer duelo. —Esperaba que se quejase, y casi lo agradecía. Esas conversaciones le recordaban las primeras sesiones de entrenamiento con Domhnall en Suanriogh.

No había buscado a Domhnall desde que Clía le habló del nuevo compromiso del príncipe; nunca se habían guardado secretos, y no sabía muy bien cómo tomarse el cambio de su amigo. Si Domhnall no quería que Ronan lo supiese, él no pensaba sacar el tema ni con Domhnall ni con Clía.

En la penumbra de la madrugada, la princesa se plantó frente a Ronan, encarada al viento, y trató de imitar su postura. Rodillas dobladas, pies separados, mirada fija. Con delicadeza, Ronan le levantó los dedos del pomo de la espada y le reajustó la sujeción para que no se aferrara a la hoja.

—¿Mejor?

Ella asintió.

—Durante la prueba, elegiste un montante —explicó—. Las espadas a dos manos son difíciles de manejar para los principiantes, y seguramente por eso se te escapó durante la pelea.

Clía volteó la espada; Ronan se apartó para salir de su alcance.

—Debo decir —respondió ella— que ambas armas son aceros afilados que hacen mucho daño.

Ronan levantó los ojos hacia las estrellas y rogó a los dioses que le diesen fuerza.

—Pero una espada larga te frenará —siguió—. Cuando luchábamos en el bosque Fantasma, te vi atravesar el claro para salvar a Niamh. Fue peligroso, valiente y, lo más importante: ágil. Tu velocidad puede ser tu mejor activo, si sabes usarla. Y para eso te vendrá mejor una espada más ligera.

Ronan empezó a enseñarle las maniobras defensivas. Pero, tras una hora de espadazos, su capacidad de bloquear no mejoraba. Cada vez que él se lanzaba, ella vacilaba. En vez de levantar la espada, se apartaba. Era como si hubiese olvidado lo que aprendió en la misión.

Ronan bajó el arma y trató de disimular la frustración.

—Clía, si no te esfuerzas no puedo enseñarte.

—Me estoy esforzando —gruñó, con los nudillos blancos de apretar la espada.

—¿De verdad? —Se encogió de hombros—. Tengo la sensación de que prefieres trazar círculos en la pista antes que defenderte.

El viento agitó el cabello de Clía. Parecía tan furiosa como una tormenta de Orlaith.

—Perdona, pero no todos estamos bendecidos como tú.

—¿Dónde has oído eso? —Ronan tenía la esperanza de dejar atrás esas habladurías al marcharse de Suanriogh.

—Cosas que dice la gente. Y no las creo, pero hay algo de verdad en lo que he dicho. Para mí, todo esto es nuevo. Tú te has entrenado desde niño; no comprendes lo que es empezar desde cero. Naciste siendo ya casi un guerrero.

—Aprendí muy joven, pero eso no significa que no me dé cuenta de que te estás conteniendo. No eres la primera persona a la que entreno, y sé que no eres incompetente. Cuando practicábamos en la misión, se te daba muy bien. No sé en qué piensas ahora, pero sé que temes algo. Sea lo que sea, eres más capaz de lo que tú misma crees. No necesitas librarte de lo que te retiene. Tienes que controlarlo y aprovecharlo. —Las palabras flotaron entre ellos.

Clía se apartó con una expresión reservada.

—Es el bosque Fantasma.

—¿Qué?

—Cada vez que me asestas un golpe, me acuerdo del bosque Fantasma. Del onchú y de la Sluagh. Me entra el pánico. —La palabra salió como un suspiro apresurado.

Ronan se acordó de Calafort. De las imágenes que acechan en la oscuridad.

—¿Te acuerdas de las técnicas que te enseñé para concentrarte? —Vio que lo miraba con curiosidad y continuó—: Los primeros años, en el palacio, veía mi aldea ante mis ojos. Veía el ataque de los ionróndios y la muerte de mi madre. Aún lo veo, algunas veces. Un comandante me enseñó esas técnicas para acallar la mente. No son perfectas; hay días que los recuerdos son tan fuertes que no puedo controlarlos. Pero otros días puedo seguir adelante.

Clía agachó la cabeza.

—No debería dejar que algo tan pequeño, tan trivial, me molestase —susurró.

—Has pasado toda la vida a salvo de la sangre y de la muerte. Es lógico que tu primer encuentro con ellas te haya alterado. Para eso estamos aquí, para aprender. Ahora, cierra los ojos y recuerda: los pensamientos que te persiguen no son más que motas de polvo que el viento arrastrará lejos de ti.

Cuando Clía cerró los ojos, no fue para protegerse del mundo, sino para filtrarlo. Ronan vio que la respiración se estabilizaba en su pecho. Recogió la espada del suelo, sin preocuparse de la empuñadura manchada de barro. Poco a poco, las pestañas de Clía se elevaron y Ronan se encontró cara a cara con dos lagos cubiertos de musgo. Era incapaz de determinar de qué color eran; el tono avellana cambiaba ante la menor fluctuación de la luz.

¿Por qué se distraía con esas cosas? Hizo un esfuerzo por despejar la mente, retrocedió a una posición de espera y arqueó una ceja. Ella lo miró a los ojos: lo estaba retando.

Se tiró a por ella, y Clía alzó su acero.

Las espadas chocaron con un chasquido metálico muy satisfactorio. El sonido reverberó en el aire veraniego. La vibración le recorrió el brazo y lo llenó de energía. Al mirarla vio una sonrisa de triunfo.

—Ya podemos empezar a trabajar.

~

CUANDO LLEGARON A LA CLASE DEL DRAOI GRIFFIN, ESTABAN FATIGADOS, polvorientos y sudorosos. Casi todos los alumnos se habían sentado ya; parecían muy descansados. Ronan y Clía se colaron a toda prisa en la sala y ocuparon dos asientos al fondo de la clase.

El draoi Griffin sacó un libro y se dirigió a todos los presentes.

—Estáis aquí para aprender sobre el arte de la guerra. Pero hoy deseo que nos distanciemos un poco para ganar perspectiva y nos fijemos en otra cosa: los dioses, y lo que han dejado tras de sí.

Muchos daltas se relajaron; no les interesaban en absoluto las prédicas del draoi Griffin. Pero Ronan se inclinó, atento. Era responsabilidad de los draois proteger y transmitir los mitos, las historias que conformaban aquella tierra. Los cinco institutos a cargo del Draoi preservaban conocimientos que muchos reinos habían olvidado.

Ronan y Clía ya sospechaban que Tinelann buscaba la gema de Ríoghain, pero la información al respecto era limitada. ¿Y si Griffin sabía algo más?

—Algunos dones divinos permanecen con nosotros hasta hoy. El Torthúil, la red de la abundancia de Orlaith, lleva años a salvo en Oileánster. Tinelann mantiene el árbol de Eagna para que lo visiten quienes buscan el conocimiento, y los pétalos del cneasú han salvado incontables vidas. Y luego están, por supuesto, los dones que se han perdido. —Lanzó una mirada expectante a la clase, a la espera de que alguien los nombrase.

—El Gráceol y la gema de Ríoghain —ofreció Niamh desde el frente de la clase. Ronan se fijó en que Domhnall se sentaba a su lado.

El draoi Griffin sonrió.

—Eso es. El Gráceol, el arpa de Tadhg, de la que se dice que se gana los corazones. Y la gema de Ríoghain, una joya de luz que da poder a quien la lleva.

—Solo son cuentos para dormir —intervino Domhnall con un suspiro—. Hace siglos que nadie ve esos dones, si es que alguna vez existieron.

Kían le lanzó una mirada.

—Los dones del Treibh Anam son muy reales. El Torthúil salvó incontables pueblos de Oileánster hace treinta años, durante aquella horrible temporada de tormentas.

—Y luego desapareció y no se ha vuelto a ver —señaló Domhnall. Niamh puso los ojos en blanco.

—Si no aprendes a callarte, puede que nadie te vuelva a ver a ti —la oyó murmurar Ronan.

Por suerte, o bien el draoi Griffin no oyó las palabras de la noble, o bien prefirió hacer caso omiso. Al seguir hablando, elevó la voz para que todos lo oyesen.

—La existencia de los dones no es discutible. Hay registros de ellos a lo largo de toda nuestra historia.

—Tiene razón, no se puede negar que existen. Pero sí se puede cuestionar su origen divino —intervino una nueva voz, un dalta pelirrojo a quien Ronan creyó reconocer como Niall MacCraith. Ronan lo había visto con Kían durante las clases y los entrenamientos—. El Draoi puede canalizar la energía de Tír Síoraí hacia nuestras tierras. ¿Quién nos dice que algún draoi poderoso no la haya canalizado en esos objetos, hace siglos? Aunque el arpa y la gema más bien parecen el resultado de siglos de exageración.

—Ya existen otros objetos bendecidos por los draois, aunque no son frecuentes. Pero ninguno de ellos alcanza el poder que se atribuye a los dones divinos —contestó Ronan. No quería ponerse a debatir sobre la divinidad, pero el conocimiento estaba para compartirlo—. Los dioses tienen que haber jugado un papel en su creación.

—Ah, sí, háblanos de los dioses, bendecido de Ríoghain —respondió Kían.

Ahora sabía dónde lo había oído Clía. Por eso evitaba discutir sobre el Treibh Anam. Ese maldito rumor no iba a desaparecer jamás.

Ronan le lanzó una mirada fulminante, pero fue Clía quien habló.

—¿Percibo celos porque careces de su habilidad divina con la espada, Kían?

Las palabras de Clía disiparon la tensión y Kían se echó a reír. En ese momento Ronan pudo ver la versión de Clía que apenas había vislumbrado en la corte de Álainndore: dueña de una confianza bien entrenada, y con facilidad para aliviar la tensión.

—A ver, esto no pretendía ser un debate —dijo el draoi Griffin para hacerlos callar—. Si alguien quiere seguir discutiendo, guardadlo para las lecciones de Kordislaen. Allí podréis lanzar estocadas con algo más afilado que vuestro ingenio, mucho más embotado de lo que pensáis. Ahora, sigamos.

—La clave para desarmar a alguien no es la fuerza, sino la precisión y la velocidad. No malgastéis esfuerzos en tratar de sobrepasar sus defensas; sed tan rápidos que no os vean llegar. —La espada de Kordislaen cayó en un arco grácil y veloz—. Practicad entre vosotros. Os observo.

Ronan y Clía buscaron un rincón de la pista de entrenamiento. A Clía le costaba sujetar bien la espada. El cansancio se estaba apoderando de ella. Aun así, en cuanto estuvieron en posición le lanzó una estocada sin vacilar.

Las últimas cinco semanas habían seguido una rutina intensa. Al alba, se encontraban en el patio y realizaban una serie de ejercicios. Cuando Clía parecía a punto de desmayarse, desayunaban en la biblioteca de los daltas y se preparaban para las lecciones del día, antes de disfrutar del placer de agotarse de nuevo frente al general Kordislaen. Luego, si les quedaba algún atisbo de energía, buscaban hueco para una última y breve sesión antes de sumergirse en las investigaciones y los estudios.

Kordislaen no había organizado más pruebas ni competiciones desde que volvieron todos del bosque Fantasma. Solo un grupo fracasó en la misión; recibieron graves heridas antes de que su objetivo, el ellén trechend, huyese volando. Era un milagro que hubiesen sobrevivido tras enfrentarse a aquella bestia semejante a un buitre de tres cabezas. Ir a por el ellén trechend era poco menos que un suicidio. Kordislaen les dio un día para recuperarse y luego los envió a casa. Desde aquel momento se concentraba en los fundamentos; les enseñaba a los daltas restantes nuevas maniobras y luego los dejaba luchar mientras observaba y hacía comentarios. Ronan siempre se entrenaba con Clía. Algunos días le preocupaba que Domhnall se enfadase al verlo pasar tanto tiempo con ella, pero el príncipe estaba demasiado centrado en Niamh como para darse cuenta.

Las espadas se chocaron y la de Clía cayó al suelo.

La recogió con un suspiro.

—¿Preferirías entrenar con algún otro? —le dijo.

Ronan casi se lo tomó como una señal de que quería librarse de él, pero luego se fijó en que seguía concentrada en la espada mientras le quitaba el polvo con la manga.

—Puedes entrenar con quien quieras, pero disfruto trabajando contigo —contestó Ronan.

—¿Seguro? —le preguntó, con tono titubeante—. Sé que mi habilidad es muy inferior a la tuya. No sé de qué te sirve entrenar conmigo…

La interrumpió.

—No te preocupes por mí. Tú solo necesitas concentrarte en ponerte en forma—. Golpeó el pie de Clía con el suyo; lo tenía demasiado separado del otro. Ella lo ajustó de inmediato.

—Me siento culpable —admitió ella cuando por fin lo miró a los ojos—. Recibo toda esta ayuda y no doy nada a cambio.

Ronan sacudió la cabeza.

—Considéralo un regalo para Álainndore. Además, me gusta ver cómo mejoras. Ahora, deja de perder el tiempo compadeciéndote y prepárate.

Cuando lanzó el siguiente golpe, a Clía casi se le escurre el arma bajo el impacto de su espada. Ronan se detuvo sin pensar y estiró la mano para ajustarle el agarre, pero Clía estaba distraída. Miraba algo detrás de él. A alguien.

A unos pocos metros de distancia, Domhnall se entrenaba con Niamh. Estaba empapado de sudor y se le pegaba la camisa a la piel; se reía de buena gana de algo que había dicho ella. Como si fuera consciente de que lo miraban, se volvió hacia ellos.

Los ojos de Clía se fueron de inmediato a la espada, pero Ronan captó algo desconocido en su mirada. Sintió una extraña tensión en el pecho.

Le golpeó el hombro con la parte plana de su acero, para reclamar su atención.

—¿A qué ha venido eso? —siseó Clía, sonrojada.

—¿Dónde tenías la cabeza? Creía que tenías que desarmarme. —Señaló la espada que seguía en su mano, y ella entrecerró los ojos.

—Estaba prestando atención.

—A Domhnall, desde luego.

Clía apretó los labios.

—No importa. Repítelo.

Ronan ajustó el agarre de la espada y se fijó en que Kordislaen venía hacia ellos.

Lanzó un nuevo ataque, pero Clía estaba lista e incluso casi le sacó ventaja; de pronto oyó la voz de Domhnall a su lado.

—Has progresado mucho, Clía.

Sin hacerle caso, Ronan siguió presionando a Clía. Movió la espada, esperando oír el chasquido del acero, pero no encontró resistencia. La espada de Clía cayó al suelo con un golpe y Ronan tuvo que echarse a un lado para no golpearla con la suya. Se fijó en que Kordislaen sacudía la cabeza, decepcionado.

Ronan volcó la frustración en el nuevo miembro de la conversación.

—Es peligroso distraer a alguien que se está entrenando.

Domhnall estaba a menos de un metro. Por suerte, tuvo la sensatez de mostrarse contrito.

—Pido disculpas, ha sido sin pensar. He parado para tomar un poco de agua.

—Y ya lo has hecho. ¿Hay alguna otra razón para que interrumpas nuestra práctica?

Domhnall arqueó una ceja en un gesto interrogativo. «¿Por qué actúas así?».

Ronan frunció el ceño; ni él mismo lo sabía.

El príncipe se volvió hacia Clía.

—¿Vendrás hoy a cenar? Hace una semana que no te veo por allí.

—Ronan y yo hemos estado entrenando por las tardes —explicó ella con tono casual, como si no la hubiesen pillado mirando a Domhnall apenas unos minutos antes.

—Ya veo. Bueno, espero verte pronto en la cantina. No quiero que dejemos de ser amigos.

Clía parpadeó, con el ceño fruncido por la confusión.

—Ni yo.

—Estupendo. —Domhnall le dedicó una sonrisa cautivadora, que Ronan le había visto usar antes con muchos caballeros, damas y lísoirs. Era su arma favorita cuando tenía que seducir a alguien—. Nos vemos pronto.

Clía se lo quedó mirando mientras se iba.

—No puedo creer que quieras unirte a ese hombre para el resto de tu vida —murmuró Ronan. Kordislaen se había ido a observar a otros daltas.

—Domhnall es buena persona.

—Es un manipulador.

Clía le lanzó una mirada penetrante.

—Creía que erais amigos.

—Es como un hermano —explicó Ronan—. Por eso puedo decirlo. He visto lo mejor y lo peor de él. Y eso —señaló a la figura de Domhnall que se alejaba— es lo peor. ¿No te has fijado en que solo ha venido a hablar contigo mientras Kordislaen nos estaba mirando?

Clía maldijo.

—¿Kordislaen ha visto eso?

—Domhnall apareció en cuanto Kordislaen nos prestó atención. Apuesto a que te imaginas por qué. —La cólera de Ronan iba en aumento según hablaba. Siempre había admirado las tácticas de Domhnall, pero en ese momento solo veía la expresión abatida de Clía.

—Ha sido a propósito —dijo ella. Su frustración se volcó en un nuevo objetivo—. No ha parado de decirme que este no es mi sitio, y ahora intenta que fracase, para demostrar que tenía razón.

Ronan recordó el tiempo que había pasado con Domhnall en Suanriogh.

—No solo está en juego tu reputación. Imagínate qué pensarían de él si triunfaras y demostrases que no tenía motivos para romper el compromiso. Imagínate que lo enviaran de vuelta al palacio y tú te quedases aquí. —Se rio sin ganas—. Así que, en vez de jugar según las reglas y ganar por sus propios méritos, trata de sabotear tus progresos.

—Claro. Así funcionan los Lochlainn. Si se hubiese salido con la suya, ni me habría dado cuenta hasta que Kordislaen me diera la patada.

Ronan hizo la pregunta que le rondaba desde que Clía miró a Domhnall.

—¿Por qué permites que Domhnall tenga tanto poder sobre ti? En cuanto lo ves, cambias. Es como si te preocupases tanto de él que te olvidades de todo lo demás.

Clía inspiró a fondo.

—Cada vez que lo veo, los nervios me superan. Los pensamientos me resuenan en la cabeza y de repente le doy demasiadas vueltas a todo y la solución más segura es parar. Me metí en este asunto porque quería que viese mi potencial, pero cuando llega el momento, y puede verme de verdad…, me paralizo.

La mano de Ronan se movió de modo automático para consolarla; se le acercó a la cara, pero por fin descansó sobre el hombro. El contacto pareció tranquilizarla y la tensión del pecho de Ronan se relajó un poco.

—Para demostrarle que se equivoca, primero tienes que demostrártelo a ti misma. —Comprendía a lo que se enfrentaba Clía, las ideas que le cruzaban la mente y los deseos que parecían imposibles—. Su propio ego y sus ambiciones lo ciegan. Puede que nunca te vea tal y como eres. Pero él no tiene cabida en tu lucha. Concéntrate en lo que importa y usa el rencor como palanca, pero no dejes que te detenga.

—El general Kordislaen te está buscando.

La voz del draoi Griffin sacó a Ronan de la lectura. Se levantó para hablar con el draoi, pero el dolor punzante de las piernas le atravesó los nervios y lo hizo estremecer. Se apoyó en el brazo de la silla, con la esperanza de que Griffin no lo hubiese notado.

—¿Me busca?

—Sígueme.

Griffin lo guio fuera del despacho. Dejaron atrás el ala oriental del castillo, donde se hospedaban los daltas, y se dirigieron a los salones occidentales. Ronan había visto guerreros y draois que entraban y salían de esa parte del castillo, pero hasta ese momento no había tenido oportunidad de visitarla.

A medida que se adentraban, los salones estaban cada vez más silenciosos, y se cruzaban con menos guerreros. Griffin se detuvo frente a una puerta de madera tallada y la señaló con un gesto.

—Adelante.

Ronan asió el pomo con precaución y entró.

La puerta se abría a una amplia sala, más larga que ancha. La luz de las velas parpadeaba sobre los tapices y los estantes de libros que cubrían las paredes. No había ventanas. En el centro de la habitación había una gran mesa de madera con las sillas dispuestas con precisión, y papeles apilados con todo cuidado. Kordislaen se sentaba a la cabeza de la mesa, de cara a Ronan, y esperaba.

—Ya has llegado. Siéntate. —Le hizo un gesto. La puerta se cerró detrás de Ronan y Griffin se quedó fuera. Cuando Ronan hizo lo que le decían, Kordislaen siguió hablando.

—¿Te está gustando Caisleán?

Hacía más de un mes que Ronan y el general no se veían en privado. ¿Por qué lo había convocado ahora?

—Es estupendo, señor. —Ajustó la posición de la pierna para aliviar la presión y reducir un poco el dolor.

—Me alegro de oírlo. Desde el día en que nos conocimos supe que te iría bien aquí, y no has dejado de darme la razón. Tienes un talento sin igual. —Kordislaen permaneció impasible.

—Gracias.

—Tienes madera de líder, una habilidad innata que no podría enseñar por mucho que quisiera. Eso es muy valioso. —Kordislaen se detuvo un momento y se levantó de la silla—. Me recuerdas mucho a mí mismo. Desde el principio vi algo en ti, esa determinación, ese intenso deseo de venganza. Sé lo que significa que te aparten a un lado, ver lo peor que puede ofrecer la vida y estar obligado a aguantarlo. Hace casi treinta años que vi cómo una invasión destruía mi pueblo, pero hay cosas que nunca se olvidan, por mucho que a uno le gustaría.

Ronan pensó en las noches que no podía cerrar los ojos sin ver las calles salpicadas de sangre.

Kordislaen sonrió.

—Incluso aquí he oído de tus triunfos, tu rápido ascenso en el escalafón. Nunca te perdido de vista; quería saber en qué te convertías. Me siento orgulloso, muchacho. —La calidez invadió el pecho de Ronan—. Eres igual que yo a tu edad; buscas la fama, aceptas cualquier excusa para empuñar una espada, aunque solo sea para demostrarle al mundo que eres más de lo que creen.

»Cuando asaltaron mi pueblo, quedamos destrozados, marcados; nadie se acordaba de nosotros. Pero yo decidí que los obligaría a hacerlo. Me dediqué a la corona. Luché y sangré hasta que por fin nos pudimos dar un respiro frente a las invasiones continuas. Echamos de nuestras costas a los ionróndios y tardaron años en aparecer de nuevo. Encuentro en ti esa promesa, Ronan. La vi aquel primer día y la sigo viendo ahora. Tienes potencial para alcanzar la grandeza, y por eso quiero pedirte algo.

Ronan ni siquiera lo pensó.

—Lo que sea, señor.

—Las amenazas hacia este reino van en aumento. Con el incidente que sufriste de camino a Álainndore y lo que has visto más allá del bosque Fantasma, tú mismo debes de ser consciente. Y, mientras te entrenabas, las cosas se han vuelto aún más inciertas. La situación es muy delicada. Lyons y yo nos encargamos de ella, pero puede que nos haga falta más ayuda.

»Necesito alguien que no les quite ojo a los daltas del castillo. La confianza es un recurso limitado; solo se la otorgaré a los que sean dignos de ella. —Hizo una pausa y extrajo un libro de un estante que había junto a él—. Aunque habría preferido que no permitieses que los herederos de dos reinos viajaran a las montañas Diamhair, los mantuviste a salvo. Y también has ido más allá del deber y has hecho un buen trabajo ayudando a la princesa.

Ronan se agitó en la silla, bajo la mirada atenta del general. Casi se había olvidado de que Kordislaen le pidió que ayudase a Clía.

—Conoces a los daltas mejor que yo, y tienes más acceso a ellos. Quiero que mantengas los ojos y los oídos bien abiertos, y que, si notas algo… extraño, me lo digas. A cambio, te prometo un puesto permanente aquí en Caisleán, y, si hay otras promociones o misiones que te interesen en el futuro, seré el primero en apoyarte. ¿Estamos de acuerdo?

¿El general le prometía avalarlo en sus planes futuros, a cambio de que Ronan lo ayudase a mantener Caisleán a salvo? No había debate posible.

Asintió.

—Por supuesto, señor.

~

Cuando Ronan volvió a su cuarto, los ojos se posaron en la carta de su padre, que llevaba demasiado tiempo en la mesa, sin abrir. La cogió y deslizó el pulgar por el sello de cera. Había perdido el tiempo evitándola, intentando no sentirse culpable. Sus objetivos empezaban a hacerse por fin realidad y, ya que no podía contárselo a su madre, al menos quería compartirlo con su padre, la única otra persona que la echaba de menos tanto como él.

Solo se tenían el uno al otro; no había más familia.

Ronan abrió la carta y, al terminar de leerla, se puso a escribir una respuesta.

Capítulo 18

—¡He ganado! —celebró Clía tras colocar la pieza en el tablero de fidchell—. Creo que es la cuarta vez.

Ronan se inclinó sobre el tablero y lo estudió con atención.

—¿Qué? ¿Cómo no lo he visto?

—No te preocupes. Tu falta de habilidad en el fidchell te hace más humano. No es justo que a alguien se le dé bien todo. Y, a ver, ¿qué he ganado en esta ocasión? —Clía despejó el tablero, pero la sonrisa de satisfacción no se le borró. Ganar era mucho más divertido si había un premio, así que tenían como costumbre intercambiar hechos y anécdotas de sí mismos tras cada partida. Cuando jugaban, Ronan compartía muchas historias.

—¿Te he hablado de cuando mi madre me enseñó a luchar?

Clía se inclinó hacia él, interesada.

Aunque le gustaban las sesiones de entrenamiento, lo que más la atraía era que estudiasen juntos. Aquellos momentos de tranquilidad en la biblioteca de los daltas, junto al fuego, jugando a fidchell con Ronan mientras descansaban de leer las vidas de tantos valientes soldados y generales.

Sárait levantó la vista de los pantalones que estaba remendando.

—¿No nació empuñando una espada? —susurró en voz muy alta.

Los tres habían ocupado los asientos de la esquina trasera de la sala. Sárait había empezado a unirse a las sesiones de estudio, o bien con una novela que leer, o bien con algunas ropas que coser. Clía se sentía muy agradecida cuando veía que Sárait los esperaba. Era un alivio oír una voz suave y amable entre el clamor de las espadas y los gritos de los guerreros.

Ronan hizo un gesto de exasperación.

—Tenía cinco años cuando empecé a aprender a pelear —dijo—. Varios niños del pueblo habían destruido algunos cultivos de la granja de mi padre... Me imagino que era su idea de una broma pesada. No nos iba a arruinar, pero aquella mañana, al mirar los campos, mi padre estaba muy abatido. Esa semana mi madre estaba fuera, en alguna misión o algo, pero, cuando volvió y se enteró de lo que había pasado, me llevó aparte y me dio mi primera espada.

»Era más un puñal que otra cosa, pero me enseñó los rudimentos de cómo empuñarla y usarla, y luego me dijo que era hora de que protegiese la casa mientras ella estaba ausente. Mi padre era un hombre amable que jamás empuñaría un arma. Así que me entrené con ella. Y fue un desastre. —Ronan rio al recordarlo.

—Seguro que no eras tan malo como yo —lo consoló Clía.

Ronan sacudió la cabeza y sonrió.

—Mucho peor. Aquel día me dejé caer la espada en el pie. Aunque fue solo un arañazo, sangró un montón. Pero mi madre no paró. Me dijo que la cogiese y que siguiera luchando. Y eso hice.

—Odio interrumpir una historia tan conmovedora, pero tengo una pregunta para vosotros dos. —Clía se sobresaltó al oír la voz de Kían. Casi se había olvidado de que no estaban solos en la biblioteca, aunque no solían estarlo. Otros daltas estudiaban allí casi tan a menudo como ellos, pero ella estaba tan concentrada en el juego y en la conversación que lo demás era como una bruma de fondo.

Kían se detuvo junto a la mesa, con su eterna sonrisa en la cara.

—He oído que hacéis sesiones extra de entrenamiento por la mañana, y me preguntaba si compartiríais la pista con MacCraith, Quinn y conmigo.

—No necesitáis nuestro permiso para usar la pista. —Ronan estaba confuso.

—Lo sé, pero quería asegurarme de que «sesión de entrenamiento» no es un eufemismo, y que si mis amigos y yo acudimos mañana por la mañana a la pista no estaremos... interrumpiendo nada.

Clía se habría sentido incómoda por la suposición de Kían, pero el ceño fruncido de Ronan la hizo reír.

—No te preocupes, sois más que bienvenidos.

—Daba por hecho que podría participar, tanto si era una cosa como la otra —dijo Kían. Se llevó la mano al pecho—. ¡Entonces, nos vemos mañana por la mañana! —Y, con un guiño, se marchó caminando despacio.

—Creo que yo también acudiré —dijo Sárait. Levantó la mano para frenar la excitación de Clía—. No voy a entrenarme contigo. Pero tiene que haber alguien que os controle.

Clía se llevó la cuchara a la boca y el brazo le dolió. Las semanas de entrenamiento continuo le estaban pasando factura. Había soñado varias veces que pasaba los días ociosa en los acogedores salones de Álainndore.

Sárait estaba sentada a su lado en la cama, de piernas cruzadas, con el desayuno (unas gachas horrendas; cómo echaba de menos Clía a los cocineros del palacio) en el regazo. Murphy las miraba comer, a la espera de que le cayese algo. Había dado un buen estirón y ya era más grande que un perro de tamaño medio. Clía había tenido que cambiar el barreño de agua por una bañera metálica.

—¿Qué clase de gema es esta? —Sárait sostenía el cristal rosado que había encontrado Clía durante la misión en el bosque Fantasma—. Nunca había visto nada igual.

—No estoy segura. La encontré en las montañas. —No hizo falta decir qué montañas. Sárait abrió mucho los ojos y le pasó la gema a Clía enseguida y con mucho cuidado, como si fuese a explotar.

—¿Guardas junto a tu cama una gema misteriosa de las montañas prohibidas? No tienes instinto de supervivencia.

Clía miró el cristal al contraluz de la vela y no vio ninguna impureza.

—Le acabaré encontrando algún uso, pero, por ahora, solo es un pisapapeles.

Sárait ladeó la cabeza, pensativa.

—Creo que sería un buen colgante.

—¡Eso pienso yo! Pero no pienses que vas a distraerme. —Dejó el cristal sobre su espacio de trabajo—. Cuéntame. ¿A qué viene ese súbito interés por mi entrenamiento? —La sutileza era una pérdida de tiempo. Clía le había preguntado a Sárait semanas atrás si quería asistir a las sesiones de entrenamiento y enseguida había dicho que no. Pero la última semana no se había perdido ni un día. Y a Clía no se le escapaba que los ojos de Sárait, sentada en las gradas, se iban hacia los otros tres daltas de la pista, Kían y los dos liricranos, el guerrero Niall MacCraith y Teafa Quinn, la hija de un caudillo.

Sárait miró la puerta como si decidiera si echar a correr. Clía le puso la mano en la rodilla a su amiga; en parte para animarla, y en parte para sujetarla si intentaba huir.

Sárait comprendió la inutilidad de escapar y emitió un prolongado suspiro.

—¿Tanto se me nota?

—Lo he notado yo, porque me importas. —Clía sonrió—. Ahora, cuéntamelo todo.

La mirada tímida que asomó a las facciones de Sárait era una expresión que Clía jamás le había visto.

—Puede que sienta cierto… interés por Kían.

Clía ya sospechaba que la cosa iba en esa dirección, pero, pese a la excitación de estar en lo cierto (y a que le parecía que harían una pareja adorable), fingió que el asunto le interesaba solo hasta cierto punto.

—¿Por qué no se lo has dicho? —le preguntó.

—Porque de ahí no va a salir nada. —Sárait, desanimada, se dejó caer de espaldas sobre las mantas de Clía. Suerte que Clía logró atrapar el puré del regazo de Sárait antes de que se derramase—. Me contento con admirarle desde lejos. Aunque se diese cuenta de mi presencia, ¿cómo iba a funcionar algo así?

Clía cerró los dedos sobre los de Sárait.

—Nunca se sabe lo que puede pasar. Quizá esté enamorade de ti hasta los huesos y tú no lo sepas.

—Eso sería preocupante, dado que no consigo decirle ni una palabra.

—¿Nunca le has hablado? Llevamos dos meses en Caisleán. —Clía frunció el ceño.

—Soy demasiado tímida, creo —sugirió Sárait, pero, al ver la expresión de Clía, se desdijo—. De acuerdo, no soy nada tímida. Es que… es une guerrere. Y, además, de la nobleza. ¿Y te has fijado bien en elle? No tengo ni idea de cómo romper el hielo.

—Así no vamos a ningún lado. Hay que hallar una forma de que habléis.

—Conozco esa mirada… ¡Nada de planes! —Sárait se tapó los ojos con el brazo—. Déjame admirarle desde la distancia y nada más.

Clía no hizo ni caso de los gestos teatrales de Sárait.

—Eres costurera. ¿Por qué no le arreglas algo? O…, no sé si me atrevo a sugerirlo…, mañana por la mañana te lanzas y tratas de hablar con elle.

Sárait se puso boca abajo. La manta ahogó sus palabras.

—Eso no va a pasar.

—Si sigues lloriqueando y no actúas, no pasará nada. Nunca te contentes con sentirte mal. Tienes telas aquí en el castillo, ¿verdad? Vamos a diseñarte un vestido hermoso que le robe el corazón. No hay nada que un vestido nuevo no pueda arreglar.

Sárait ladeó la cabeza lo justo para mirarla de reojo y considerar la propuesta.

—De acuerdo.

En el instante que las palabras salieron de la boca de Sárait, la mente de Clía se disparó y empezó a planear, a diseñar. Oh, tenía tanto que hacer…

~

El frío acero del hacha de Ronan besó el cuello de Clía. Se quedó inmóvil.

—¡Me rindo!

Sárait, que los observaba desde las gradas en compañía de Murphy, bajó y se unió a ellos en la pista. Tras varios días de coser cada vez que podían compartir un momento libre, Sárait llevaba el nuevo vestido que habían diseñado entre ambas. Las líneas elegantes de la falda fluían hacia los tobillos (pero no tanto como para ser poco práctica, había insistido Sárait) y el corpiño resaltaba sus curvas con delicadeza. Cuando Sárait llegó por la mañana (elegantemente tarde, por supuesto), Clía se fijó en que los ojos de Kían se demoraban sobre ella más de lo habitual.

Sárait le ajustó a Clía la armadura de cuero que llevaba sobre el pecho; al rozar la piel se notaba que tenía los dedos fríos.

—Es un milagro que no os hayáis matado.

Ronan le dedicó una amplia sonrisa.

—Danos tiempo. El otoño acaba de empezar —señaló Clía. Sujetó mejor el hacha y miró a Ronan como si fuese a lanzarse sobre él; la única respuesta fue una carcajada.

El verano había terminado y las hojas de los árboles que rodeaban Caisleán Cósta eran ahora como llamas brillantes. El aire tenía una cualidad punzante que la estimulaba.

—Kían me dijo que ha oído decir a alguien que durante el invierno Kordislaen nos entrenará dentro —mencionó Clía. Los inviernos scáilqueños tenían fama de brutales.

Ronan negó con un gesto.

—El general nos hará entrenar fuera, aunque las tormentas nos azoten desde la costa y nos entierren bajo la nieve.

Algo le decía a Clía que Ronan tampoco iba a renunciar a seguir entrenándola. Pero, si creía que la iba a sacar de la cama de madrugada durante una ventisca, le quedaba mucho que aprender.

Un chillido desde las gradas les llamó la atención. Murphy saltó al suelo y corrió tras un conejo que se había colado por accidente en la pista.

—¿Ya no come lo que robas de la cocina? —preguntó Ronan mientras Murphy perseguía al conejo en círculos.

—Primero, esa comida me la dan. Y segundo, se está convirtiendo en un gran cazador. Ayer atrapó un ratón. Algún día, cuando sea más grande, se comerá a mis enemigos. —Clía sonrió al dobhar-chús—. ¿Verdad, Murphy?

Les llegó otro gorjeo. El conejo se escondió en un hueco bajo las gradas del lado este, mientras Murphy daba zarpazos inútiles a la madera.

—Seguro que tus enemigos se mueren de miedo. Ahora, dejemos las hachas y volvamos a las espadas —dijo Ronan, centrado de nuevo en el entrenamiento. Desde que empezó a ayudarla, no solo había aprendido a usar la espada ancha, sino que además había probado con hachas, puñales, arcos y montantes—. Y luego podemos trabajar un poco la maza. Creo que… te pega.

El terrible juego de palabras y la cara de satisfacción con que lo dijo le arrancaron un gruñido.

—Nunca había tenido tantas ganas de sacudirte.

Sárait volvió a las gradas, tratando de fingir que no miraba a Kían. Ronan le arrojó a Clía una espada.

—Inténtalo.

—Tened cuidado y dejad de tentar a los dioses —les gritó Sárait mientras adoptaban la posición de espera.

Clía sabía que su amiga no era muy aficionada a los combates, y menos aún a los métodos de enseñanza de Ronan. La primera vez que asistió a las lecciones matutinas, se estremecía en cuanto Ronan descargaba un golpe de espada. Pero sus vítores resonaban en el aire siempre que Clía lo desarmaba o le asestaba un golpe potencialmente fatal.

El metal resonaba en el otro extremo de la pista, donde Kían se entrenaba con Niall y Teafa. Se habían unido de inmediato a las sesiones matinales y ambos grupos practicaban en paralelo. Aparte de un gesto de asentimiento ocasional, o algún comentario de pasada, las lecciones de Clía y Ronan seguían como si nada hubiese cambiado.

Ronan hizo una señal y se lanzaron el uno contra el otro. En apenas un suspiro, ambos habían perdido las espadas y combatían cuerpo a cuerpo. Clía se emocionó cuando logró colarle una buena patada y él cayó de rodillas.

Ronan levantó las manos para detenerla.

—Ambos estamos desarmados. ¿Cómo piensas terminar la pelea?

—¿Pegándote más? —sugirió ella. Aunque Ronan la había enseñado a defenderse sin una espada, para terminar un combate seguía necesitando un arma.

Ronan asintió, como si esperara esa respuesta.

—Aunque no tengas un acero, puedes acabar con tu oponente.

Ronan le enseñó unas cuantas técnicas y pronto Clía lo tuvo de nuevo en el suelo. Estiró la mano para ayudarlo a levantarse y él la aceptó sin dudarlo.

—Llevamos dos horas bregando. Quizá deberíamos dejarlo por hoy —sugirió Ronan cuando ambos estuvieron de pie. Lo normal era que acabasen las lecciones matinales con tiempo para descansar y prepararse para las clases del día. Pero Clía se sentía rebosante de energía.

—Vamos a seguir.

Si Ronan no estaba de acuerdo, se lo calló. Cogió la espada y la movió un poco para buscar una buena sujeción.

Clía también cogió la suya. Se estiró para relajar los músculos. La armadura de cuero era un peso que le rozaba la piel y le limitaba los movimientos. La sensación era frustrante e insoportable. Cuando Ronan sugirió que se entrenase con ella, lo aceptó; pero ahora se moría de ganas de quitársela.

—¿Lista? —Ronan la devolvió a la realidad.

—¿Y tú? ¿Listo para perder? —replicó. Él puso los ojos en blanco.

La danza se reanudó.

Ronan se movió de un lado a otro, a la espera de que ella atacase primero. Clía estudió su postura en busca de algún punto débil. Por supuesto, no lo encontró. Jamás le encontraba ningún fallo, salvo que él le enseñase a propósito qué tenía que buscar. «Fanfarrón».

Esperó un instante y luego lo atacó por la izquierda. Él desvió el ataque con facilidad, como ella esperaba. Pero no se detuvo. Se giró y le lanzó una nueva estocada. Ronan desvió ese segundo ataque con menos confianza. Mientras se centraba en la defensa, ella le dio una patada en la rodilla y lo desequilibró, y, en vez de detenerse, lo acompañó en el movimiento y le clavó el hombro en el pecho mientras lo enviaba al suelo de rodillas.

Le costaba respirar, pero siguió adelante y descargó la espada hacia su cuello. Habría sido un golpe mortal si la armadura no la hubiese frenado lo suficiente como para que él rodase para esquivarlo.

Se levantó, lejos de su alcance.

—Buen intento. —Habló con tono confiado, pero los jadeos entrecortados estropearon un poco el efecto.

Clía se quedó a la espera de su contraataque. Al lanzarlo hacia su hombro, lo esquivó. Lo que no se esperaba era el codo que se le clavó en el pecho. Golpeó el suelo con la parte posterior de la cabeza y el dolor le atravesó el cráneo.

Le atrapó el tobillo con el pie y, de un tirón, lo lanzó al suelo con un golpe que la hizo sonreír. Ojalá le hubiese podido ver la cara.

Ronan tenía las piernas entrelazadas con las suyas y estaba tendido junto a ella. Clía recogió la espada. Ronan se volvió hacia ella con un gemido y, cuando empezaba a sonreír, seguramente para hacer algún comentario jocoso sobre la situación, ella le apuntó al cuello con su acero.

—¿Te rindes? —le preguntó. No mencionó que, si él se movía unos centímetros, podría arrancarle la espada de la mano.

Ronan suspiró y a Clía se le escapó una carcajada de alivio por la victoria.

Pero, de repente, ya no tenía espada en la mano, y Ronan estaba tendido encima de ella. La había desarmado y los había hecho rodar a ambos, inmovilizándole las piernas con las rodillas y sujetándole las muñecas con una mano mientras con la otra le empujaba la espada contra el cuello.

Clía no le hizo caso al mordisco del acero en la piel; se sentía abrumada por la calidez de su cuerpo y por la electricidad que le corría por las venas. La boca de Ronan esbozaba una sonrisa a poca distancia de la suya. Intentó no pensar en que, si levantaba la cabeza dos o tres centímetros, se tocarían. Y, desde luego, menos aún en las muchas formas distintas en que eso podía terminar.

Un mechón de pelo cayó sobre los ojos de Ronan, y ese pequeño movimiento la embelesó; no podía apartar la mirada.

Ronan le miró los labios y dejó de sonreír; Clía se preguntó si él también pensaba en qué se sentiría al apretarlos sobre los suyos. Bastaba con que uno de los dos recorriese la pequeña distancia que los separaba.

—¡Murphy! ¡Deja en paz al pobre conejo! —La voz de Sárait le arrancó de cuajo esos pensamientos y le recordó que no estaban solos. Ronan se apartó de repente con una expresión indescifrable. Clía se sonrojó al volver a la realidad. En teoría pretendía recuperar a Domhnall, y ahí estaba, deseando besar al mejor amigo de este.

Se le pasó la vergüenza al recordar cómo habían llegado a esa posición.

—¿Me puedes enseñar eso que has hecho? —jadeó.

Él se levantó y tiró de ella.

—Coge la espada.

Siguieron practicando, una y otra vez, hasta que ella fue capaz de repetir la maniobra con tanta fluidez como él. Hasta que se convencieron de que sería capaz de hacerlo en un duelo.

Kordislaen no había vuelto a enfrentar a los daltas entre sí, pero todos sabían que lo haría pronto. Casi había llegado el invierno y muy pocos daltas habían vuelto a casa. Se acercaba la hora de la criba.

En su mente, el eco de la voz de Domhnall se mezclaba con el barítono de Kordislaen.

«No podemos tolerar que se perciba la menor debilidad».

Capítulo 19

El dolor le atravesaba los músculos a Ronan. Los huesos.

En aquel momento, atarse los cordones de las botas le parecía tan imposible como escalar una montaña.

La habitación estaba en silencio. Era el único momento de paz que tenía antes de que empezase el día. Se sentó en la cama, con la respiración más agitada de lo que se correspondía al simple hecho de vestirse. La hora adicional de entrenamiento del día anterior había sido un error.

Ronan apretó los dientes, entrelazó los dedos en los cordones y se obligó a terminar la operación.

—¿Hoy toca madrugar? —preguntó Domhnall, apoyado en el quicio de la puerta de Ronan.

Ronan lo miró y se sentó.

—La puerta estaba cerrada.

—Ahora ya no. —El príncipe entró en la habitación.

Pese a la hora, iba muy arreglado, bien peinado y con la camisa planchada. Quizá hubiese quedado con Niamh.

—Me has evitado. —Domhnall no se equivocaba. Las últimas semanas, Ronan no tenía demasiadas ganas de estar con él. Los secretos, las medidas injustas contra Clía… Domhnall ya no era el amigo que Ronan recordaba, el príncipe que respetaba.

Se levantó y el dolor de los tobillos y de las rodillas se hizo más intenso. Sin titubear, cogió el cinturón y la vaina de la espada.

Domhnall suspiró.

—Vale, estás cabreado. ¿Qué he hecho esta vez para ganarme tu ira?

Ronan enarcó una ceja.

—¿No te lo imaginas?

—Siento no haberte hablado de Niamh. ¡Pero eso fue hace semanas! —Ronan lo taladró con la mirada y de pronto Domhnall decidió que la pared era muy muy interesante—. Esperaba que mi proposición fuese bien recibida, pero no estaba seguro. Me pareció mejor guardarme la noticia hasta que fuera oficial. No era mi intención ocultártelo.

Había visto a Domhnall manipular a nobles y jefes; el príncipe sabía cómo salirse con la suya. Pero las palabras parecían sinceras y la cólera de Ronan se aplacó, al menos en parte.

—¿Y qué hay de Clía? —preguntó Ronan.

Domhnall frunció el ceño.

—¿Qué pasa con ella?

Su indiferencia era tan irritante como una confesión. Ronan se tuvo que morder los labios para no gritar.

—Se diría que te esfuerzas a fondo en hacerla sufrir.

—Yo no… —Se detuvo a pensar lo que quería decir—. No quiero hacerle daño. Ya me conoces. Créeme que no mentía cuando dije que me caía bien. Yo solo cumplo con mi deber. Ella no tendría que estar aquí y sería mejor que volviese a casa. Para mí y para ella.

—¿Cómo sabes qué es lo mejor para ella?

—¿Y cómo lo sabes tú? —contraatacó Domhnall.

Estaba en lo cierto. Ronan no tenía ningún derecho sobre ella, ni una relación previa en la que basarse, a diferencia de Domhnall. Ronan solo sabía lo que ella le había contado. Lo que le dijo que quería.

¿Acaso no era eso lo que importaba?

—El trabajo que haces con ella es impresionante, pero ¿para qué te molestas? —La voz de Domhnall resonó por la pequeña habitación. La respuesta era tan obvia para Ronan que se preguntó cómo podía Domhnall no darse cuenta.

Porque, una vez, alguien se había preocupado por él. Cuando estaba dolido, incapaz de seguir adelante, le ofrecieron la ayuda que necesitaba. Y Clía no se merecía menos.

Había viajado allí desde su reino, se había sometido a la merced de Kordislaen, y se había dejado golpear y magullar, para tener la oportunidad de recuperar a Domhnall. De salvar el compromiso.

Una muchacha hermosa, inteligente y testaruda perseguía al príncipe. Y él la había apartado de sí y la había sustituido por otra sin pensárselo dos veces. Domhnall no se la merecía.

«¿Y tú sí?».

Se quitó ese pensamiento absurdo de la cabeza.

—La has abandonado, pero yo no lo haré.

Enfundó la espada y miró a su amigo como si viese por primera vez a un desconocido.

Domhnall entrecerró los ojos como si pudiese leerle los pensamientos.

—No finjas entenderme, ni entender la situación. Yo no soy el villano de esta historia.

Ronan se giró y salió por la puerta. Las rodillas protestaban a cada paso. Oyó las pisadas del príncipe detrás de él.

—Te vuelve a doler.

Las palabras de Domhnall lo hicieron detenerse en seco.

—Esa cojera leve. Te cuesta ponerte el cinturón. Hoy tienes un mal día, y todavía lo empeoras más con esas lecciones adicionales.

Ronan se volvió hacia él.

—No necesito que me cuentes cómo funciona mi cuerpo.

Domhnall levantó las manos en un gesto de tregua.

—Tienes razón. Lo siento. Pero, pienses lo que pienses de mí, y por muy cabreado que estés, me importas. Puedo vendarte como antes. A lo mejor te ayuda.

La primera vez que el dolor le impidió a Ronan entrenarse en el palacio, apenas tenía once años. Nadie sabía nada de los dolores y los pinchazos que sentía bajo la piel, pero aquel día Domhnall se dio cuenta de que algo iba mal. Sin que Ronan dijese ni una palabra, el príncipe pidió agua hirviendo a las cocinas. Mojó en ella un trapo, lo dejó enfriar hasta estar caliente pero manejable y luego vendó con fuerza las muñecas de Ronan. El dolor no desapareció del todo, pero sí lo bastante como para poder empuñar una espada ese día. Pronto se convirtió en una fórmula. Siempre que algún miembro le daba problemas a Ronan, lo vendaban y dejaban que el calor actuase. Domhnall nunca le pidió explicaciones. Pero un día, meses después, Ronan se lo contó, le habló del dolor y del día en que empezó.

Domhnall fue la primera persona en la que confió Ronan. Y ahora se sentía más lejos del príncipe que nunca.

—Estoy bien —respondió con sequedad. Lo dejó allí plantado y se encaminó a la pista de entrenamiento.

NO LLEGÓ A LA PISTA. A MEDIO CAMINO, JUNTO A LOS JARDINES OCCIDENTALES, comprendió que no podría seguir adelante. Se acercó con dificultad hasta un banco de piedra pálida rodeado de arbustos marrones cada vez más escasos, interrumpidos aquí y allá por alguna flor de colores, y se dejó caer. Allí lo encontró Clía varios minutos después.

—Nunca pensé que te vería llegar tarde —dijo al acercarse, pertrechada para entrenarse. Ronan levantó la cabeza y la sonrisa de superioridad de Clía se suavizó. No quería ni pensar qué mal aspecto debía de tener para que ella dejase de presumir.

—A lo mejor es que hoy quería entrenar aquí. —Como chiste, era patético, pero Clía comprendió la petición implícita. No le apetecía explicar por qué se sentaba en un banco frío en medio de un jardín moribundo.

Ella se sentó a su lado y se pasó el peto de cuero por la cabeza para quitárselo; el movimiento hizo que se levantase un poco la camisa. Ronan desvió la mirada hacia las flores que había a su lado.

—¿Qué son? —preguntó Clía, que le había seguido la mirada.

—Farolillos. —Pasó el dedo por los pétalos morados—. Están durando un poco más de lo normal.

—Son fuertes —dijo ella, y lo miró—. ¿Alguna vez quisiste trabajar con plantas? ¿Ser granjero, como tu padre?

—Cuando era crío me encantaba. Pensaba que algún día me encargaría yo. Y luego, tras la incursión… Dejó de ser una opción. Sabía cuál era mi deber, y Kordislaen me ayudó a asumir mis responsabilidades.

Ronan solía preguntarse qué habría pasado si aquel día jamás hubiese ocurrido. Quizá habría seguido los pasos de su padre. Pero los pensamientos así solo avivaban el dolor y la culpa, sin ofrecer nada a cambio.

—¿Lo echas de menos?

Ronan posó los ojos en el farolillo. Era una flor silvestre bastante común, pero el color era muy llamativo. Su padre solía tener una cesta de ellos en la cocina.

—Más de lo que debería.

—Yo todavía coso. —No supo a qué venía ese comentario, pero Clía sin hacer caso de la pregunta implícita, siguió hablando—. Como princesa, se esperaba de mí que entendiese de moda. Que participase en su confección no se animaba, pero se perdonaba. Sé que aquí tengo que hacer otras cosas que la gente respete más. Pero coser me relaja y me permite respirar de nuevo con libertad. Así que, siempre que puedo, ayudo a Sárait a remendar.

Ronan entendió a dónde quería llegar.

—Yo no tengo tiempo para jardines. —«Ni energía», pensó. Pero la idea se abrió camino en su mente como un pensamiento reconfortante.

La luz de primeras horas de la mañana bañaba a Clía con un resplandor casi divino. Sin querer se acordó de aquel momento del día anterior, mientras se entrenaban, con los cuerpos juntos y el cruce de miradas. Qué cerca habían estado, y cuánto más cerca le gustaría que estuviesen.

—Auriflama. —Un susurro apenas audible—. Por su resistencia y su belleza.

El día anterior, cuando el magnetismo entre ellos parecía imposible de resistir, se había logrado apartar. En aquel momento, a Ronan le pareció lo correcto. Unos meses antes estaba prometida a Domhnall y aún quería reconquistarlo. Le debía a su amigo, y a ella, mantener las distancias, por mucho que su corazón le pidiese otra cosa.

Pero solos en el jardín, rodeados de flores que le recordaban su hogar, estaba demasiado cansado para seguir negándolo.

Ella apoyó la mano en la suya. Él giró la mano y cerró los dedos sobre los de ella. Se le fue la mirada a sus labios; lo que más quería en el mundo era perseguir esa electricidad que fluía entre ambos.

Ella salvó la distancia y los labios se encontraron en un beso suave.

Se quedó inmóvil. Antes de comprender qué sucedía, ella se apartó y dejó tras de sí una vacía frialdad. Clía se sentó con un gesto cohibido, una duda que antes no estaba allí.

No lo soportaba.

Sus dedos seguían entrelazados sobre el banco. Extendió la otra mano y se la posó en la nuca; luego acercó el rostro al de ella, ahora ya sin ninguna vacilación. Los labios se juntaron, y canalizó en aquel beso todo lo que sentía. Los labios de ella se abrieron y la calidez lo atravesó. Esperaba ese momento desde hacía más tiempo de lo que pensaba; se sintió cautivado por ella nada más verla, y desde entonces no había dejado de sorprenderlo. Sabía que tenía que frenar, tomarse su tiempo, pero ella concentraba toda su pasión en él y le impedía pensar.

Le soltó la mano y, con suavidad, subió la suya y la cerró en el antebrazo para sujetarla aún más cerca. Como respuesta, ella le entrelazó los dedos en el pelo y le arrancó un gemido.

Clía se quedó inmóvil y el mundo se coló entre ellos y los separó. Tenía una expresión afligida en las facciones. Ronan comprendió que se había acordado de Domhnall y de su objetivo.

—Lo siento —susurró. El dolor que sentía todavía bajo la piel no le permitía levantarse y darle el espacio que sería apropiado, así que se contentó con liberarla de sus brazos y apartarse un poco. La distancia, pequeña pero repentina, le dolió casi tanto como intentar ponerse de pie.

El beso había sido un error estúpido. Y, ahora que sabía lo que era sentirla en sus labios, no iba a ser capaz de olvidarlo.

—No, lo siento yo. No debería… —No terminó la frase.

Seguía escogiendo a Domhnall.

No. Lo que escogía era su reino. No podía culparla por ello, por mucho que deseara que, en ese asunto, fuese la princesa irresponsable que él había asumido al principio.

Trató de esbozar una sonrisa, con la esperanza de que no pareciese tan triste como se sentía.

—Compartamos la culpa, entonces. No pasa nada, de verdad. Sé que estás aquí por Domhnall.

Ella se estremeció.

—Tengo que irme, he prometido reunirme con Sárait. —Era mentira, pero Ronan no se la echó en cara. Clía se levantó y se fue hacia el castillo y dejó a Ronan solo en el banco.

Sin querer, casi como una penitencia, Ronan se preguntó cómo sería su vida si ella acabase de nuevo junto al príncipe. Él era el capitán de la guardia de Domhnall; tendría que asistir a la boda, y a cada baile y a cada fiesta. Bailarían y se besarían, y algún día Ronan quizá fuese también el guardián de sus hijos.

Si eso era lo que le deparaba el destino, adelante. La vería vivir la vida por la que tanto había luchado, y sería feliz por ella.

Le dolió el pecho. Qué raro. El dolor nunca había llegado hasta ahí.

UNA SEMANA MÁS TARDE, RONAN LLAMÓ A LA PUERTA DE CLÍA, TEMEROSO y a la vez deseoso de volverla a ver.

—Pasa —indicó Sárait desde el interior de la habitación. Al entrar se la encontró sentada en la cama de Clía, con un libro en el regazo. No era ninguna sorpresa; nunca la había visto ociosa. Siempre estaba leyendo, o cosiendo, o cuchicheando con Clía. Lo que confundió a Ronan fue la ausencia de la princesa.

—Clía me pidió que trajese esto. —Le enseñó el libro que sostenía en la mano. Era un manual de historia scáilqueña que había llevado consigo desde Suanriogh. Un par de días atrás, mientras estudiaban, se lo mencionó a Clía y ella se lo pidió prestado.

Desde aquel momento en el jardín esperaba que Clía mencionase el beso, aunque fuese de forma indirecta; pero actuaba como si no hubiese ocurrido. Habían seguido con los entrenamientos y las sesiones de estudio como siempre. No entendía cómo podía ella actuar de modo tan normal. Cuando sus labios se tocaron fue como si alguien abriese un portal que él era incapaz de volver a cerrar. No podía quitársela de la cabeza. Si antes la deseaba, ahora era mucho peor. Pero siguió el ejemplo de Clía e hizo caso omiso de sus sentimientos.

Era lo mejor. No tenían ningún futuro juntos.

—Déjalo en la cómoda —señaló Sárait sin levantar la vista—. Clía no tardará en volver.

En parte, se sintió tentado de esperarla; pero no quería entrometerse en los planes que tuvieran Sárait y ella. Ya la vería después, en clase.

Dejó el libro en la cómoda y al hacerlo se fijó en un cristal que descansaba sobre una pila de papeles sin usar. Lo cogió casi sin pretenderlo.

A la luz de los candiles, la gema tenía un resplandor casi antinatural; el color rosa parecía más brillante cuanto más lo examinaba.

—¿No es hermoso? —Sárait tenía los ojos clavados en la piedra—. Clía lo encontró durante la misión en el bosque Fantasma. Hemos hablado de hacer un colgante, quizá, pero no hemos dado con un diseño que nos acabe de convencer.

No sabía cuándo pudo tener Clía la oportunidad de encontrar un cristal en medio del bosque, pero conociéndola tampoco le acababa de sorprender. Ronan estudió el objeto que sostenía en la palma. Nunca le habían importado mucho las joyas, pero no podía negar que esa llamaba la atención. Como Clía.

De pronto supo exactamente para qué usarla.

—Se me ha ocurrido una idea, una sorpresa que creo que a Clía le gustará. ¿Crees que le importará que me la lleve?

Sárait negó con la cabeza.

—A estas alturas ya casi se ha quedado sin ideas, así que adelante. Pero, si se enfada, yo no he tenido nada que ver.

Ronan sonrió.

—Por supuesto.

Abandonó la sala y se desvió para visitar al herrero de Caisleán. La fragua estaba cerca de la pista de entrenamiento, para poder mantener y reponer el armero siempre que fuese necesario. Le hizo una petición al herrero y le complació saber que pensaba que era una idea brillante. A Clía le iba a encantar.

Al salir de la fragua, Ronan oyó dos voces en la pista: los amigos de Kían, MacCraith y Quinn.

—Actúa como si fuera el gran rey de Inismian y esperara que todo el mundo se inclinase ante él y ante nadie más —dijo MacCraith. Ronan nunca lo había oído tan agitado.

—Ha hecho mucho por este reino; ha salvado innumerables vidas —respondió Quinn.

—Pero no es mi rey. Soy leal en primer lugar a la reina Sláine de Liricnoc, y después al rey de Scáilca. Seguiré las órdenes de Kordislaen, pero, si vuelve a interferir con mis cartas, lo lamentará.

—¿Cómo sabes que alguien las ha tocado? ¿Y que ha sido él? —Quinn hablaba con voz calmada, pero se notaba una impaciencia soterrada, como si no fuese la primera vez que lo discutían.

—Sé la pinta que tiene la cera resellada. Lo he visto muchas veces. Al principio pensé que sería alguien de la corte de la reina Sláine, pero me pasa en todas las cartas, incluso las de mi marido. Tiene que ser alguien en Caisleán, y no hay nadie más con el poder de ordenar algo así.

—¡Ó Faoláin! —llamó Kían, y se dirigió hacia él. Los otros dos callaron al comprender que no estaban solos—. Creía que, por hoy, Clía y tú habíais terminado de entrenar. ¿Buscas un poco más de diversión?

Ronan nunca sabía cómo tomarse la familiaridad de le lísoir de Oileánster. Le recordaba a Domhnall, la persona en la que menos quería pensar Ronan en esos momentos.

Se cruzó de brazos.

—No puedo quedarme. Solo he venido a ver al herrero.

—La próxima vez, entonces —dijo Kían, sonriente.

Ronan esbozó una sonrisa casi sin querer. Kían era implacable.

—La próxima vez.

De camino al edificio principal, no paraba de darle vueltas a lo que había oído. Hasta entonces Ronan no había tenido motivos para desconfiar de MacCraith, pero las órdenes de Kordislaen eran informarlo de cualquier cosa preocupante que ocurriese en Caisleán.

Toda su vida, Ronan había seguido el plan que Kordislaen había trazado para él. No pensaba hacer caso omiso de una orden a aquellas alturas.

Con un suspiro, cambió de rumbo otra vez y fue en busca del general.

~

ENCONTRÓ A KORDISLAEN REUNIDO. CONSCIENTE DE QUE NO ERA buena idea interrumpir, se quedó junto a la puerta y esperó a que terminase.

Cuando por fin acabó y los guerreros se marcharon, Kordislaen se dirigió a él.

—Capitán Ó Faoláin, qué sorpresa. Ven, camina conmigo. —Se puso en marcha y Ronan lo siguió. Mientras recorrían los pasillos, los otros guerreros se apartaban para darles espacio—. ¿A qué se debe esta visita?

—Tengo información, señor —respondió Ronan.

Kordislaen sonrió. Fue una expresión sutil, pero complacida.

—Adelante, cuéntame.

Ronan le explicó lo que había oído. Cualquier duda que pudo tener sobre sacar a colación el asunto se acalló al asentir Kordislaen.

—Has hecho bien en decírmelo. Me encargaré de ello.

Ronan sintió una punzada de culpa que le revolvió el estómago.

—¿Qué vas a hacer?

Kordislaen lo miró, como si lo evaluara. Ronan comprendió que estaba decidiendo si confiar en él o reprenderlo por hacer una pregunta inapropiada. Un guerrero no tenía que cuestionar los actos de su general.

Algo acabó por decantar a Kordislaen, porque respondió en tono comprensivo.

—Lo que has hecho no es insignificante. Son acciones así las que garantizan la seguridad de todos los presentes. Un soldado solo es útil si es leal. No temas; esos rumores injustificados y esas amenazas imprudentes son insignificantes frente a lo que está ocurriendo. Podría dar ejemplo con él, pero a veces es mejor mantener cerca a los que nos infunden sospechas para no quitarles ojo. Si decide ir más allá de las calumnias, no dudaré en actuar.

»Tienes mi gratitud, Ronan, y te recompensaré bien por ello. —Kordislaen le puso la mano en el hombro, en un gesto casi paternal—. Has demostrado ser exactamente lo que yo esperaba.

Con esas palabras, el general dejó a Ronan y volvió a sus deberes. Y el pequeño atisbo de culpa de Ronan se desvaneció, reemplazado por una sensación de orgullo, vacilante pero entusiasta.

Capítulo 20

—La clase de hoy se apartará de nuestra rutina habitual —explicó Kordislaen.

Clía le lanzó una mirada a Ronan, sentado a su lado en las gradas de la pista de entrenamiento; los rodeaban los otros daltas. Ronan se encogió de hombros; sabía tan poco como ella. El viento mordió la piel de Clía mientras esperaban que Kordislaen se explicase.

—Es hora de poneros a prueba una vez más. Si queréis seguir aquí, impresionadme.

Clía se volvió hacia Ronan.

—¿Es demasiado tarde para dejar de intentarlo? —le susurró. Ronan puso los ojos en blanco. Al moverse los brazos se rozaron y ella se quedó sin aliento.

Había pasado casi un mes desde el beso, algo que Clía lamentaba profundamente y a la vez habría querido repetir cada día. Había sido un alivio que Ronan siguiese bromeando con ella y que comprendiese por qué era imposible, sin tener que explicárselo.

Si consiguiera que su mente y su cuerpo, los muy traidores, también lo entendiesen…

Se centró de nuevo en el general.

—Durante toda la semana vigilaré de cerca a los que aún siguen aquí. —Kordislaen sonrió, y a Clía le recordó un tiburón que acechase a la presa—. En cuanto a hoy… Vais a volver a enfrentaros en duelo. Ya os he dado mucho tiempo para practicar. Ahora tenéis que enseñarme cuánto habéis aprendido. Id a por vuestra arma favorita y regresad preparados para el combate.

Clía se dirigió al armero con los demás. Ya no había carreras y caos como el primer día, ni estudiantes ansiosos de presumir y de ganarse el favor del general; tan solo una tropa que cumplía órdenes. Nadie se peleaba por el mejor acero; ya tenían interiorizada la rutina de elegir un arma. Clía escogió su espada ancha favorita. La sacó del soporte, con cuidado de las manos que se cruzaban por todos lados, y los bordes cortaron el aire.

De camino a la pista, se ajustó la armadura de cuero, que le rozaba los hombros. Muchos guerreros se habían hecho enviar su armadura favorita, y se sentían tan cómodos en ella como Clía en un vestido de baile; pero ella aún no se había acostumbrado, e ignoraba si lo haría algún día. A duras penas aguantaba la ropa de lana. Se detuvo y sopesó el cuero gastado y curtido. Siempre que luchaba la distraía y le dificultaba los movimientos, y añadía un nuevo desafío al combate; uno que no podía permitirse durante una prueba.

Cuando Clía entró en la pista con los demás guerreros, solo vestía las ropas de entrenamiento: túnica ajustada y pantalones, botas resistentes, y un cinto para la espada. Era la única que no usaba armadura. Si era tan rápida como decía Ronan, no la necesitaría.

Volvió a su asiento junto a Ronan. Él vio que solo llevaba la camisa y los calzones de entrenamiento y enarcó una ceja. Clía casi podía oír en la mente la voz que la llamaba imprudente.

—Hoy me he levantado valiente —le susurró.

Ronan la habría querido regañar por tomar una decisión tan arriesgada, pero guardó silencio. Si no lo conociese bien, Clía diría que estaba impresionado. Pero, mientras se volvía para prestar atención a Kordislaen, le pareció ver un atisbo de miedo en sus ojos. Se preocupaba por ella, y quizá también por él mismo.

Le demostraría que estaba a la altura.

Y, más importante aún, se lo demostraría a sí misma.

Cuando todo el mundo estuvo de vuelta en las gradas, Kordislaen se dirigió a ellos otra vez. Paseó los ojos oscuros sobre la multitud hasta clavarlos en Clía.

—Fionnáin. Acércate, por favor.

Lo hizo, con la espada a cuestas.

—Una espada ancha. Es una decisión práctica. Pero ¿dónde está tu armadura? —Lo dijo con tono burlón, pero Clía no se amilanó.

—He decidido no usarla —respondió, y echó los hombros hacia atrás. No hacía falta que supiese que tenía el corazón desbocado.

—¿Y te parece una buena idea? —le preguntó él.

Clía mantuvo la cabeza bien alta. No iba a dejar que su descontento la afectase.

—La armadura me frena. En esta prueba quiero dar lo mejor de mí misma.

—Dejaré que tú misma te des cuenta del error que has cometido. —El rechazo fue como un golpe. Entre los presentes se oyeron algunas risitas. Le acudió una respuesta a los labios, pero se contuvo—. Puesto que confías tanto en ti misma, irás la primera. Y, cuando fracases, te tendrás que ir a casa.

Clía frotó el borde de la camisa entre los dedos. La textura familiar la tranquilizó.

—No fracasaré —dijo. No era una discusión, sino un hecho.

Kordislaen frunció los ojos.

—Veremos. —Se volvió a mirar a los demás guerreros—. Puedes escoger al adversario que quieras de la clase. Una cosa es saber luchar, pero es vital saber escoger cuándo y con quién pelear. —La evaluó con la mirada—. ¿Puedo recomendarte que elijas a alguien contra quien tengas alguna posibilidad?

Sopesó las opciones sin hacer caso de la burla. Ronan asintió cuando cruzaron las miradas. Escogerlo a él sería lo esperado, y quizá lo más inteligente. Conocía sus movimientos y sus manías. Y, si lo vencía, impresionaría a Kordislaen. Siguió buscando. Se fijó en varios daltas: MacCraith, Kían, Teafa. No se detuvo en Niamh (no era el momento de arriesgarse a repetir la primera prueba, por mucho que la tentase) y por fin se decidió por el príncipe rubio que había junto a ella.

—Elijo a Domhnall —declaró Clía.

Kordislaen levantó la mano para llamar al príncipe.

—Lochlainn, únete a nosotros, por favor.

Domhnall caminó hacia ellos con andares arrogantes. Llevaba una brillante armadura de plata sin el menor rasguño. Era como una declaración, un recordatorio para que nadie olvidase que era un príncipe.

Clía se moría de ganas de abollársela.

—Poneos en posición. Comenzad a mi señal.

Domhnall y ella se dirigieron al centro de la pista mientras Kordislaen regresaba a las gradas. Clía dobló las rodillas varias veces para probar su flexibilidad. Lanzó una última mirada a los guerreros expectantes y vio que Ronan, que tenía la vista clavada en ella, respondió a su elección de adversario enarcando una ceja y luego le sonrió. Clía se llevó la mano a la empuñadura de la espada y la sujetó con firmeza.

El príncipe, el hombre que había ido a reconquistar, estaba a tres metros de distancia de ella. Lanzó la espada al aire y la atrapó con una mano. Los murmullos del público le indicaron que esas piruetas habilidosas no solo la asombraban a ella; pero no se dejó afectar por semejantes trucos. Domhnall se comportaba como siempre que quería impresionar a alguien. Era un pavo real que presumía de plumaje.

—Comenzad —ordenó la voz de Kordislaen.

Domhnall le dedicó una sonrisa cortés, como si fuesen a bailar, como habían hecho cientos de veces.

—¿Cómo quieres que lo hagamos?

—Si es posible, sin hablar.

—Puede que eso te suponga un reto —respondió él con una mueca burlona. Le daban ganas de tirarse a por él para borrarle de la cara esa expresión de suficiencia.

—Empecemos de una vez —respondió con sequedad. Esperaba que el viento impidiese a la multitud oír lo que decían.

—Si insistes… —dijo, caballeroso como siempre, y se lanzó. Amagó un ataque por el costado izquierdo de Clía, pero la caída del hombro lo delató. Quería engañarla. Esquivó hacia la izquierda y, por suerte, se ahorró que la empalase. Cuando detuvo hábilmente la espada de Domhnall con la suya, el gesto de sorpresa de su adversario la llenó de energía.

Pese a todo el tiempo transcurrido, aún la infravaloraba. Mejor. Contaba con ello.

El príncipe trastabilló, pero recuperó el equilibrio. Clía lo esperó, con los pies bien asentados.

Cuando se lanzó de nuevo a por ella, lo vio venir. Mientras la espada giraba en su busca, se agachó y la esquivó con fluidez; con la armadura ese movimiento le habría resultado muy difícil.

Domhnall decidió esperar a que ella tomase la iniciativa. Clía se lanzó hacia él, aunque sabía que no le costaría defenderse del ataque. El restallido del metal le taladró los oídos.

Intercambiaron golpe tras golpe, sin que ninguno de los dos obtuviese ventaja ni perdiese terreno. A cada impacto, sentía la vibración que le descendía por el brazo, pero siguió luchando. Le temblaban las manos, y le dolía la mandíbula de apretar los dientes. Pero, por cada jadeo de ella, Domhnall se tenía que esforzar a su vez. Sus facciones pasaron de la petulancia al fastidio, y luego a una profunda concentración. Tenía el pelo revuelto y el sudor le corría por la frente. Y, cada vez que las espadas chocaban, Clía encontraba menos resistencia.

Por fin se retiró de un salto para darles a ambos un descanso. Creía que podía agotarlo y vencerlo de esa forma, pero eso sería aburrido. Quería que fuese excepcional.

Desesperado, Domhnall se abalanzó en su busca y la atacó con golpes amplios y fuertes que ella, con cierto esfuerzo, consiguió bloquear. Y, en cuanto él se frenó un instante de más, ella contraatacó.

Buscó la posición perfecta y amagó con atacarlo por la izquierda. Él se dio cuenta, pero, cuando trató de pararla, ella apartó la espada, lo sujetó del brazo y se lo retorció. La espada cayó y ella la apartó de una patada, fuera del alcance de él.

Los ojos verdes de Domhnall se abrieron, llenos de pánico. Clía se sintió tentada de agacharse, coger la espada y terminar empuñando los dos aceros, pero tenía que mostrar cierta piedad.

Antes de poder cantar victoria, un puñetazo la dejó sin aliento. Le flaquearon las piernas y tuvo que esforzarse por tragar aire. Casi tuvo ganas de dejarse caer al suelo. Retrocedió tambaleándose mientras Domhnall la presionaba.

No iba a perder. No podía perder. Debía superar la quemazón en los pulmones. La mirada feroz de Domhnall indicaba que ya no la subestimaba, así que tendría que recurrir al plan alternativo.

Alzó la espada y, con un movimiento amplio, trató de golpearlo en la cabeza. Como suponía, él se agachó. Clía volteó la espada y arañó el suelo con la punta para lanzarle a la cara un puñado de tierra.

—Pero qué… —Se limpió la cara y, cuando se volvió a mirarla, le lloraban los ojos.

El siguiente golpe de Domhnall fue muy torpe; no le costó nada esquivarlo y agarrarlo de la muñeca. Él era más grande y fuerte que ella, pero usó su impulso contra él. Le retorció el brazo y se lo sujetó a la espalda. Luego le puso la hoja en el cuello.

—¿Te rindes? —escupió. No aflojó la presión sobre el cuello de él, aunque sentía dolor en cada parte de su cuerpo.

Domhnall, rígido y con una vena hinchada en el cuello, buscaba una vía de escape. Le retorció el brazo con más fuerza.

—Te lo he preguntado con amabilidad. —La voz había recuperado parte de su firmeza.

—Me rindo. —Se desplomó, derrotado, en cuanto ella bajó la espada.

Kordislaen se acercó a ellos mientras volvían a las gradas. Tenía la misma expresión adusta de siempre, pero las palabras ya no fueron tan frías.

—Bien hecho, Fionnáin. Has superado mis expectativas.

Aunque estaba confusa y dolorida, la alegría la invadió.

—Solo busco complacer —dijo, con una sonrisa débil pero merecida.

Se sentó junto a Ronan y le puso la cabeza en el hombro mientras Kordislaen convocaba a otra víctima. La adrenalina dio paso al agotamiento, lo que hizo más difícil resistirse al impulso de estar cerca de él. Ronan le pasó el brazo por la espalda y le apoyó la mano en el hombro. Acurrucada contra él se sentía bien.

—¿Has visto lo que he hecho?

—Lo he visto. —La miró con orgullo y a sus ojos se asomó algo más.

—Más te vale que hoy des lo mejor de ti. No quiero ser demasiado superior a ti…

Su risa le produjo mariposas en el estómago.

—Lo haré lo mejor que pueda, pero no esperes que me compare con tu actuación.

Ella le respondió con una sonrisa agotada.

A Ronan le tocó pelear cuando ya había salido casi todo el mundo. Las gradas estaban llenas de guerreros derrotados y magullados; nadie podía retirarse tras su pelea excepto si necesitaba atención médica inmediata (como fue el caso del dalta que luchó con Niamh). Todos podían elegir con quién pelear, aunque la persona ya hubiera luchado antes, pero parecía existir la regla no escrita de no escoger a alguien que ya lo hubiese hecho. Por una vez, Clía se alegró de que hubiese reglas no escritas. Si la elegían para combatir otra vez, seguro que se desmayaba.

Ver pelear a Ronan era muy diferente de entrenar con él. Era un espectáculo digno de contemplar; se movía con una gracia fluida y atacaba con golpes rápidos y precisos. Era como el viento que danzaba entre las briznas de hierba. Esquivó con facilidad cada espadazo de su contrincante, y, en cuanto cometió un error, Ronan remató el combate. La otra dalta no tuvo la menor oportunidad. Clía casi lamentó que la pelea terminase tan pronto; verlo combatir era fascinante. Entendía a la perfección que pensasen que estaba bendecido por los dioses.

Ronan posó la espada en el cuello de su adversaria en menos de tres minutos, el mejor registro del día. Hasta Niamh tardó más…, aunque eso se debió sobre todo a la paliza brutal que le dio a su oponente. Aquella muchacha estaba forjada de fuego y acero.

Finalmente, Kordislaen los dejó marchar y todos volvieron a sus habitaciones, magullados y con la respiración entrecortada. No les dio ninguna pista de qué tal lo habían hecho. Solo podían esperar que bastase para garantizarles la permanencia en Caisleán.

Capítulo 21

La semana terminó y, por primera vez en meses, Clía pudo dormir hasta tarde.

A pesar de ello, no descansó bien. La perseguían las imágenes del viaje por el bosque Fantasma. La Sluagh que descendía desde el cielo negro. Los ojos vacíos de la bean sídhe clavados en los suyos. El tejido verde con manchas oscuras.

Pero estar despierta tampoco era un alivio; se enfrentaba a un miedo distinto. Los entrenamientos del día se habían cancelado y Kordislaen quería dirigirse a ellos tras el desayuno. Iba a enviar a casa a algunos daltas.

No podía fracasar ahora. Había hecho grandes progresos, y sacado a la luz un potencial que hasta entonces desconocía. La idea de que se lo quitasen le cortaba la respiración. Necesitaba quedarse.

Ya no se trataba de Domhnall. Ni de demostrarle nada a nadie. Era por ella misma.

Por suerte, nadie tendría que irse a casa hasta después del desayuno. Al menos, Kordislaen mostraba un poco de piedad, loados fuesen los dioses.

Clía recorrió sola los pasillos. El otoño había barrido el castillo con fuerza y el invierno le pisaba los talones. Un viento frío soplaba por las ventanas abiertas del gran salón y se colaba por todo el castillo. Acariciaba con los dedos las piedras frías y ásperas de los muros, cuando oyó unos pasos detrás de ella.

Ronan la saludó con una sonrisa forzada.

—¿Lista para el desayuno, princesa?

Ella le sonrió también y lo acompañó hasta el comedor. Comieron sin hablar, como los demás estudiantes. Todos aguardaban, ansiosos y expectantes por saber quiénes serían los elegidos y quiénes los rechazados.

Cuando regresaron a la biblioteca de los daltas ya se estaba formando un grupo junto a la chimenea. Domhnall y Niamh habían encontrado hueco en el sofá y esperaban, atentos, mientras Kían se reclinaba contra una estantería como si no hubiese motivo de preocupación.

Todos miraban a Kordislaen, de pie junto al fuego que chisporroteaba. Clía se preguntó si eso bastaría para derretir su carácter gélido.

Ronan y ella se quedaron cerca de Kían. Kordislaen los vio ocupar su lugar y siguió examinando a los demás daltas de la sala.

Cuando entraron los últimos, habló.

—La amenaza de Tinelann e Ionróir crece cada día y por ese motivo no seguiremos adelante con el año de entrenamiento como estaba previsto. La fortaleza de Caisleán es necesaria y tiene un papel que jugar en esta guerra, como lo tuvo en las de tiempos pasados. No podemos desperdiciar recursos en daltas que no están a la altura de este reto. Si menciono vuestro nombre, volved a vuestra habitación y haced las maletas. Unos carruajes os aguardarán en la entrada.

»Si no os nombro, eso significará que habéis demostrado ser activos valiosos. Podréis elegir: volver a casa, con los que han sido rechazados, y no os culparé por ello. O quedaros y empuñar las armas en la fortaleza. Seguiré entrenándoos, pero a cambio se espera que os pongáis al servicio de Caisleán. Si os quedáis, recibiréis el título oficial de curadh, campeón de Ríoghain. Vuestra tarea será mantener la paz en estos tiempos de crisis. ¿Comprendido?

Todos los presentes asintieron.

—Bien. Ahora, la lista de los que vuelven a casa. —Paseó la mirada sobre los presentes una vez más—. Brendan Moore —empezó. Al otro lado de la sala, un muchacho moreno levantó la vista, con el dolor escrito en las facciones. Se marchó a toda prisa—. Teafa Quinn.

A Clía se le fueron los ojos hacia ella. Estaba junto a Kían y MacCraith. Apretó los puños junto a los costados y se volvió para marcharse. Habían compartido la pista todas las mañanas, pero jamás una conversación. Con todo, era una guerrera fuerte y entregada. Si la había rechazado a ella, seguro que a Clía la nombraría también.

Kordislaen siguió con la lista. Con cada nombre, un temor ardiente atenazaba las tripas de Clía. Al llegar a la docena de nombres le costó no dar un respingo al oír el sonido de la voz de Kordislaen. Casi lo hizo, cuando de repente notó que algo cálido le tocaba los dedos. La mano de Ronan estrechaba la suya en un gesto de consuelo. El estómago le dio un vuelco, pero no de preocupación.

Ronan esbozó una sonrisa. Era lo que siempre había querido, el sueño de su vida, pero la estaba reconfortando él a ella. Su futuro, sus esperanzas, todos estaban vinculados a esos muros de piedra. Debería concentrarse en lo que decía Kordislaen, pero, en ese momento, seguía cuidándola.

Le devolvió el apretón.

Si la enviaban de vuelta a casa, lo que más sentiría sería despedirse de él.

Cada vez quedaba menos gente en la sala. Personas que Clía había visto en los entrenamientos, con las que había intercambiado cortesías durante las comidas, de repente estaban fuera de la sala, y de su vida.

En poco tiempo, el número se redujo de más de treinta a tan solo una docena.

Kordislaen se cruzó de brazos.

—Los demás podéis quedaros —dijo.

Clía, sorprendida, casi le soltó la mano a Ronan.

No la habían enviado a casa.

Había estado a la altura.

Quería gritar, dar saltos, estrechar a Ronan contra ella. Sentía una alegría imposible de contener, que no le cabía dentro.

Antes de que esa sensación embriagadora la empujase a actuar, Kordislaen siguió hablando.

—Se os ha elegido por vuestra dedicación, habilidad y progresos. Si decidís quedaros y aceptar vuestro título, se espera que sigáis entrenando. Cuando por fin os marchéis, vuestra reputación y vuestra destreza serán incomparables. No obstante, quedarse conlleva grandes riesgos. Se acerca una guerra. No puedo prometer que estéis a salvo, pero no vinisteis aquí para eso, ¿no es cierto? Todos sois guerreros feroces y valientes. Estoy seguro de que tomaréis la decisión correcta.

Y, dicho eso, se fue.

Al salir, el ruido llenó la habitación, una docena de voces unidas en una celebración.

Habría sido un sonido discordante, de no ser por los pensamientos que la paralizaban.

No se iba a marchar.

No tendría que despedirse.

Había estado a la altura.

El corazón le latía tan fuerte que casi dolía. La mano de Ronan era cálida entre las suyas, y eso no lo cambiaría por nada. Se volvió hacia ella con una amplia sonrisa.

—Parece que vamos a trabajar juntos —dijo, como si fuese lo más normal.

—¿Esto está pasando de verdad? —susurró ella. Lo dijo con una voz distinta de lo que pretendía. Rota, quebrada por el peso del temor contenido. No quería despertar jamás de ese instante.

Los labios de Ronan se curvaron en esa sonrisa que conocía tan bien.

—Está pasando, curadh Clíodhna Fionnáin.

«Curadh Clíodhna Fionnáin».

La invadió una oleada de alivio y se echó a reír. Apretaba tanto la mano de Ronan que le debía de cortar la circulación, pero él no se quejó. Clía quería grabarse a fuego ese instante en la memoria, para poderlo revivir para siempre. Lo miró de nuevo, y ahora de verdad. El modo de caerle el cabello sobre la cara, y el hoyuelo de la mejilla derecha que le daba un aire de inocencia que se le había pasado por alto. En sus ojos había confesiones envueltas en una bruma ámbar. Clía se sonrojó, pero no osó apartar la vista.

Decidió centrarse en las verdades que se sentía capaz de admitir.

—Me has ayudado, curadh Ronan Ó Faoláin —susurró. Sonrió al pronunciar ese nombre—. No habría llegado tan lejos de no ser por todo lo que has hecho por mí.

Ronan inclinó la barbilla hacia ella, como atraído por una fuerza irresistible.

—Te he ayudado, pero recuerda que este logro es tuyo. Es tu iniciativa lo que te ha traído hasta aquí. Me alegro de haber formado parte de ello.

Esas palabras se abrieron camino en su interior y crearon un hogar donde enterrar sus más profundas inseguridades.

Sin pensar, lo abrazó con todas sus fuerzas. Esperaba que él se quedase inmóvil, o al menos que dudase antes de devolverle el abrazo, pero la rodeó con sus brazos sin la menor vacilación. Su cálido aliento en el cuello le produjo escalofríos en los brazos. No les prestó atención, y lo abrazó con más fuerza.

El muchacho que la había enseñado a salvarse a sí misma. El hombre que tenía frente a ella.

Un carraspeo los hizo separarse.

A desgana, se volvió hacia Niamh y Domhnall. Niamh la observaba, pero se notaba algo distinto en su mirada calculadora, como si la recalibrase. Clía no supo cómo tomárselo, así que respondió al interés de la otra mujer con su mejor imitación del semblante amable de su madre, la sonrisa que usaba cuando tenía que aguantar a algún cacique molesto.

—Supongo que en los próximos meses pasaremos mucho tiempo juntos —dijo con dulzura.

No pudo evitar disfrutar del silencio incómodo que acogió sus palabras.

—Sí, será interesante —dijo Niamh, pensativa.

—Lo estoy deseando. ¿No te mueres de ganas de que nos conozcamos mejor? —Que Niamh intentarse hundirla en la miseria, si se atrevía.

En vez de eso, volvió la vista hacia Domhnall. Si pretendía ser una forma sutil de pedirle al príncipe que interviniese, fue inútil. Bajo todas esas capas de pomposidad principesca, Domhnall se moría por complacer y por demostrar su valía. Solo libraba las batallas que se creía capaz de ganar.

En ese momento, parecía más bien nervioso. Dada la forma en que la había tratado en Caisleán, y más después de dejarla, no se sentía inclinada a compadecerlo.

Lo miró a sus grandes ojos verdes, en busca de algún atisbo de la amistad que habían compartido, de los sentimientos que pudiera haber albergado. Antes, pensaba que sus ojos eran del color del bosque a finales del verano. Ahora no veía nada. No había ni rastro de las risas que habían compartido ni de las historias que se habían contado.

Solo vio la mirada insegura de un muchacho desesperado por mantener el control.

—Una vez me dijiste que no era lo bastante fuerte para ser tu reina —le dijo, con la voz contenida como una serpiente a punto de atacar—. Espero que hayas comprendido la verdad. No soy solo una cara bonita. Ni alguien a quien puedas dejar de lado como si tal cosa. Soy más que tú.

Domhnall se quedó boquiabierto. Era evidente que buscaba un modo de retorcer lo que había dicho, de volver sus palabras contra ella o de convencerla de que exageraba. Pero no le dio la oportunidad. Se despidió de Ronan con un gesto de la cabeza, dejó atrás a los daltas que celebraban, y salió de la sala.

Solo paró cuando estuvo a salvo en su habitación, donde se permitió dejar escapar el grito de alegría que había mantenido bien sujeto en el pecho.

CLÍA ESTABA CONVENCIDA DE QUE SÁRAIT PRETENDÍA MATARLA EN secreto.

Era la única explicación racional para que la llevase a las profundidades del castillo por unas escaleras ocultas.

—Cuando me hayas asesinado a sangre fría, ¿te importaría mentir y decir que al enfrentarme a la muerte pronuncié algunas palabras sabias y llenas de serenidad? —le preguntó, mientras se esforzaba por no pensar en las paredes de piedra del pasillo que se cerraban cada vez más sobre ellas. Oh, dioses.

Sárait suspiró, aunque con cierta dosis de diversión.

—Lo repito, no estoy aquí para matarte. Aunque la idea no me tienta. —Se lo pensó unos instantes—. No, demasiado trabajo. No quiero quitarle manchas de sangre a ese vestido; bastante tengo ya con tus colegas guerreros. Otro día, quizá. —Se encogió de hombros y continuó caminando.

Clía la siguió en silencio. Tras darle la noticia de que se quedaba, Sárait quiso celebrarlo. Para Clía, una celebración era robar comida de las cocinas y hacer un pícnic a medianoche, pero Sárait tenía otros planes al respecto.

Cuando Sárait la guio a la entrada del túnel, Clía se fijó en que el lugar parecía ahora mucho más vacío. Los daltas rechazados se habían ido enseguida. Pero Clía no iba a dejar que su ausencia le minara la moral. Ella sí lo había conseguido.

Les escribió a sus padres de inmediato. ¿Se alegrarían por ella, o no les importaría? ¿Qué pensaría Ó Connor?

Acarició la carta más reciente del jefe, que llevaba plegada en el bolsillo. Era muy breve, las últimas noticias de Álainndore y una promesa de más información en el futuro, pero también un recuerdo de que había alguien en Álainndore a quien le importaba. Un recuerdo de su hogar.

Algo que la necesitaba con desesperación mientras recorría los túneles oscuros bajo Caisleán.

Una piedra suelta del suelo apareció de la nada y la hizo tropezar.

—¿Cuándo empezaste a trabajar de costurera? —preguntó, con la esperanza de distraerse y no pensar demasiado en la posibilidad de perderse en aquellos túneles serpenteantes.

—Hace cuatro años —respondió Sárait.

—¿Cuatro años? ¿Cuántos tenías? ¿Quince? ¿Cómo pudiste empezar tan joven?

—Siempre se me dio bien la aguja. Cuando era niña, hacía prendas para mi hermana y para mí. Pero mis padres aspiraban a que fuese algo más que una costurera. Veían a sus hijos como un medio para ascender en sociedad, y para zanjar sus deudas. Mi hermana tuvo un buen matrimonio y eso los apaciguó un tiempo. Pero no duró. Yo no quería ser un medio para que ellos alcanzaran sus fines. Quería trabajar en mis diseños, pero eso no les era útil. Así que, un día, me marché.

Torcieron en otra esquina de aquellos túneles interminables.

—¿Huiste?

—Tenía un sueño, y lo seguí. La vida que querían para mí no me habría hecho feliz. Así que busqué la felicidad por mí misma.

Me fui tan lejos como pude. Viajé al sur, trabajé por un tiempo en pequeñas aldeas, hasta que me enteré de que había un puesto de costurera en tu palacio. Al empezar a trabajar les envié cartas a mis padres y a mi hermana para que supiesen que estaba bien.

—¿Seguís en contacto?

Clía se detuvo en seco para no chocar con Sárait.

—Hemos llegado. —Doblaron una última esquina y luego Sárait abrió una puerta de madera tras la cual había una sala llena de telas.

No era muy grande, poco más que la habitación de Clía, pero estaba repleta de colores vívidos. Los tejidos colgaban de las paredes y del techo, y formaban pilas en las mesas repartidas por la sala.

Era un sueño.

Sárait se echó a reír al ver la cara de asombro de Clía.

—Sospechaba que apreciarías la sala de telas tanto como yo.

Las manos de Clía se deslizaron sobre el arcoíris de algodón, tafetán y seda, hasta que un morado asombroso le llamó la atención.

—¿Es terciopelo? —preguntó, mientras deslizaba los dedos sobre la suave tela.

Sárait asintió.

—Ese color te sentaría de fábula.

Pero a Clía ya se le habían ido los ojos a un tejido brillante y plateado, arrinconado en la esquina del fondo. Brillaba a la luz de los candiles y el color iba variando entre un blanco reluciente y un carbón realmente cautivador. El material era fresco al tacto y se le adhirió a las puntas de los dedos.

—Este es muy hermoso.

—¿Verdad que sí? Lo compré en el mercado hace un par de estaciones. Lo vendía una mujer encantadora. Dijo que lo habían tejido los draois, y que lo habían enriquecido con hierro para fortalecerlo. Y se quedó corta. Cuando intenté coserlo rompí varias agujas.

Clía dejó de acariciar el género y miró a Sárait.

—¿Enriquecido con hierro? ¿Cómo es posible?

—Parece ser que la draoi que lo hizo había estudiado el camino de Orlaith, el Tejedor de Tormentas. Canalizó la energía del Otro Mundo para trenzar las hebras con virutas de hierro. Aunque, la verdad, lo que más me llamó la atención fue el color iridiscente. Me pareció que iría estupendo en un vestido.

—No, un vestido, no. Esto se merece mucho más. —No hizo caso de la mirada inquisitiva de Sárait—. ¿Por qué guardas todas estas telas?

—Kordislaen me anima a mantener esta habitación bien provista, tanto para mi uso personal como para satisfacer las posibles necesidades de Caisleán. Dice que es una inversión, y que no le sirvo de nada si mi habilidad con la aguja se anquilosa. Mientras me mantenga al día del trabajo, puedo hacer con los restos lo que quiera.

Clía volvió a mirar el asombroso tejido trenzado de hierro.

—¿Has intentado hacer algo más con este?

—No, porque no consigo clavarle una aguja.

Clía se acercó más para estudiar la trama de cerca.

—Creo que sé cómo solucionar ese problema. En casa tengo bastantes agujas especiales y me parece que hay una que serviría con este tejido. La compré hace años, en un viaje a Oileánster. Creo que es lo bastante fina, y la bendijo un draoi. Una tela del Tejedor de Tormentas requiere una aguja del Tejedor de Tormentas. Escribiré a casa y pediré que me la envíen.

—Sé que es algo único, por eso lo compré. Pero ¿a qué viene tu interés? —preguntó Sárait.

Clía se sacó el puñal de la cintura. Sostuvo la tela con una mano y la golpeó con la otra.

—¿Qué haces? —gritó Sárait, y le quitó el puñal de la mano—. Lo juro, un día te voy a esconder todos los cuchillos.

Clía levantó la tela para que reflejase la luz. Estaba intacta por donde había golpeado el puñal. No había ni la menor huella que la estropease.

—Creo que sé qué hacer con ella.

~

Clía se pasaba el poco tiempo libre que tenía con Sárait, diseñando y planeando. Ronan sentía curiosidad por saber qué tramaban, pero se negó a contárselo para no echar por tierra la sorpresa. Por suerte, él no insistió.

Lo que sí hacía, sin embargo, era despertarla todos los días antes del amanecer para seguir con el entrenamiento. Aunque se había ganado un puesto, le había hecho prometer a Clía que seguirían reuniéndose en los ratos libres para prepararse para cualquier cosa que pidiera Kordislaen. Sárait se unía a ellos, todavía interesada en atraer la atención de Kían, que había vuelto a entrenarse con MacCraith. Y no era solo en la pista. Clía y Ronan se pasaban horas en la biblioteca para profundizar sus estudios.

Durante una de esas tardes, cinco días después de que Kordislaen enviase a casa a los otros guerreros, Domhnall entró en la sala.

Clía estaba tumbada en el sofá con un libro de historia a su lado y los pies en el regazo de Ronan. Cuando los ponía allí, con la excusa de tenerlos fríos, Ronan no se quejaba, sino que se los tapaba con una manta sin decir palabra.

—Me alegro de que estés aquí, Clíodhna —señaló Domhnall—. Tengo noticias y me gustaría hablar contigo.

Clía no se molestó en levantarse.

—Cuéntame.

Domhnall se acercó y le lanzó una mirada significativa a Ronan. Si era un modo de pedirle que los dejase a solas, Ronan no se dio por aludido. Se recostó en el asiento y enarcó una ceja. La mirada de Domhnall se cruzó con la de Clía, no sin antes detenerse un instante en el tobillo sobre el que descansaban los dedos de Ronan.

No sabía si Domhnall quería estar solo por ella, o por él, pero no tenía ganas de jueguecitos.

—¿Y bien? Por el tono, parecía una noticia emocionante. Compártela.

Domhnall respiró hondo y adoptó su pose más principesca.

—He recibido una carta de mi padre. Aprueba mi compromiso con Niamh.

Clía contuvo la respiración, a la espera de un estallido de dolor. Cerró los dedos con fuerza sobre el libro…, pero la puñalada de dolor no llegó, solo sintió un malestar sordo, pero cuando se acordó de soltar el aire de los pulmones comprendió que la causa era esa, y no el desengaño amoroso.

El compromiso de Domhnall ya era oficial. No iba a reconquistarlo. Nunca se casaría con él.

Y no sintió nada.

No, eso no era cierto.

No hubo ninguna punzada de tristeza, o temor, o tensión. No se ahogó en la autocompasión, ni dejó que la inseguridad devorase la alegría que sentía en su corazón, como había hecho desde que él la abandonó. No, esa alegría brillaba ahora con más fuerza que en los últimos meses.

Se sentía bien.

Más que bien. Estaba contenta.

Para sus padres sería una decepción. Y, aunque esa idea la intranquilizó, no la angustió. Sobreviviría.

Le dedicó a Domhnall su mejor sonrisa de princesa, la que usaba con cualquier noble o miembro de alto rango de la corte de quien quisiera ser amiga. No abandonó la posición relajada (se sentía demasiado cómoda para ello), pero se enfundó en el carisma de la realeza.

—Me siento inmensamente feliz por los dos. Felicidades.

Domhnall asintió; era evidente que trataba de disimular su confusión.

Pese a todo, Clía hablaba en serio. Bueno, quizá no «inmensamente», pues eso requeriría que le importase más de lo que en verdad le importaba, pero sí que era feliz por ellos. Compartir el futuro con Domhnall ya era imposible. No tenía que pelear por ello. Ni fingir que era alguien que no era para satisfacer un sueño que ya no estaba segura de que fuese suyo.

Habría repercusiones, sin duda. Sin embargo, antes de que partiese para Caisleán Cósta, sus padres ya se habían resignado a buscar otro modo de congraciarse con el Draoi. Cuando se reunió con ellos en el garrán, ya habían sopesado varias alianzas matrimoniales. Quizá volver con las manos vacías no fuese tan horrible. Había viajado a Caisleán, se había enfrentado a hombres y monstruos... Encontraría un modo de proteger su reino.

Las manos de Ronan acariciaron con suavidad la parte del tobillo que asomaba bajo la manta. Eran ásperas, callosas, pero no le importó. Le recordó las mañanas que invertían en ganarse esos callos.

Por primera vez en su vida, al pensar en el futuro no tenía ningún plan preconcebido. Ningún objetivo definido.

Y, por primera vez en su vida, le pareció bien.

Tercera parte

Capítulo 22

El tiempo era cada vez más gélido, y los ionróndios, más audaces.

—Se ha avistado otro barco desde el acantilado de los Susurros —dijo Kían en voz baja, y bebió un trago de cerveza de la jarra de MacCraith, quien tuvo el detalle de no decir nada; probablemente, ya estaba acostumbrado a las payasadas de Kían—. Van a enviarme a investigarlo con unos cuantos guerreros más.

Clía estaba sentada frente a ellos, con Ronan, tratando de disfrutar de lo que se entendía en Caisleán por un banquete de Amhrána. Era una fiesta que siempre esperaba impaciente: el día más corto del año, pero también el principio del regreso de la luz al mundo. En Álainndore se celebraba con un copioso festín, y era costumbre pasar la noche en vela, contando cuentos al calor de una hoguera para esperar la salida del sol.

Aunque en Caisleán se celebraba un banquete, si es que aquella cena merecía tal nombre, en el castillo reinaba un ambiente sombrío. Corría el agua de cebada tibia en vez del vino caliente, y las conversaciones en voz baja sustituían a la música y al baile. El comedor estaba casi vacío: los mejores guerreros se habían dispersado por todo el reino para ayudar con las invasiones ionróndias. Solo unos pocos se habían quedado con los draois para que Caisleán siguiera en marcha, a la espera del momento en que Kordislaen los considerase útiles.

—¿No será peligroso? —preguntó. En los buques ionróndios cabían cientos de invasores, todos armados y preparados para la batalla.

—¿No estamos aquí porque nos apuntamos precisamente a eso? —MacCraith recuperó su jarra antes de que le lísoir pudiera tomar otro trago, y le lanzó una mirada mordaz cuando una queja salió de sus labios.

Clía se sorprendió al oírlo hablar. Desde la reducción del contingente del castillo, los dos habían empezado a unirse a Clía y Ronan al margen de los encuentros matutinos en la arena, pero Niall MacCraith solía estar callado. No era en absoluto un silencio tímido, sino el de un hombre que no malgastaba las palabras. Kían, sin embargo, compensaba su naturaleza reservada y parecía deleitarse llenando cualquier pausa en la conversación.

—Aun así, espero que Kordislaen al menos tenga en cuenta la seguridad de todo el mundo —replicó Clía.

Kían soltó una risa amarga.

—Kordislaen nos envió al bosque Fantasma con solo una semana de instrucción. ¿De verdad crees que ahora le importa lo que nos pase? Si morimos, dirá que conocíamos los riesgos. Ese tipo se cree intocable; ni que fuera del Treibh Anam. Además, es por el bien superior: proteger la tierra y esas cosas.

—Claro que es por el bien superior —dijo Ronan, irguiéndose en el asiento—. Kordislaen es duro, pero no un desalmado. Todas sus decisiones están muy calculadas, y no sería tan idiota como para enviar a la nobleza inismiana a la muerte.

Kían jugueteaba con su cuchara; la equilibraba entre los dedos.

—Ahora mismo, a Kordislaen le preocupa más detener la invasión que perder a unos cuantos nobles. Solo en la última semana ha habido cuatro ataques. Una aldea ardió prácticamente hasta los cimientos. Pronto, los mares estarán tan embravecidos que no podrán navegar, pero hasta entonces —la cuchara cayó de la mano con un traqueteo— nos quedamos luchando.

Clía meditó al respecto y dijo:

—No creo que los ionróndios y los tinelannios vayan a suspender sus ataques por la inseguridad de las aguas; eso le daría tiempo a Scáilca para reconstruir y prepararse. Si de verdad tienen intención de intensificar la ofensiva, será antes de la temporada de tormentas.

La certeza se asentó en ellos. De repente, la sopa del plato de Clía había perdido su atractivo.

—Kordislaen lo sabe —los tranquilizó Ronan—. Seguro que está preparado para cualquier cosa que vayan a hacer a continuación.

Era cierto. Scáilca estaría bien preparada para los siguientes movimientos de sus enemigos y, además, ella había transmitido su información a Álainndore. No les pasaría nada.

—Vamos a volver. —Ronan se puso en pie y le tendió la mano a Clía.

Ella se la aceptó y dejó que la ayudara a levantarse. Tras despedirse apresuradamente de Kían y MacCraith, regresaron al estudio.

Mientras recorrían los pasillos, Clía podía oír el eco de las plegarias que murmuraban los draois. El olor a muérdago y acebo benditos impregnaba el aire. Era un aroma familiar, casi reconfortante.

Ronan no habló hasta que estuvieron frente al crepitante fuego del estudio. Clía se preguntó, distraída, quién lo mantendría encendido. Seguro que había un draoi que se aseguraba de que no se apagara hasta el amanecer: no podían permitirse encolerizar a los dioses. Cuando tenía nueve años, se pasaba todo el día junto a la chimenea por miedo a que una corriente de aire apagase la llama sagrada y la dejara a solas con el humo.

—Echas de menos tu casa —dijo Ronan, siguiendo su mirada hacia el tronco en llamas.

Ella salió del trance del fuego y los recuerdos.

—No proyectes en mí esas ideas que se te ocurren cuando te aburres.

Había sido un intento fallido de no contestar, pero a él no se la colaba. Arqueó una ceja, y ella no hizo caso del calor que la invadía.

—Como si alguna vez fueras a darme ocasión de relajarme lo suficiente como para aburrirme. —Hizo una pausa y ella esperó. No le parecía necesario intentar llenar el silencio cuando estaba con él. Se le hacía raro tener esa sensación de tranquilidad junto a otra persona—. Has estado menos concentrada durante el entrenamiento. Más calmada. Aunque pensaba que apreciaría tu silencio, por lo inusitado, te echo de menos.

Ella quiso rebatirle aquel comentario sobre su silencio, pero la detuvo la preocupación genuina que le vio en los ojos, esa mirada fija que la hizo sentir completamente expuesta.

Un suspiro escapó de su pecho, en contra de su voluntad.

—Si estuviera en casa, estaría en un comedor extravagante. Entraría por todo lo alto, cautivando a toda la sala. Me habrían hecho un vestido para la ocasión y le robaría el corazón a todo el mundo. Tendría bordados, quizá unas mangas espectaculares… Me vuelven loca las mangas espectaculares. Y la fiesta sería interminable. Al final nos retiraríamos a las estancias de mis padres, solo la familia. Ó Connor nos entretendría con anécdotas y leyendas ante el fuego. —Se detuvo. Había cosas peores que estar lejos de la familia. Ante la inminencia de la guerra, sus preocupaciones le parecían triviales e infantiles.

Ronan le rodeó una mano con la suya y se puso a trazarle círculos con el pulgar por la palma. Con cada pasada, una corriente parecía surgirle bajo la piel. Sintió que su parte ansiosa, la voz temerosa de que la gente percibiera su debilidad y su tristeza, se desvanecía.

—Sabes que no tiene nada de malo que eches de menos Álainndore. Que eches de menos a la familia.

Ella asintió, sin saber qué decir. Mientras él la conducía al sofá, sintió que las llamas, bailando sobre los troncos ennegrecidos, le calentaban la cara. Se volvió a mirar a Ronan, que no apartaba la vista del fuego.

—A mi madre le encantaba Amhrána —dijo él—. Trenzaba unos adornos preciosos con las plantas que cultivaban mi padre y ella. Siempre me tomaba un descanso del entrenamiento para echarle una mano. Los míos nunca eran tan bonitos, pero aun así los colgaba. —Rio para sus adentros—. A veces la echo mucho de menos. —Clía decidió cambiar las tornas y le apretó la mano a él, que tragó saliva y añadió, en un tono casi imperceptible—: Es culpa mía. Cuando la mataron, yo debería haberla defendido. Haber pedido ayuda. Debería haber hecho algo. Pero me limité a verla morir.

—Eras un niño.

—Ya tenía la edad suficiente.

La culpa era algo físico, que lo hundía. Ella no estaba dispuesta a permitirlo.

—No habrías podido cambiar mucho las cosas por aquel entonces, y menos contra guerreros bien entrenados en una invasión.

—Maté a uno de ellos. —Lo dijo como si nada, como quien habla del tiempo—. Pero después… Si salí vivo, fue gracias a Kordislaen. Y para entonces ya no era el mismo.

—Mencionaste las pesadillas. —Clía apoyó el hombro en el suyo

—Y el dolor. —Levantó sus manos entrelazadas hasta su cara y las examinó como si pudiera encontrar en ellas la fuente de su dolor y extraerla—. Eso hace que me ardan todas las articulaciones y músculos, todo el tiempo. Algunos días es tolerable, pero otros, lo único que puedo hacer es quedarme en la cama y aguantar.

Aquel día en los jardines, cuando él no se presentó en el entrenamiento, ella supo que algo iba mal, pero no quiso presionarlo. Y después se habían besado…

—Lo siento —dijo Clía; no sabía qué decir, aparte de demostrar que lo escuchaba.

—No tienes por qué. He aprendido a vivir con ello. A pesar de ello. Aun así, siempre está ahí. Un recordatorio de mi fracaso.

—No puedo decir que entienda a qué te enfrentaste, ni el dolor con el que vives —interrumpió ella—, pero necesito que sepas que no fracasaste. Eras un niño e hiciste todo lo que pudiste. Y este dolor… No solo has vivido con él. ¡Has triunfado! Has logrado más de lo que la mayoría podría desear. Puede que el dolor forme parte de ti, pero no te define.

—Se suponía que era yo quien debía consolarte —dijo con una sonrisa tímida.

—Aún estás a tiempo. —Se encogió de hombros.

—Puede que tenga justo lo que necesitas. No te muevas; ahora mismo vuelvo.

Y se marchó por las buenas. Al cabo de un momento, regresó por la puerta que conducía a sus habitaciones, con una mano escondida a la espalda. Ella lo miró con curiosidad desde el otro lado de la estancia.

Caminó hacia ella. Su sonrisa tranquila contrastaba con la intensidad que le iluminaba las motas doradas de los ojos—. Sé que echas de menos Álainndore y que no puedo llevarte hasta allí, pero espero que esto te ayude.

Entonces reveló una espada de acero que brillaba a la luz del fuego. Habían tallado la empuñadura dorada con motivos intrincados, unos zarcillos que se entrelazaban a lo largo, y en el centro de la cruceta brillaba una piedra preciosa. Era de un rosa claro, parecido al cuarzo, pero de un tono más llamativo.

Y parecía demasiado familiar.

—¿Es…? —preguntó, mientras pasaba los dedos por las facetas. Al mirar más de cerca, no le cupo la menor duda de que era la piedra que había usado de pisapapeles. Hacía unas semanas se había preguntado en algún momento dónde habría ido a parar, pero supuso que la había dejado por ahí y que al final aparecería.

Bien mirado, tenía razón en una de las dos cosas.

Él bajó la cabeza, evitando su mirada inquisitiva.

—Siento no haberte pedido permiso, pero hace un par de meses vi el cristal y se me ocurrió una idea. Sárait lo aprobó. Esta piedra era de tu primera misión, en la que además tuviste éxito… Pensé que te gustaría llevar ese recuerdo en tus futuras aventuras. Pero, si no te gusta, se puede quitar el cristal y cambiarlo por otra cosa. —Hablaba de manera atropellada. Cuando volvió a mirarla, debió de tranquilizarse con lo que vio en sus ojos, porque adoptó un tono más calmado—. Es una espada hermosa, única y fuerte, como tú. No podría imaginar una espada más apropiada para la princesa de Álainndore, curadh y nueva guerrera de Caisleán Cósta.

Ella tomó la espada de sus manos y asió la empuñadura como si fuera la milésima vez. La sentía como una extensión de su brazo: estaba bien forjada y perfectamente equilibrada. No era un arma barata, y la piedra brillante tenía un aspecto majestuoso en la empuñadura.

Al sostenerla, no pudo negar la energía que la recorrió. Estaba deseosa de ver cómo se comportaba en la batalla.

—Necesitará un nombre —susurró él.

La piedra rosa de la empuñadura dorada brillaba como la primera luz del día.

—Camhaoir.

«Amanecer».

Depositó la espada con suavidad en el cojín del sofá, tal como merecía, y estrechó a Ronan en un fuerte abrazo. Era imprudente y peligroso acercarse tanto a él, pero no podía evitarlo.

—Me encanta —susurró contra su hombro.

Los fuertes brazos de Ronan la rodearon por la cintura y ella notó su sonrisa contra el cuello.

Cuando sintió aquel cuerpo firme contra el suyo, el corazón le dio un vuelco. Llevaba semanas controlando los pensamientos y la atención. Sin embargo, su mirada se desviaba hacia él con demasiada frecuencia y le resultaba imposible apartarla. La aterrorizaba que él se diera cuenta y se lo hiciera notar…, o, peor aún, que se diera cuenta y no pareciera importarle. Porque, a pesar de sus planes y de su lógica, si aquel beso no lo desvelaba como le ocurría a ella, no sabría qué hacer.

—Feliz Amhrána, Clía —susurró Ronan, y se apartó lo suficiente para que pudieran verse, bañados en la luz del fuego. Le pasó por detrás de la oreja un rizo suelto que le había caído por la cara. Apoyó la frente en la de ella, que sintió su aliento en los labios.

Algo la atrajo más aún. Miró a los ojos de Ronan, amables pero decididos.

—Clía, yo… —respiró más que dijo. Aquello entrañaba una pregunta, y ella se descubrió asintiendo sin pensárselo dos veces.

Estaba familiarizada con los callos de sus manos, la fuerza de sus músculos y los ángulos de su rostro, pero la suavidad del beso la sorprendió. Fue muy diferente del beso del jardín, hacía tanto tiempo. Sus labios acariciaban los de ella con suavidad, y le inflamaban las venas con cada roce. Se inclinó hacia él, ávida por sentir más.

Había tratado de no pensar en cómo sería volver a tocarlo así. Creía que nunca ocurriría, que era imposible que pasara de nuevo. Una pequeña parte de ella se consolaba pensando que había exagerado la química del primer beso, que tal vez fuera precisamente la imposibilidad lo que le había hecho desearlo en primer lugar.

Entonces tuvo la certeza de que no era así.

Él extendió una mano contra su espalda, sujetándola contra sí, y levantó la otra para enredársela en el pelo. Ella dejó que sus dedos se apretaran contra la tela de la camisa. El beso se hizo más profundo, la suavidad cristalizó en pasión, y ella necesitaba estar aún más cerca.

Un sonido de pasos los separó. Clía se apartó de golpe, sobresaltada, y los dos miraron a su alrededor para ver quién había entrado.

Niamh estaba en la puerta, con el pelo recogido y la espada al cinto. En su rostro había una mirada que Clía no le había visto nunca, como de sorpresa incómoda.

—Siento la interrupción —dijo en tono brusco, y cruzó el umbral de la sala de estar, para dejar a Clía a solas con Ronan una vez más.

Él la observaba. El pecho le subía y le bajaba rápidamente. Esperaba a ver qué hacía ella.

Clía ansiaba acortar la distancia que los separaba, perderse en su abrazo, dejar que le enroscara los dedos en el pelo y sentir una vez más el encuentro de sus labios. Domhnall estaba por fin fuera de juego. Podía ceder y permitirse ese momento. Era lo que esperaba, ¿verdad? En esos momentos de tranquilidad en los que su corazón anhelaba algo más.

Excepto que su pueblo aún necesitaba el favor de los draois. Los motivos por los que había ido a Caisleán no habían cambiado, por mucho que su objetivo original fuera ya imposible. No quería romperse el corazón embarcándose en algo con Ronan a sabiendas de que tal vez tuviera que abandonarlo por un matrimonio más ventajoso.

Su reino tenía que ser lo primero.

Allí, en aquel antiguo castillo que albergaba las historias de cientos de guerreros, había encontrado su sitio. Por fin se estaba centrando en el objetivo adecuado. Y, si se veía obligada a sacrificar, por el bien de su pueblo, lo primero que había deseado realmente para sí..., no tenía elección.

Aquello era motivo suficiente para mantener las distancias, pero no podía negar que también había una pequeña parte de ella que estaba aterrorizada. Había buscado a la desesperada la aprobación y la admiración de los demás: sus padres, la corte, Domhnall... Se transformaba continuamente para adaptarse a sus caprichos, y se ponía la máscara que querían ver en cada momento. Pero Ronan la conocía de verdad. Siempre parecía ver más allá de su fachada, y nunca quiso que fuera nadie más que ella misma. Incluso si pudieran tener futuro juntos, si ella se dejaba acercar aún más a él y él cambiaba de opinión, le dolería mucho más. No rechazaría un falso papel que ella interpretara; la rechazaría a ella.

—Lo... lo siento —susurró en la distancia que la separaba de Ronan antes de dar media vuelta, con cuidado de no mirar atrás.

Capítulo 23

Ronan estaba solo en la biblioteca, con el recuerdo del beso de Clía aún en los labios.

Con el anuncio oficial del compromiso de Domhnall, la esperanza había empezado a abrirse paso de algún modo. Una esperanza que se desmoronó cuando la vio salir por la puerta.

¿Y si se equivocaba? Tal vez Clía estuviera enamorada de Domhnall en secreto y ocultara el dolor que le causaba su compromiso. A lo mejor seguía decidida a recuperarlo. Pero abrazarla… Nunca había estado tan convencido de estar haciendo lo correcto.

Necesitaba pensar, aclararse las ideas. No era ningún ingenuo en asuntos de amores; ya había tenido alguna que otra relación ocasional antes de conocerla. Un hombre con el que entrenó durante un tiempo, une lísoir visitante a le que pasó unas semanas conociendo… Pero sus escarceos del pasado fueron fugaces e infrecuentes, y nunca se paró a pensar en ellos una vez acabados. Desde luego, jamás le había pasado eso de desear a alguien a quien no podía aspirar.

Ronan sentía algo por ella; era inútil seguir negándolo. Sin embargo, no tenía por qué actuar en consecuencia. Los motivos que los mantenían separados pesaban muchísimo más que ninguna razón para acercarse a ella.

Era la princesa de Álainndore, y él, un guardia de Scáilca. No tenía nada que ofrecerle, ni a ella ni a su reino, y ella necesitaba a la desesperada una alianza favorable. Aquel beso… tendría que ser el último.

Era menos de lo que quería.

Era más de lo que debería tener.

⁓

RONAN TRATÓ DE DISTRAERSE CON EL SONIDO DEL ENTRECHOCAR DE los metales. Era una melodía que había conocido toda su vida. Era lo más parecido a un hogar que podía concebir.

Quizá pronto sintiera lo mismo por Caisleán.

Desde hacía años se esforzaba para conseguir más. Pero había logrado su objetivo: le habían permitido quedarse. Kordislaen le había permitido quedarse.

Ronan debería estar pensando en eso, no en lo de la noche anterior. Sin embargo, por mucho que se concentrara en su logro, no se evadía como esperaba. Nunca se había parado a pensar en lo que haría después de reencontrarse con Kordislaen. Había sido un sueño lejano, pero se había convertido en realidad y ya no sabía qué hacer. Se había esforzado, luchado y sangrado por conseguirlo. Y ya estaba. ¿Qué más le quedaba?

Lo único que sabía hacer era seguir adelante. Seguir trabajando, entrenando, intentándolo.

Así que se dejó llevar por el ritmo familiar.

Siguió adelante.

—Ya no me quieres como antes; apenas me diriges la palabra —dijo Kían mientras recogía su espada de donde había caído cuando Ronan le desarmó.

Ronan agarró mejor la empuñadura, preparado para otra ronda.

—Hemos venido a entrenar, no a hablar.

—Parece que hablas mucho con Clía cuando entrenas con ella. —Ronan le golpeó un poco más fuerte de lo necesario, y Kían sonrió—. Alguien está hoy de un humor de perros, ¿eh? ¿Tiene algo que ver con que Clía me haya invitado a entrenar contigo esta mañana? La verdad, me ha sorprendido.

Con un rápido movimiento de muñeca de Ronan, la espada de Kían salió volando y aterrizó a su espalda. Kían puso los ojos en blanco y corrió a recogerla. Puede que a elle le hubiera sorprendido la decisión de Clía, pero a Ronan no; lo había estado evitando desde su último encuentro.

Aquel mutismo lo tenía en vilo. Se descubrió esperando oír su risa, buscando su sonrisa alentadora. No sabía cómo, pero había llegado a confiar en aquello. En ella.

No podía decírselo a Kían.

—Nadie está «de un humor de perros» —dijo Ronan cuando volvió Kían, en tono neutro—. Y conviene cambiar de adversario. Ver cómo luchan otras personas.

Kían levantó una ceja, suspicaz.

—Si tú lo dices… En fin, por desgracia para ti, pronto tendrás que prescindir de mi presencia. Confío en que cuides de MacCraith mientras estoy fuera. Me temo que mi querido amigo se aburrirá mucho sin mí.

Ronan miró hacia MacCraith, que recogía su equipo tras terminar su entrenamiento con Clía. Siempre que lo veía, se sentía un poco culpable por haberlo delatado ante Kordislaen.

—¿Te marchas pronto? —preguntó Ronan.

—Pasado mañana. Pero no te preocupes; volveré antes de que te des cuenta. No puedo permitir que todos me echen de menos. —Le guiñó un ojo.

Desde el otro lado de la arena, unas risas llamaron la atención de Kían. Las comisuras de sus labios, antes curvadas en una sonrisa burlona, se suavizaron para adoptar un gesto más contenido. Más auténtico. Ronan siguió su mirada hacia donde Sárait y Clía, sentadas en las gradas, charlaban alegremente.

El amanecer arrancaba reflejos dorados del pelo de Clía. Le caía por la espalda, ardiente contra el rosa de la blusa, suave y vibrante como los pétalos de una flor.

Se volvió y captó la mirada de Ronan. Este sabía que debía apartar la vista, pero era incapaz.

El sonido de la espada de Kían al envainarla lo hizo volver en sí.

—Tengo que irme. ¿Te vienes, Niall? —dijo en voz alta mientras lanzaba una última mirada furtiva hacia Sárait y Clía.

MacCraith asintió y echó a andar junto a elle.

Ronan se quedó un momento en el sitio. Siempre volvía con Clía, pero ella estaba pasándoselo bien con Sárait. No quería interrumpirla.

Salió de la arena solo.

Hasta que una voz lo llamó desde la entrada.

—¡Ronan! —Domhnall corrió hacia él.

—Domhnall… —Ronan siguió caminando.

—Veo que no has flaqueado en tu entrenamiento.

Ronan se detuvo y Domhnall chocó con su hombro.

—¿De verdad es de mi entrenamiento de lo que quieres hablar?

El príncipe suspiró, mientras se apartaba el pelo de los ojos.

—Supongo que, ahora que estás ocupado con tu princesa, te has olvidado de mí.

—No es mi princesa —dijo Ronan—. No es nada mío.

—Lo que tú digas. —Domhnall alzó la vista al cielo—. Pero no lo retiro. He tenido que despertarme al alba para tener la oportunidad de hablar contigo.

—Bueno, pues ya puedes. —Ronan lo taladró con la mirada—. ¿Qué querías?

—Me ha escrito mi padre. Niamh y yo nos casaremos en verano. —El tono de Domhnall era directo, quizá incluso cansado. No parecía alegrarse de su inminente matrimonio.

—Felicidades, pues —dijo Ronan—. Espero que vuestro matrimonio sea feliz.

Lo decía en serio. Por enfadado que estuviera con Domhnall, no podía evitar desearle lo mejor al hombre con el que había crecido.

Domhnall asintió.

—Y yo.

Ronan empezó a dejar atrás a Domhnall al oír que lo llamaba una vez más.

Frustrado, se volvió hacia el príncipe y se permitió pedirle las respuestas que esperaba que le hubiera dado por sí mismo.

—¿Fue casualidad que llegáramos a Caisleán el mismo año que tu futura esposa?

—No —respondió Domhnall, y apretó la mandíbula.

—¿Desde cuándo lo planeabas? Me convenciste de que venir era la culminación de nuestros años de trabajo, de que estábamos aquí para recibir la instrucción con la que siempre habíamos soñado. Pero es probable que ni siquiera pensaras en mí, ¿verdad? —Ronan dejó que la rabia y el dolor de los últimos meses aflorasen al fin—. Durante años te consideré un hermano, pero jamás me hiciste partícipe de tus planes.

Domhnall vaciló ligeramente, como si acabara de caer en la cuenta de los efectos de sus acciones en su amigo.

—Te considero de la familia, pero hay cosas que debo guardarme para mí.

Ronan soltó un bufido desdeñoso, con los ojos duros como piedras.

—Si así es como tratas a tu familia, lo siento por tus amigos. Excepto que he visto cómo tratabas a Clía. Tus jueguecitos. No la avisaste, ni avisaste a su reino, antes de cancelar el compromiso. Y seguiste intentando convencerla para que volviera a casa y manipulándola al ver que no funcionaba.

—¿De verdad vas a dejar que una chica se interponga entre nosotros? —El príncipe empezaba a irritarse.

—No voy a «dejar» que pase nada. Son tus acciones las que han conducido a esta situación, las que me han abierto los ojos a tu lado egoísta y cruel.

—No lo entiendes. —Domhnall cerró los puños—. Solo hago lo que hay que hacer.

—¿Crees que no entiendo el deber? ¿O el sacrificio? Es lo único que he conocido. Pero no prolongo el sufrimiento ajeno para evitármelo yo. No me gusta hacer daño, por necesario que sea. Es cobarde y mezquino.

Ronan echó una última mirada al príncipe, con el pecho henchido de indignación, antes de volverse de nuevo hacia el castillo. Esta vez, Domhnall no lo llamó.

CUANDO RONAN ENCONTRÓ A CLÍA A LA PUERTA DE SU HABITACIÓN, esperando para que fueran juntos a la reunión, seguía inquieto por la discusión con Domhnall; pero, en el momento en que sus ojos se posaron en ella, la inquietud cedió paso a la ansiedad.

¿Sería su presencia una ofrenda de paz? ¿Una forma de seguir adelante, de continuar como siempre, como amigos? ¿O un breve respiro antes de volver a evitarlo?

La idea lo llenó de temor, y supo que no podía guardar silencio. Se había hartado de comportarse como si no hubiera nada entre ellos. No sabía qué significaba, pero enfrentarse a Domhnall le había supuesto un alivio. Hablar con ella debería tener el mismo efecto… para los dos.

Mientras caminaban hacia el ala oeste, Ronan se aseguró de que no había nadie más en el pasillo y la sujetó por el codo para arrastrarla a un recoveco de la pared.

—¿Qué haces? —susurró Clía.

En el oscuro escondite, Ronan alcanzaba a distinguir la confusión en sus ojos.

—Tenemos que hablar —respondió.

—No, no tenemos que hablar —dijo ella, y entrecerró los ojos.

Empezó a alejarse, pero él no le soltó el brazo. La sujetaba con mucha suavidad, listo para soltarla al menor tirón, pero ella debió de decidir quedarse. Se volvió hacia él, cerró los ojos e inspiró profundamente. Cuando volvió a abrirlos, no era la Clía a la que él se había acostumbrado durante los últimos meses.

Era la princesa. La máscara.

—No hay nada que hablar. Eso… fue un error —concluyó.

Aquellas palabras lo atravesaron, por mucho que supiera que ella tenía motivos para decirlas.

—Ninguno de los dos puede permitirse una distracción en este momento —prosiguió Clía—, y esto no sería otra cosa.

Ronan le apretó al brazo un poco más mientras le sostenía la mirada. Era una mala excusa; le ocultaba algo.

—Entiendo que no debería haber ocurrido, pero no me mientas a la cara. Esto, lo nuestro…, nunca podría ser una simple distracción, y lo sabes. Eres importante para mí, pero no aspiro a ser más importante que tu reino. Sé que, en tu vida, las relaciones son políticas. Lo que pasó anoche… no volverá a pasar.

Una extraña mirada que él no pudo descifrar cruzó el rostro de Clía. ¿Lamentaría también ella la pérdida de lo que podrían haber sido?

—Me alegro de que lo entiendas.

Él dejó caer la mano, soltándola.

—Y, si alguna vez quieres hablar de lo que sea que estés ocultando, aquí me tienes —le dijo.

Clía apartó la mirada, y él supo que estaba en lo cierto. Pero también sabía que no tenía derecho a entrometerse; ella no estaba obligada a revelarle sus secretos, por mucho que él deseara lo contrario.

Cuando lo miró de nuevo, sonreía. Era una sonrisa muy ligera, casi vacilante, pero Ronan sintió alivio al verla.

—¿Aquí mismo? ¿Escondido en este rincón lóbrego?

—Era una metáfora. —Puso los ojos en blanco. Muy típico de ella, ponerse a bromear en aquella situación. Respiró mejor al oír el tono desenfadado de su voz—. Entonces ¿estamos de acuerdo?

—Estamos de acuerdo. —Hizo una pausa y tragó saliva—. Aunque podría haber estado bien.

Si un futuro con ella se parecía en algo al tiempo que habían pasado juntos en Caisleán, «estar bien» se quedaba muy corto. Pasar tiempo con ella se había convertido, de algún modo, en lo que esperaba con más impaciencia.

Se quedó mirando las paredes de piedra, tratando de ocultar las emociones en sus ojos.

—Sí. Podría.

Mientras seguían caminando hacia la reunión, a cada paso se decía que debería estar contento. Sentía algo por ella, y esa era la mejor forma de mantenerla en su vida.

Cuando Domhnall se refirió a ella como «tu princesa», Ronan se mostró en desacuerdo, pero quería que fuera cierto. Quería tener derechos sobre ella. Ser la persona a la que ella le contara todo y saber que él podía hacer lo mismo.

Tenía que darse cuenta de que algunos sueños estaban demasiado lejos para alcanzarlos. A veces era necesario aceptar la realidad y aprender a vivir en ella.

LA SALA ALARGADA EN LA QUE SE HABÍA REUNIDO CON KORDISLAEN unas semanas antes no había cambiado, salvo por el mapa extendido en la mesa. Kordislaen estaba sentado una vez más a la cabecera, rodeado de unos pocos de los combatientes que quedaban. Domhnall y Niamh se habían sentado juntos, y MacCraith estaba al otro lado. Ronan se sorprendió de ver al guerrero en la sala; a decir verdad, esperaba que Kordislaen hubiera aprovechado el juicio para deshacerse de él.

—Por fin estás aquí. Toma asiento. —Ronan obedeció a Kordislaen y Clía lo imitó—. Debido al aumento sin precedentes de los ataques ionróndios, no damos abasto. Es tu turno de dar la talla. Voy a asignarte más responsabilidades.

»Se acabaron las clases para daltas; en su lugar, asistirás a los ejercicios diarios de entrenamiento con los demás guerreros de Caisleán Cósta. También deberás asistir a todas las reuniones necesarias, hacer turnos de patrulla y llevar a cabo las misiones que se te encomienden.

Ronan escuchó atento mientras Kordislaen le explicaba las reglas de la patrulla. No hubo sorpresas. Después de años de luchas por Scáilca, y tras ascender al puesto de capitán de la guardia del príncipe heredero, Ronan sabía qué esperar y qué se esperaba de él. Sin embargo, se emocionó al oírlo todo de nuevo. Después de meses de entrenamiento y aprendizaje, ansiaba entrar en acción otra vez.

Cuando Kordislaen terminó de hablar, entró otra media docena de guerreros. Una vez que ocuparon los asientos vacíos alrededor de la mesa, su primera reunión empezó oficialmente.

—Comandante Luain, Cahan, ponednos al día sobre vuestra misión.

—A Cahan y a mí —comenzó le comandante— se nos envió a hacer un reconocimiento por los alrededores de las montañas Diamhair. Como sabéis, tras las revelaciones de hace unos meses, hemos buscado el puerto de montaña por el que los tinelannios cruzaron hasta nuestro reino. Creemos que por fin hemos encontrado su principal punto de entrada. —Hablaba con voz temblorosa, y su edad se hacía patente en las vetas plateadas del pelo. Pero Ronan sabía que no debía subestimarle. La habilidad no decaía con la edad; de hecho, a menudo ocurría lo contrario.

Cahan, el otro guerrero, extendió un enorme mapa del continente sobre la mesa, a la vista de todos.

—Aquí estaba el campamento que encontraron los daltas del comandante Ó Dálaigh —continuó Luain, y señaló el lugar donde Ronan, Domhnall y Clía habían encontrado la tienda tinelannia en las Diamhair—. Este es el camino que creemos que conduce a Santarroja. Mis exploradores aún no han visto pruebas de tránsitos recientes por ese valle ni por el bosque Fantasma. Lo más probable es que abandonaran este campamento poco después de descubrirlo. —Había varias aspas trazadas en el lado scáilqueño de la cordillera—. Hemos examinado una zona muy amplia, hacia el sur de su posición original y no hemos hallado nada. La semana pasada, con el permiso del general, Cahan y yo trasladamos la búsqueda hacia el norte, y creemos haber dado con algo.

Ronan se inclinó para observar el pequeño valle que el soldado de pelo canoso había rodeado con un círculo. Estaba entre dos de las montañas más septentrionales, que daban a la frontera de Scáilca con Tinelann.

—Aunque siguen utilizando las montañas para llegar a nuestro reino, están abandonando la zona noroccidental de la cordillera —señaló el valle—, y adentrándose en nuestro territorio lo suficiente como para que no los detecten las patrullas fronterizas. Intentan no pasar mucho tiempo en las montañas: el tiempo, en esta época del año, es demasiado traicionero. Conseguimos encontrar rastros, lo que nos hace pensar que seguramente habrá varios espías en los pueblos del norte de Scáilca. No me sorprendería que estuvieran cerca de Caisleán. —La sala quedó en silencio.

—Si están tan cerca, podemos capturar a algunos y sacarles información —sugirió Ronan.

—Hemos enviado a guerreros a buscar —Cahan habló por primera vez, con una voz grave e inapelable—, pero los espías burlaron la vigilancia. Si enviamos a alguien más, corremos el riesgo de alertarlos.

—Cuanto más tiempo pasen en las aldeas sin que demos con ellos, más suministros tendrán ocasión de conseguir para obtener ventaja en cualquier batalla futura —argumentó Ronan.

Kordislaen se puso en pie y todos le dedicaron su atención.

—Para que hubiera una batalla contra ellos, necesitarían tener suficientes efectivos en Scáilca como para plantarnos cara. Con el escaso número que creemos que se ha infiltrado en el reino, aún no tenemos por qué preocuparnos. No podrían apoderarse de ningún lugar para usarlo como base, por muchos suministros que logren pasar por las montañas. Los ionróndios deben seguir siendo nuestra prioridad.

—Esto no significa que Tinelann no sea una amenaza —dijo Ronan, sin permitirse flaquear—. Es muy probable que reciban ayuda de los ionróndios.

—Por eso tengo a nuestros hombres concentrados en ellos. Si no se adentran muy lejos, no podrán ayudar a Tinelann. En primavera, podremos centrar esfuerzos en las montañas. Ahora mismo, el tiempo es demasiado hostil e inclemente, lo que dificulta los viajes y nuestra capacidad de enviar refuerzos. —Kordislaen apartó la vista de Ronan y la volvió a dirigir al guerrero de mayor edad—. Prosigue.

—Eso era todo, mi general.

—¿Habéis visto directamente algún espía tinelannio, o solo sus rastros?

—Solo sus rastros —contestó Cahan—. Ya se habían ido cuando llegamos, pero saltaba a la vista que habían acampado allí durante al menos una semana. Por desgracia, no conseguimos averiguar adónde se dirigían.

—Siempre van un paso por delante de nosotros —murmuró Luain con frustración palpable.

—Esperemos que la sangre nueva impida que eso se repita, Luain. —La voz de Kordislaen era afilada como un puñal.

—Desde luego —respondió.

—Si no tienen nada que añadir, creo que ha llegado el momento de ponerse a organizar los turnos de patrulla de la semana que viene.

Una vez impartidas las órdenes, los guerreros empezaron a abandonar la sala.

Capítulo 24

—¿Tienes un momento, Fionnáin?

La voz de Kordislaen interrumpió las cavilaciones de Clía sobre la patrulla de esa noche. Se detuvo en su camino hacia la puerta mientras los demás salían. Ronan la miró confuso, pero ella le hizo un gesto con la mano para que se marchara y se volvió hacia el general.

—¿Sí? —preguntó con tono cordial.

—Tus progresos a lo largo del curso académico han sido encomiables. Por eso, y por los descubrimientos que hiciste en tu misión, he pensado que estás capacitada para quedarte aquí. Sin embargo, se lo dije a Lochlainn y te lo repito a ti: se espera que, a pesar de tu título, guardes lealtad a Caisleán, y a mí, por encima de todo. Lo que se diga en estas salas no debe salir de ellas, tampoco por carta, ni siquiera bajo presión extrema. Ni siquiera si tu propia corte exige las respuestas. ¿Lo entiendes, soldado?

Ella asintió. Mentira.

—Bien —prosiguió el general—. No tendré reparo en eliminar cualquier amenaza a la seguridad que pueda descubrir. Tú no serás una de esas amenazas, ¿verdad?

Su tono condescendiente la irritó, pero se mantuvo impasible.

—Claro que no.

—Puedes retirarte —le dijo Kordislaen, y ella se marchó sin perder tiempo.

La sala de las telas era un país de las maravillas a primera vista, pero las horas dedicadas a trabajar con Sárait en su proyecto conjunto la habían convertido en un desastre irreconocible lleno de telas desparramadas. Murphy se entretenía junto a Clía, lanzando zarpazos a una cinta que colgaba.

—Creo que esa forma es la que más te favorece —comentó Sárait, mientras señalaba la inclinación del escote que Clía estaba toqueteando.

—Me quedaría demasiado rígido contra el cuello. Tendría menos margen de movimiento.

—Pero te sentaría de maravilla, y de paso te protegería el cuello.

Sus argumentos eran convincentes, pero Clía se mantuvo firme.

—Deberíamos seguir con nuestro diseño original. Requiere menos material.

Sárait suspiró, pero no se opuso. Clía aprovechó la oportunidad para cambiar de tema:

—Kordislaen ha hablado conmigo en privado después de la reunión de esta mañana.

Sárait se apartó del lápiz y el pergamino, con los ojos muy abiertos.

—¿Qué has hecho?

—¿Quién dice que haya hecho algo? —repuso con voz aguda. Se aclaró la garganta antes de continuar—. Solo me ha dado unas advertencias vagas. Que debo ser leal a la guardia y no hablar de sus debates; cosas así.

—¿Quieres decir como estás haciendo ahora mismo?

Clía le lanzó una mirada asesina.

—Si no te lo dijera yo, oirías a alguna criada hablando con un cocinero que habría hablado con el primo de un guerrero o algo así. Siempre te enteras de todo lo que pasa en este castillo.

—Tienes razón. —Sárait levantó un hombro, con una sonrisa demasiado jactanciosa—. Y a propósito de saberlo todo, me he fijado en que Ronan y tú os estáis acercando de un tiempo a esta parte.

Clía hizo una bola con la tela que tenía en manos y se la tiró a Sárait a la cara. Murphy, al ver la tela volando, se lanzó detrás; chocó con la silla de Sárait, pero se la quitó de las manos. Cuando Sárait miró con indignación a Clía, esta se limitó a encogerse de hombros.

—Lo siento; pensé que esa tela podría serte útil.

—Sí, útil para hacerme callar —bufó Sárait—. No soy la única que ha pensado que tal vez haya algo entre vosotros. Alguien comentó que quizá sintieras algo por ese hombre, pero me apresuré a contestarle que era imposible, que no tienes sentimientos.

El impulso de lanzarle otra bola de tejido era difícil de contener, pero Sárait, que no parecía captar los violentos pensamientos de Clía, continuó:

—En serio, lo que le dije no fue eso. —Sus labios se curvaron en una mueca—. Le dije que tu corazón le pertenece a Niamh.

—Esa mujer me matará mientras duermo si me atrevo a pestañear en su dirección. —Ahora era Clía quien bufaba—. Me temo que ese romance nunca florecerá, por espectacular que sea.

—Ah, pero no es tan espectacular como el capitán Ronan Ó Faoláin, ¿verdad?

Eso era discutible.

Clía midió una vez más el escote de su patrón. No había nada que no compartiera con Sárait: durante los meses que había pasado en Caisleán, Sárait se había convertido en una presencia constante y reconfortante en su vida..., pero no le había hablado de sus besos con Ronan. Tenía la sensación de que eran demasiado frágiles como para expresarlos con palabras, como si el recuerdo pudiera quebrarse. Además, ya había descartado la posibilidad de un futuro común—. Ronan y yo solo somos buenos amigos. ¿Podemos seguir con esto?

—Por ahora. Hablando de amoríos, he quedado mañana con Kían —dijo Sárait, sin apartar la vista del dobladillo que cosía.

Clía abrió los ojos como platos y se quedó boquiabierta.

—¿Por qué no me lo has dicho antes?

—Porque quería verte poner esa cara. —Se echó a reír

—Bueno, ya me has visto. Ahora, explícate. —Clía se volvió hacia su amiga, olvidando su trabajo. Sárait se rio de nuevo.

—Como sabes, he hecho progresos: saludar durante vuestros entrenamientos, saludar en los pasillos, alguna que otra charla insustancial… Y resulta que ha dado sus frutos. Hace unos días, pasaba yo por las salas de oficiales y se me acercó. Salía de una reunión con Kordislaen, y mantuvimos una conversación completa.

—¿Una conversación completa? Que vayan preparando el templo.

—¡Calla! —Sárait rio—. Mis dotes de conversación deben de ser estupendas, porque me ha pedido que le acompañe a la puerta mañana por la mañana, cuando parta hacia su misión. Puede que hasta me dé un beso de despedida.

—Me alegro muchísimo por ti —dijo Clía, y tiró de ella para abrazarla.

Sárait le devolvió un abrazo fugaz y se separó.

—Bueno, ya vale. Tenemos que avanzar de verdad esta noche, antes de volver al trabajo. Kordislaen me ha puesto a hacerle la colada y los remiendos que había dejado para más tarde. A lo mejor hasta veo su siniestro cubil. —Sárait levantó la ceja.

—Yo estaré fuera, patrullando…, aunque no he recibido mucha formación al respecto. Si te enteras de algo interesante, cuéntamelo por la mañana.

—Oh, por favor, que se deje alguna carta embarazosa, o, en realidad, cualquier cosa que demuestre que es humano —suplicó Sárait—. Llevo aquí bastante tiempo, y estoy casi convencida de que es una criatura que envía el Tír Síoraí para atormentarnos.

—Ya está. —Clía puso los ojos en blanco—. Se acabó la lectura para ti.

—Lo dices como si fueras inmune a las historias que nos rodean. Las historias esconden verdades en lo más profundo. Te enfrentaste a las bestias del bosque Fantasma, y hay quienes afirman que solo son mitos. Pero nosotras lo sabemos. Púcas, kelpies y bean sídhes… están ahí fuera.

Aquel gemido atormentado aún resonaba en la mente de Clía. La mujer, la bean sídhe, junto al arroyo. Nunca olvidaría el tono agudo de sus lamentos.

Clía reparó en que Sárait aguardaba respuesta.

—Prefiero centrarme en lo que tengo delante.

—Tiene gracia, viniendo de ti —bufó Sárait—. Eres la persona más fantasiosa de este decadente castillo.

—¿Qué quieres decir con eso?

—Te criaste en ese mundo perfecto y falso —dijo sin malicia—. Cortes enteras pendientes de cada una de tus palabras, con todos los vestidos y joyas que pudieras desear. Has evolucionado desde que llegaste a Caisleán, pero aún te queda mucho por aprender. Este caparazón de ingenuidad se resquebrajará algún día, y más vale que te hayas preparado lo suficiente cuando llegue el momento.

Clía trató de reprimir el dolor que le atenazó el pecho ante las palabras de Sárait. Se había insensibilizado a las dudas de sus padres y de Domhnall, pero creía que su amiga la entendía.

—No soy tan ingenua —dijo en tono monocorde—. Mis seres queridos me abandonaron. He luchado y me he esforzado por llegar adonde estoy.

Sárait negó con la cabeza.

—Desde luego, y no pretendo restarle importancia. Me preocupo por ti, Clía, y por eso tengo que preguntarte qué crees que pasará cuando abandones Caisleán. No puedes quedarte aquí para siempre, cuando la guerra amenaza tu hogar. Algún día tendrás que volver a Álainndore…, ¿con qué? Un año de entrenamiento militar a tus espaldas y una guerra pisándote los talones. ¿Crees que tus jefes de clan te tomarán en serio? ¿Y tus padres?

—Seguro que sí. He informado al jefe Ó Connor en mis cartas, y estaremos preparados para lo que nos lancen Tinelann e Ionróir.

—Yo solo digo que la guerra no suele transcurrir sin contratiempos. Cuando entrenáis, Ronan siempre detiene la espada antes de llegar a dejarte marca, pero ¿ahí fuera? Hay gente peor que ninguna bestia del Otro Mundo, gente demasiado ansiosa por ver correr tu sangre.

~

SU COMPAÑERO DE PATRULLA NOCTURNA ERA UN CURADH, SEGÚN LA brillante insignia que lucía en la capa. No sabía cuál era su nombre, aunque se lo había preguntado tres veces en la última hora.

Lo cual estaba bien. No necesitaba su compañía..., ni el decoro básico. Se quedó mirando las olas oscuras que rompían. Alguien que no supiera nada pensaría que patrullaban la costa, pero en realidad vigilaban una entrada oculta a Caisleán. Cerca de la orilla, en el acantilado de los Susurros, había un pasadizo que conducía directamente al castillo. Se había concebido como vía de escape cuando el castillo aún albergaba a la realeza, para que sus moradores huyeran si los guerreros no lograban mantener fuera al enemigo.

Era uno de los muchos secretos celosamente guardados de Caisleán.

También era de lo más aburrido.

La luna le confería un resplandor celestial a la vegetación circundante, e iluminaba la costa y la espuma de las olas. Donde no llegaba su luz, solo había sombras y profundidades ocultas.

Oyó muy cerca el repiqueteo de unas piedras. Dio media vuelta, presa del pánico, y vio una ardilla que saltaba junto al acantilado y echaba a correr, con su cola blanca iluminada.

Apartó la mano de la empuñadura de la espada, que llevaba al cinto. No recordaba haberla agarrado. Su compañero le lanzó una mirada mordaz.

LAS HORAS PASARON COMO AÑOS MIENTRAS CLÍA AGUARDABA EL FINAL de su turno.

Puede que se hubiera aficionado a la esgrima y la batalla, pero recorrer una y otra vez la misma franja de tierra, mirando fijamente a las sombras inmóviles con la esperanza de que ocurriera algo, no era lo suyo. Le dejaba demasiado tiempo para pensar. Pensar era un pasatiempo peligroso en plena noche.

Cuando oyó unos pasos que se acercaban desde el túnel, los del guardia que tenía que relevarla, sintió que el cansancio se apoderaba de ella de golpe. Si antes se limitaba a mantenerse a flote, en aquel momento se dejaba llevar por la marea.

—Que se vaya la chica —dijo el recién llegado.

Clía se dirigió hacia el camino de vuelta al castillo, haciendo caso omiso del ardor que sentía en las plantas de los pies. Estaba impaciente por volver a su cama…, pero una mano la retuvo por el hombro. Su silencioso compañero.

—Vuelve por el túnel. —Se acercó a la entrada que estaban vigilando, se sacó una llave del cinturón y la encajó en una cerradura bien escondida—. Ve por la izquierda hasta que el túnel se divida en tres, avanza por el camino de la derecha y sigue recta hasta llegar al quinto farolillo. Verás una puerta justo delante, y deberías salir cerca de la entrada del ala este.

—Gracias —asintió, tratando de grabarse las indicaciones en la memoria mientras su compañero abría la puerta oculta.

El túnel, sinuoso y estrecho, tenía las paredes de piedra agrietada. Había resistido durante siglos; aun así, Clía temió que aquella noche fuera la última. «Pero —se dijo— esta ruta es más corta que la que va por los acantilados. Menos tiempo caminando en la oscuridad, donde cualquier cosa puede salirte al paso».

El misterioso, pero ciertamente más luminoso túnel le pareció de repente una opción fantástica.

Se agachó, entró en el pasadizo y se mantuvo pegada a la pared izquierda. El techo se cernía sobre su cabeza mientras caminaba, hasta que al final se elevó y le permitió andar erguida. Había unos pocos farolillos que le proporcionaban una luz escasa entre tramo y tramo de oscuridad. Al llegar al lugar donde el túnel se dividía en tres, eligió el de la derecha y continuó su camino.

No era la forma más agradable de volver al castillo, pero sus ansias por irse a la cama superaban cualquier deseo de vivir. Patrullar a las tantas de la noche tal vez tuviese alguna ventaja; el cerebro empezaba a fallarle precisamente de las formas correctas.

Al llegar al cuarto farolillo vio que el túnel se bifurcaba. Su mente cansada intentó recordar las instrucciones. ¿Tenía que girar después del cuarto o del quinto?

Podía explorar esa curva y, si se equivocaba, retroceder e intentar llegar al quinto farol.

Cuando tomó el nuevo túnel, dejó escapar un suspiro de alivio al ver una puerta de madera a poca distancia. La abrió y descubrió una escalera corta. Después de subir, se encontró en un corredor poco iluminado del castillo. A juzgar por las puertas cerradas que había en él, debía de estar en alguna parte desconocida del ala oeste.

Mientras caminaba hacia la sala de los daltas, le llegó una voz desde la esquina. Se sobresaltó ante el repentino ruido y se apoyó en la pared para evitar que la vieran. Aunque tenía motivos para estar allí, no se sentía de humor para hablar con nadie, y mucho menos para dar explicaciones sobre cómo había acabado en el ala incorrecta.

—¿Te encargarás? —preguntaba la voz, grave y segura. Las paredes la amortiguaban de tal forma que a Clía le resultó imposible identificarla.

—Por supuesto —respondió otra voz.

—Recuerda tu juramento. Quiero que esto se resuelva deprisa, y antes del amanecer.

—Así será. —El hombre hizo una pausa, vacilante—. ¿Puedo preguntar por qué?

—No olvides cuál es tu sitio —dijo la primera voz, autoritaria—. Es un asunto de seguridad. No podemos arriesgarnos a que la información confidencial caiga en las manos equivocadas. Esto queda entre tú y yo, soldado.

—A la orden. Ahora mismo me encargo.

—Bien.

Se oyeron pasos, y ella contuvo la respiración. El sonido se alejaba. Igual sí que contaba con el favor de los dioses.

No se movió del sitio hasta que hubo oído una puerta abrirse y cerrarse. Una vez despejado el camino, continuó hasta su habitación. Los retazos de aquella conversación aún revoloteaban en su cabeza y le impedían conciliar el sueño horas después de que haberse desplomado en la cama.

Capítulo 25

Clía, dándose golpecitos con la mano en la pierna, observaba la llegada del carruaje desde las escaleras de Caisleán Cósta.

Cuando el vehículo se detuvo, Ó Connor bajó al camino empedrado.

Le entraron ganas de correr hacia él y abrazarlo, estrechar contra su pecho a ese trozo de su hogar que tanto había echado de menos. Pero mantuvo los pies pegados al suelo.

Las comisuras de los ojos de Ó Connor se poblaron de arrugas al reparar en su presencia.

—¡Clía! Cómo me alegro de volver a verte.

—Te he echado de menos —respondió ella, incapaz de contener la sonrisa que se dibujó en su rostro.

—Y yo a ti —susurró—. Este lugar apenas ha cambiado. Bueno, ¿qué hago con el equipaje?

—Sígueme —dijo Clía, y lo condujo al interior del castillo—. Tu carta llegó justo a tiempo, pero faltaba un dato crucial. Aunque me alegro de que hayas venido, ¿qué haces aquí?

—¿Visitar a mi princesa favorita no es excusa suficiente? —Ella le lanzó una mirada—. Está bien. Aún soy el caudillo de Álainndore hasta que se encuentre un sustituto. Tenía que venir para recuperar unos libros y mapas de los draois.

—¿No podría encargarse otra persona? —preguntó ella. Un caudillo no hacía recados.

—También esperaba hablar con el general Kordislaen. Entrené con él durante mi estancia aquí. Quiero saber qué planes tiene, y cuáles podría tener Scáilca. Tus padres ya empiezan a preocuparse por la posibilidad de que la guerra llegue a nuestras costas —añadió.

¿Cómo que ya empezaban a preocuparse? ¿Es que no habían leído las cartas que les había mandado desde que llegó a Caisleán?

Un guerrero al que no reconoció se cruzó con ellos en el pasillo.

—Deberían saber que la guerra no es una vaga posibilidad —dijo bajando la voz—. Es inminente. Álainndore necesita prepararse.

Ella debería ayudar a que se preparase.

Aquel pensamiento había cobrado fuerza durante los últimos días.

¿Y si al quedarse en el castillo descuidaba sus deberes? Dado que su plan para recuperar a Domhnall había fracasado, ¿qué la retenía allí? Seguir con su entrenamiento ¿era una necesidad o una excusa?

—No te preocupes por Álainndore. Ya han tomado medidas para protegerse ante posibles eventualidades. —Aquel intento de tranquilizarla no logró aplacar su creciente temor.

Antes de que pudiera preguntarle nada más, se oyó un grito en el pasillo.

—¡Sanador!

Era Kían.

Clía corrió hacia elle.

—¡Que alguien llame a un sanador! —La voz de Kían se quebró. Su confianza y encanto habían dado paso a una desesperación que ella nunca le había visto.

Estaba arrodillade en el suelo, junto a una figura hecha un ovillo. Un río de pelo negro fluía por el suelo.

Las costillas le oprimían los pulmones a Clía. No podía respirar. No podía pensar.

—¿Sárait? —decía Kían, con voz ronca, mientras la sacudía por los hombros—. Sárait, despierta.

Las rodillas de Clía golpearon el suelo con un ruido sordo al caer junto a su amiga. Sárait, tendida en el suelo de piedra con los ojos cerrados, parecía casi en paz, salvo por la palidez grisácea de su piel y el tono azulado que le manchaba los labios.

Los dedos de Clía temblaron al acercarse a su cuello. Tenía pulso, aunque casi imperceptible.

—Está viva —dijo Clía, haciendo todo lo posible por no perder la compostura—. ¿Qué ha pasado?

Se estaba congregando una multitud a su alrededor. Clía podía ver el pelo oscuro de Niamh entre los guerreros y los draois. Ó Connor había desaparecido.

Kían, con las manos entrelazadas, no apartaba la vista de Sárait.

—No sé… Se suponía que habíamos quedado a desayunar, pero cuando he llegado —apretó los puños con fuerza— me la he encontrado así. En el suelo. Sola.

Las posibilidades desfilaron por la mente de Clía, y, puesto que no había más señales de daño, una destacaba sobre las demás.

—Creo que es veneno —susurró.

Los ojos oscuros de Kían se encontraron con los suyos.

—Entonces ¡tenemos que averiguar qué veneno se ha utilizado! Hay que encontrar un antídoto.

—¿Qué está pasando aquí? —Kordislaen se abrió paso entre la multitud reunida—. ¿No tenéis nada mejor que hacer? Retomad vuestras obligaciones.

Al ver su expresión, la multitud se dispersó y solo quedaron unos pocos rezagados. MacCraith esperaba junto a la pared, con la mandíbula apretada de preocupación.

Niamh observaba con ojo atento todo lo que tenía delante. Domhnall seguía de pie, con una indiferencia estudiada. También estaba Ronan. Clía ni siquiera lo había visto unirse a la multitud. Se había quedado atrás, con la preocupación dibujada en los ojos.

Los ojos de halcón de Kordislaen se posaron en la escena que tenía delante.

—¿Está muerta?

—Está viva, pero por poco. Podría ser veneno. —La mano temblorosa de Clía envolvió la de su amiga, inerte. La apretó con la esperanza de que, si Sárait podía sentir algo, sintiera que no estaba sola.

—Entonces, como si estuviera muerta —proclamó el general—. No andamos sobrados de recursos que dedicarle, y menos cuando es posible que ya no sirvan de nada.

—No podemos dejarla morir. —Kían se puso en pie.

—¿No me habéis oído? Parece que ya está a las puertas de la muerte. —La voz de Kordislaen tenía un filo letal.

—No me importa —dijo Kían con firmeza—. Ella no ha hecho otra cosa que ayudar a la gente de este castillo. Si existe una posibilidad de salvarla, debemos aprovecharla. No dejaré que la matéis por hacer nada —añadió alzando la voz.

Los interrumpió la llegada de Ó Connor, seguido por una mujer de pelo oscuro recogido en una trenza sobre la túnica draoi dorada. Se colocaron junto a Clía.

—He encontrado una sanadora —anunció.

—Deberíamos reservarnos —dijo Kordislaen levantando una mano— para los guerreros heridos, no perder el tiempo con ella.

Cuando la sanadora siguió avanzando hacia Sárait, los guerreros que iban con Kordislaen se interpusieron en su camino, espada en ristre. Clía se puso en pie de un salto. A su espalda pudo oír que Kían desenvainaba.

—Dejad pasar a la sanadora. —Clía habló con más firmeza de la que sentía.

—Recuerda a quién le juraste lealtad. —Kordislaen entrecerró los ojos.

Clía comprendió que aquello era una demostración de poder para él; otra prueba, prácticamente. Quería que Kían y ella cediesen a sus órdenes y condenaran a Sárait. Si seguía plantándole cara, arriesgaría todo aquello por lo que había trabajado.

De lo contrario, Sárait podría morir.

—Sé a quién guardo lealtad —dijo mirando a Kordislaen a los ojos.

Fue un desafío cuidadoso, sutil, que podría negar más adelante, pero que demostraba que no iba a dar su brazo a torcer.

Él apartó la mirada, como si calculara cuántos aliados tenía entre los presentes y cuántos podría perder si seguía presionando. Bajó el brazo. Sus soldados siguieron su ejemplo y apartaron las armas, dejando que la sanadora corriera junto a Sárait.

—Tened cuidado con quiénes elegís como enemigos —dijo el general pasando la vista de Clía a Kían, y a continuación dio media vuelta.

La sanadora rebuscó en su bolsa y sacó un frasco con un líquido blanco lechoso.

—¿Extracto de cneasú? —preguntó Kían.

La sanadora quitó el tapón de corcho antes de bajar la barbilla de Sárait y echarle unas gotas en la boca.

—Tenemos una pequeña cantidad guardada para emergencias. No es tan potente como la propia flor, pero, bien dosificado, puede mantener con vida hasta dar con soluciones permanentes.

—Gracias. —Clía relajó los hombros cuando la urgencia y el pánico abandonaban su cuerpo.

Habían estabilizado a Sárait; era más de lo que podía esperar. Era menos de lo que le gustaría.

~

El entrenamiento cotidiano de un guerrero de Caisleán no era muy diferente del de un dalta de Kordislaen. Se hacían ejercicios básicos, vueltas y estiramientos, y el resto del tiempo se practicaba el combate.

La principal diferencia en aquel lugar era la ausencia de Kordislaen. Según los otros guerreros, solo aparecía si necesitaba que practicaran un ejercicio concreto.

Clía había luchado mucho por estar allí. Sin embargo, mientras formaba con los guerreros, consciente de que Sárait estaba sola en la enfermería, no le parecía bien quedarse. Al entrenar, se preguntaba una y otra vez qué motivos tendría nadie para deshacerse de la costurera de Caisleán. ¿Sería porque procedía de la corte de Álainndore? ¿La habrían envenenado debido a su cercanía a Clía?

Pero también estaba la conversación que Clía había oído la noche anterior, al salir del túnel. ¿Acaso hablaban de Sárait? Si era así, ¿por qué?

No tenía sentido. Nada lo tenía.

Ni siquiera había averiguado qué opinaba Ó Connor de aquello. No lo había visto desde que estuvieron con Sárait; sin duda se encontraba ocupado con las reuniones y con Kordislaen.

Clía y Ronan se emparejaron para practicar, pero ella tenía la cabeza en otra parte, y recibió golpes que podría haber bloqueado fácilmente. De vez en cuando, él le lanzaba miradas de preocupación, pero no le hacía ni caso. Al final, tras asestarle a Clía un golpe especialmente fuerte en el hombro, Ronan dejó de defenderse. Hizo una pausa, y, cuando se le acercó, cualquier otra persona habría visto a un buen amigo comprobando si le había hecho daño.

Clía, sin embargo, vio la preocupación en sus ojos y sintió el suave roce de su mano en la piel.

—Clíodhna, por favor, háblame —dijo con voz queda en la abarrotada arena de entrenamiento. Con el gélido aire invernal, ella notó su aliento cálido en la cara.

Había demasiados guerreros cerca. Y lo que la preocupaba no podía explicarse en público.

—Aquí no. Ahora no.

—Entonces, búscame cuando estés lista. —Se apartó un poco—. Y, mientras tanto, intenta centrarte en la pelea que tienes delante. No podrás ayudarla si te lesionas.

Tenía razón y a ella le repateaba.

Cuando Clía asintió, Ronan se relajó visiblemente, y reanudaron el entrenamiento. Intentó concentrarse, pero, por mucho que se esforzara, su mente no dejaba de dar vueltas a lo ocurrido a primera hora. Cuando les dieron permiso para marcharse, volvió al castillo casi corriendo para ver a Sárait.

La enfermería estaba fría y silenciosa. Clía encontró a la paciente en una cama del fondo. Estaba inmóvil como un cadáver, envuelta en mantas, con la piel de una palidez enfermiza.

Pero no estaba sola. Kían estaba sentade en la cama de al lado, observando el subir y bajar de su pecho. Una pila de libros sobre venenos y curas reposaba en la mesilla de noche.

—¿No tenías una misión? —preguntó Clía.

Elle levantó la vista con los ojos vidriosos.

—No estoy segure de ser la persona favorita de Kordislaen en estos momentos. No le hizo gracia que me enfrentase a él.

—¿Cuál es tu castigo?

—Turno de madrugada —respondió con una mueca.

—Tomaste la decisión correcta. —Clía le apoyó una mano en el hombro.

Kían sonrió y se inclinó hacia delante para tomar de la mano a Sárait.

—Dice la sanadora que el extracto de cneasú está haciendo efecto. Si averiguan… Cuando averigüen qué veneno corre por sus venas, deberían poder tratarla.

—Estupendo. Estará despierta antes de que nos demos cuenta. —Notó el sabor de la mentira en la lengua, pero quizá, si creía lo suficiente en sus palabras, se convertirían en verdad.

Se propuso averiguar cómo había sucedido aquello y traer de vuelta a Sárait.

Dejó a Kían a su cargo y, sintiéndose perdida, bajó a la sala de telas. Todo estaba como lo habían dejado la última vez, pero, de algún modo, la estancia parecía más pequeña, más fría.

Volvió a su silla y cogió la aguja.

LA TRANQUILIDAD DE LA SALA DE TELAS LE DIO A CLÍA TIEMPO PARA pensar.

Sárait no podía haber tomado el veneno por accidente. Alguien se lo había puesto. Alguien del castillo.

Si lo encontraba, podrían salvar a Sárait.

—Ronan me ha dicho que igual estabas aquí. —Clía se volvió; Ó Connor estaba en el umbral—. Es un buen chico.

Clía dejó la aguja y colocó su proyecto sobre la mesa que tenía delante.

—Sigues cosiendo, por lo que veo. —Ó Connor señaló con la cabeza la tela que tenía delante—. ¿Progresas?

—Sárait y yo tuvimos una idea para ese patrón en el que estaba trabajando en Álainndore —respondió Clía, y sonrió con tristeza.

—El famoso vestido. Hablabas tanto de él que no tengo muy claro si te encantaba o lo detestabas.

—Ahora mismo está cada vez más cerca de encantarme, pero eso podría cambiar de un momento a otro.

Ó Connor entró en la habitación y apoyó una mano en la mesa a la que ella estaba sentada.

—¿Cómo estás?

—No lo sé —reconoció. Se pasó los dedos por el dobladillo de la blusa, la textura segura y tranquilizadora—. No sé qué se supone que hago. He visto a Sárait en la enfermería, y estaba tan inmóvil… Y no podía hacer nada. Mi amiga se está muriendo; la guerra se acerca, y yo estoy aquí sentada, paralizada.

Una mano cálida se posó en su hombro, y se vio arrastrada a los brazos de Ó Connor. Esta vez no se contuvo. Dejó que las lágrimas fluyeran libremente por su rostro y empaparan la camisa de su amigo.

Llevaba mucho tiempo en tensión, tratando de comprender un mundo en el que no sabía orientarse. Era como luchar contra una corriente interminable. Estaba agotada.

La abrazó con fuerza hasta que se le secaron los ojos.

—Lo único que debes hacer es lo que puedas —dijo, echándose hacia atrás para mirarla a los ojos—. No puedes sentirte responsable de nada más. Es una carga demasiado pesada.

Clía se enjugó los rastros de lágrimas que le quemaban las mejillas.

—¿Y si lo que puedo hacer no es suficiente?

—Tendrá que serlo. Ahora, necesitas descansar. Tu costura puede esperar hasta mañana.

Tenía razón. Necesitaba energía si quería seguir luchando.

Cuando regresó al estudio, en él había una persona. Niamh estaba de pie como una estatua, con los ojos cerrados, apoyada en una estantería.

Su voz rompió el silencio:

—¿Cómo está Sárait?

Clía no se molestó en preguntarle cómo sabía que era ella quien había entrado.

—Estable. ¿Por qué te importa?

Niamh abrió los ojos y miró a Clía con dureza.

—¿Crees que soy tan despiadada como para que no me importe que la hayan envenenado? Trabajaba aquí. Todos la conocíamos.

—Perdona. Tienes razón. —Clía suspiró—. El día ha sido largo.

—Creo que eso lo tenemos en común. —Niamh se apartó de la estantería—. Lo que ha pasado esta mañana… no debería haber pasado. Pero Kían y tú habéis luchado por ella. Mientras los demás nos quedábamos mirando. —Clía no sabía qué decir, pero se libró porque Niamh siguió hablando—. Para eso nos entrenamos todos. Para ayudar a los inocentes. Eres una buena guerrera, y mejor persona que la mayoría.

El cumplido le llegó a Clía al corazón. Aquella chica que no le había mostrado más que animadversión la estaba elogiando.

Eso no borraba lo que le había ocurrido a Sárait, ni las acciones de Niamh a lo largo de los últimos meses. Pero encendió una lamparita en sus lúgubres pensamientos.

—Gracias. Muchas gracias. —Forzó la boca en una sonrisa, intentando parecer la princesa educada en la que normalmente se convertía con tanta facilidad. El rostro de Niamh seguía tan severo como siempre, pero Clía vio la grieta en su fachada de piedra.

Y eso le dio esperanzas.

Capítulo 26

Durante los días siguientes al envenenamiento de Sárait, en todo el castillo reinó un silencio tenso. Ronan apenas veía a Clía, que se escondía en la sala de telas y solo salía para el entrenamiento obligatorio y para comer. Quería estar a su lado, apoyarla…, pero también quería dejarle espacio si lo necesitaba.

Así que se centró en su trabajo.

Corrió por el perímetro de la arena. Practicó maniobras, desde el nivel básico hasta el de expertos, sin prestar atención al dolor que le quemaba los músculos y las articulaciones.

Nada de eso podía acallar esa vocecita de su cabeza que se preocupaba por ella.

Esa preocupación se acrecentó mientras Ronan estaba sentado con Niamh y Domhnall en la sala de reuniones, y el asiento a su lado, el de Clía, permanecía notablemente vacío. Aquella era la primera reunión, desde el envenenamiento de Sárait, a la que también asistiría Kordislaen. Las conversaciones se solapaban mientras los demás guerreros esperaban al general, pero reinaba el silencio en el lado de la mesa de Ronan.

Clía llegó justo antes de que empezara la reunión.

—Casi no esperaba que vinieras —confesó en un susurro.

—No quería —respondió ella en el mismo tono.

La mano de Ronan se movió por voluntad propia. Rodeó la de Clía, que la tenía apoyada en la rodilla. Le pasó los dedos por la palma, por el tacto áspero de los nuevos callos contra los suyos.

Ella cerró los ojos y él sintió una oleada de orgullo por ser quien la hacía sentir relajada y segura.

Cuando ella lo evitaba, después del beso, le preocupaba perder aquello. El sutil consuelo de la presencia mutua.

—¿Dónde está Kían? —preguntó Clía, y volvió a abrir los ojos.

Ronan se preguntaba lo mismo. Podía ser imprudente a veces, pero nunca faltaba a una cita.

—Ni idea. Puede que esta sea su forma de demostrarle algo a Kordislaen.

—¿Se ha vuelto idiota? A Kordislaen no le va a gustar.

Clía suspiró, pero él captó el atisbo de una sonrisa en las comisuras de sus labios.

—Entonces, a ver si entra en razón antes de que llegue el general.

—Puede que no venga mal bajarle los humos —refunfuñó Clía. Ronan se volvió para mirarla. Tenía el rostro serio y la cabeza bien alta.

Clía no necesitaba enemistarse con Kordislaen. Se merecía su puesto en el castillo, y un paso en falso a ojos del general la sacaría de allí.

Kordislaen buscaba deslealtad en Caisleán y esperaba que Ronan la denunciara.

Él no podía perderla.

—Kordislaen no tiene la culpa de lo que le pasó a Sárait —le recordó Ronan, bajando la voz.

—Me da igual que no fuera él quien le metió el veneno en la boca —siseó Clía—. Estaba dispuesto a dejarla morir. Mientras no tenga otra persona a la que culpar, le toca a él.

—Estaba pensando en Caisleán, tal como le corresponde.

Clía retiró la mano, con lo que cayó la de Ronan.

—A saber durante cuánto tiempo sufrió la pobre chica antes de que Kían la encontrara, y a él no le importaba que muriese. ¿Cómo puedes defender eso?

Todos los argumentos murieron en la lengua de Ronan. Ella tenía razón, y su cólera estaba justificada. Dentro de él también ardían emociones encontradas. No entendía que el general que estaba dispuesto a ver morir a Sárait fuera el hombre al que conocía. El que lo había salvado, el que se lo había dado todo.

—Hizo mal —reconoció Ronan—. Pero puede que una sala llena de guerreros de su confianza no sea el mejor lugar para hablar de esto. Por no mencionar que, si estalla una guerra contra Tinelann, lo necesitamos. Scáilca no puede arriesgarse a perder su talento, y nosotros no podemos correr el riesgo de enemistarnos con él. —Le ofreció la mano una vez más, desesperado por acortar distancias—. Sé que la situación no es buena, pero tenemos que priorizar. Si nos enfrentamos a Kordislaen, nos arriesgamos a perder no solo todo aquello por lo que hemos trabajado, sino también la baza ganadora en este desastre político.

Rezó a los dioses para que ella lo entendiera, para que dejara de hacer preguntas antes de que se volvieran peligrosas. Pero, antes de que Clía llegara a responder, Kordislaen abrió la puerta. El jefe Ó Connor lo seguía de cerca.

Un silencio se apoderó de los guerreros mientras el general se dirigía a su asiento, en la cabecera de la mesa.

—Antes de empezar, hay que tratar cierto asunto. —Miró hacia el asiento vacío, sin el menor atisbo de sorpresa por la ausencia de Kían—. Como algunos sabréis, Sárait Gráinne, nuestra costurera, ha caído enferma. —«Enferma». Como si tuviera un simple resfriado—. Se encuentra estable y recibe la mejor atención que podemos ofrecer, dadas las circunstancias. Estoy seguro de que pronto sabremos cómo sucedió.

»También me gustaría señalar que, aunque entiendo por qué algunos reaccionaron como lo hicieron, no volveré a tolerar semejante falta de respeto hacia mi persona. La permanencia en Caisleán es un honor que puedo revocar fácilmente. ¿Lo entendéis?

La mirada de Kordislaen se posó en Clía, que no parpadeó, pero asintió en silencio. Ronan esperaba que esa respuesta fuera suficiente, porque Clía no parecía ir a postrarse ante el general.

—El jefe Ó Connor, de Álainndore —prosiguió Kordislaen, volviéndose hacia el resto del grupo—, ha viajado hasta aquí para ofrecer la ayuda de su reino en nuestras batallas. Hace poco, el jefe Lyons nos informó de que hace un mes envió una partida de exploración a la frontera con Tinelann y no ha vuelto a tener noticias. Suponemos que murieron en combate o que los tinelannios los capturaron.

—¿Ha enviado algún guerrero para que siga su rastro? —preguntó Niamh.

—Sí, dos. Uno afirmó haber encontrado huellas que indicaban un movimiento de tropas hacia el oeste, desde la costa. En torno a un centenar de hombres.

Domhnall se inclinó hacia delante sobre la mesa.

—¿Cómo es posible que tantos hayan pasado a nuestras tierras sin que los detectaran?

—¿No afirmabas el verano pasado que ningún reino estaba a salvo? —Ó Connor habló desde su asiento, junto a Kordislaen—. Deberías saber mejor que nadie que Scáilca dista mucho de ser infalible.

Los ojos del príncipe se entrecerraron, y Kordislaen levantó una mano para silenciar a Domhnall antes de que pudiera protestar.

—Tiene razón. Hay puntos débiles en las patrullas costeras de Scáilca. Quedan largos tramos de tierra sin vigilancia, a veces durante días. Todas las semanas reorganizamos el plan de patrullas para ser impredecibles en todo momento, pero, si alguien filtrara la información a Tinelann, les resultaría fácil cruzar.

—¿Insinúas que tenemos un espía en nuestras fuerzas? —bufó Domhnall.

—Ó Connor está en lo cierto —intervino Clía—. Scáilca no es inmune a la traición.

—Escribí al jefe Lyons para expresarle mis preocupaciones —dijo Kordislaen—. Sin embargo, mientras espero su respuesta, tengo una nueva misión. Debemos conseguir información por nuestra cuenta. Rastrear los movimientos de las tropas, si es que realmente están allí, y averiguar qué ha sido de nuestros guerreros. Lyons envió a esa misión a más de una docena de personas, y las derrotaron. Yo solo puedo disponer de la mitad. Si las tropas tinelannias se están desplazando hacia el sudeste, tendremos que mantener el frente hasta que llegue la ayuda. Necesitaremos en la fortaleza a todos los guerreros que tenemos.

»Para la misión, he decidido enviar a Ó Dálaigh, Dornáin, MacCraith, Morrigan, Fionnáin y Ó Faoláin. —A Ronan lo embargó la emoción. Orgullo. Alegría. Ansiedad.

Por fin volvía a la acción. Clía se enderezó a su lado, sin duda encantada por la oportunidad de demostrar sus habilidades en una misión de verdad.

Pero los enviaban a territorio peligroso, donde ya habían desaparecido guerreros. La probabilidad jugaba en su contra.

—Vas a mandar a una misión crucial a varios guerreros que apenas han terminado la instrucción —dijo el comandante Ó Dálaigh desde el extremo opuesto de la mesa. No era una pregunta.

—Sé perfectamente a quiénes he elegido, comandante. Tengo fe en que están bien preparados para este viaje.

DEBÍAN ESTAR LISTOS PARA PARTIR AL DÍA SIGUIENTE AL AMANECER. NO tenían tiempo que perder.

Niamh, Domhnall, Clía y Ronan caminaban juntos sin decir palabra. Desde aquella mañana parecían unidos por un frágil cordel. Ronan no quería poner a prueba su resistencia.

Preparó rápidamente su bolsa de viaje, solo con lo necesario, antes de dirigirse a la habitación de Clía.

Golpeó la puerta con suavidad. Cuando Clía abrió, lo primero que vio fue su pelo, que le rodeaba la cabeza en un halo de oro. Tenía los ojos muy abiertos; Ronan prácticamente podía ver los pensamientos que se agolpaban tras ellos.

La habitación estaba toda revuelta. En otras circunstancias no se habría sorprendido, pero ese caos debía tener algún origen. La ropa cubría todas las superficies. En el centro del suelo había una bolsa de viaje a medio llenar.

Clía lo dejó pasar, y él, en silencio, se puso manos a la obra para ayudarla a organizarlo todo.

—Puedo yo sola —insistió ella, mientras él la ayudaba a atar el rollo de mantas.

—Eso no significa que tengas que hacerlo. —Mientras hablaba, no pensaba en las palabras que decía, ni en lo mucho que sabía que necesitaba oírlas él mismo.

Juntos, terminaron de hacer el equipaje. Ropa duradera y cómoda, correas de cuero y prendedores para apartarse el pelo de la cara, guantes, una capa abrigada y, por supuesto, polvos y loción. Ronan sabía que no sería prudente cuestionar esto último. Casi podía oír su voz: «Ya estoy arriesgando la vida; si no me cuido un poco, además de correr peligro me sentiré fatal».

Murphy dormitaba en un rincón del cuarto. Ronan lo miró con recelo, pero, cuando se cubrió el hocico con una pata, Ronan no pudo negar que era mono. Esperaba que estuviera bien durante su ausencia; Clía había comentado que podía arreglárselas por su cuenta, pero Ronan, al verlo descansar sobre una pila de almohadas y mantas, dudaba que pudiera ser tan independiente.

Entre Murphy y el colchón lleno de bultos de Clía estaba Camhaoir, apoyada en la pared.

Había pasado una semana desde que Ronan se la regaló, y aún no la había visto usarla. La hoja era excepcional, más afilada que nada que se pudiera encontrar en la armería. La empuñadura era preciosa; creyó que ella la admiraría. Tan fina como el arte de Álainndore. El cristal de Diamhair brillaba engarzado en oro. Clía se adelantó para coger la espada y la dejó junto a la mochila.

El silencio de la habitación resonaba en los oídos de Ronan. Quería romperlo, pero no sabía cómo. Entre ellos, todo pendía de un hilo.

Su mente había sido una prisión imperdonable los últimos días. El beso, la visión del cuerpo inerte de Sárait en el frío suelo, los esfuerzos por comprender a Kordislaen... Había tenido muy poco tiempo para dormir, algo que el cuerpo insistía en recordarle: la rodilla le dolía horriblemente cuando se ponía en pie.

Necesitaba algo con lo que distraerse.

—Esperaba que estuvieras tan inquieta como yo —comenzó.

La boca de Clía, hecha una línea apretada, se suavizó, y él sintió que podía respirar de nuevo.

—Lo estoy.

—¿Quieres entrenar un poco? —Hizo un gesto con la cabeza hacia la puerta—. Aunque está oscuro. No creo que sea la idea más segura.

—Podemos llevar lámparas. Por no mencionar... que es bueno practicar la lucha en situaciones adversas. No siempre te batirás en duelo al amanecer.

Agarró Camhaoir.

Ronan no había planeado volver a entrenar aquel día, y sabía que el cuerpo lo haría arrepentirse. No sabía muy bien por qué lo había sugerido. Tal vez para mantenerse ocupado. O tal vez porque era lo único que sabía hacer, y, cuando Clía dijo que ella también se sentía inquieta, la respuesta le pareció obvia.

La arena estaba vacía cuando llegaron, y las lámparas ofrecían poca iluminación en la noche. Mientras calentaban, el familiar dolor de los músculos fue una tortura y un alivio. Una distracción muy necesaria. La rutina se apoderó de él de golpe, eliminando el tiempo para pensar.

Volvieron a su ritmo conocido: él atacaba y ella se defendía. Asestaban un tajo tras otro. Uno de los dos daba un paso en falso y el otro intentaba mantener la ventaja, pero enseguida volvían a estar igualados. Excepto que, esta noche, ella era más rápida que de costumbre. Bloqueaba justo a tiempo y descargaba fuertes golpes.

Él era el espadachín más experimentado, y por lo general, si ella ganaba era porque lo pillaba por sorpresa y corría riesgos. Pero bajo el resplandor de las estrellas estaba radiante. Luminosa. Sus habilidades superaban cualquier cosa que hubiera visto antes en ella.

Eso no le impidió intentarlo. Luchó con más y más encono, sin prestar atención a los gritos de sus músculos. Después de una segunda derrota, consiguió tomar la delantera. Con un giro de muñeca desarmó a Clía, y la hizo rendirse con la amenaza de una estocada en la sien. Pero cualquier oportunidad de alardear se fue al traste en cuanto ella ganó el siguiente asalto.

—No es justo. —Sonrió mientras la espada de ella le besaba la nuca—. Exijo la revancha.

Ella rio, y comenzaron de nuevo. A pesar de sus intentos de quedar por encima, no podía ocultar la euforia que sentía cada vez que ella lo superaba.

Después de cuatro combates, de los que ella venció en tres y él solo en uno, decidieron cambiar las espadas largas por otras más ligeras. Pero, después de otros dos asaltos, Ronan empezó a notar que Clía se cansaba. Perdió una oportunidad de dominarlo con facilidad, un descuido que le dio a él la ventaja.

—¿Necesitas un descanso? —preguntó.

—No, vamos otra vez. —Levantó la espada, pero él la empujó hacia abajo.

—Si te haces polvo esta noche, te arrastrará la brisa por la mañana. No deberías esforzarte tanto una noche antes de la misión. —Ronan esperaba que ella aceptara y apartase el arma, pero lo que hizo fue intentar empujarlo, aunque él lo evitó agarrándola por el hombro.

Sus ojos brillaron a la luz de la lámpara, desafiantes.

—Has sido tú el que ha propuesto entrenar esta noche.

—Porque los dos necesitábamos la distracción. Pero también necesitamos saber cuándo parar.

La espada de Clía cayó al suelo, pero, en lugar de soltarle el hombro, él le rodeó las manos con las suyas, acercándola.

—Sé que estás contrariada, y probablemente nerviosa por nuestra misión. Yo también. Pero no puedes esforzarte más de la cuenta. Y no pienso dejarte tomar decisiones estúpidas que te cuesten la vida.

Trató de hablar con naturalidad, pero había cierta desesperación en su tono. Un peligro real acechaba, y no sabía qué haría si a ella le ocurría algo.

—¿Y tú? —Clía dio un paso atrás y apartó las manos—. Me dices que no me esfuerce demasiado, pero ¿crees que no me he dado cuenta de que has estado toda la noche apoyándote en la pierna izquierda?

—Eso es diferente —respondió Ronan, a la defensiva.

—Ah, ¿sí? —Ella se cruzó de brazos.

—Llevo media vida lidiando con esto. Si me bloqueara cada vez que siento dolor, hoy no estaría aquí. —Sacudió la cabeza. Si dejaba que el dolor dominara su vida, ¿cómo podría dar la talla para Caisleán, para Kordislaen, para Clía?—. No sería capaz de hacer nada.

Ella respiró hondo, al parecer olvidando toda cólera, y se le acercó una vez más para cogerlo de las manos.

—Eso no significa que siempre tengas que hacerlo todo.

Él quiso negarlo, argumentar e insistir en que sí tenía que hacerlo todo. La necesidad de ser no solo tan bueno como los demás, sino mejor, se había instalado en su mente y no podía desarraigarla.

Pero quizá debería intentarlo.

Podría intentarlo.

—¿Y si hacemos un trato? Lo intentaré si lo intentas tú. Sé que las cosas no tienen buena pinta ahora mismo... Nada me gustaría más que dejarlo todo y ayudar a Sárait, pero no podemos hacer gran cosa por ella. Tenemos un trabajo por delante. Ella querría que siguieras luchando por tus objetivos, que protegieras nuestros reinos. Por no mencionar que, si alguna vez se enterara de que hiciste por ella algo que pudiera poner en peligro tu seguridad, se despertaría aunque solo fuera para darte una patada en el culo. Esto se resolverá; solo tenemos que ser pacientes, pensar a largo plazo. ¿De acuerdo? —Dejó que sus manos se cerraran en torno a las de ella.

Clía asintió, y sus ojos de color avellana brillaban como el acero cuando se encontraron con los de él.

—Bien. —Su fuerza, la esencia misma de su ser, irradiaba de su postura. Él se encontró atrapado en sus redes.

—Me sorprendes —susurró; las palabras escaparon al aire de la noche antes de que pudiera tragárselas.

Clía se detuvo, y él supo que caminaban por la cuerda floja.

Habían acordado olvidar aquellos besos y los sentimientos que había entre ellos. Era lo mejor. Pero, a la luz de la luna, no pudo evitar decir todo lo que se había guardado:

—Tu arrojo, tu fuerza, tu lealtad. A veces tengo la impresión de que podrías subir las estrellas al cielo.

—La mitad de las cosas que puedo hacer se deben a que eres un gran maestro. —Sonrió, recatada como una princesa. Era mentira. Él quería borrársela de la cara.

—No lo sé. Me gusta pensar que habrías encontrado otra ruta para llegar hasta aquí. Pero me alegro de haber tenido la suerte de presenciar el surgimiento de una diosa.

Clía se sonrojó, y Ronan se sintió complacido al ver el rubor que inundaba su piel. Recorrió el camino ardiente con la mano.

—Tú... —empezó ella, pero negó con la cabeza.

Él acercó la cara lentamente. Lo único que sabía era que no podía parar. Sus labios estaban a un suspiro, y solo podía pensar en eso.

—Sé que no debería, pero..., Clíodhna... —Permitió que su voz se entrecortara.

Se hizo el silencio. Por un momento se preocupó por la posibilidad de haber hecho algo mal. Se retiró para dejarle espacio, pero la mano de Clía le rodeó el cuello. Ella volvió a asentir y cerró los ojos mientras acortaba la escasa distancia que los separaba.

Él sintió sus labios como una caricia iluminada por el sol. Ella le rodeó el cuello con el otro brazo, y él, automáticamente, le llevó las manos a la espalda y la atrajo hacia sí. Necesitaba más. Clía abrió la boca; sabía a menta y cacao. Cada roce de sus sedosos labios lo electrizaba. Cada roce entre ellos era inevitable. Él era el oleaje que rompía contra la orilla. La suavidad de la piel de Clía en los callos de las manos le arrancaba llamas cuando le recorría la mandíbula, la cara, antes de enredarle los dedos en el pelo. En ningún momento la soltó; no quería que se le escapara en las sombras de la noche. Podría ser la última oportunidad de tocarla de ese modo; no la desperdiciaría.

Ronan le acercó los labios a la frente, dejándole recuperar el aliento. Bajó los brazos hasta su cintura. Un relámpago parecía extenderse desde las yemas de sus dedos por la camisa de ella, hasta que ardió en deseos de estar aún más cerca. Dejó que su boca se entretuviera con un rastro de besos desde el nacimiento del pelo, pasando por la nariz y las mejillas, hasta llegar a la mandíbula. Nunca se cansaría de aquello. Del sabor de su piel, del aroma de su pelo al viento.

—Eres magnífica —susurró.

—Tú también —respondió ella.

Su mano se curvó alrededor de la barbilla de Clía y le subió la cara hasta que aquellos labios estuvieron a su alcance. Tenía los ojos cerrados, pero él se permitió admirarla a la tenue luz de las lámparas. Y supo, sin lugar a duda, que ella estaba allí con él. Que no era solo su mundo el que parecía cambiar con cada caricia. Ella tardó poco en interrumpir sus pensamientos cuando usó la otra mano para soltarse el pelo y se le acercó una vez más. Él gimió mientras caía en su abrazo.

Permanecieron juntos contra la noche. Pero, cuando el gélido aire invernal hizo que Clía se estremeciera entre sus brazos, Ronan se apartó lo suficiente para hablar.

—Deberíamos volver. —Lo dijo de mala gana, porque solo deseaba quedarse allí con ella, bajo las estrellas.

Se apoderó de él un miedo angustioso de que Clía aprovechara ese momento para retirarse y dejarlo solo de nuevo, como las dos veces anteriores. Sin embargo, ella se quedó inmóvil entre sus brazos. Asintió, rozándole los labios con el movimiento de su cabeza, y él luchó por no caer de nuevo en sus redes.

Se apartó; tenía que distanciarse si quería que volvieran al castillo. Sin embargo, mientras recuperaban las lámparas y las espadas tiradas en el suelo, sus manos se encontraron.

Capítulo 27

Cuando por fin llegaron a la puerta de la habitación de Clía, el pasillo estaba desierto. En silencio. Todos se habían ido ya a la cama.

Se volvió hacia Ronan, con el pelo largo revuelto por sus manos; tenía llena de arena la armadura de cuero de entrenamiento. A la luz titilante, él era la cosa más bella que había visto en su vida. Había tenido que combatir el impulso de tirar de él hacia sí durante todo el camino de vuelta a la habitación.

En aquel momento, su mente le gritaba que tuviera cuidado. Pero lo que hizo fue preguntar, en un susurro:

—¿Quieres… pasar?

Vio en los ojos ámbar de Ronan su lado lógico, que luchaba por hacerse oír. El lado que siempre lo analizaba todo y que solo actuaba cuando estaba seguro de haber hecho la elección correcta. Pero también vio el deseo.

Él asintió y alargó el brazo por detrás de ella para apoyarlo el pomo de la puerta. Por un momento, Clía se sintió atrapada. Se mordió el labio, emocionada por la proximidad.

Se abrió la puerta y ella se tambaleó hacia atrás; la mano de Ronan en la cintura la salvó de caer.

—Lo siento —rio él, apenas un suspiro. Lo miró fijamente, la cara alzada hacia la suya, sin saber muy bien qué hacer. Fue un momento de frágil belleza, como soplado en vidrio—. Teníamos un acuerdo —susurró, y posó los ojos en los labios de Clía.

Ella dio un paso atrás y lo arrastró a la habitación. Por suerte, Murphy no estaba acurrucado en su cama…; seguramente habría vuelto al lago. La puerta se cerró tras ellos.

—Lo teníamos.

Ronan no movió la mano de su cintura mientras le subía la otra mano al pelo y desataba la cinta que lo sujetaba. Sus ojos se oscurecieron mientras caían los mechones.

Al hablar, tenía la voz enronquecida de deseo.

—Todas las razones por las que no deberíamos… Ninguna ha cambiado. —Había una pregunta en sus ojos, y ella deseó saber la respuesta correcta. Pero solo podía ofrecerle la verdad.

—Tenía miedo, pero esos miedos parecen ahora insignificantes. Esta misión, lo que ha pasado con Sárait… Hay muchos más peligros acuciantes, muchas más formas de perderme y de perder a todos mis seres queridos. Todo lo demás puede esperar hasta mañana. Esta noche, quiero aferrarme a algo de lo que estoy segura. A ti.

La emoción se acumuló en los ojos de Ronan. Acortó la escasa distancia que los separaba y le acarició los labios con los suyos. Antes, ella temía lo que pudiera ocurrir si se acercaba más, pero con cada palabra que él susurraba, con cada contacto que compartían, cualquier obstáculo que pudiera quedar se desvanecía.

—¿Y tu reino? —preguntó él contra sus labios.

—Nada ha cambiado, salvo que Álainndore se enfrenta ahora a una amenaza mayor. No puedo hacer promesas de cara al futuro, pero mientras estemos en Caisleán…

—… tomaré lo que pueda conseguir. —Le cogió la cara entre las manos; cuando volvió a besarla, ella no podía moverse, no podía respirar, no podía pensar.

Los invadió la urgencia. Ella se deshizo los nudos que le sujetaban la armadura antes de llevarle las manos a la parte inferior de la camisa y, entre besos, pasársela rápidamente por encima de la cabeza. Con manos hábiles, se desató los cordones de la ropa de entrenamiento. Él bajó la cabeza hasta la unión del hombro con el cuello y la cubrió de besos mientras trabajaba. Clía dejó que sus dedos le recorrieran el pecho, y todo su mundo se redujo a los lugares donde sus pieles se tocaban.

Cuando él terminó su tarea y la ropa de ella cayó al frío suelo, se apartó para absorberla con la mirada. Un sonido embarazoso salió de la garganta de Clía ante su repentina ausencia, pero él solo le dedicó una sonrisa provocativa. Había hambre en sus ojos, una emoción que ella estaba segura de que se reflejaba en los suyos.

En la penumbra de la habitación, apenas podía distinguir su silueta. Aun así, admiró lo que podía ver. Las sólidas superficies de su cuerpo, forjadas a lo largo de años de entrenamiento incesante. La forma en que le caía el pelo, que por una vez no estaba recogido ni oculto por la armadura. Las cicatrices dispersas que lo marcaban. Quería tomarse su tiempo y conocer la historia de cada una, pero tendría que esperar a otro momento. Esa noche estaba demasiado impaciente.

Ronan le posó la mano en la mejilla, reteniéndola con el sutil contacto.

—¿Estás segura?

Percibiendo la incertidumbre detrás de la vacilación, los brazos de Clía se alzaron para abrazarlo.

—Ya te lo he dicho: es lo que quiero, estar contigo.

—No quiero que te arrepientas —reconoció él.

—Nunca podría arrepentirme de esto.

Nada más decirlo, supo que era cierto. Daba igual lo que les deparasen los dioses: tanto si lo tenía delante como si se había alojado en su memoria, él siempre sería una luz en su vida.

La condujo a la cama y bajó con suavidad sobre ella. Apoyado en el codo, deslizó una pierna entre las suyas, que recibió su peso de buen grado. La besó por el cuello, por el pecho, y bajó hasta dejarla sin aliento. Al final, cuando Ronan decidió que ya la había atormentado lo suficiente, el resto de su ropa cayó al suelo junto con el equipo de entrenamiento de ella.

En el momento en que se unieron, Clía supo sin lugar a duda que nunca se sentiría así con ninguna otra persona.

Después de entrenar juntos durante tanto tiempo, sabían leerse el uno al otro, anticiparse a sus movimientos y deseos. Y, como en el entrenamiento, ninguno de los dos se contuvo. Ella se perdió en la sensación de él, con la cabeza nublada por un placer que creció hasta alcanzar una cumbre gloriosa. Poco después, Ronan se desplomó en la cama, a su lado, y le rodeó la cintura con los brazos. Ella albergaba la vana esperanza de que nunca la soltara.

DESPERTARSE ABRAZADA A RONAN ERA UN REGALO QUE NUNCA HABÍA esperado recibir. No le costaba imaginarse recibiendo esas atenciones y experimentando ese deseo a diario. Era un sueño que parecía borrar los años de muerte y peligro, dejándole una mirada pacífica que pocas veces había observado en él. Era hermoso, y no sabía cómo había podido evitar enamorarse de él.

La idea la hizo vacilar. Después de la noche anterior, no era sorprendente, pero sí peligroso. El amor nunca había sido una opción realista para ella; no podía permitir que se inmiscuyese en su vida, cuando sabía que eso no duraría. No era justo para ninguno de los dos.

Era extraño que poco tiempo antes se hubiera alejado de él por miedo a encariñarse demasiado y al daño que pudiera hacerle. ¿Sería ya demasiado tarde por aquel entonces?

De alguna manera, Ronan se había hecho un hueco en su corazón, y ella tendría que asumir las consecuencias cuando llegaran. El dolor sería inevitable; era justo que intentara disfrutar de cada momento antes del final forzoso.

Le dio un suave beso en la frente, con cuidado de no despertarlo, y se vistió para afrontar el día. Por primera vez desde que consiguió la ayuda de Ronan, se alegró de que este tuviera por costumbre despertarla a horas intempestivas. Gracias a eso no se retrasaría.

Cuando llegó, la entrada principal de Caisleán Cósta estaba en silencio. El sol de primera hora de la mañana se asomaba a las altas ventanas, iluminando con un resplandor dorado a Ó Connor, que esperaba junto a la puerta, con la insignia de Caisleán brillante sobre el verde oscuro de la capa de viaje. Rara vez lo había visto con la insignia en Álainndore, pero tenía sentido que ahí la luciera con orgullo. A pesar de que nunca hablaba del tiempo que había pasado allí, el castillo debía de traerle muchos recuerdos.

—¿Por qué tienes que irte tan pronto? —le preguntó Clía, lanzándoles una mirada asesina a los baúles que tenía a su lado, como si fueran los culpables de su partida. Apenas había tenido ocasión de verlo durante su visita.

—Tengo obligaciones que atender. —Ó Connor le dedicó una sonrisa—. No te preocupes. Volveremos a vernos antes de que te des cuenta.

Ella sabía que no se lo podía discutir. Tenerlo en Caisleán le había proporcionado un consuelo que no sabía que necesitaba, pero sería egoísta retenerlo. Hacía falta en Álainndore.

—¿Me prometes que volverás por aquí? —Su voz era tan delicada como el ribete de encaje de su blusa.

—Te lo prometo.

Por un momento, la sonrisa de Clía vaciló. Un leve tic que a él no le pasó desapercibido.

—¿Te acuerdas de cuando empezaste a coser? Tenías cinco años y estabas decidida a hacerte costurera.

—¿De verdad? —preguntó Clía.

—Sí. —Ó Connor se echó a reír—. Fue después de una de las primeras visitas de Domhnall a palacio. En un banquete, alguna chica de la corte hizo un comentario malintencionado sobre el vestido que llevabas, y aquello te sentó fatal. Me pediste aguja e hilo y decidiste resolver el problema por ti misma. No se te dio muy bien, pero pareció tranquilizarte un poco. Cuando te convertiste en la sombra de los costureros de palacio, tus padres insistían en que era indigno de ti, pero no te desanimaste. Aprendiste todo lo que pudiste a partir de ese momento. Quién te ha visto…

»Cuando me hablaste por primera vez de tu plan de venir aquí, te vi ese mismo fuego. Sabía que llegarías muy lejos, y aun así has conseguido sorprenderme. —La rodeó en un fuerte abrazo—. Tu reino estará orgulloso. Yo estoy muy orgulloso de ti.

Cuando Clía recorrió por primera vez por los pasillos de Caisleán, se sintió como si se desmoronase todo cuanto conocía. Grietas que desgarraban su sentido de la identidad, su confianza, y se rellenaban de duda. Pero a lo largo de los últimos meses se había convertido en la persona que sabía que estaba destinada a ser. Fuerte. Valiente.

El orgullo de Ó Connor era la prueba de su evolución, y, aunque tuvo que parpadear para disipar la emoción que se acumulaba tras sus ojos, era consciente de que no necesitaba que esas palabras se lo confirmaban. Ya no las ansiaba, como antes. Aun así, le apoyó la barbilla en el hombro, concediéndose ese momento.

Se irguió al retirarse él.

Cruzó la puerta, y la dejó atrás en el atrio vacío.

Cuando Clía llegó a los establos, Niamh, Ronan y Ó Dálaigh ya esperaban. No era de extrañar. Este último era el responsable de asegurarse de que todo saliera bien; Ronan era, en fin, Ronan; y Niamh, simplemente, no tenía defectos.

Clía se colocó junto a Ronan, que le dijo en voz suficientemente baja como para que nadie más pudiera oírlo:

—Te has ido muy temprano. Estaba preocupado.

—Tenía que despedirme de Ó Connor —respondió ella.

Él debió de percibir los sentimientos agridulces que amenazaban con surgir, porque le rozó los dedos con los suyos. Incluso después de lo ocurrido la noche anterior, el leve contacto la estremeció.

Antes de que pudieran seguir hablando, llegaron Dornáin y MacCraith, y todos se pusieron en marcha. Ó Dálaigh les recordó a grandes rasgos cómo iba a ser la jornada de viaje que tenían por delante. Sería un viaje breve y acamparían para pasar la noche, algo de lo que Clía se alegraba. Puede que hubiera adquirido fuerza física y dotes de combate, pero prefería rendirse a Tinelann antes de pasarse toda la noche cabalgando en pleno invierno scáilqueño.

Cabalgaron en fila india, con Dornáin en cabeza y Ó Dálaigh a la zaga. Los tres novatos iban en medio. Niamh, con su habilidad innata de hacer lo que más pudiera molestar a Clía, se colocó entre Ronan y ella.

Scáilca tenía un aspecto muy diferente que cuando llegó, en verano. Donde antes el verde envolvía los árboles se veían enjutas ramas, brazos pálidos que se extendían desde el bosque que los rodeaba. No había alegres cantos de pájaros ni animales correteando entre los arbustos. La música de la naturaleza había enmudecido, sustituida por los murmullos del viento.

Ó Dálaigh los hizo viajar todo el día, sin detenerse a comer; engulleron sus raciones mientras cabalgaban. Clía esperaba las mismas condiciones de viaje que en el bosque Fantasma, pero tuvo que reconocer a regañadientes que la diferencia tenía sentido. La misión del bosque Fantasma había sido un juego de niños para Kordislaen.

El sol empezaba a ocultarse por el horizonte cuando Ó Dálaigh anunció que iban a detenerse a pasar la noche. No había puntos de referencia, ni pueblos que indicaran dónde se encontraban, pero él parecía seguro de que estaban en el lugar correcto. El grupo se dividió; la mitad fue a explorar y asegurar la zona, y Clía se quedó con Niamh y Dornáin para montar el campamento.

Se sintió agradecida por haber ido a las clases del draoi Griffin, en las que había aprendido a disponer correctamente la acampada en misiones como aquella, lo que incluía la instalación de la estúpida tienda de campaña que estaba pudiendo con ella. Por desgracia, una cosa era saber cómo se hacía algo, y otra muy distinta, hacerlo correctamente.

Niamh se le acercó mientras luchaba con las cuerdas.

—¿Puedo? —preguntó, señalando la que mantenía prisionera a Clía.

—Por favor.

La desenredó de la mano de Clía y la liberó. Juntas montaron la primera tienda y pasaron a la siguiente.

—Es mucho más difícil de lo que parece.

Niamh le estaba tendiendo una rama de olivo. Una tregua.

—Ya veo. Gracias…

Niamh se limitó a asentir.

Trabajaron en silencio, pasándose cuerdas y ayudándose a sujetar los pliegues y las estacas. Cuando las tres tiendas estuvieron montadas, ambas suspiraron aliviadas antes de pasar a la hoguera.

Dornáin había recogido leña. Se conocía la zona mejor que ninguna de las dos.

Niamh apiló los troncos, y Clía introdujo hierba seca y hojas por los huecos. Era un trabajo para una sola persona, pero lo hicieron juntas, cada una escuchando las instrucciones silenciosas de la otra, un equipo lacónico pero rápido. Una vez prendido el fuego, ayudaron a Dornáin con las tareas restantes hasta que no les quedó nada más que hacer que esperar al resto del grupo.

Dornáin dijo que tenía que mirar unos mapas, pero Clía sabía que quería retirarse a su tienda, deseoso de dormir sin que lo molestaran. Solas junto a la fogata, las dos mujeres se quedaron sentadas, observando los giros de las llamas bajo la brisa invernal.

—¿Estás contenta? —preguntó Niamh antes de que el silencio se hiciera sofocante. Hablaba en voz era baja, titubeante—. Con la forma en que han salido las cosas. ¿Lo estás?

Clía se sorprendió por la pregunta, pero respondió con sinceridad.

—No me gusta nada pensar en Sárait, inconsciente en esa enfermería, pero, por lo demás… Sí, creo que sí. —Niamh parecía pensativa. El fuego iluminaba su pelo castaño oscuro arrancándole rayos dorados y rojos, sol y sangre—. ¿Y tú?

La máscara cuidadosamente construida de Niamh había desaparecido. En su lugar había una niña perdida que buscaba soluciones en las chispas de la hoguera.

—No lo sé.

—Tienes a Domhnall, y un futuro por el que cualquiera se cambiaría —dijo Clía con precaución. Era cierto, pero también sabía lo vacío que estaba en realidad ese premio.

—Sí, es verdad. —Los hombros de Niamh se alzaron, junto con la muralla que la rodeaba.

Clía se maldijo por haber roto la frágil tregua. Volvió a intentarlo.

—No sé si alguna vez he sabido en realidad lo que quería. Hasta ahora.

Niamh soltó una carcajada hueca.

—Si no recuerdo mal, dejaste tu vida de lujo y riquezas para hacerte guerrera, todo para convencer a un hombre de que se casara contigo. Entonces parecías muy segura de lo que querías.

—Eso no es justo…

—No estabas enamorada de él, ya lo sé. Puede que estuvieras enamorada de la idea de él. La riqueza, el título, el porte… Eso era lo único que querías en realidad. Era tu príncipe, llegado para traerte la admiración y el amor del pueblo. —Clía quiso detenerla, decirle lo equivocada que estaba, pero las palabras se le atascaron en la garganta—. Dime una cosa. —Niamh se inclinó para acercarse más—: Si tus padres no hubieran presionado tanto para que te casaras, ¿aún habrías deseado ese matrimonio?

La frustración llenó los lugares donde debería haber tenido respuestas.

—¿Y esperas que crea que tú lo quieres?

—No. No siento nada por el príncipe, pero sé dónde me meto. Sé por qué quiero casarme con él, y él también lo sabe. No engaño a nadie, y menos a mí misma.

—No soy tonta.

—No lo eres. Eres muchas cosas: obstinada, orgullosa, decidida, extrañamente sincera..., pero no eres tonta. En habilidades y en alma, superas a la mayoría. Reconozco que quizá no fui la persona más amable cuando llegaste a Caisleán, y lo siento. No podía arriesgarme a que te interpusieras en mi compromiso con Domhnall. Pero ahora ya sé que no es eso. Lo que no sé es si lo sabes tú. —Niamh se volvió hacia ella. Clía le sostuvo la mirada, combatiendo el impulso de encogerse.

—No quiero casarme con él. Creo que nunca quise. —Esperaba que esas palabras sonaran diferentes en sus labios. Más cargadas, agridulces. Pero sintió que se quitaba un peso de encima. Suponían la reconciliación de su corazón y sus miedos persistentes. Se irguió un poco—. Era mi amigo y mi futuro, y lo que todo el mundo esperaba de mí. Era lo único que sabía. No quería decepcionar a todo el mundo, y puede que me aferrase a él más de lo debido.

Durante mucho tiempo, Domhnall había sido lo más parecido al amor que había conocido, pero no era más que una obligación. Su mente vagó hacia la noche anterior, hacia las extremidades entrelazadas y los estrechos abrazos. Después de conocer el amor, no se podía creer que hubiera sido capaz de confundir ambas emociones.

Niamh volvió a mirar al fuego, en apariencia aceptando la respuesta. Sacó la comida y se puso a cocinar. Suficiente para dos.

—¿Por qué te casas con Domhnall? —preguntó Clía antes de ser consciente de ello—. Si no es indiscreción.

Niamh le lanzó una mirada que parecía enumerar las diversas formas en que podría matarla. Clía miró rápidamente hacia el bosque y las sombras que se cernían en él. Por mucho que hubieran avanzado en su amistad, a Niamh le resultaría demasiado fácil matarla sin testigos.

Se oyó un suspiro.

—Cuando era niña, mi padre siempre cifró en mí grandes esperanzas. Soy la mayor, y a mis hermanos nunca les había interesado mucho seguir el camino de Ríoghain. Mi padre me entrenaba todos los días con espadas, arcos, puñales… Cualquier arma que se te ocurra. Siempre estaba asustado. Temía que intentaran atacarlo o hacerle daño a través de nosotros. Yo era la responsable de proteger a mi madre y a mis hermanos cuando él partía en una misión.

—No me extraña que seas tan… musculosa. —En cuanto las palabras salieron de su boca, Clía deseó esconderse en una cueva y no salir hasta que el lenguaje hubiera desaparecido del mundo.

Pero Niamh se rio. No fue una risa burlona ni cruel; fue auténtica, de sorpresa.

«Esta —pensó Clía— es una ocasión de la que se hablará durante años: Clíodhna Fionnáin hizo reír a Niamh Morrigan».

—Gracias —dijo Niamh. Cuando volvió el silencio, se concentró intensamente en el fuego—. Al fallecer mi padre, su paranoia se le contagió a mi madre. Insistía en que no había muerto de viejo ni por una enfermedad, como decían los médicos. Me decía que estaba orquestado, que el trono se había vuelto contra él. Murió mientras dormía. En paz. Una muerte que muchos envidiarían.

—Lo siento mucho. Pero no acabo de entender qué tiene que ver eso con Domhnall.

—Añade la impaciencia a esa lista de tus características. —Niamh le lanzó una mirada irónica y removió las llamas con una ramita—.

Mi madre no para de proclamar sus ideas sobre conspiraciones. Y, por su culpa, el apellido que tanto le costó a mi padre engrandecer está en peligro, igual que el futuro de mis hermanos. Mi matrimonio con Domhnall lo resolvería: la gente olvidaría las acusaciones de traición de mi madre; podría asegurarme de que se recordase a mi padre como a un héroe, y a mí como la reina de un gran reino.

La guerrera tenía los dientes apretados y los ojos le ardían con tanta intensidad como las llamas que tenían delante. Clía conocía su fuerza, su astucia, pero ya lo comprendía: Niamh era un arma forjada en las llamas más ardientes, la primera en golpear y la última en caer.

Pero el mundo no era un campo de batalla, y la vida era algo más que un legado.

—¿Eres feliz con Domhnall? Aunque no lo quieras.

—Soy tan feliz como puedo serlo. El matrimonio no es lo mío; nunca lo ha sido. Mi manera de querer es distinta de la de la mayoría; soy mucho más selectiva. Al final acabo decidiendo que no vale la pena.

—¿Nunca te has enamorado? —preguntó Clía.

—Solo una vez. Nos conocíamos desde que éramos niñas. Creo que era inevitable que me enamorase de ella. Después de aquello, esperaba no tener que casarme nunca. Interfiere con mis planes… Sería un obstáculo en el camino hacia mis objetivos como guerrera y el de, tal vez, llegar a ser jefa. Pero el buen nombre de mi familia es más importante que mis deseos. Domhnall lo sabe y le parece bien: tiene sus propios sueños.

Clía asintió. En una ocasión había estado sentada frente a otra hoguera, con Domhnall a su lado, comentándole todo lo que haría como rey. Ganarse el aprecio de sus súbditos y gestionar la corona con astucia. Ser digno del trono de su padre. Entonces, ella se imaginó en el trono junto a él. Pero después había entendido que nunca habría encajado allí.

Ese trono le quedaría a Niamh como anillo al dedo. Mantendría la cabeza bien alta bajo el peso de la corona. Clía ansiaba verlo. Niamh y Domhnall serían una pareja indomable; poseían una inteligencia y una tenacidad a la altura de sus sueños; el deseo de hacer todo lo posible por aquello que les importaba y la voluntad de sacrificar lo que fuera necesario para conseguirlo.

Clía y Niamh se quedaron junto al fuego hasta que la luna estuvo a medio camino en el cielo nocturno. Dornáin no salió de su tienda; seguramente dormía. El resto del grupo no había regresado aún.

—¿Dónde estarán? —Clía trató de ocultar la persistente ansiedad que se abría paso en su pecho.

—Puede que se hayan extraviado —dijo Niamh—. Es fácil perder el rumbo en este bosque. O puede que se hayan topado con un aldeano necesitado de ayuda, o que alguien se haya lesionado. Hay muchísimas posibilidades. No tenemos por qué ponernos lo peor, al menos de momento.

—¿De momento? —Sintió aquellas palabras como hielo en la garganta.

—Igual deberíamos despertarlo —dijo Niamh mientras miraba la tienda de Dornáin.

Se apresuraron a entrar y lo encontraron profundamente dormido en su saco. Niamh, que no era muy dada a las sutilezas, le dio una patada en el brazo.

—Despierta —le exigió.

Él abrió los ojos, adormilado, pero se puso en pie de un salto nada más ver sus expresiones: el exterior tranquilo pero intimidante de Niamh y el pánico mal disimulado de Clía.

—¿Qué pasa? —preguntó con voz soñolienta.

—Han desaparecido. —Niamh se cruzó de brazos.

—Ronan, Ó Dálaigh y MacCraith no han vuelto de la exploración —añadió Clía—. Nos tememos que los hayan capturado o…

O algo peor.

Aquello terminó de despertar a Dornáin. Salió corriendo de la tienda, directo hacia los caballos. Rebuscó en las alforjas de Ó Dálaigh y sacó un papel pulcramente doblado.

—¿Qué es eso? —preguntó Clía mirándolo fijamente.

—Un mapa de los posibles movimientos de los tinelannios y los lugares donde pueden haber acampado. —Giró la cabeza para observar sus alrededores, aunque la luz de la luna no revelaba demasiado—. Decidimos montar aquí el campamento porque estamos muy cerca de esos sitios y, a la vez, suficientemente lejos como estar a salvo. A menos que los informes iniciales fueran erróneos…

—Me estás sacando de quicio con tus evasivas —dijo Clía, sin molestarse en ocultar lo acelerado que tenía el corazón y lo desesperada que estaba por controlar sus latidos.

Niamh le apoyó la mano en el hombro y miró a Dornáin.

—¿Crees que existe la posibilidad de que se hayan enfrentado a las tropas de Tinelann?

—Quizá. —Gruñó—. ¡Si no hubiéramos tenido tanta prisa…! Si Kordislaen nos hubiera dado más tiempo para prepararnos para esta maldita misión, podríamos haber afinado los planes y haber inspeccionado bien la zona. Esto no tenía por qué ser peligroso; podría haber sido una misión de reconocimiento fácil.

—¿Qué hacemos? —Clía contuvo el impulso de seguir los pasos de Ronan hacia el bosque, en su busca, pero la sabiduría consistía en elegir bien el momento de escuchar y el de actuar.

Dornáin se pasó una mano por el pelo corto y se encogió de hombros.

—Irnos. Tengo instrucciones de minimizar nuestras pérdidas. ¿Tres guerreros perdidos y tres vivos? Me basta con eso.

—¿Y abandonarlos? —espetó Clía. En su interior, la cólera y el miedo luchaban por tomar el control, pero no servirían de nada. Necesitaba mantener la calma, por Ronan.

—No tenemos la menor idea de dónde están, ni de cuántos enemigos hay ahí fuera, ni de qué armas tienen. Y, si han capturado a nuestros hombres, los tinelannios saben todo eso de nosotros, y puede que más cosas. Ó Faoláin y MacCraith son novatos… No aguantarían ni una hora bajo tortura. No tenemos la menor ventaja; no nos queda más remedio que retirarnos.

La imagen de Ronan golpeado y ensangrentado ardía tras los ojos de Clía. No albergaba la menor duda de que él lucharía. No se rendiría si supiese que la pondría en peligro. Ni aunque eso le costara la vida.

No podía pensar en la muerte de Ronan.

—Me da igual que lo tengamos todo en contra; voy a buscarlos. —Por escasas que fueran las posibilidades, estaba dispuesta a correr cualquier riesgo si con ello podía salvar a Ronan—. Niamh, ¿me ayudas?

No supo muy bien qué convenció a la guerrera, si fue la sed de sangre de Niamh o la determinación que le vio en los ojos, pero esta asintió sin vacilar.

—¿Y tú? —Clía se volvió hacia Dornáin.

—Si morís todos, Kordislaen me echará la culpa. —Suspiró—. Prefiero que me torturen los tinelannios antes que enfrentarme a él.

Ella se lo tomó como un sí.

Capítulo 28

Primero fueron los susurros.

Luego, el dolor.

Rugió en la cabeza de Ronan mientras se desplomaba contra el suelo. Las cuerdas se le clavaban en las muñecas. Con los ojos cerrados, escuchaba las voces de quienes entraban y salían a su alrededor.

—¿No hay rastro de los demás? —preguntó una voz ronca de fuerte acento.

—No —respondió una mujer con el mismo deje—. Probablemente han decidido no arriesgar más y se han retirado.

—O han partido en busca de refuerzos —aventuró el primer hombre.

—¿Por estos tipos? —La mujer se echó a reír—. Lo dudo.

Su conversación se fue apagando junto con los pasos que se desvanecían. Cuando se fueron, Ronan hizo inventario de sus ataduras. Los brazos sujetos a la espalda; debajo, los tobillos. No sentía el peso de la espada en la cadera y, al mover ligeramente el pie, notó que no tenía el puñal que guardaba en la bota.

Le dolía la cabeza mientras intentaba recordar lo que había sucedido.

MacCraith, el comandante Ó Dálaigh y él habían explorado para asegurarse de que era seguro acampar. El bosque era muy espeso tan cerca de la frontera. Las montañas Diamhair les ofrecían sombra mientras el sol se ocultaba tras la cordillera. A cada paso que daban alejándose del claro, los recibía el coro de los árboles. El zumbido de los insectos, el aleteo de un pájaro, el suave ulular de un búho. La naturaleza impasible.

Los tres caminaban en paralelo. El plan era no perderse vista entre ellos, pero, debido a la densa maleza, a Ronan le resultaba casi imposible saber en todo momento dónde estaban sus acompañantes. Solo podía oír sus pasos amortiguados por el suelo musgoso del bosque. Estaba en un extremo de la hilera, vigilando lo que tenía por delante y hacia el este. Guardó silencio en busca de cualquier señal de vida. Una huella. Objetos desechados. El sonido de voces lejanas.

Al cabo de una hora de exploración, Ronan prácticamente tenía la seguridad de que estaban a salvo. Entonces reparó en algo. El silencio. No había pájaros. Ni insectos.

Se quedó inmóvil. Y, al girar, sus ojos captaron la luz titilante entre las hojas y las enredaderas.

Levantó una mano para indicarles a los demás que se detuvieran, pero sus pasos se siguieron oyendo. No podían verlo.

En un instante lo asaltaron tres certezas.

No estaban solos.

Aquel lugar no era seguro.

Y no tenía forma de avisar a los demás sin delatar su posición.

Empezó a alejarse de la luz, hacia donde debería estar Ó Dálaigh. Antes de que pudiera encontrarlo, algo le hizo perder el equilibrio.

Cayó al suelo con un fuerte golpe.

Una persona envuelta en sombras se alzaba sobre él. La luz que se filtraba entre los árboles se reflejó en el frío acero de su espada mientras descargaba un tajo.

Se apartó rodando antes de que lo alcanzase.

—¡Nos atacan! —gritó Ronan. A él ya lo habían localizado, pero al menos podía avisar a los demás.

Su enemigo no se detuvo. Su espada asestó otro tajo, y Ronan se incorporó rápidamente con un giro. La espada no lo alcanzó por los pelos, pero ya estaba de pie. Desenvainó y empezó a esquivar con la espada los golpes de su agresor.

A lo lejos, oyó el tintineo del metal contra el metal. Ó Dálaigh y MacCraith. No recibiría ayuda en esa pelea.

Pero no la necesitaría.

Empujó al atacante hacia atrás, lo estampó contra un árbol y se puso a descargar golpes oblicuos, para que el enemigo no pudiera defenderse adecuadamente, dado su limitado margen de movimiento. Pero en el último instante, en lugar de degollarlo, cambió el agarre y le golpeó la sien con la empuñadura roma. Cayó de inmediato.

El sonido de la respiración le llenaba los oídos, acompañado del eco de su corazón acelerado. Era lo único que oía.

Los demás no hacían ningún ruido.

Corrió por la maleza, saltando por encima de raíces y esquivando ramas bajas. Justo cuando llegaba a otro claro, sintió que algo le golpeaba la cabeza y todo se volvió negro.

Y en aquel momento estaba preso. Dejó que sus ojos se abrieran ligeramente, intentando no alertar a sus captores de que estaba despierto.

Aunque tenía la vista borrosa, pudo distinguir un pequeño campamento. Tiendas instaladas en círculo alrededor de una hoguera. Aunque no podía saber cuántos eran exactamente, en esas tiendas habría más enemigos de los que podría combatir. Lo cierto era que, atado como estaba, tampoco sería capaz de oponer mucha resistencia.

Dos figuras se dirigieron hacia él. Las voces que había oído antes. Por sus cascos de acero redondeados supo que eran tinelannios.

No deberían estar tan cerca de Caisleán. ¿Sería errónea la información de Kordislaen?

Cerró los ojos mientras se acercaban.

—Mil hombres no son suficientes —dijo la voz del hombre.

—Lo serán. Si Bás cumple su promesa, solo tendremos que preocuparnos de los guerreros a los que no haya convencido —respondió la mujer—. Estará listo para que lo tomemos.

«¿Bás?». No había generales ni jefes notables con ese nombre. Ronan, por sus estudios, conocía a todos los líderes tinelannios destacados, pero no recordaba ese nombre.

Quizá fuera un comandante ionróndio. Se sabía muy poco de los invasores que llegaban por mar... Bás podría ser fácilmente uno de sus líderes, y haberse aliado con Tinelann para conquistar Scáilca.

—Dicen que debemos irnos antes de que acabe el mes. —La primera voz resopló—. Tal como ha empezado este invierno, no quiero pasar ni una noche más en la puta tundra de Scáilca.

—No te quejes de este bosque, chaval —dijo burlona—. Deberías ver cómo quedó mi aldea después del invierno pasado. A ver si se declara de una vez esta guerra.

—¿Cuándo llegará la otra mitad de las tropas? —preguntó el «chaval» sin entrar al trapo.

—El general dice que pronto.

Los guerreros se callaron, y Ronan trató de seguir inmóvil, pero su mente se agitó ante esta información. Se acercaban más tropas. Su mano se crispó, deseando sentir la suave empuñadura de cuero de su espada. Luchar para salir de allí y transmitir esos conocimientos a Kordislaen.

Si quería escapar, tendría que pensarlo bien. La impulsividad y las acciones precipitadas solo le servirían para acabar herido o asesinado. Tenía que ser racional.

Siguió con los ojos entrecerrados, y se aseguró de que nadie lo miraba antes de abrirlos para observar de nuevo su entorno. Los dos guerreros hablaban a su derecha, en el límite de su visión periférica. La mujer era alta y musculosa, fuerte como una roca. Llevaba el pelo oscuro trenzado a la espalda. El hombre era más bajo y delgado. Se movía con energía nerviosa. No le extrañaba que ella lo tratase como a un niño; aparentaba la edad de un joven recluta. Existía la posibilidad de que Ronan pudiera enfrentarse a los dos, si lograba liberarse y dar con su espada. Pero no sería fácil.

No le importaba. Si fuera fácil, no sería divertido.

A su izquierda, MacCraith y el comandante Ó Dálaigh también estaban atados en el suelo. Ó Dálaigh estaba más cerca de él, a menos de la altura de un hombre, y MacCraith, otro tanto más allá. Este último también tenía los ojos abiertos. Ronan trató de no preocuparse por Ó Dálaigh.

Comprobó la resistencia de sus ataduras mientras trazaba un plan.

—Si creéis que vais a ganar, es que sois estúpidos —gritó.

—Parece que alguien está despierto y se siente intrépido. Ya era hora. —El chico se le acercó y se detuvo a poca distancia. Una sonrisa de suficiencia le torció el rostro—. ¿Te importaría repetir eso?

Ronan ladeó la cabeza con lo que esperaba que fuera una sonrisa irritante.

—He dicho que, si creéis que vais a vencer al general Kordislaen y tomar Scáilca, es que sois estúpidos.

—No sabes lo que dices —rio el joven.

Mientras hablaban, la otra guerrera se mantuvo en su posición. Los miraba de vez en cuando, pero, por lo demás, no les hacía mucho caso.

—Creo que sé más que tú —susurró Ronan.

—¿Cómo dices? —El chico se inclinó más para oírlo, y Ronan aprovechó la oportunidad. Levantó los pies y lo golpeó de lado en las rodillas.

Cayó con un ruido sordo, y Ronan se apresuró a descargarle una patada en la cabeza. No fue tan fuerte como le habría gustado, pero lo mantuvo en el suelo de momento.

El ruido atrajo la atención de la otra guerrera.

Mientras ella corría hacia Ronan, este tanteaba con las manos atadas el cinto del muchacho, en busca del cuchillo. Cuando se cerraron en torno a la empuñadura, sintió que lo levantaban del brazo hasta ponerlo en pie. Antes de que la mujer pudiera quitarle el cuchillo, Ronan ya se había liberado las muñecas.

Le lanzó una estocada con el cuchillo y ella esquivó con destreza, pero el movimiento lateral le dio el espacio que quería para agacharse y cortarse rápidamente la cuerda de los tobillos.

El siseo de la espada al surcar el aire lo advirtió del ataque antes de que lo viera. Rodó, y el golpe falló por poco.

Libre, pero armado solo con un cuchillo, Ronan se enfrentó a la guerrera. Sin perder ni un instante, se abalanzó sobre ella. Si le daba demasiado tiempo, se le podía ocurrir pedir ayuda a gritos, y, si el combate duraba demasiado, atraería la atención de los otros guerreros del campamento.

Intercambiaron golpes, aunque la defensa de Ronan era más débil de lo que le habría gustado. Le dolían todos los músculos y huesos, y su cabeza amenazaba con estallar con cada movimiento. La captura le había ocasionado más daños de los que pensaba. Pero siguió luchando. La siguiente vez que esquivó la espada, asestó una cuchillada que le cortó la ceja a la mujer y la hizo sangrar. Un reguero escarlata le corrió por la cara hasta el ojo, y se tambaleó. Ronan, sin detenerse, se abalanzó sobre ella y le atravesó la piel con la hoja, cerca de la clavícula. La mujer se desplomó junto al muchacho.

Ronan le quitó la espada con la mano libre y corrió hacia MacCraith. Le soltó las manos de un tajo y le lanzó el cuchillo para que se liberase los pies. Pero al volverse hacia el comandante se encontró frente a un obstáculo.

Tres guerreros tinelannios.

Había sido demasiado lento. Y habían quedado atrapados.

No tenía tiempo para pensar; simplemente, cargó contra ellos.

Blandían las armas en posición de defensa, y se encontró combatiendo con dos de ellos. Uno le lanzaba estocadas con la espada y el otro descargaba un hacha.

Por el sonido de metal que resonaba a su izquierda, MacCraith debía de estar enfrentándose al tercero.

Enfrentarse a dos adversarios a la vez no era lo ideal, y menos cuando su cuerpo se rebelaba contra cada movimiento, pero Ronan siguió adelante. Paraba un golpe tras otro y se le escapaban muy pocos. Pero un dolor agudo en el muslo lo hizo flaquear.

El hacha se le había clavado en la carne, y lo recorrió un fuego aullador. No podía pensar. No podía moverse. Y la espada fue lo siguiente. Consiguió girar en el último momento, y lo que habría sido un tajo en pleno pecho solo le rozó el costado. Le dio un codazo en la cara al guerrero que empuñaba la espada, con lo que le hizo perder el equilibrio. A continuación, se abalanzó sobre el hombre del hacha y le cortó el cuello de un tajo rápido.

Le gritaban los pulmones. Le corría sangre por la pierna. Pero ese momento de alivio terminó sin que pudiera disfrutarlo. Un grito, a su izquierda, lo informó de que MacCraith estaba en apuros. Antes de que pudiera moverse para ayudarlo, otra voz atrajo su atención.

Ó Dálaigh estaba ante ellos. Una espada le apuntaba a la garganta.

El corazón de Ronan se desplomó en su pecho.

El clamor metálico de la lucha de MacCraith y su adversario se detuvo. Ronan también debería haberse detenido. Podían seguir luchando, seguir retrocediendo, pero eso no apartaría la espada del cuello de Ó Dálaigh. Un movimiento en falso y su comandante moriría.

Antes, Ronan pensaba que todos podrían salir de aquello. Pero ya se había dado cuenta de que era un deseo ingenuo.

Sus ojos siguieron la hoja de la espada hasta su portador.

Detrás de Ó Dálaigh había un hombre con una capa verde, tan oscura como los árboles que los rodeaban. Sus ojos azules se encontraron con los de Ronan, que se sorprendió ante su familiaridad.

«Ó Connor».

—Deponed las armas —ordenó el caudillo.

Ronan no sabía qué hacía Ó Connor allí, pero sí sabía lo que debía hacer. Tenía información que sería crucial para la guerra inminente. Kordislaen habría dicho que la información era prioritaria, a cualquier precio.

Pero eso condenaría a muerte a Ó Dálaigh.

Intentó visualizar distintas situaciones, formas de llevarlos a todos a casa.

Tenía que haber algo.

Distraído por sus pensamientos desesperados, no tuvo tiempo de esquivar el puño que se dirigía a su sien. Impactó con un crujido.

Otro golpe sordo y el mundo volvió a quedar a oscuras.

Capítulo 29

Era fácil seguir el rastro de Ronan, MacCraith y Ó Dálaigh, gracias a las huellas recientes que habían dejado con las botas en la tierra musgosa.

Clía caminaba con precaución, observando el suelo atentamente para no hacer crujir hojas ni ramas. No se detuvieron hasta captar unos sonidos lejanos: risas, el crepitar del fuego y el golpeteo de los pies de los guerreros contra el duro suelo invernal.

Niamh le indicó con gestos que se detuviera y se apartara del sendero. Clía obedeció, y se adentraron en la maleza. Se acercaron con sigilo hasta quedar agazapadas entre las ramas de un arbusto que aún se aferraba a sus hojas.

A Clía se le hizo un nudo en la garganta cuando vio el campamento. Fuera habría una docena de soldados.

Las tiendas rodeaban una hoguera, en el centro del claro. El suelo estaba aplastado por las pisadas de los guerreros. No llevaban armadura ni armas, salvo algún cuchillo que otro. Casi todos parecían dispuestos a retirarse a dormir.

Le dolían las piernas por la postura, pero se obligó a seguir quieta, observando sus movimientos.

Unos pocos soldados se dirigieron a sus tiendas, aunque media docena se quedó deambulando por el campamento. Tres le llamaron la atención. Estaban de pie en la parte de atrás, cuchillo al cinto, inmóviles. Hasta que otro guerrero se apartó de su vista, no vio por qué.

Custodiaban un montículo que quedaba a la sombra, en el suelo.

Tres cuerpos apiñados, atados con cuerdas.

Y Ronan estaba entre ellos.

Creer y ver son dos cosas muy distintas. Creer que a Ronan lo había capturado el enemigo tenía sentido, y, aunque la asustaba, podía superar ese miedo.

Verlo en el frío suelo despojado de sus armas, a merced de guerreros despiadados, le hizo sentir un miedo glacial en el corazón. Quería gritar. Quería correr al claro y enfrentarse a todos ellos. Quería que Ronan volviera a estar a salvo.

El pensamiento racional abandonó su mente. Sabía que tenía que quedarse quieta, y la mano de Niamh en el codo se lo recordaba, pero también sabía que retenían a una de las personas más importantes de su vida, contra su voluntad, al otro lado de aquel claro.

Intentó concentrarse en el plan, pero Dornáin estaba en lo cierto al decir que no tenían ninguna ventaja.

No había forma de organizar un rescate mientras el campamento estuviera plagado de guerreros. Tenían que esperar al momento adecuado.

Siguieron allí hasta que Clía ya no supo cuánto tiempo llevaban. Solo quedaban dos guardias por la zona, aparte de los tres que estaban junto a los rehenes.

Le tocó el brazo a Niamh. Si iban a avanzar, era el momento.

La primera dificultad era llegar al otro lado del campamento. No podían cruzar el claro; las verían al instante. Pero la maleza también tenía sus peligros. Clía y Niamh fueron por un lado, y Dornáin, por el otro. Se quedaría en el bosque, dispuesto a saltar para prestar apoyo en caso necesario. Por desgracia, para llegar a su posición tendría que rodear, sin que lo vieran, gran parte del campamento y esquivar a una guardia, mientras que a Niamh y Clía les bastaba con escabullirse por detrás del guerrero más cercano.

Clía contenía la respiración mientras avanzaban sigilosamente. Su pálida piel brillaba contra la oscuridad de la noche. Iban en absoluto silencio, meditando cada movimiento. Inspeccionaban con atención cada punto que tocaban sus pies en busca de cualquier cosa que pudiera hacer ruido. Levantaban delicadamente ramas del camino, se agachaban cuando podían y las volvían a colocar con la suavidad de una madre primeriza. Clía no exhaló hasta que estuvieron fuera del alcance del guerrero.

Al otro lado, la guardia de Dornáin no se había movido. Su silueta inmóvil se recortaba contra el bosque, lo que significaba que aún no lo había oído ni divisado. Pero Clía tampoco podía verlo. No tenían más remedio que esperar que hubiera llegado a su posición.

Niamh y ella, ocultas en el follaje, redujeron la distancia que las separaba de los prisioneros.

Cuando se acercaron, vio que Ronan y Ó Dálaigh estaban despiertos. Ronan tenía los ojos abiertos; hinchados y magullados, pero abiertos. Y calculadores.

Tenía ronchas oscuras en la cara y sangre encostrada en la sien, la nariz algo torcida y un feo corte en el muslo. La invadió la cólera. Ó Dálaigh mostraba peor aspecto aún, con la piel llena de moretones y la frente cubierta de sangre seca; además, por la forma en que le colgaba el brazo de la espada, era probable que lo tuviera roto.

Ronan no se habría rendido fácilmente, y, por lo que ella sabía de MacCraith y Ó Dálaigh, eran luchadores fuertes.

El cuerpo inerte de MacCraith quedaba oculto por los otros dos. Solo podía esperar que se hubiera despertado y no estuviese en peores condiciones que ellos. Sacarlos a todos del campamento sería más difícil de lo que esperaban. Mucho más difícil.

Observó a los guerreros que custodiaban a los rehenes. Tenían los hombros caídos por el cansancio y se les cerraban los ojos. Probablemente llevaban horas de pie. El guerrero del centro, un hombre bajo y fornido con más barba que rostro, se tambaleaba. El cambio de turno no tardaría: ningún comandante dejaría a esos hombres mucho más tiempo en sus puestos. Eso significaba que tenían que actuar cuanto antes.

La adrenalina y la ira la consumían, disipando cualquier sensación de cansancio, cualquier falta de sueño y comida. Solo veía los cuchillos, el extraño ángulo del brazo de Ó Dálaigh y la sangre en la cara de Ronan.

Niamh y ella cruzaron una mirada, hablándose en silencio.

Sabían exactamente lo que tenían que hacer, y cómo hacerlo. Era el momento de comprobar si era posible.

Desde detrás de los guardias, Clía abandonó la seguridad del bosque con una mano en la empuñadura de Camhaoir, lista para desenvainarla en un abrir y cerrar de ojos; en la otra blandía un puñal.

Los guerreros no se percataron de que se acercaba sigilosamente a los rehenes. Ronan y Ó Dálaigh, en cambio, se dieron cuenta: abrieron los como platos al ver que se acercaba. Ella se llevó un dedo a los labios, recordándoles que debían guardar silencio. Sintió alivio al ver que los ojos de Ó Dálaigh se llenaban de determinación: estaba lúcido y podía ayudar en la huida.

Al arrodillarse junto a Ronan, creyó distinguir en su rostro un destello de miedo…, ¿por ella o por sí mismo? Pero desapareció enseguida. Le acercó los brazos, atados por delante. Miró rápidamente a los guardias, que seguían concentrados en el perímetro, ajenos a todo.

Tal vez Ronan contara en realidad con la bendición de Ríoghain; el dios debía de cuidar de ellos.

Clía cortó la cuerda lentamente, con cuidado de no hacer ruido. Al terminar, le dio el puñal de repuesto que llevaba al cinto, y él lo usó para liberarse las piernas antes de volverse hacia MacCraith, que yacía inconsciente a su espalda.

«Ronan podrá despertarlo», se dijo Clía.

Ó Dálaigh esperó con una paciencia que a ella se le hizo incomprensible mientras iba hasta él y lo desataba.

Y entonces se les acabó la suerte.

Un chasquido llegó del bosque, hacia el este, donde se suponía que Dornáin observaba en silencio.

Los cinco guerreros giraron al unísono al oírlo. Aunque en el peor de los casos lo vería de reojo, Clía se agachó de todos modos, con la esperanza de pasar desapercibida junto a Ó Dálaigh. Por el rabillo del ojo, vio a Ronan, quieto. La guardia del perímetro oriental se abrió paso por la maleza y dio la voz de alerta en la oscuridad. Habían descubierto a Dornáin.

Sonaron unos fuertes pasos cuando la guerrera echó a correr en su dirección.

Aquella interrupción despejó a los tres tinelannios de guardia. Se volvieron hacia sus prisioneros.

El chirrido del metal que salía de su vaina llenó el claro. La habían visto.

Los guardias se abalanzaron sobre ella, pero, antes de que pudieran atacar, Niamh emergió como una diosa vengativa de la arboleda que tenían detrás y se unió a la refriega.

Clía se puso en pie de un salto y dejó el pequeño puñal en el suelo, junto a Ó Dálaigh, para que pudiera terminar de liberarse las manos y los tobillos. Notó el suave tacto de la empuñadura de Camhaoir, y un nuevo torrente de energía recorrió sus venas.

Niamh podría con dos de los guardias, y Ronan podría ayudarla de un momento a otro, a pesar de sus heridas. Ó Dálaigh se levantó para enfrentarse al tercer guardia de los rehenes, y Clía esperó a que el otro vigía del perímetro se uniera a la lucha. Fue tan arrogante que ni siquiera se molestó en pedir refuerzos: al ver que Clía y a Niamh eran la caballería que acudía a salvar a los prisioneros de Caisleán, avanzó con confianza. Su agarre del arma era débil; tenía los hombros encorvados y su postura era lamentable.

Clía estaba impaciente por demostrarle lo letal que podía ser.

Cuando el guerrero se abalanzó sobre ella, Clía le desvió la espada con un movimiento de muñeca. Se sentía poderosa, y él no tuvo nada que hacer.

La espada de Clía se hundió en el costado del guerrero enemigo con demasiada facilidad, y justo entonces se oyó un fuerte grito, procedente de la pelea de Niamh y Ronan. Clía se volvió y vio que Niamh se lanzaba hacia delante para atravesar con su espada la garganta del guerrero y silenciar el grito, pero el mal ya estaba hecho.

Se apartaron las lonas de la entrada de dos tiendas, y tres guerreros más corrieron hacia ellos.

Clía extrajo Camhaoir del cuerpo del guardia del perímetro y salió a su encuentro, seguida de cerca por Ó Dálaigh. El tercer guardia quedó tendido en el suelo, detrás de él.

Ninguno de los tres guerreros recién levantados llevaba armadura: no habrían querido perder tiempo poniéndosela. Pero sí iban armados. Ó Dálaigh se enfrentó rápidamente a una mujer de pelo oscuro, mientras Clía se lanzó hacia los dos hombres.

Esperaba tener que luchar, pero esquivó todos los golpes con facilidad. Los ataques no la hacían retroceder; se mantuvo en su posición. La fuerza vibraba bajo su piel, y el claro parecía arder en el fragor de la batalla. En ningún momento le costó contenerlos, a pesar de que nunca había luchado contra dos personas a la vez.

Al levantar la espada frente a su cara para bloquear un ataque engañoso, reparó en que el cristal de la empuñadura de Camhaoir se había iluminado. Bañaba el espacio que lo rodeaba con un resplandor rosa claro, y su piel lo reflejaba de una forma de lo más extraña. Sus venas parecían casi incandescentes.

«No es momento para distraerse con una piedra», se dijo.

Con un giro de muñeca, desarmó al más alto de los dos soldados y lo dejó inconsciente con el pomo de la espada. El segundo atacó, pero estaba cansado. Sus tajos y estocadas se hicieron más lentos, y ella consiguió atravesar su guardia y clavarle la espada. La sacó sin demora y el hombre cayó al suelo.

Una carcajada de alivio burbujeó en el pecho de Clía, pero la acalló un gemido, a su izquierda.

Ó Dálaigh cayó al suelo, con una herida en el tórax de la que brotaba sangre oscura. Se llevó allí la mano, como para contenerla. Su adversaria levantó el arma una vez más, con el fin de rematarlo, pero Clía se interpuso de un salto, con la espada por delante.

No era la mejor posición para bloquear; le dolía el codo por la mala postura. Sin embargo, no se inmutó cuando la guerrera se dispuso a atacar de nuevo, y siguió separándola de su camarada, que yacía en el suelo.

Clía atacó con furia, decidida a hacerle una herida igual que la de Ó Dálaigh. Decidida a verla caer. La tinelannia no duró mucho. Clía estaba rebosante de fuerza, y saboreó el momento en que su espada se deslizó limpiamente por el cuello de la guerrera. Una amenaza menos.

Dio media vuelta y se arrodilló junto al comandante Ó Dálaigh.

Camhaoir cayó a su lado, golpeando el suelo con un ruido sordo con el que se desvaneció la emoción de la batalla, dejando tras de sí una realidad fría y amarga.

Ó Dálaigh tenía los ojos cerrados, y el pecho le subía y le bajaba rápidamente con sus intentos de respirar. La tenue luz de la luna no dejaba ver la herida en todo su horror, pero estaba rodeada de sangre, que caía y manchaba la tierra. No le quedaba mucho tiempo. A pesar de que su mente y su alma lo sabían, intentó salvarlo. Notó el calor de la sangre entre los dedos cuando le presionó el pecho.

—Quédate conmigo —murmuró, sin prestar atención a las lágrimas que surcaban la mugre y la sangre de sus mejillas.

Ó Dálaigh no respondió.

No emitía ningún sonido. Ni la respiración sibilante. Ni los incansables latidos del corazón.

Se había quedado en silencio.

Ella tampoco hizo ningún ruido. Acercó una mano para limpiarle la sangre que le goteaba por la comisura de los labios.

No merecía esa indignidad. Morir en el duro suelo invernal de un bosque desconocido. Solo tenía un puñal y estaba herido, pero había luchado de todos modos. Y ese fue su error. Tal vez, si hubiera corrido, habría logrado sobrevivir.

Pero se había quedado. Y estaba muerto a sus pies.

La mano de Ronan se posó en su hombro.

—Vamos. Tenemos que salir de aquí. —Su voz era apenas un susurro, pero, rodeada de muertos como estaba, le recorrió le columna como un grito.

En el claro no se veía ni un tinelannio con vida, y, aunque probablemente solo había unos pocos en las tiendas, seguir allí era demasiado peligroso. Estaban débiles por las heridas y el agotamiento, y ya habían perdido a una persona.

A pesar de todo eso, cuando Ronan la agarró del brazo, aún no podía moverse.

—Clía, tenemos que irnos. Ahora mismo. Hay una cosa que deberías…

—Me temo que aún no os vais —dijo una voz conocida.

Ella giró en redondo, incapaz de dar crédito a sus oídos.

Ó Connor se interponía entre el bosque y ellos. Otro guerrero, armado con un hacha, estaba a su lado.

—Encárgate de esa —dijo, y señaló con la cabeza a Niamh—. Yo me ocupo de los otros dos.

Se sacó la espada de debajo de la capa.

—¿Ó Connor? —Su voz era tan frágil como se sentía de repente—. ¿Qué…? ¿Qué estás haciendo?

Ronan tiró de ella para dejarla a su espalda mientras los dos se ponían en pie como podían. Ya blandía la espada cuando Ó Connor atacó.

Clía se sentía como en un sueño. Su mente se esforzaba por encontrar sentido a lo que estaba sucediendo. Tenía que haber alguna explicación. Algún motivo. Él no traicionaría así a Álainndore. No la traicionaría a ella.

Paralizada, veía enfrentarse a las dos personas más importantes de su vida. Cada choque de sus espadas le abría otra grieta en el corazón. Agarró Camhaoir, pero no sabía qué hacer con ella.

Hasta que Ronan gritó. Uno de los golpes de Ó Connor había hecho contacto: la hoja atravesó el muslo de Ronan, justo por encima de la otra herida. No cayó, solo retrocedió a trompicones hasta recuperar el equilibrio. Y, cuando Ó Connor se dispuso a atacar de nuevo, Clía estaba allí.

Sus espadas se encontraron, y ella sintió que la invadía la fuerza. Recordó el entrenamiento. «Cánsalo. Espera una oportunidad».

—Has aprendido bien —dijo él, con algo parecido al orgullo en la voz.

Ella siguió luchando.

—No tenemos por qué hacer esto. —Hablaba como si se tratara de otra partida de fidchell. Como si Ronan no estuviera sangrando detrás de ella—. No quiero hacerte daño. No se suponía que fueras a formar parte de esto. Déjame terminar de cumplir mi cometido y vivirás, Clía. Te lo prometo.

—¿Y traicionar a mi reino? ¿Ver morir a mis amigos? —escupió—. Prefiero que me mates.

—Tan cabezota como siempre. —Se echó a reír.

Cuando lo bloqueó a continuación, no pudo evitar que las palabras salieran de sus labios.

—¿Por qué?

«¿Por qué lo has hecho? ¿Qué te ofrecen? ¿Qué podría valer este dolor?».

—¿Cuánto tiempo más crees que sobrevivirá el reino, gobernado por tus padres? Han vaciado las arcas con sus derroches, y se han ganado la antipatía de sus aliados. Ni siquiera les importa enterarse de lo que ocurre en Álainndore, y mucho menos hacer algo. —Frunció el ceño—. Tus padres han descuidado su reino, su trono. ¿Qué derecho tienen a conservarlo?

Los ojos de Clía se abrieron desmesuradamente.

—La muerte del jefe Barra. Los rumores sobre espías. Has estado colaborando con Tinelann… —Se le quebró la voz.

—Se impone un cambio. Esta guerra nos habría caído encima hiciéramos lo que hiciésemos, pero con ellos puedo estar seguro de que Álainndore sobrevivirá de alguna forma. Lo hago por nosotros.

Clía, que luchaba por mantener la concentración, falló el siguiente golpe.

Era cierto que sus padres habían fracasado como gobernantes.

Desde que llegó a Caisleán, sus ojos se habían abierto a muchas cosas; la apatía y el egoísmo de sus padres se le revelaron bajo una luz deslumbrante. No eran aptos para el trono. Pero tener un enemigo común, y le costaba considerar enemigos a sus padres, no convertía a Tinelann y a Ionróir en aliados dignos. No les importaba el bienestar de su reino; tenían objetivos ambiciosos en mente.

Pensó en Ronan, y en la incursión ionróndia en la que habían dado muerte a su madre. Los más perjudicados por esa guerra no serían el rey y la reina, sino el pueblo de Álainndore. Los guerreros que perderían la vida y los plebeyos que verían sus aldeas invadidas. Los niños que se quedarían sin padres.

Tenía que haber otra manera. Sacudió la cabeza.

—Esta no es la manera de enmendar sus errores. Lo único que has hecho aquí es traicionar a tu reino. A tu familia. —Lo apuntó con Camhaoir—. No te dejaré ganar.

—No tendrás elección.

Clía sabía que podía vencer. Él tenía más experiencia, pero ella era más joven. Él se había vuelto complaciente, mientras que ella tenía reciente el entrenamiento.

Podía ganar se combate. Si quería.

Oyó a Ronan a su espalda. Por el rabillo del ojo, vio que los rodeaba.

Ó Connor retrocedió, y ella la vio. El hueco. La oportunidad de acabar con aquello.

Vaciló.

Cuando la espada de Ó Connor se le acercó de nuevo, no estaba preparada. Sintió que la atravesaba; le dejó un rastro de fuego en el brazo.

—¡Clía! —gritó Ronan, olvidando su plan mientras lanzaba una estocada contra Ó Connor.

Pero el jefe estaba preparado. Bloqueó, y a continuación descargó la parte plana de la hoja contra la cabeza de Ronan. No fue el golpe mortal que pretendía, pero resultó demoledor.

Ronan cayó. Clía sintió que su corazón caía con él.

No se movía.

Ó Connor levantó la espada, listo para matar.

Se lanzó entre los dos, y bloqueó el ataque con el antebrazo. El peso de Ó Connor la aplastaba mientras intentaba retenerle el brazo para que no le clavara la espada a Ronan. No podía…, no estaba dispuesta a dejarlo morir.

Siguió concentrada en la mano que retenía la espada, que intentaba llegar a Ronan. Llegar a ella. La misma mano que le había secado lágrimas y la había ayudado a levantarse de innumerables caídas cuando era niña.

Por debajo, la tierra estaba fría. Siguió presionando el brazo con las dos manos. Estaba herida y agotada. Y él lo sabía. Al mirarlo a la cara, solo vio resignación cansada bajo la firme determinación con que empujaba.

En un último esfuerzo, se inclinó hacia delante y liberó la pierna que tenía debajo del cuerpo para golpear la de Ó Connor. Este retrocedió a trompicones, dejando espacio entre ellos. El necesario. Ya podía verlo buscando el ángulo, preparándose para el golpe final… cuando ella lanzó un tajo.

Solo alcanzó a oír el ruido de su espada al cortar el aire.

Camhaoir dio en el blanco, hundiéndose en su pecho.

—¿Clía? —La voz de Ó Connor sonaba ahogada.

¿Qué había hecho?

Él la miró con una pregunta a la que no supo responder. Un dolor que sintió resonar mil veces en su corazón. Intentó blindarse contra él, pero no lo consiguió.

La sangre de su amigo le cubra la espada, las mangas, las manos.

Lo había alcanzado.

No era su intención.

Solo tenía que salvar a Ronan.

Ó Connor cayó.

El hombre que había ayudado a criarla cuando sus padres estaban demasiado ocupados. Que había tenido paciencia con ella. Que se había mostrado alentador y amable cuando otros no lo eran. Su familia.

Estaba de rodillas ante ella.

Por un momento, Clía se olvidó de todo.

Volvía a ser una niña. Pequeña y rota.

—Lo siento —sollozó—. Oh, dioses. Lo siento, no…, no era mi intención.

Tendió hacia él las manos abiertas. No sabía por qué. ¿Para ayudarlo? ¿Para pedirle perdón? ¿Para ofrecerle el consuelo que él siempre le había ofrecido?

Cuando Ó Connor cayó al suelo, ya había cesado el sonido áspero de su respiración. Y Clía se quedó allí sentada, indefensa junto a él, mirando la sangre que le corría por la capa verde.

Capítulo 30

Cuando Ronan volvió en sí, le ardían los pulmones con cada respiración, y sentía un dolor palpitante en la cabeza.

Pero estaba vivo.

El clamor de la batalla se había desvanecido, y comprendió lo que tenía delante. Niamh caminaba hacia MacCraith, dejando a su espalda el cadáver de la guerrera tinelannia.

Y Clía estaba en el suelo, a poca distancia, agitando los hombros, de rodillas junto a un cuerpo desplomado. Ó Connor. Camhaoir estaba enterrada en su pecho inmóvil.

—¿Clía? —llamó—. ¿Estás bien?

No contestó. Ni siquiera se movió.

Corrió hacia ella. El suelo estaba cubierto de sangre.

—¿Estás herida? —Le recorrió frenéticamente el cuerpo con la mirada, en busca de cualquier rastro de lesión. La única herida que pudo ver fue un corte en el brazo. Era feo y rojo, pero, por suerte, no era profundo.

Al final, ella lo miró. Al verla con los ojos llenos de lágrimas se le encogió el corazón.

—Yo…, yo lo he matado.

Ardía en deseos de abrazarla, de protegerla del dolor.

—Me has salvado. —Le puso la mano en el hombro para que siguiera mirándolo en vez de mirar al cadáver—. Tengo que saberlo: ¿te ha hecho daño?

—Estoy bien —respondió ella, pero se sentía vacía.

Ronan conocía la conmoción, y sabía que podía acallar el dolor. Tenía que comprobar si Clía podía ponerse en pie. Moverse. No sobrevivirían a otro combate.

—Ahora vamos a levantarnos, ¿de acuerdo? —Le sujetó el codo con suavidad y la ayudó a incorporarse. Notaba el dolor en el muslo herido.

Se oyeron unas voces a lo lejos. Ronan miró a Niamh, pero esta ya cargaba con un MacCraith inconsciente al hombro. Un miembro de su grupo seguía en paradero desconocido.

—¿Dónde está Dornáin?

—Estaba en el bosque; se suponía que era nuestros refuerzos. —Clía respiraba entrecortadamente—. Creo que fue él quien llamó la atención de la otra guardia.

Dornáin no había llegado a unirse a la lucha, lo que significaba que o bien había regresado al campamento, o bien, lo que era más probable, había muerto. Ronan solo podía esperar que hubiera alejado a la guerrera lo suficiente para ganar tiempo antes de caer.

—Nos tenemos que ir —le susurró a Clía, que parpadeó. Él siguió su mirada hasta el cuerpo de Ó Dálaigh, y luego, hasta el de Ó Connor.

—No podemos llevárnoslos. Niamh ya va cargada con MacCraith, y mi pierna… —Ya le dolía bastante en condiciones normales; no sería capaz de llevar a nadie con las heridas añadidas del muslo.

No le gustaba la idea de dejar atrás a Ó Dálaigh. Era un guerrero valeroso y merecía descansar debidamente. En cuanto a Ó Connor, sus sentimientos eran más complicados. Si no fuera por su vínculo con Clía, si no supiera cuánto le iba a doler a ella, casi se alegraría de dejar que se pudriera.

Clía sacudió la cabeza y, en ese momento, Ronan pudo ver a la mujer con la que entrenaba. Una soldado decidida.

Miró a los dos hombres tendidos y tomó una decisión.

—Yo llevo a Ó Dálaigh.

—Te dobla en tamaño —repuso Ronan.

Clía extrajo la espada del pecho de Ó Connor, con un ruido repugnante. No se molestó en limpiar la hoja antes de dársela a Ronan.

—Necesitaré las dos manos —susurró.

Él le sujetó el arma mientras ella se esforzaba por echarse a su comandante sobre los hombros. Le temblaban las rodillas bajo el peso, pero se puso en pie.

Se adentró en el bosque con el cuerpo de Ó Dálaigh, sin volver la vista hacia el hombre que quedó en el suelo. Ronan cruzó una mirada de preocupación con Niamh antes de seguirla.

Su regreso a la base no fue rápido ni triunfal. Cada paso era una lucha. El dolor estallaba en Ronan con cada movimiento sutil, con cada flexión de la rodilla. Clía trastabillaba, y se cayó dos veces. Pero siguió adelante, y Ronan se mantuvo a su paso, detrás de ella.

—Déjame ayudarte —le ofreció, tras su primera caída. Ella negó con la cabeza.

—Ya puedo yo.

Después, caminaron en silencio.

Era su segunda misión con Ó Dálaigh, pero Ronan ni siquiera sabía de dónde provenía, ni si tenía gente que fuera a llorarlo. Aquello lo avergonzó.

Cuando llegaron a su campamento, ya se veía una franja roja en el horizonte.

Dornáin no los esperaba.

Otra pérdida que llorar.

Dejaron atrás todo lo que no fuera imprescindible y, sin dormir ni descansar, emprendieron el viaje de vuelta a Caisleán.

Cuando llegaron, el castillo estaba envuelto en sombras. Todos los músculos de Ronan luchaban contra él. Durante todo el viaje, su cuerpo le estuvo suplicando que se tomara un descanso, que se detuviera, pero no podía. No había tiempo. Mientras cabalgaba, hizo recuento de todas sus heridas: moratones, cortes y rasguños en brazos y piernas. La nariz rota. Probablemente tendrían que coserle las heridas del muslo, pero eso no lo retrasaría demasiado.

El dolor era peor que el que solía atravesarlo, agravado por las heridas. Pero lo único que podía hacer era seguir adelante.

Dejaron a los caballos en los establos, y Ronan ayudó a Clía a desatar el cuerpo de Ó Dálaigh de su montura. Forcejearon un momento antes de pedir ayuda a los mozos de cuadra. Uno de ellos avisó a Kordislaen de su llegada.

El muchacho volvió cuando terminaban de desensillar a los caballos.

—El general os espera donde siempre.

Clía no se apartó del cuerpo inerte de Ó Dálaigh, tendido en el suelo.

—Nos aseguraremos de que se ocupen de él —añadió el mozo de cuadra.

Niamh los condujo a la sala de reuniones, con MacCraith pisándole los talones. Se había despertado en el viaje de vuelta, pero había guardado silencio. Ronan entró en el castillo a trompicones acompañado de Clía. El cansancio enlentecía sus pasos.

Solo habían estado fuera dos días, pero Caisleán se había transformado en algo casi irreconocible. Los que habían partido en misiones ya habrían terminado, o se les habría pedido que volvieran, y quizá también hubieran recibido refuerzos, porque por los pasillos del castillo desfilaban rostros familiares y desconocidos. Los guerreros corrían de una sala a otra, cargados con papeles y espadas, dejando una sensación de urgencia a su paso.

La sala de reuniones estaba ocupada cuando entraron cojeando. Kordislaen estaba sentado donde de costumbre, rodeado de los militares de más alto rango de Caisleán.

Ronan se dejó caer en la silla más cercana. Intentó sentarse erguido para parecer un guerrero digno de tal nombre, pero los dolores lo pusieron en evidencia.

Los otros guerreros observaban a los cuatro con lúgubre respeto. Admiración y comprensión.

No hubo saludos. Ronan no estaba seguro de qué asunto estarían tratando antes de su llegada, pero el aire a su alrededor era tenso. Domhnall y Kían estaban sentados al otro lado de la mesa, y la sorpresa y la preocupación se reflejaron en sus ojos mientras miraban al grupo.

Kordislaen se puso en pie.

—Tengo entendido que han matado al comandante Ó Dálaigh y que Dornáin ha desaparecido.

—Así es. —Clía tenía la voz ronca por falta de uso. Durante el viaje de vuelta no había cruzado una palabra ni con Ronan ni con nadie. Él sabía que estaba destrozada, y le habría gustado saber cómo consolarla. Lo único que podía hacer era mirarla mientras se cerraba al mundo.

—¿Conseguisteis la información que habíais ido a buscar?

Los ojos de Clía se encontraron con los de Ronan, que vio una forma de ayudarla: no tenía por qué ser ella quien relatase lo ocurrido.

—Hemos averiguado cosas que podrían ser útiles. Sin embargo, como nuestra posición estaba comprometida y ya habíamos perdido a dos hombres tan pronto, decidimos no arriesgar la información y optamos por una retirada estratégica.

Esperaba que Kordislaen los reprendiera por haber fracasado en su misión, pero el silencio con que reaccionó fue casi peor. Se sentó, negando con la cabeza, hasta que por fin habló.

—Entiendo. Infórmanos de lo sucedido.

Ronan empezó por hablarle de su viaje sin incidentes hasta el bosque, y luego le contó cómo los descubrieron cuando se separaron en el lugar del campamento.

—Sabían que estaríamos allí. Cuando fuimos a inspeccionar el bosque, estaban preparados para interceptarnos. No tuvimos ninguna oportunidad. Nos dejaron inconscientes y nos llevaron a su campamento. Nuestros intentos de fuga solo nos consiguieron más palizas. Por suerte, Clía, Niamh y Dornáin acudieron a rescatarnos. —Omitió de momento la participación de Ó Connor. Había demasiada gente en la sala, y ya habían sufrido una traición. No sabía con certeza en quiénes podían confiar.

—¿Y cómo los liberasteis del campamento enemigo? —preguntó Kordislaen, volviendo a centrarse en Clía.

—Empezamos a sospechar porque tardaban más de lo previsto en explorar la zona —respondió Niamh, atrayendo la atención de Kordislaen—. Al principio, Dornáin quería que nos retirásemos sin ellos, pero Clía se mantuvo firme. —A pesar de todos los horrores que habían visto, y de todos los que estaban por llegar, Ronan sintió que lo invadía una sensación de calidez. Por supuesto, tenía que agradecer a Clía que le hubiera salvado la vida.

La calma duró poco, ya que Niamh procedió a detallar el rescate. Al igual que Ronan, evitó cualquier mención de Ó Connor. Sin embargo, él sintió que Clía se tensaba a su lado.

Kordislaen siguió en silencio cuando Niamh terminó de hablar. Tardó un rato en tomar la palabra.

—Nos reuniremos de nuevo por la noche. Podéis retiraros. —Toda la sala se puso en movimiento, pero Kordislaen detuvo a Ronan antes de que se levantara—. Vosotros cuatro, quedaos. Aún necesito escuchar el resto de la información que traéis. Por motivos de seguridad, es mejor que sea a solas.

—HABLARON DE UN HOMBRE LLAMADO BÁS —COMENZÓ RONAN cuando se marcharon los demás—. Él es la clave de su paso siguiente. Supongo que es un guerrero de alto rango; puede que tenga información sobre las defensas de Scáilca. No cuentan con caballería, y hay un general tinelannio en su campamento, pero no lo vi. Creo que ese general es quien dirige las tropas, y se reunirá con otros batallones esta semana. Después, atacarán su objetivo. Será un lugar que Bás ha conseguido debilitar. Creen que caerá con facilidad.

El objetivo. Viajaban hacia el sudoeste, y buscarían un lugar que pudieran usar como base. Tendría que poder albergar a unos mil soldados, si no más, y, si realmente estaban planeando una invasión a gran escala de Scáilca, ser de fácil acceso para el posterior movimiento de tropas. Y tendrían que ser capaces de defenderlo bien.

Una fortaleza.

Clía subió la vista, como si recordase algo. Por primera vez desde que cayó Ó Connor, Ronan vio vida en sus ojos.

—Vienen a por Caisleán Cósta.

—Serían tontos si nos atacaran. —MacCraith negó con la cabeza cuando por fin habló—. Estamos armados hasta los dientes, y mejor entrenados que en ningún otro lugar de Inismian.

—Bás les estará allanando el terreno —le recordó—. Podría estar dentro de Caisleán en este momento, trabajando contra nosotros.

—Quieres decir que tenemos un espía —dijo Kordislaen en voz mortalmente tranquila.

—Puede que más de uno. ¿Por qué vamos a creernos invulnerables? Caisleán puede caer, igual que cualquier otro sitio.

—Hay más. —Niamh apoyó los codos en la mesa.

—Continúa. —Fue una orden.

—El jefe Ó Connor estaba en el campamento tinelannio —dijo Niamh. Clía cerró los ojos al oír su nombre—. Colaboraba con ellos, y murió mientras nos fugábamos. Creemos que se había aliado con Tinelann para debilitar Álainndore desde dentro.

Kordislaen se quedó paralizado.

—¿Y creéis que Scáilca también está comprometida? —Cerró los ojos, y Ronan no supo si era por rabia o si estaba rezando—. Tendré que darle muchas vueltas. Id a descansar. Comed, y que os vean los sanadores. Me reuniré con vosotros más tarde, y espero que estéis en las mejores condiciones posibles. —Levantó una mano en dirección a Clía antes de que pudieran salir—. Tú no, Fionnáin. Deseo hablar contigo a solas un momento.

Ronan vaciló. Ella había sufrido demasiado esos últimos días; no le hacía gracia dejarla atrás. Pero era Clía. Podía con cualquier cosa de la que Kordislaen quisiera hablar.

Aun así, esperó a verla asentir antes de cruzar la puerta.

En el pasillo lo recibió la mano de MacCraith en el brazo. Firme e insistente.

—Ó Faoláin, necesito que me ayudes con unas armas.

Ronan no sabía qué pretendía el guerrero, pero no le quedaban energías para hacer preguntas, de modo que se limitó a seguirlo.

Salieron. En el exterior, Domhnall corría solo alrededor del campo de entrenamiento. MacCraith se detuvo y le dijo a Ronan que esperase un momento mientras se acercaba a él.

Ronan no pudo oír lo que decían, pero, al volverse MacCraith, Domhnall lo siguió. El príncipe parecía querer decirle algo a Ronan, pero, quizá por primera vez en su vida, se contuvo.

Cuando llegaron a la armería, MacCraith cerró la puerta tras ellos.

—¿No nos ha seguido nadie?

—No. —Ronan enarcó una ceja.

—¿Vas a decirnos ahora qué era tan urgente? —preguntó Domhnall, pero Ronan pudo ver la preocupación disfrazada de impaciencia.

Si el tono molesto del príncipe de Scáilca alteró a MacCraith, no lo demostró.

—¿Recuerdas lo que nos dijeron sobre nuestra misión? —Miró a los ojos a Ronan, que se enderezó bajo la atenta mirada del guerrero.

—El objetivo era recabar información sobre el movimiento de tropas e investigar la desaparición de los guerreros de Caisleán. Recuperarlos si era posible. —MacCraith lo sabía tan bien como él. ¿Por qué necesitaba que se lo recordaran?

—Nos enviaron a rastrear a las tropas interceptadas. Esos guerreros se habían perdido entre la aldea de Everlarch y la frontera con Tinelann. Estábamos bastante lejos de Everlarch cuando acampamos —explicó MacCraith, y Domhnall se inclinó para acercarse—. Si esa información, tal como nos habían asegurado, hubiera sido correcta, nuestra posición tendría que haber estado a una distancia más que segura de cualquier amenaza. ¿Cómo nos encontraron?

—La información puede ser errónea. Conocíamos los riesgos. —respondió Ronan.

—Kordislaen no envía a nadie a misiones de vida o muerte basándose en información errónea. ¿De verdad te parece normal que el general más afamado de Scáilca cometa ese descuido? —MacCraith habló en susurros, pero sus palabras parecieron resonar entre las armas.

—¿Insinúas que Kordislaen os tendió una trampa? —preguntó Domhnall, una pregunta genuina con solo un rastro de incredulidad en la voz. Ronan miró de nuevo para asegurarse de que la puerta estaba bien cerrada.

MacCraith asintió.

—¿De qué otra forma podría haberse torcido todo hasta tal punto? Éramos un grupo de guerreros bien entrenados. Tomamos todas las precauciones necesarias. La zona debería haber sido segura, pero no lo era.

—Ó Connor conocía los detalles de nuestra misión… —dijo Ronan, sacudiendo la cabeza—. Podría haberlos avisado.

Domhnall se volvió hacia él, tan bruscamente que Ronan se preguntó si se habría hecho daño en el cuello.

—¿O Connor?

El príncipe no había asistido a la segunda parte de la reunión. No lo sabía.

—Ó Connor estaba en el campamento enemigo —explicó Ronan—. Estaba colaborando con Tinelann. Ha muerto.

Los ojos verdes miraban la puerta cerrada con preocupación.

—¿Clía… está bien?

Ronan comprendió el deseo del príncipe de correr hacia Clía. Él había estado luchando contra ese mismo impulso desde que la dejó en la sala de reuniones.

—Lo superará. —Era todo lo que Ronan podía decir.

MacCraith se aclaró la garganta y volvió a centrarse en el tema que los ocupaba:

—Aunque es posible que Ó Connor tuviera la culpa, con eso habría enviado a su princesa a la muerte. Era un traidor, pero todo el mundo sabe que apreciaba a la chica. Dudo que fuera él quien estaba detrás de eso.

—Tiene razón —coincidió Domhnall con firmeza—. Ó Connor no habría arriesgado la vida de Clía de esa manera.

—Eso no significa que Kordislaen nos haya mentido. —Su propia voz le sonó débil a Ronan.

Domhnall lo miró casi con lástima, mientras MacCraith negaba con la cabeza.

—¿Tan cegado estás por la lealtad que prevalece sobre el sentido común? —argumentó MacCraith—. Piénsalo. Nos traicionaron. El único que tenía poder para tendernos una trampa así es el propio general.

La idea de que Kordislaen se volviera contra ellos, contra él, chocaba con todo lo que sabía del general. Durante años lo había apoyado, lo había ayudado a prosperar. ¿Por qué iba a haber hecho todo eso para después enviarlo a su muerte en una misión suicida?

—Porque ya no le eras útil —respondió MacCraith, y Ronan comprendió que había expresado sus pensamientos en voz alta—. A los hombres como Kordislaen solo les importa lo que los demás puedan hacer por ellos. Todo es cuestión de ego. Y no eres solo tú… Piensa a quiénes envió a esa misión. A la princesa, que hace unos pocos días le plantó cara en público. A un aristócrata sobre el que nunca podrá ejercer influencia. A mí, y bien saben los dioses que no soy su persona favorita; no sé por qué, pero salta a la vista que desconfía de mí. Todos éramos prescindibles para él. No puedo seguir así. Nos llevará a todos a la tumba si no hacemos algo.

Un dolor palpitante se extendió por los dedos de Ronan, que apretó el puño en respuesta.

«Salta a la vista que desconfía de mí».

MacCraith no sabía que Kordislaen tenía un motivo para ello, y era Ronan quien se lo había dado. Si MacCraith estaba en lo cierto, Ronan sería culpable por haberlo puesto en peligro.

—¿Qué se supone que tenemos que hacer? —preguntó Ronan. Aunque le costaba creer que Kordislaen pudiera traicionarlos, era innegable que algo no iba bien. O la información de Kordislaen era errónea, o los había enviado a propósito a una trampa mortal. Pero ¿por qué? Tendría que haber un motivo más relevante. Formar parte de un plan.

Faltaban datos clave y no sabía cómo proceder sin ellos.

—Me marcho —anunció MacCraith, que no tenía ese problema—. En cuanto pueda, me largo a Suanriogh. No me fío de enviar esta información a través de un mensajero. Le expondré mis preocupaciones al jefe Lyons en persona. Él puede ayudarme a reunir más guerreros para defender Scáilca como es debido. Ya no confío en Kordislaen para ese cometido. Domhnall…, si puedes escribirle una carta a tu padre, se la entregaré.

—Por supuesto —respondió Domhnall, con su habitual mirada calculadora en el rostro.

—Suanriogh está a unos días de distancia —le recordó Ronan—. Cuando consigas hablar con Lyons, aquí la batalla ya podría estar perdida.

—Creo que Caisleán está perdido haga lo que haga. —El guerrero pelirrojo se apartó—. Mi marido está en casa, en Liricnoc, y no sabe lo cerca que estuvo de perderme. No pienso dejar que me maten ahora porque puede que sea lo más noble. Así, al menos, Scáilca tendrá una oportunidad.

—Aún no han tomado Caisleán —intervino Ronan, negando con la cabeza—. Tenemos que proteger el fuerte. En caso de que Kordislaen…

—¿«En caso»?

—En caso de que Kordislaen no sea de fiar, dejar Caisleán bajo su control equivaldrá a entregárselo a Tinelann. Con ello les pondríamos esta guerra en bandeja —insistió Ronan.

—Y quedarnos equivaldrá a entregarnos a la muerte —respondió MacCraith mirándolo a los ojos.

—Prefiero arriesgar la vida antes que arriesgar mi reino —dijo Ronan.

El guerrero miró a Domhnall y, como este no dijo nada, MacCraith se encogió de hombros, resignado.

—Es tu vida. Yo, de todos modos, me voy al amanecer. Si alguno de vosotros quiere acompañarme, adelante.

Salió de allí.

Ronan se volvió hacia el hombre al que en otro tiempo había considerado su mejor amigo.

—Domhnall, ¿no creerás de verdad…?

—No sé qué pensar. —El príncipe suspiró—. Me cuesta creer que haya podido estar tan ciego, pero los hechos son innegables. Tengo que escribir a mi padre.

Sin decir otra palabra, Domhnall cruzó la puerta. Esta se cerró tras él con un sonido sordo, dejando a Ronan a solas entre preguntas que lo asaltaban como las piezas de un rompecabezas, con la solución fuera de su alcance.

Capítulo 31

—Has demostrado ser toda una luchadora, Fionnáin —dijo Kordislaen.

Clía estaba sentada a la mesa mientras él la miraba fijamente. No había rastro de duda en sus palabras, nada que pudiera insinuar algo que no fuera un cumplido verdadero.

No pudo evitar pensar en la chica que era antes, que se habría emocionado con semejante halago. ¿Había muerto aquella chica cuando le clavó la espada a Ó Connor? ¿O la habían matado mucho antes?

—Gracias —respondió.

Él se acercó y tomó asiento a su lado.

—Has visto morir a un camarada delante de ti. Y Ó Connor… Eso no lo vi venir. ¿Fuiste tú quien lo derribó?

Clía asintió. No podía hacer otra cosa.

—Es casi impresionante. —Un brillo iluminaba los ojos de Kordislaen—. Quiero decir, era un hombre mayor, pero ¿matar a quien ayudó a criarte? Qué mal debes de estar pasándolo. Incluso sin tener en cuenta los últimos acontecimientos, cabría esperar que todo esto te resultara muy difícil. Dime, ¿sabes cuánta gente morirá en una guerra con Tinelann?

—Mucha —respondió.

—Miles de personas, decenas de miles. Podrían caer reinos. ¿Y si se extiende más allá de Scáilca y Álainndore? Nuestro continente nunca ha visto una guerra semejante, en la que unos forasteros ayudan al enemigo. Pasará a la historia y se estudiará durante siglos. El juego de la guerra, con la vida y la muerte balanceándose en el filo de una espada. Ya no hay vuelta atrás.

—Lo sé.

—¿Lo sabes? —preguntó con voz acerada—. Eres una chica lista, Clíodhna. ¿Cuáles crees que serán tus posibilidades en una contienda como esta?

—¿Mis posibilidades? —Lo miró fijamente y vio que asentía.

—Tus posibilidades. ¿Esperas sobrevivir? ¿Volver a Álainndore como una heroína, con tus amigos a tu lado?

Clía no era capaz de pronunciar una palabra.

Había estado tan concentrada en sus objetivos, en su viaje, que nunca había asimilado la verdad de la guerra, más allá de los efectos que tendría en Álainndore. Había presenciado más muertes en los últimos días que en toda su vida, más muertes de las que jamás quería volver a ver. Y eso era solo el principio. Si no detenían a los tinelannios y a los ionróndios antes de que invadieran Scáilca, miles de personas podrían perder la vida. Habría bajas aunque intentaran evitar una invasión en toda regla. Era inevitable.

¿Y ella se había creído que evitaría el derramamiento de sangre? ¿Que evitaría la muerte? ¿Que su piel quedaría libre de manchas de sangre?

Ya tenía sangre bajo las uñas.

¿Y sus amigos? Sárait estaba en la enfermería. Niamh, Domhnall, Kían y MacCraith tomarían parte en las batallas que se avecinaban. Ronan. Había estado a punto de perderlo la noche anterior. ¿Cómo podría protegerlo en una batalla real?

Cerró los ojos y se concentró en la sensación de los dedos al rozar el dobladillo de la blusa. Al cabo de un momento, cuando sus pensamientos empezaron a calmarse, volvió a abrir los ojos. Kordislaen la observaba atentamente.

—No sirve de nada centrarse en lo que no se puede controlar —respondió Clía—. Sea lo que sea lo que nos arrojen los dioses, tengo fe en que podremos con ello. —La máscara le resultaba ajena, después de tanto tiempo sin ella. Las mentiras le sabían amargas en la lengua.

—¿De verdad crees que puedes enfrentarte a las realidades de la guerra? —Había incredulidad en su voz, y a ella le llegó directa al corazón.

Clía se encogió de hombros. Kordislaen no tenía por qué estar al tanto de las dudas que albergaba ella en su corazón.

—¿Acaso no hemos trabajado en eso? Tú decidiste que me quedase en Caisleán. He demostrado ser capaz.

Él se echó a reír y la miró como quien mira a un cachorro herido.

—No te engañes, Fionnáin. Sabes por qué estás aquí.

—Porque soy una buena guerrera —respondió con voz firme.

—¿De verdad te lo crees? —La sorpresa teñía sus palabras, pero la lástima tardó poco en sustituirla—. No, Fionnáin. La única razón por la que te quedaste es porque pensé que serías útil. La princesa heredera de Álainndore. La sucesora en el trono. Una conexión valiosa, tal vez hasta una fuente de información. Sin embargo, has demostrado ser más una molestia que una ventaja.

Ella guardó silencio, y Kordislaen, apartando la mirada, habló más consigo mismo que con ella.

—Esperaba que el capitán Ó Faoláin me diera algo que pudiera serme útil. Tus… escarceos con él podrían haberme sido muy beneficiosos. Por desgracia, aún no me ha dicho nada que me sirva.

El corazón de Clía se detuvo.

—¿Hiciste que Ronan me espiara? —Pronunció las palabras con suavidad. Eso la sorprendió. En su cabeza sonaban muy fuertes.

Confiaba en Ronan. Por encima de cualquier otra persona. Él no le haría eso.

«Eso es lo que pensabas de Ó Connor».

—Tampoco hay que dramatizar. No eras solo tú. Ronan vigilaba a todos los daltas. Tengo que confiar en la cautela y el ingenio en estos tiempos que corren. —Hizo una pausa, mirándola—. A veces me sorprende tu ingenuidad, princesa. Deberías habértelo esperado. Después de lo de Ó Connor… Bueno, sabía que podías ser muy imprudente, pero ¿de verdad creías que él era el único que te iba a utilizar? Tu desesperado deseo de aprobación te nubla el juicio.

—Yo… —La voz se atascó en su garganta.

—Voy a hacerte un favor —prosiguió el general— y aclararte una cosa: no estás aquí por tu destreza, ni por tu potencial. No tienes ni lo uno ni lo otro. Le debes tu puesto aquí a tu título y a las ventajas que podría reportarme, pero he tardado poco en comprender que no vale la pena. En este momento, estás desperdiciando un espacio muy valioso. Lo único que has hecho desde que viniste aquí es ponerte en evidencia.

A Clía se le nubló la vista. Todos sus actos habían sido en vano. Creía que hacía progresos, que le iba a demostrar a todo el mundo que estaba equivocado. En cambio, se había convertido, y con ello a su reino, en objeto de burla.

Esa duda se solidificó en sus pulmones. El fracaso le oprimía el pecho, hasta asfixiarla.

Intentó negarlo. Negarlo a él.

—Dijiste que había mejorado. Sé que luché bien. Ayudé en la misión.

Le temblaban los dedos contra el áspero dobladillo del corpiño. Recurrió a la confianza que había sido su segunda naturaleza hacía apenas unos días, y la encontró rota, recorrida por antiguas grietas. ¿De verdad era tan frágil?

—Tuviste suerte. —No había bondad en su mirada, ni compasión en su rostro—. No mentía del todo al decir que habías mejorado, pero ¿de qué sirve una mejora tan nimia respecto a alguien que ni siquiera podía sostener una espada? Por no mencionar que ni siquiera lo conseguiste por tu cuenta. Por supuesto, cuando le sugerí a Ronan que te echara una mano, sabía que no se negaría: dabas tanta pena…

Los nudillos de Clía chocaron con su pómulo con un sonoro crujido, lo suficientemente satisfactorio para aplacar el dolor de la mano.

—Que te den —dijo con voz ronca.

Por un instante, le pareció ver irritación tras sus ojos, pero desapareció rápidamente, sustituida por una sonrisa tranquila.

—¿Eso te parece un puñetazo? Oh, Clíodhna. —Sacudió la cabeza—. Esto es vergonzoso. No esperes seguir en Caisleán después de algo así. Tú no eres nadie. Y puedes marcharte.

Dio media vuelta. Clía salió de la habitación con los ojos ardiendo por las lágrimas contenidas. Cuando estuvo suficientemente lejos de la puerta para que él no la viera, echó a correr.

SACÓ LA ROPA DEL VIEJO ARCÓN PARA GUARDARLA EN SU BAÚL MÁS grande. No se molestó en doblarla. Con cada prenda, intentaba acallar los pensamientos que le invadían la cabeza.

Todo era en vano.

Ella no era nada.

Kordislaen le había permitido seguir allí solo porque pensaba que podría ser «útil». Y todas las relaciones que había forjado se basaban tan solo en la lástima y la obligación. Hasta con Sárait, a quien había enviado Ó Connor. No pudo evitar preguntarse si su amistad había sido genuina u otra treta. Otra traición.

Había cometido la estupidez de pensar que en realidad estaba haciendo algo bien. Que cuando regresara a Álainndore tendría amigos, habilidades y esperanza.

En la cama, la espada le hacía burla. Cuando la blandía, se sintió más fuerte que nunca. Casi sucumbe a la tentación de creer que podía ser algo más allá de ese reino, que quizá los mismísimos dioses tenían fe en ella.

Solo los niños ingenuos creían en cuentos de hadas.

Acurrucado en su cama, Murphy la observaba con aire apacible.

—Nos vamos a casa —le susurró. Le acarició la cabeza, y él la apoyó en sus mantas y volvió a dormirse.

Cuando llenó el baúl, se puso a trabajar en el siguiente. Al llegar a sus perfumes y lociones, los dejó sobre la cómoda. Cuando volviera a casa, buscaría nuevas fragancias, y así nunca tendría que acordarse de ese lugar.

Un golpe en la puerta la sacó de sus ensoñaciones. Se enjugó las mejillas a toda prisa.

—¿Sí?

—Soy yo —contestó la voz de Ronan, y el corazón de Clía, traicionero, dio un vuelco al oírla—. Quería ver cómo estabas —añadió en voz más baja.

«Me traicionó —se recordó Clía—. Y ni siquiera fue el primero».

El cadáver de Ó Connor. La sangre que se extendía por la tierra.

Abrió la puerta adoptando expresión despreocupada. Ronan frunció el ceño y le llevó el pulgar a la mejilla para secarle una lágrima que se le había escapado. El tacto era suave y familiar, y le recordó todas las emociones que no debía permitirse sentir.

—¿Qué te pasa? Has estado llorando.

—Ya me has visto. Estoy bien. Puedes irte. —Se apartó de la puerta, e iba a cerrar cuando él la retuvo.

—No, no puedo. Dime qué te pasa.

—Mi charla con Kordislaen no ha salido según lo planeado. —Tenía la voz tensa y le costaba salir de su garganta—. Me voy a casa.

Él se inclinó hacia ella, que se obligó a dar un paso atrás. Su calor, su olor… le resultaban demasiado familiares. Necesitaba distancia.

—¿Cuánto tiempo?

—Para siempre —susurró, temiendo que se le quebrara la voz. Temiendo quebrarse ella.

—No. —Ronan contuvo la respiración—. No, no puedes irte sin más. Me da igual qué te haya dicho. No puedes rendirte así.

Las palabras se filtraron en el interior de Clía, amenazando con reparar los boquetes abiertos por Kordislaen. No podía permitírselo.

Necesitaba volver a casa. Tenía que hablar con sus padres, informarlos de la traición de Ó Connor, convencerlos para que protegieran el reino. Que hicieran lo que ella no podía. Y entonces podría volver a su casa y contentarse con quedarse allí. Fiestas y cotilleos, ropa y baile. Un matrimonio estratégico. Su vida se reduciría a eso.

—Has hecho mucho por mí, y te lo agradezco. Pero se acabó. —Cuando las lágrimas volvieron a arder en sus ojos, no se molestó en ocultarlas. Iba a marcharse; ¿qué importaba ya?

Ronan la miró fijamente, negando con la cabeza. Nunca le había visto esa expresión. De dolor crudo. De confusión e incredulidad.

El deseo de protegerlo, de compartir su carga y aliviar su dolor, ardía en ella. Tal vez fuera tonta por sentirse así, pero no podía evitarlo. Podía tratarse de una actuación magistral por parte de Ronan, pero, si él podía fingir que lo que había entre ellos era real, ella también podía en aquel momento.

—Hiciste mucho por mí —reconoció—. Me aguantaste muchas cosas. Antes de conocerte, no sabía cómo sería la sensación de que alguien creyera en mí.

Cuando dio media vuelta para volver a la habitación, sintió los dedos de Ronan alrededor de la muñeca. La electricidad seguía bailando entre ellos.

—No hagas esto. —Fue un susurro. Una súplica—. Clía, si estás aquí es por algo. Estás destinada a quedarte y ayudarnos con esta guerra.

—Sé por qué estoy aquí, y no es por el destino.

—Eso no es...

—Es porque alguien pensó que podría ser útil. Que mi título podría servirle de ayuda. Pero soy penosa, y una molestia, y nunca seré nada más.

Ronan aspiró, sorprendido.

—¿De qué hablas?

—Me lo ha dicho el propio Kordislaen. Pero ya no importa.

Ronan la soltó de ella.

—¿Kordislaen te ha dicho eso? —Le acercó la mano a la mejilla, cálida y reconfortante.

«¿Mentía cuando se acostó conmigo?». El pensamiento la atravesó como un cuchillo. Se apartó de él.

—También me ha hablado de lo que te pidió. Que me entrenaras. Que nos espiaras a mí y a todos los demás. —No lo miró al hablar; sabía que no debía confiar otra vez, pero le bastaría con verle los ojos para estar demasiado dispuesta a tragarse más mentiras.

—Clía, yo nunca...

—No importa —interrumpió—. Todos tenían razón: yo no debería estar aquí. Mira que pensar que podría ser lo bastante buena... Seguro que ahora mismo se están partiendo de risa. Y me lo merezco.

—¡Todo el mundo puede ver el talento que tienes! Y quien diga lo contrario es idiota.

—Los dos sabemos quién es la idiota. Ó Connor... me traicionó y traicionó a mi reino. A pesar de eso, no quería matarlo. Pero lo hice. No sé qué me duele más, si su traición o la mía. —Se pasó una mano por el pelo, desesperada por recomponerse—. No puedo seguir aquí. Tengo que volver a Álainndore.

—Por favor… —empezó Ronan, pero ella lo detuvo.

—Hiciste que el tiempo que pasé aquí fuera más luminoso, y lo echaré de menos. —«Te echaré de menos», susurró una voz en su interior—. Pero tarde o temprano tenía que marcharme.

Él se quedó en la puerta. Ella sabía que buscaba las palabras adecuadas para curarle las heridas y retenerla allí. Y las creería; lo deseaba demasiado. No podía permitirlo.

Empujó la puerta y la cerró, con lo que lo obligó a salir; luego echó el cerrojo.

El pomo de bronce giró varias veces antes de que oyera a Ronan desplomarse contra el otro lado de la hoja de madera. Hablaba con voz apagada, pero ni siquiera los antiguos muros del castillo pudieron evitar que le llegara.

—¿Cómo se supone que…?

Clía giró y se quedó mirando su habitación: una hoja en blanco, de nuevo. Se dejó caer al suelo, con la espalda apoyada en la puerta. Casi podía imaginar que estaba apoyada en él.

—Clía. —Hubo un momento de silencio. No estaba segura de si él seguía allí, pero volvió a oír su voz—. Te necesito aquí. Sé lo que dijimos…, que es imposible y no tiene la menor lógica, pero, Clíodhna, te quiero. Aún no estoy preparado para perderte; no sé si alguna vez lo estaré. —Su voz se volvió ronca—. Por favor, no hagas esto. No me lo hagas a mí. Ni a ti misma.

Ella encerró su corazón en una muralla férrea para que no se desmoronase ni lo alcanzasen aquellas palabras. ¿Cómo podía confiar en ellas?

Aun así, sus brazos ansiaban rodearlo. Sus labios ansiaban volver a sentir los suyos.

Se quedó paralizada en el suelo, apretándose con fuerza la tela de la blusa.

—Lo siento. —Su voz sonaba tan frágil como se sentía. Como si una ráfaga de viento pudiera derribarla—. Debería habértelo dicho antes. Debería haberte demostrado lo importante que eres. —Se abrazó las rodillas, como si pudieran protegerla del dolor de su corazón. De los pensamientos de su cabeza.

Kordislaen le había hecho creer que era hábil, que tenía potencial. Pero todo había sido un embuste urdido para sacarle información. Eso podría ser motivo suficiente para Ronan; a fin de cuentas, idolatraba al general.

Su historial con otras personas demostraba su falta de juicio. Se había dejado manipular y utilizar, incapaz de adivinar las verdaderas intenciones de los demás, todo porque creía que la apreciaban.

—Por favor, quédate.

No podía fiarse de su corazón.

Capítulo 32

Clía siguió en el suelo mucho después de que los pasos de Ronan se hubieran perdido a lo lejos.

Quedarse allí era más fácil. El mundo parecía más seguro desde allí abajo.

Si no miraba los baúles a medio llenar, podía fingir que su conversación con Kordislaen no había tenido lugar, que su misión no había salido mal. Ó Connor estaría a salvo, de vuelta en Álainndore, probablemente descansando antes de su siguiente sesión de entrenamiento. Ronan y ella irían a cenar juntos más tarde, y ella albergaría la esperanza de pasar a su lado un rato más.

Tenía los ojos abiertos, y su corazón golpeaba la jaula de hierro que le había construido.

Le había dicho que la quería.

Necesitaba volver adonde supiera qué esperar. Adonde no se esperase nada de ella.

El palacio de Álainndore siempre era cálido, con la luz del sol reflejada en los suelos de mármol, iluminando las salas. Allí no tendría que ver morir a nadie.

Murphy saltó de la cama y se le subió al regazo. Sus ojos oscuros la miraban con preocupación, y ella sintió ganas de llorar otra vez. Le acarició la cabeza y contempló el caos del dormitorio.

Necesitaba una distracción. Las acciones de Kordislaen, la declaración de Ronan, la traición de Ó Connor… Todo era demasiado. Absolutamente todo. Incluso el sonido de su respiración le parecía ensordecedor. Si dejaba que su mente se detuviera en la última semana, se desmoronaría.

Vio en el escritorio sus cartas de Álainndore, lo último que le quedaba por empaquetar.

Apretó la mano alrededor de los papeles, arrugándolos. No necesitaba que le recordaran que la única persona de Álainndore a la que le importaba si vivía o moría ya no estaba.

No había sabido nada de sus padres. Ni una sola palabra en varios meses.

Aquel silencio la atormentaba. Así de insignificante era su ausencia para ellos.

Sentía en el pecho una presión fría e implacable. La arrastraba hacia abajo, hasta hundirla en un barranco del que no sabía cómo escapar.

Ó Connor ya no estaba. Era un traidor. Sin embargo, contra toda lógica, cuando intentaba imaginárselo no veía al hombre que la había acorralado en el bosque. Lo veía enseñándola a jugar al fidchell. Lo veía uniéndose a su familia en cada celebración. Le había regalado un precioso collar de oro para su primer baile. ¿Dónde lo habría metido? No podía perderlo; podría ser lo último que le quedara de él.

Era culpa suya. Ella lo había matado.

No la embargó ninguna emoción al pensarlo. No había dolor, solo un entumecimiento progresivo que amortiguaba el mundo a su alrededor.

Ó Connor no había sido el único en caer bajo su espada. ¿A cuántos guerreros había matado aquella noche? Tenía las manos empapadas de sangre, que se hundía hasta impregnarle el alma, una mancha que nunca podría limpiarse. ¿Cómo podía volver a casa, a su vida normal, cuando los fantasmas la seguían a cada paso?

Y también estaba Sárait, sola en una cama de la enfermería. Si no sobrevivía, ¿su fantasma se uniría a los otros?

Clía se sacudió aquel pensamiento. Sárait viviría. No iba a dejarla sola; sabía sin lugar a duda que Kían y Niamh se asegurarían de mantenerla a salvo. Y tal vez le fueran mejor las cosas después de que Clía se fuera, sin tener que soportar la carga de velar por ella.

Estaba a un paso de hacerse añicos. Si quería salir del castillo antes del anochecer, debía mantener la compostura.

Se dejó llevar por la rutina de cerrar los baúles y recogerlo todo, hasta que vio la espada junto a la cama.

No se atrevía a tocarla.

La última vez que la empuñó en combate, sintió una oleada de poder, como si la piedra le proporcionara algún tipo de energía. Un resplandor parecía irradiar de la gema. De ella.

Mientras la miraba, su mente repasó la batalla con más claridad. Había luchado contra dos hombres a la vez, algo que nunca había intentado hasta entonces. Y había resultado… casi fácil. Se adelantaba a todos los movimientos y los contrarrestaba, moviéndose con la rapidez de una intuición que sabía que no poseía.

Había encontrado ese cristal en las montañas Diamhair.

Retazos de leyendas danzaban en su mente. Los dones del Treibh Anam. Había hablado de aquello con Ronan hacía meses. Se habían preguntado por la Joya de Ríoghain.

¿Y si había algo más que explicara por qué las montañas Diamhair eran tierra de nadie, una zona prohibida? Habría una razón por la que los reinos firmaron el tratado siglos atrás. ¿Y si lo que hizo que la gente luchara, matara y muriera por ese territorio fuese un poder capaz de cambiar las tornas de una guerra?

¿Y si los antiguos gobernantes de sus reinos prohibieron a cualquier nación reclamar aquellas montañas para asegurarse de que la paz reinara en Inismian?

Alargó la mano con prudencia hacia Camhaoir. Al tocarla, un leve zumbido pareció emanar de la espada. Un ligero hormigueo le recorrió el brazo, desde sus dedos enroscados alrededor de la empuñadura. Era todo tan sutil que no lo habría notado de no haber estado muy atenta.

—¿Esto es real? —susurró.

A Clía la invadió una extraña sensación de tranquilidad nostálgica. Era lo que sentía al ver los rayos del sol bailar entre las copas de los árboles mientras la bruma matutina se abría paso por las colinas. Reconoció el aura del Otro Mundo que había percibido en sus viajes por el bosque Fantasma, en las montañas. La energía de Tír Síoraí.

Aquella era la Joya de Ríoghain.

Tras siglos perdida, la había encontrado en el preciso momento en que estallaba una nueva guerra en el crudo invierno. ¿Habría sido un descubrimiento accidental o una revelación intencionada de los dioses?

Ella solo sabía que no podía llevarse la espada, apartarla del castillo. Era demasiado poderosa; guardaba demasiado potencial.

Y, por suerte, sabía perfectamente quién merecía blandirla.

Sin embargo, antes de llevársela a Niamh, debía terminar de hacer el equipaje.

UNOS FUERTES GOLPES EN LA PUERTA DE CLÍA LA ARRANCARON DEL sueño. Se incorporó; se había desplomado contra su baúl, y ni siquiera recordaba haberse dormido. Seguro que las emociones y el cansancio habían podido con ella.

«¿Qué hora será? —pensó Clía mientras se levantaba a abrir. En el umbral, Niamh la miraba con desprecio—. Bueno, al menos no tendré que ir luego a buscarla».

—¿Se puede saber qué haces? —preguntó Niamh, con el tono de una madre que reprende a su hijo.

—Creo que eso debería preguntártelo yo. Casi me rompes la puerta —replicó Clía.

—¿Por qué no estuviste anoche en la reunión? —repuso Niamh, obviando sus palabras—. ¿Y por qué Ronan tenía cara de querer asesinar a Kordislaen allí mismo?

A Clía casi se le paró el corazón.

—No haría nada, ¿verdad? —Su mente se llenó de imágenes del cuerpo torturado de Ronan.

—No. Lo hice entrar en razón. —Parecía casi arrepentida—. Pero tengo la sensación de que sabes a cuento de qué venía esa repentina sed de sangre.

Clía se volvió hacia sus baúles y se puso a juguetear con los cierres.

—Me voy de Caisleán.

—Perdona; creo que no te he oído bien. —La voz de Niamh era cautelosa, casi amenazadora. Clía se alegró de no poder verle la cara.

—Me has oído perfectamente. Me marcho.

Tras unos fuertes pasos, Clía sintió de pronto una mano en el hombro.

—¿Qué te hace pensar que es buena idea?

Hizo girar a Clía, obligándola a mirarla a unos ojos cargados de furia. La mentira que Clía estuvo a punto de decir se le trabó en la lengua.

—Kordislaen me dejó claro que no me había invitado a quedarme por mi habilidad; solo le interesaba por mi título. Pensó que podría serle útil.

—Es un idiota —dijo Niamh—. Y tú otra, por creerte esa mierda. Te he observado estos últimos meses. Quería odiarte… Lo conseguí durante un par de semanas, pero luego, en contra de mi buen juicio, me arrastraste a tu bando. Tienes talento. Salta a la vista. —Clía casi se habría sentido honrada si Niamh no cargase cada palabra de desdén y fastidio—. Hay un poder en ti…, una tenacidad contagiosa, por no decir frustrante. Como si pudieras derribar cualquier barrera con tu fuerza de voluntad.

Clía negó con la cabeza.

—Te equivocas de chica.

—De eso, nada. —Fulminó con la mirada a Clía, desafiándola a llevarle la contraria—. No habríamos salido de ese campamento tinelannio de no ser por ti. Por los dioses, Dornáin casi me había convencido para dejarlos allí y ponerme a salvo. Si Ronan y MacCraith han vuelto al lugar donde debían estar, es gracias a ti. Y también es el lugar donde deberías estar tú.

»No sé qué motivos tendrá Kordislaen. Pero te dijera lo que te dijese, piense lo que piense, es innegable que has salvado vidas. Si te quedas, podrás salvar aún más. Pero, si crees que esas vidas valen menos que tu ego magullado, puede que yo esté equivocada.

Estaba claro que Niamh no creía estar equivocada. Bajo aquella mirada fulminante, Clía dejó que sus palabras le llegaran al fondo.

No sabía qué pensar. Qué creer. Niamh tenía razón: quizá Kordislaen la hubiera manipulado y utilizado. Quizá no viera ningún valor en ella, pero sus opiniones no podían borrar los efectos tangibles de sus acciones.

Ella sí que había hecho cosas buenas desde que llegó a Caisleán. Desde luego, más de las que habría hecho de haberse quedado en Álainndore. Y sabía, en el fondo de su alma, que podía hacer muchas más. El fuego ardía contra sus costillas, y ninguna sombra, de ningún hombre, podría apagar aquella llama.

No sabía exactamente qué significaba eso en lo tocante a su futuro, ni a su valor como persona. Pero sabía que no estaba dispuesta a claudicar.

Sin embargo, algunas cosas no se podían pasar por alto.

—Kordislaen quiere que me vaya.

—Tendrá que aprender a gestionar la frustración —replicó Niamh—. ¿Quieres que te ayude a deshacer el equipaje?

—No puedo quedarme si Kordislaen me ha echado. —Clía se dio cuenta de que Niamh quería discutírselo, pero no le dio la oportunidad—. No puedo quedarme… aquí. Pero sé de un sitio en el que puedo esconderme hasta que resolvamos esto. Ayúdame con los baúles.

—Fantástico. —Niamh dio un paso al frente y levantó un baúl—. Tengo que ponerte al día con lo que te has perdido en la reunión de hoy.

—¡Vamos, Murphy! —llamó Clía mientras salían de su habitación al pasillo. El gato saltó tras ella, barriendo el suelo con la cola.

—Qué bicho más raro —murmuró Niamh mientras sacudía la cabeza.

—Es adorable —protestó Clía, saliendo en su defensa.

—No me refería al dobhar-chús.

—¿Kordislaen ha dicho algo sobre mi expulsión? —preguntó Clía después de suspirar

—Ni una palabra. Creo que sabía que se levantarían unas cuantas cejas si anunciaba que mandó a casa a la mujer que salvó a la partida de exploración.

—Hice lo que debía.

—Te subestimas —resopló Niamh—. Te mantuviste firme, y nos convenciste a Dornáin y a mí para seguir tu plan. Luchaste como toda una guerrera, y eso nos salvó a todos.

»Por no mencionar… —Giró para mirar a Clía—. Después de lo que pasó con Sárait, creo que había que darle una lección al general. Al parecer, Kordislaen necesita que le recordemos que no somos débiles…, que no somos juguetes a su merced. Y podemos demostrarlo manteniéndonos unidos. Reconozco que tardé un poco en aprender esa lección.

—Pero no demasiado. —Clía le mostró una sonrisa, y la boca de Niamh se torció en un remedo—. ¿Qué os ha dicho Kordislaen a los demás guerreros?

—Se ha centrado exclusivamente en asuntos oficiales —dijo Niamh—. Ha aumentado las patrullas, tanto de día como de noche. También se ha hecho notar la ausencia de Kían en la reunión. O no eres la única con la que Kordislaen se ha enemistado, o Kían sigue moleste, y con razón, por lo de Sárait.

Clía sintió que el miedo la atenazaba.

—O le ha pasado algo a Sárait.

Giró en redondo.

—¿Adónde vas? —gritó Niamh.

—¡La enfermería está por aquí! —respondió Clía sin mirar atrás.

Capítulo 33

Los pies de Ronan golpeaban el suelo. Corría con el sol a su espalda. Le dolían las rodillas y sentía las pantorrillas ardiendo, pero se obligó a seguir adelante.

Lógicamente, sabía que debería parar. Descansar un poco, darles a sus músculos una oportunidad de relajarse. Pero, en el instante en que su cuerpo quedaba ocioso, la mente se le volvía a poner en marcha.

Sus pensamientos lo habían dominado la noche anterior. Apenas pudo concentrarse en su turno de patrulla, solo podía pensar en la advertencia de MacCraith. Y en Clía.

No podía quitarse de la cabeza la imagen de su cara manchada de lágrimas. El corazón le dio un vuelco al recordarla.

No sabía qué era más doloroso: que, después de todo lo que habían pasado juntos, después de todo lo que ella había conseguido, aún no se considerara lo bastante buena; o que él no fuera suficiente para ella. Hacía solo unas noches que la había besado bajo las estrellas. La sensación de sus labios, sus propios brazos al rodearla…, había sido lo más cerca que estaría jamás del paraíso.

Pensó que ella estaba tan perdida en él como él en ella. Al verla levantar muros entre los dos, ver cómo las lágrimas le rodaban por la cara mientras dudaba de él y de sí misma, se sintió como si lo hubieran apuñalado. ¿Por qué la opinión de un solo hombre bastaba para hacer que se cuestionara tantas cosas?

¿Y hasta qué punto era egoísta él, que se consideraba motivo suficiente para que ella se quedara?

Ella era una princesa, nacida para liderar un reino. Él era un guerrero que había salido de la nada. Lo más que había imaginado era una muerte noble en la batalla.

La esperanza puede ser un golpe letal.

El dolor de sus piernas llameó; se le agarrotaron los músculos y sus pasos flaquearon. Se sujetó a la rama de un árbol cercano antes de caer al suelo y bajó despacio, con la espalda apoyada en el tronco. Había corrido más de lo que debería. Conocía sus límites, y ahora pagaba el precio por haberlos desafiado.

Recostó la cabeza en el árbol. El suelo era duro y frío, y el cielo gris asomaba entre las ramas muertas por encima de él. Por la mañana, echar una carrera ligera por los terrenos de Caisleán le había parecido una buena idea.

Pero en aquel momento, atascado en el suelo del bosque sin más compañía que el dolor de huesos, no tenía esperanza de escapar de lo que lo acosaba.

Sus pensamientos pasaron de Clía a Kordislaen.

Tras la conversación de MacCraith y Domhnall, había hechos que no podía negar. Su captura había sido sospechosa. Kordislaen era uno de los generales más inteligentes de Inismian. Todos sus actos eran cuidadosos y calculados. ¿Qué posibilidades había de que cometiera un error fatal?

El general había llamado a reunión la noche anterior, por lo que Ronan abandonó su vigilia ante la puerta de Clía, y las duras palabras y miradas de Niamh fueron lo único que le impidió perder el control. Sabía que Kordislaen era directo y rudo, lo había presenciado muchas veces, pero siempre había mirado más allá de eso. Kordislaen era la Espada de Scáilca. Había salvado vidas y protegido el reino. Se podía pasar por alto su personalidad.

Pero la expresión dolorida de Clía se había grabado en el corazón de Ronan. Kordislaen se las había arreglado para demoler a conciencia cada pieza de la confianza que ella había construido.

¿Por qué? ¿Qué sentido tenía? ¿Qué hacía el general?

No podía pensar en todas las formas en que la conversación con Clía había ido mal. No podía pensar en cómo se había marchado.

Pero ¿esas preguntas? Necesitaban respuestas. Y él podía ayudar a encontrarlas.

~

LA PUERTA DE DOMHNALL SE ABRIÓ CON UN LEVE CHIRRIDO. EL PRÍNCIPE estaba allí, con el pelo peinado hacia atrás y ojeras oscuras.

—¿Qué haces aquí? —preguntó.

Ronan vaciló.

Durante años, habían sido Domhnall y él contra el mundo. Habían luchado juntos, entrenado juntos, estudiado juntos. Habían sido hermanos.

Y, a pesar de la distancia que había abierto entre los dos, Ronan lo echaba de menos.

—Quería verte —admitió Ronan—. Tenemos que hablar.

La puerta se abrió del todo y Domhnall se hizo a un lado.

—Pasa —dijo; su voz flotó suave en el aire frío.

A un extraño, la habitación le habría parecido un caos. Ropa y libros amontonados en el suelo y en la cama. Armas esparcidas por todas partes. Pero Ronan conocía a Domhnall, y sabía que era un caos organizado. Cada montón pertenecía a una categoría, y la posición de cada objeto tenía un propósito.

Domhnall levantó una mano y animó a Ronan a sentarse en la cama. Se quedó al lado de la puerta al cerrarla.

—Tienes un aspecto horrible. —Ronan estiró las piernas.

Domhnall se inclinó, cogió un objeto cercano (un libro grueso y ligeramente ajado) y se lo tiró a Ronan. Sin mucha fuerza, pero Ronan lo esquivó de todas formas antes de que hiciera contacto.

—¿Esas son maneras de tratar a tu príncipe? Siento haber perdido el sueño por la revelación de que uno de mis generales de mayor confianza tal vez no se la merezca. Por haber estado preocupado por que mi mejor amigo, mi prometida y mi antigua..., Clía, estuvieran en una misión peligrosísima, y encima tuve que enterarme por Kordislaen. Y que por muy poco habéis vuelto de una pieza. Y entonces Kían me dice que el motivo por el que apenas te puedes mantener en la silla del caballo es porque caíste prisionero de Tinelann.

Ronan intentó levantarse, pero Domhnall se plantó de repente ante él y lo volvió a sentar de un empujón.

—No he acabado. Ayer no te pude gritar delante de MacCraith, pero aquí sí. Casi consigues que te maten. Estuviste a punto. Puedo odiarte por eso.

—No puedes. —Domhnall tenía derecho a estar furioso con Ronan; el propio Ronan lo había estado con él. Pero jamás lo odiaría, igual que Ronan nunca podría encontrar la fuerza para odiar a Domhnall.

—Ojalá pudiera. —Soltó un suspiro agotado—. Sería lo más fácil, teniendo en cuenta que siempre te las arreglas para meterte en problemas. Pero no puedo evitar preocuparme por ti.

Ronan dejó escapar una risa de asombro que se apagó pronto.

—Supongo que deberíamos hablar del... otro problema: Kordislaen. Me sorprende que no te ofrecieras voluntario para ir con MacCraith.

Tras la charla de la víspera, Ronan no tuvo ocasión de hablar otra vez con el príncipe. Quería saber qué pensaba Domhnall. Ronan era avispado y un buen estudiante, pero su amigo tenía vista para asuntos que él no podía comprender.

—Le di una carta para mi padre. Quiero observar al general por mí mismo, y, si las sospechas de MacCraith son correctas, aquí puedo hacer más que en Suanriogh. —Ronan asintió, y Domhnall entrecerró los ojos—. Pareces bastante abierto a la idea de que tu precioso general sea un traidor.

—Habló con Clía e hizo unos comentarios de una dureza innecesaria —replicó Ronan, pero, aunque Domhnall parecía esperar más información, guardó silencio. Aquello era algo que le correspondía contar a Clía si lo deseaba.

—Todos sabemos que Kordislaen no tiene corazón, no es una sorpresa. —Domhnall captó la expresión de Ronan y se apresuró a matizar—: Hay muchos que piensan bien de él, pero es un gusto adquirido. Solo su talento y su historial obligan a la gente a tolerarlo. Eso también hace que me incline a pensar que MacCraith tal vez tenga razón. Es demasiado hábil para que lo que ocurrió durante tu misión fuera un accidente. Lo que significa que te mandó ahí a propósito. Dejó que te capturaran.

Ronan asintió. Aunque antes le había costado trabajo considerar aquella idea, le resultó irrefutable al ver cómo el general había tratado a Clía y oír a su amigo enunciar los hechos de una forma tan clara. Era la verdad, fea pero innegable. Penetró en sus pulmones y en su pecho con una fuerza aplastante.

—¿Por qué lo haría? —preguntó, sintiendo que su frustración crecía con cada sílaba—. Lo ha arriesgado todo. Su posición, Caisleán, el reino. —«A mí», quiso añadir, pero las palabras no salieron de su garganta—. ¿Qué podría ganar?

—Tú lo conoces mejor que yo —dijo Domhnall.

Tenía razón.

Kordislaen dijo en una ocasión que eran iguales. Se había visto a sí mismo en el joven Ronan; por eso lo había animado a entrenar. Había sido su mentor y lo había apoyado.

Y Ronan podía pensar como Kordislaen.

Era una habilidad de la que antaño se había sentido orgulloso y que ahora lo llenaba de vergüenza. Pero a la vez era útil.

«¿Por qué Kordislaen habría saboteado la misión?».

No había forma en que Scáilca se beneficiase del fracaso de la misión. De no haber sido por Clía, Niamh y Dornáin, Ronan y MacCraith estarían muertos. Fue un milagro que no murieran en la misión.

A menos que aquel hubiera sido el objetivo de Kordislaen.

Estaba claro que quería a Clía lejos de Caisleán.

Pero ¿y si MacCraith tenía razón? ¿Y si pensaba que los seis ya no eran útiles? Si se los quería quitar de en medio, podría haberlos mandado a una misión suicida. Sería la manera más fácil de eliminarlos sin despertar sospechas.

No era una explicación completa; faltaban demasiadas piezas. Pero, en el instante en que Ronan pensó en la teoría, ya no pudo olvidarse de ella.

~

EN CAISLEÁN REINABAN EL RUIDO Y EL MOVIMIENTO. LAS TROPAS TINElannias e ionróndias los superaban en número, y no podían contar con refuerzos si el combate llegaba a sus puertas. Pero aquello era Caisleán Cósta. Se defenderían solos.

La puerta de Kordislaen se abrió justo cuando Ronan levantaba la mano para llamar.

A pesar de la temprana hora, el general estaba completamente vestido para el día. Tenía el pelo peinado con esmero y su ropa no mostraba la más mínima arruga. Una voz en la cabeza de Ronan, inquietantemente parecida a la de Clía, tenía que felicitarlo por ello.

Ronan sintió un dolor que le atenazaba el pecho. Aquel no era el momento de pensar en Clía.

Irguió los hombros.

—Buenos días. He venido a ver si tienes un momento para hablar.

Kordislaen no se detuvo por él.

—Tengo el día programado al minuto, chico. Si tienes algo que decirme, acompáñame y sé breve.

Ronan asintió y lo siguió por el pasillo.

—No he visto a Clía por aquí. Me estaba empezando a preocupar. —Tanteó el terreno—. ¿Has oído algo?

Kordislaen no titubeó.

—No tengo tiempo para juegos de niños. Sé que hablaste con ella anoche. Si tienes preguntas, hazlas, pero no gastes energías que puedes reservar para cosas mejores.

Si Kordislaen no quería perder tiempo, Ronan tampoco lo haría. Aun así, eligió con cuidado las palabras.

—¿Por qué la despediste? Necesitamos todos los guerreros que podamos conseguir.

—Es una princesa, no un guerrero. De quedarse aquí, estaría en peligro su seguridad. ¿Y si muere estando a mi cargo, a cargo de los draois? El reino entero pagaría el precio —explicó Kordislaen.

Aquello habría sido casi creíble (el otro único miembro de la realeza de alto rango que quedaba era Domhnall, que estaba en su propio reino y, por tanto, representaba un peligro político menor) si Ronan no hubiera conocido los detalles de la conversación entre Kordislaen y Clía.

Se detuvo en mitad del pasillo y agarró a Kordislaen del brazo.

—¿La protegías cuando dijiste que era lamentable? ¿Cuando le dijiste que la usabas por su título?

Antes de que Ronan se pudiera mover, un cuchillo le apuntó al cuello.

—Recuerda tu lugar, «capitán». —El título sonó como veneno en la boca del general.

Ronan no se apartó de la hoja de Kordislaen. Se miraron de frente en el centro del pasillo. Los que pasaban por allí se detuvieron, Ronan no supo si por curiosidad o por miedo. Kordislaen los dispersó con una mirada.

El general clavó los oscuros ojos en los de Ronan. Bajó el cuchillo, y Ronan le soltó el brazo.

—Entiendo que sientes algo por esta chica y admiro tu lealtad, pero tus intentos de acceder a la nobleza son insensatos y fútiles. Recuerda quién ha estado realmente a tu lado, quién te ha apoyado a lo largo de tus años de entrenamiento.

Ronan apretó los dientes.

De repente, su deuda con el general pareció más una jaula que la llave que siempre había creído.

—Aunque estoy seguro de que su relato de nuestra charla ha incluido unas cuantas exageraciones, admito que la situación con la princesa fue desafortunada —continuó Kordislaen, y Ronan contuvo un bufido. «Desafortunada»—. Su posición y su título me eran útiles, cierto. No puedes culparme por cumplir con mi deber. Si esa verdad le duele, yo no tengo la culpa. El deber no incluye la compasión.

Ronan no despegó la mirada del general. Si Kordislaen se creía capaz de disipar su ira con unas cuantas palabras bien escogidas, no merecía el respeto que Ronan le había profesado toda su vida.

Kordislaen se apartó un paso.

—Ven conmigo —dijo, y llevó a Ronan a una habitación vacía.

La puerta se cerró tras ellos con un golpe, y la oscuridad los envolvió. Por un momento, Ronan se preguntó si no habría cometido un error peligroso.

Sonó un clic cuando Kordislaen encendió una lámpara, y la luz se hizo de nuevo. Una pared estaba cubierta de estantes con cajones, y la otra, de mapas. Ronan se acercó a estos y vio las líneas que marcaban Scáilca, Álainndore y Tinelann en el norte, y Liricnoc y Oileánster en el sur.

—A pesar de ese estallido inapropiado, tu labor aquí ha sido excelente —dijo Kordislaen, mientras pasaba los dedos por un cajón—. Entiendes la obligación de hacer lo que es mejor para Inismian. Compartes mis ambiciones. Por eso confío en que lo que voy a decir no saldrá de esta habitación.

A pesar de las circunstancias, Ronan hinchó el pecho ante los elogios. Se clavó las uñas en la palma de las manos, y el agudo dolor le volvió a poner los pies en el suelo.

Como Kordislaen no continuaba, Ronan le dirigió una leve inclinación de cabeza. El general sonrió, su mirada era penetrante a la luz de la lámpara. Calculadora.

—Me voy a ir de Caisleán, y espero que vengas conmigo.

No era lo que Ronan esperaba oír.

No sabía qué esperaba.

—¿Adónde vas?

—Tu conversación de anoche con la princesa Clíodhna no fue bien, ¿verdad? —La voz de Kordislaen era más suave de lo que Ronan había oído nunca. Su cara mostraba un gesto casi de comprensión—. Siento que pasara eso. Quizá sea lo mejor. Ella no comprende lo que significa tener tu amor. Tu lealtad. No si te dejó a un lado tan fácilmente.

Los dedos de Ronan anhelaban cerrarse en torno a la empuñadura de la espada. Estaba a solas con Kordislaen. Sin testigos.

Permaneció inmóvil. Permaneció en silencio.

—Y pronto el príncipe estará completamente ocupado con su compromiso con Morrigan. Ya me preocupaba ver lo poco que interactuáis de un tiempo a esta parte; puede que no me hayas dicho nada, pero sé que la amistad significa mucho para ti. Entre la guerra y una boda real para la que prepararse, imagino que tendrá mucho que hacer. ¿Dónde te deja eso?

«Solo —susurraron las sombras en su oído—. Otra vez».

—Dejado de lado como si no importaras. —Kordislaen meneó la cabeza—. Yo nunca te he dejado solo. Sé que no estaba necesariamente ahí, pero siempre te observaba, orgulloso del hombre en que estabas convirtiéndote. Ahora te podría ofrecer riquezas. Gloria. Y estoy seguro de que eso sería tentador para otros. Pero eres un buen hombre, esas cosas superficiales no significan nada para ti. De modo que te ofrezco esto: una oportunidad de mostrarles lo equivocados que estaban. Una oportunidad de demostrarme que hice bien al salvarte aquel día.

Ronan cruzó su mirada con la dura mirada del general. La luz parpadeaba en su cara, dejando la mitad en sombras y la mitad en llamas.

—Iré contigo.

Capítulo 34

Cuando Clía, Niamh y Murphy llegaron a la enfermería, encontraron junto al lecho a la sanadora que había salvado a Sárait. Kían estaba sentade al lado de la figura inerte de Sárait; la piel de esta carecía de calidez y de cualquier otra señal de vida.

—Princesa Clíodhna. —La sanadora se giró hacia ella—. Kordislaen quiere que te marches del castillo.

—No me voy a ninguna parte —replicó Clía sin moverse de la puerta.

La sanadora le dirigió una sonrisa.

—Solo he dicho que quiere que te vayas, nada más. Él es un general scáilqueño, pero yo soy una draoi. Solo respondo ante el Treibh Anam. Además, el comandante Ó Dálaigh era un buen hombre, y tú nos trajiste su cuerpo de vuelta; casi ningún guerrero lo habría hecho. En la sombra de la guerra, todas las máscaras se levantan. La lealtad es algo que se gana —añadió—. Hay gente que debería recordarlo.

A Clía se le hizo un nudo en la garganta.

—Gracias.

—Os dejo a solas a los cuatro. Avísame si el estado de Sárait cambia.

—¿Va todo bien, Kían? —preguntó Clía, mientras acudía a su lado.

Kían apretó con fuerza la mano de Sárait, con la mirada clavada en la unión de sus dedos.

—Nadie ha sido capaz de descubrir qué veneno se usó. La sanadora Ó Scanniall ha dicho que no se pueden permitir administrarle más extracto de cneasú. Necesitan reservarlo para alguien que tenga más posibilidades de recuperarse.

Niamh entrecerró los ojos.

—Creí que dijeron que se recuperaría siempre y cuando le dieran el antídoto.

—No creen que lo puedan encontrar. No sin antes saber cuál es el veneno —susurró—. Y, aunque lo supieran, quién sabe qué efectos le habrá causado.

Las palabras de Kían cayeron sobre Clía como un golpe que no pudo esquivar.

—Siempre me había fijado en ella. —El pulgar de Kían acarició la muñeca de Sárait. No levantó la mirada—. No reparé en que ella también se había fijado en mí. No al principio. Solo después de la primera conversación, cuando pude ver la manera en que sus ojos brillaban apasionados y escuchar su risa, empecé a tener esperanzas. No quería fastidiarlo. Todo parecía demasiado suave. Demasiado… precioso. Y aún había una parte de mí que no creía que ella me viera en realidad.

—Te veía. Todo el tiempo —dijo Clía con voz ronca.

—Ahora lo sé. Me alegro de que sea más valiente que yo; de lo contrario, no habría tenido este vislumbre de felicidad. —La sonrisa de Kían era frágil. Parecía como si una brisa pudiera quebrarla.

En los últimos días, Clía había sufrido golpes e insultos, traición y burlas. Había matado y la habían destrozado.

No iba a perder a nadie más.

Su mirada volvió a caer en el movimiento repetitivo del pulgar de Kían. Con cada movimiento, el puño de la larga manga parecía desplazarse y revelar más el brazo. Clía miró con atención y sus ojos captaron un detalle sutil.

En la piel de la muñeca de Sárait había un puntito rojo.

—¿Y si no fuera un veneno corriente? —dijo muy despacio—. ¿Y si fuera el de una bestia?

Los ojos nublados de Niamh se cruzaron con los suyos.

—¿En qué piensas?

Clía extendió la mano hacia Kían, quien, con una mirada interrogante, le colocó en ella la de Sárait. Incluso observado de cerca, el punto casi podía pasar por una marca de nacimiento, pero Clía había visto de sobra las muñecas de Sárait cuando cosían juntas y sabía que esa marca no estaba antes ahí. Era una herida punzante, ya casi curada.

—¡El onchú! —La emoción y la ira combatían en la voz de Kían—. Cuando trajimos su cabeza, alguien pudo extraer el veneno e inyectárselo más tarde. ¡Sanadora Ó Scanniall!

La sanadora entró a toda prisa en la habitación, sobresaltada.

—¿Ocurre algo?

—Necesitamos contraveneno de onchú. ¿Tienes?

—No, no creo —contestó, mirando confundida al grupo.

Kían no esperó a que dijera nada más y salió a zancadas de la habitación. Clía, Niamh y la sanadora Ó Scanniall corrían tras ella.

El estudio de la sanadora era pequeño, con las paredes cubiertas de estantes. Ampollas, libros y frascos cubrían todas las superficies disponibles. Había una mesa de trabajo de piedra en el centro de la estancia.

—Los ingredientes son bastante corrientes, estoy seguro de que los tienes. —Kían recorrió los estantes recogiendo frascos a su paso—. Ah, allá vamos. —Llevó a la mesa lo recogido. Al ver la expresión de Clía, sonrió con gesto burlón—. ¿Qué? Soy algo más que una cara bonita, ¿sabes? Necesitamos seis gotas de aceite de cerezo de invierno. —Le pasó a Ó Scanniall un frasquito oscuro—. Y unas pizcas de tintura de equinácea. Después, mézclalo con unas cuantas flores de estrella del bosque.

Sin poner objeciones, Ó Scanniall cogió los frascos uno a uno y vertió el contenido en una redoma midiendo el contenido con sumo cuidado.

—¿Te sabes todo esto de memoria? —preguntó Niamh, alzando una ceja con gesto escéptico.

—Después de todo lo que ha pasado, no podía sentarme inútilmente sin hacer nada. Empecé a investigar posibles antídotos. Siempre he tenido una memoria excelente, aunque esté feo que yo lo diga, pero además resulta que esta receta es especialmente memorable teniendo en cuenta por qué poco nos fue en el bosque Fantasma —explicó Kían, y luego siguió disparándole instrucciones a Ó Scanniall. La sanadora propuso algunos ajustes para adecuar el preparado a la condición de Sárait, y, al cabo de poco tiempo, un líquido turbio verde oscuro reposaba en el fondo de la redoma.

Kían la recogió de manos de la sanadora y volvió con Sárait. Le abrió la boca con delicadeza y vertió en ella el líquido.

Pasaron en silencio unos instantes, hasta que…

Una agitación de pestañas. Un jadeo.

Sárait había despertado.

Clía sintió que el corazón se le detenía cuando vio abrirse los ojos oscuros de su amiga. Había echado de menos su calidez. La había echado de menos a ella.

Kían se sentó en la cama junto a Sárait y le apoyó una mano en el hombro.

—Calma —advirtió—. Llevas un tiempo dormida. ¿Cómo te sientes?

—Como si me hubiera pisoteado un caballo. ¿Qué ha pasado? —respondió Sárait con voz ronca.

Ó Scanniall regresó con un vaso de agua. Sárait casi lo vació de un trago.

—Te han envenenado —explicó Clía.

—¿Cuenta como envenenamiento si fue inyectado y no absorbido o ingerido? —señaló Kían con una leve sonrisa. Niamh puso los ojos en blanco.

—No es momento para tecnicismos, Kían —dijo Clía, sonriendo a su vez.

—A mí me parece que son bastante importantes en los asuntos de la sanación.

—Ya vale. Explicadme, por favor. —Sárait se esforzó por sentarse, y Kían se apresuró a ayudarla mientras Clía le ajustaba la almohada—. ¿Sabéis quién ha sido?

Quién sino el hombre que les había encargado la misión de llevar el veneno al castillo.

—Kordislaen —respondió Clía. El nombre le dejó un mal regusto en la lengua.

Pero ¿con qué fin?

Recordó algo.

—La noche antes de que te envenenaran oí hablar a dos hombres —continuó—. Uno hablaba sobre hacer algo antes del amanecer. Despacharlo deprisa. Dijo que alguien se había acercado mucho a información clasificada.

Sárait frunció el ceño, concentrándose.

—Recuerdo… Estaba trabajando, recogía la ropa de Kordislaen que necesitaba un repaso. Encontré algo. Al principio no le di importancia, te sorprendería la cantidad de cosas raras que encuentro en los bolsillos de los hombres.

—¿Qué era? —preguntó Kían.

—Una carta. Apenas la miré; por lo que recuerdo, decía algo sobre tropas que venían. A Caisleán Cósta.

—¿Ayuda? ¿Refuerzos?

—O soldados de Tinelann —sugirió Clía.

Niamh soltó un suspiro.

—¿Viste algo más? ¿Algo más concreto?

Sárait se mordió el labio, y Clía se sintió culpable. Su amiga había estado a punto de morir, y lo primero que se encontraba al despertar era un interrogatorio. Necesitaba descansar. Curarse.

—No hace falta hablar de esto ahora.

—No, puede ser importante. Creo que… él no fue quien escribió esa carta. —Abrió mucho los ojos cuando el recuerdo le llegó de golpe—. Sentí curiosidad al no reconocer la letra; pensé que quizá era una carta de amor que llevaba consigo, pero debería haberlo sabido mejor. Estaba firmada por alguien llamado… Cuilinn. El nombre era Cuilinn.

A Clía le sonaba, pero no estaba segura de qué.

—¿Incluía algún título, o quizá un sello? —Cualquier detalle podría ser útil.

—No estoy segura. —Sárait bajó la mirada. Parecía como si quisiera decir más cosas, pero no le quedaba nada que añadir.

Kían le cogió la mano.

—Ya has hecho suficiente. Ahora solo te tienes que preocupar de curarte.

Sárait abrió mucho los ojos.

—¡Teníamos que ir a desayunar! Después se suponía que debía enviaros a vuestra misión.

—¿Qué te parece si lo arreglamos cuando vuelvas a estar en pie? —dijo Kían, inclinándose hacia ella. Las frentes se rozaron.

—De acuerdo. —Era más aliento que voz.

—De acuerdo —coreó Kían—. Estaba preocupade por ti de verdad, ¿sabes? Creí que te ibas a morir.

Sárait arqueó una ceja.

—Más vale que no estés esperando que me disculpe por que me hayan envenenado.

Kían soltó una carcajada plena y alegre.

—Jamás. Solo lo he dicho para que me perdones por hacer esto.

Se inclinó hacia ella y la besó los labios.

Niamh y Clía se apartaron del lecho de Sárait y fueron hasta la ventana para dar a la pareja un momento de privacidad.

—Si estamos en lo cierto y en los próximos días se declara una batalla en Caisleán, tenemos que trazar un plan —dijo Niamh en voz baja—. Sárait no puede quedarse aquí, sería demasiado peligroso.

—Será demasiado peligroso para cualquiera que no esté entrenado para combatir —dijo Clía.

—Entonces debemos evacuar a esos. Y pronto.

Volvió a pensar en la persona con la que se escribía Kordislaen. Cuilinn.

¿De qué conocía ese nombre?

—Decididamente, Kordislaen está trabajando con Tinelann —susurró, recordando de pronto. Niamh le echó una mirada penetrante.

—¿Estás segura?

Clía asintió. En sus sesiones de estudio con Ronan, se habían propuesto aprender todos los nombres importantes de Tinelann. En aquel momento habían esperado que eso los ayudara a comprender las motivaciones de Tinelann y las amenazas a su reino. Estudiaron a todos los miembros de la realeza, nobles, jefes y generales. Incluyendo a Cuilinn.

Aquella carta era la prueba de la traición de Kordislaen. Así que, por supuesto, no podía dejar con vida a Sárait después de haberla visto.

—Eso no cambia nada —dijo Niamh—. Nos estábamos preparando para luchar contra Tinelann; ahora sabemos quién los ayuda. Si acaso, hemos conseguido una ventaja.

Así era. Tal vez Kordislaen conociera bien el castillo, pero ahora sabían cómo pensaba. Clía no podía esperar a verle la sorpresa en los ojos cuando sus planes se vinieran abajo.

Tenía que hablar con Ronan, decirle que seguiría luchando.

Quería oírle decir otra vez aquellas palabras.

Clía contempló el paisaje de Caisleán. Una fina capa de nieve cubría la hierba. Los árboles estaban desnudos, salvo unos cuantos de hoja perenne. En otro momento podría haberle parecido idílico.

Un carruaje se detuvo ante la entrada principal.

—¿Quién emprende un viaje ahora? —susurró.

Dos figuras salieron del castillo. La capa oscura de Kordislaen destacaba contra el paisaje invernal. A su lado iba una figura alta de pelo oscuro.

Ronan.

Sintió un vuelco en el estómago al verlo subir al carruaje con el general. No podía verle bien la cara, pero, por la forma en que seguía a Kordislaen, no parecía bajo coacción.

El carruaje empezó a alejarse.

Ronan se marchaba.

Con el traidor.

Cuarta parte

Capítulo 35

Ronan iba sentado frente a Kordislaen. Las piernas le dolieron aún más cuando el carruaje se detuvo con una sacudida.

Kordislaen miró por la ventanilla y luego abrió la puerta.

—A partir de aquí seguimos a pie.

Caminaron por campos cubiertos de escarcha hasta que el sol estuvo alto en el cielo, y al fin se detuvieron en la base de una imponente colina.

Kordislaen silbó. Tres notas sencillas.

Le llegaron de vuelta. Satisfecho, empezó a subir por la ladera.

Un código. Para que los vigilantes no los asaetearan mientras se acercaban.

Las rodillas de Ronan protestaron a gritos durante el ascenso.

Una vez en la cima, un enorme valle se extendió ante ellos. Cientos de tiendas se alzaban en el terreno, y entre ellas caminaban guerreros. Guerreros que lucían el blanco tinelannio. Era la fuerza invasora.

Kordislaen entró en el campamento y se le dispensó un recibimiento de héroe. Los guerreros se acercaron y le dieron palmadas en la espalda. Dándole la bienvenida. Agradeciéndole. Su boca aún era una línea apretada, pero en sus ojos había un brillo de orgullo y una alegría que Ronan no reconoció.

Una mujer se acercó a Kordislaen.

—Me alegro de verte de nuevo. —Su capa blanca, tan pálida como su piel, arrastraba tras ella. Era ancha de hombros y se erguía en su armadura plateada. Mantenía la cabeza alta y los guerreros congregados a su alrededor la observaban con respeto.

Era una líder, aunque Ronan no pudiera identificar su rango.

Kordislaen le estrechó el brazo a modo de saludo.

—Cuilinn, espero que os esté yendo bien.

—Tan bien como es posible. Los dioses deben de estar de nuestra parte, ni los hombres ni las inclemencias han intentado detener nuestro avance en Scáilca —dijo Cuilinn.

—Si los dioses estuvieran de verdad de nuestra parte, no haría falta invadir Tinelann —replicó Kordislaen.

Cuilinn soltó una carcajada profunda y cálida.

—O nos conocen demasiado bien, y la invasión, esta excusa para luchar, es la forma en que nos bendicen.

Una cosa era que Ronan pensara en la posibilidad de que Kordislaen fuera un traidor. Que considerara que sus errores tenían un propósito. Pero ¿verlo bromear con un señor de la guerra tinelannio y reír a costa de la invasión de su país?

Se le revolvió el estómago.

—¿A quién traes? —preguntó Cuilinn. Examinó con la mirada a Ronan de arriba abajo.

Kordislaen se cuadró de hombros.

—El capitán Ronan Ó Faoláin. Lo coloqué como capitán de la guardia del príncipe Domhnall. Conoce bien el palacio y la realeza scáilqueña. Será de gran valor en nuestros próximos pasos.

Ronan volvió la cabeza hacia el general de inmediato.

«Lo coloqué como capitán de la guardia del príncipe Domhnall».

—Ya tenemos informantes de sobra en el palacio —dijo Cuilinn.

Kordislaen levantó la barbilla.

—¿Se han ganado la confianza del príncipe scáilqueño y la princesa álainndorina?

A Cuilinn le brillaron los ojos. Le tendió la mano a Ronan.

—Bienvenido, Ó Faoláin. Soy la jefa Cuilinn de Tinelann. Es un honor tenerte en nuestras filas.

Ronan intentó que no le temblara la mano mientras estrechaba la de la jefa tinelannia.

~

El sol empezaba a caer cuando Ronan se encontró en una tienda, a solas con Cuilinn y Kordislaen. Sentado a una mesa, el general scáilqueño escribía una carta a la luz moribunda, mientras Cuilinn examinaba los documentos que Kordislaen le había entregado.

Ronan miró el suelo a sus pies. Un tropel de pensamientos incontenibles corría por su cabeza.

No podía expresarlos en voz alta. Todavía no. Quizá nunca. Los mantuvo encerrados junto a las emociones que pugnaban en su interior desde que decidió encararse con Kordislaen en Caisleán.

—Supongo que pronto avanzaremos hacia Caisleán Cósta —comentó.

El roce de la pluma de Kordislaen se interrumpió. Pasó un momento. Ronan envió una oración silenciosa a los dioses, rogando por que Kordislaen no se oliera sus verdaderas intenciones.

—Pasado mañana —respondió el general, mirándolo.

A Ronan se le hizo un nudo en la garganta. Nunca se le había dado bien mentir.

—Bien —dijo.

—Hablando de lo cual —empezó Cuilinn—, tenemos que discutir los planes. El rey Ardal ha insistido en que dirijas la invasión mientras yo me reúno con nuestros aliados, y acepto sus decisiones, pero ¿crees realmente que deberíamos mantener tantas tropas en el este? Si nos dividimos…

—Debemos mantener un foco central. Si enviamos unas pocas tropas a la entrada sur y otras pocas dan un rodeo por el norte, podemos concentrar energías en el oeste a la vez que los obligamos a dispersar sus defensas.

—¿Qué hay de…? —Vaciló y desvió la mirada a Ronan.

—Mi conocimiento de Caisleán Cósta no tiene rival —dijo Kordislaen; rebosaba confianza—. Yo la construí. Sé cómo derribarla.

Cuilinn entrecerró los ojos azules como el hielo.

—Asegúrate de que cae, o de lo contrario cargarás con la responsabilidad.

Kordislaen volvió a su carta sin molestarse en dignificarla mirándola mientras hablaba:

—Si esto es todo, creo que es hora de descansar.

Cuilinn cruzó los brazos y observó a Kordislaen. Después, sin decir palabra, salió de la tienda.

—Has echado a un jefe tinelannio —dijo Ronan.

—Despediría a un rey si se atreviera a dudar de mí —repuso Kordislaen mientras seguía escribiendo.

Al final dejó la pluma, dobló pulcramente el papel y lo selló con cera. Al acabar, se volvió hacia Ronan.

—Dime: ¿estás preparado para alzar tu arma contra el príncipe Domhnall? ¿Contra la princesa Clíodhna?

Ronan se envaró.

—Cumpliré con mi deber. —Midió con cuidado todas las palabras de la respuesta—. Es lo que dijiste: en cualquier caso, estaré solo.

La silla se arrastró por el frío suelo cuando Kordislaen se levantó.

—Entiendo que será duro. La ambición nunca puede impedir que tu corazón deje de sentir. Conozco la culpa que te devora y los recuerdos que la alimentan. Yo tengo la mía, y antes me mantenía despierto por las noches. Pero estoy seguro de que has aprendido, igual que yo, que la batalla es lo único que puede ofrecer auténtica claridad. Auténtica paz. La moralidad y las dudas desaparecen cuando una espada se dirige hacia tu cuello.

Ronan asintió y se esforzó al máximo por mantener la respiración uniforme. La expresión firme. Si pasaba otro segundo allí, Kordislaen vería directamente a través de él.

—Si te parece bien, creo que debería descansar un poco. ¿Dónde está mi tienda?

—Te quedarás aquí, conmigo. —Kordislaen señaló un saco de dormir en una esquina, y a Ronan se le cayó el alma a los pies—. Es la manera más fácil de garantizar tu seguridad.

Era interesante lo fácil que le resultaba identificar las mentiras de Kordislaen ahora que conocía las verdaderas intenciones del general. Aquello no era ningún intento de proteger a Ronan; por mucho que hablara de creencia y de orgullo, seguía sin confiar en él. No del todo.

Sabiendo que Kordislaen observaba, Ronan se preparó para acostarse y luego cerró los ojos y fingió dormir.

PASARON HORAS, PERO UNA VEZ QUE RONAN SE HUBO ASEGURADO DE que el general estaba dormido, se levantó en silencio del saco.

Era extraño ve a Kordislaen tan vulnerable. El general legendario. Las historias sobre él hacían que pareciera más fábula que hombre. ¿Podría sangrar?

Un golpe de su hoja, y Ronan lo descubriría.

Sentía el metal de la espada, frío bajo los dedos.

Podía hacerlo. Podía acabar con él y, quizá, con las dudas y las preguntas que habían enraizado en su interior.

Bajó la mano.

«Cobarde», pensó mientras salía de la tienda y dejaba atrás a Kordislaen.

El campamento estaba atrincherado en la oscuridad de la noche invernal. Ronan atravesó con cautela las líneas de centinelas; contenía la respiración con cada rumor de tela bajo el viento, cada crujido de una rama de árbol. Los enemigos lo rodeaban por todas partes; no podían pillarlo desprevenido.

Tenía que salir de allí. Volver con sus amigos.

Estaba en la base de la colina cuando comprendió su error. Los exploradores la recorrían, listos para encargarse de cualquier amenaza.

Lo que significaba que era necesario que lo vieran como un aliado.

Ronan dio unos pasos y salió a campo abierto. Silbó tres notas, rogando a los dioses recordarlas correctamente. Apenas alcanzó a escuchar la respuesta silbada del explorador bajo el golpeteo de su corazón en los oídos.

Ronan llegó a la cima de la colina antes de que un explorador se le acercara. No podía ver bien al guerrero en la oscuridad, salvo por la luz de luna que iluminaba el arco preparado.

—Nadie tiene órdenes de marcharse esta noche —dijo el explorador con voz baja y áspera.

La mano de Ronan se alzó levemente, acercándose a la espada.

—Tengo órdenes nuevas, del general Kordislaen.

—¿Y no pueden esperar hasta la mañana?

Ronan suspiró, esperando representar bien el papel de mensajero fastidiado.

—¿Has intentado decirle al general Kordislaen que espere?

El guerrero tinelannio aflojó el agarre de su arma.

—Venga, pasa.

Ronan bajó la colina sin mirar atrás. No se arriesgaría a despertar sospechas.

Cuando Kordislaen lo había llevado al campamento, Ronan observó con atención el paisaje y los hitos que dejaban atrás. Pero en plena noche todo parecía igual. Solo podía elegir una dirección y seguirla.

Caminó durante millas. Caminó hasta que las rodillas le cedieron y cayó al suelo del bosque cubierto de escarcha.

Rodó para sentarse, apoyó los codos en las rodillas y se apretó la capa alrededor. Aún lo esperaban unas horas de viaje hasta llegar a Caisleán, siempre y cuando avanzara en dirección correcta. Tenía que seguir adelante.

Se incorporó de nuevo e hizo caso omiso del dolor que punzaba cada fragmento de su ser.

Después de coronar otra colina oyó caminar a sus espaldas.

Una figura se alzaba a solo veinte pasos, cubierta con una capa negra sujeta con un conocido alfiler plateado.

Kordislaen había dado con él.

—Deberías haberme matado —dijo el general.

Ronan desenvainó la espada.

—Estabas despierto.

—Quería saber lo que harías. Si podías hacerlo. —Kordislaen abrió los brazos, abarcando el territorio que los rodeaba—. Has llegado lejos, chico.

La empuñadura de la espada de Ronan se le clavó en la palma de la mano cuando la sujetó con más fuerza.

—¿Contigo todo es una prueba?

La hierba helada crujió bajo las botas de Kordislaen cuando este se acercó.

—Ya has tenido tu pequeña rebelión. No querrás sentir el mordisco de mi decepción; es hora de que vayas tras tu destino.

—El destino que has trazado para mí —dijo Ronan—. El anterior capitán de la guardia de Domhnall… Tú lo mataste.

—Hice lo que tenía que hacer para colocarte en ese puesto.

—Todo esto…, enviarme a palacio, entrenarme…, era solo para que pudiera ser tu peón. —Le tembló la mano y no estuvo seguro de si se debía al dolor, al frío o a la rabia que lo invadía.

—Te lo he dado todo. ¿Cómo te llamaban? ¿Bendecido por los dioses? La única bendición que has recibido jamás ha sido mi buena voluntad —gruñó Kordislaen—. ¿Qué habría sido de tu vida sin mí? ¿La habrías desperdiciado en Calafort? Y eso, de haber sobrevivido. Te convertí en lo que eres.

Ronan lanzó una estocada. Al general no le costó desviar el ataque.

—Sé que puedes hacerlo mejor, Ó Faoláin. —La espada de Kordislaen cayó hacia él, lo que lo obligó a apartarse a un lado.

Las piernas de Ronan protestaron por el movimiento. Estaba cansado y dolorido. Y, aunque era un buen luchador, no tenía tanta experiencia como Kordislaen. La fuerza y la habilidad no le servirían para ganar aquel combate.

Pero no podía morir allí. No esa noche.

Domhnall estaba en Caisleán, un blanco perfecto. El idiota estaría decidido a salvar el reino a costa de su propia vida. Necesitaba a Ronan.

Y Clía. ¿Seguiría en Caisleán o en aquel momento ya viajaba de regreso a Álainndore? Lo recordaría como otra persona que la había traicionado.

Tenía que vencer.

Kordislaen no era un mito. Era de carne y hueso y se lo podía derrotar. Tenía que encontrar un punto débil.

Cuando Kordislaen golpeó de nuevo, Ronan esquivó, pero demasiado lento. Se giró ligeramente. La hoja del general le pasó por el costado e hizo manar sangre.

Ronan se dejó caer en la hierba, con la espalda contra el frío suelo. El general se alzó sobre él, espada en mano.

—Es una pena que esto tenga que acabar así. Esperaba más de ti. —La decepción recubría las palabras de Kordislaen. Alzó la espada y se dispuso a asestar el golpe definitivo.

—¡Alto! —exclamó Ronan, canalizando desesperación en su voz.

La espada quedó inmóvil en el aire, suspendida sobre Ronan. Este aprovechó el momento para rodear con los dedos la empuñadura de su espada y aferrarla con fuerza.

—Lo siento —dijo, mientras volcaba todo su ser en las palabras—. Has hecho mucho por mí. Déjame vivir y te lo compensaré.

Era una mentira mezclada con verdad. Durante mucho tiempo, el agradecimiento a Kordislaen había sido su motivación. Eso hizo que el ruego saliera con más facilidad de lo que había esperado.

Kordislaen no bajó el arma.

—¿Piensas que soy idiota?

—Si no me crees, cree a mi sangre encharcada en el suelo. Cree que preferiría vivir por mí que morir por aquellos a quienes no importo. Tenías razón sobre mis ambiciones. Si esta es la única oportunidad de vivir que tengo, la aceptaré.

Ronan esperó mientras la espada de Kordislaen retrocedía un poco. Un momento de duda. Podía usarlo.

Se retorció y levantó la espada apenas lo justo. La hundió en la pantorrilla de Kordislaen. El rugido de dolor de este fue una dulce recompensa. Ronan se incorporó de un salto y golpeó con el pomo de la espada en el vientre del general antes de darle un corte en la otra pierna.

El general cayó.

—No pienso volver a jugar a tus juegos —dijo Ronan, observando al hombre en el suelo. Casi parecía humano mientras su sangre mojaba la tierra. Ronan sabía que debía rematarlo, pero la deuda que tenía con él contuvo su hoja—. Esta es la última muestra de piedad que verás por mi parte.

Era posible que se desangrara, pues la sangre salía una velocidad respetable, pero Ronan lo dudaba. El general tenía demasiada experiencia de combate como para no saber cómo contener la hemorragia. No, aquella hería no mataría a Kordislaen. Pero lo ralentizaría.

Y eso era todo lo que Ronan necesitaba.

Volvió la espalda al general y echó a correr.

Capítulo 36

Las torres de Caisleán Cósta despuntaron en el horizonte y una oleada de alivio recorrió a Ronan.

Llevaba horas sin descansar. Se había detenido cuando puso suficiente distancia por medio entre Kordislaen y él, y fue solo para rellenar la cantimplora en un manantial que encontró y vendarse la herida para poder seguir la marcha. No podía recordar cuándo fue la última vez que comió. Pero lo había conseguido.

Sabía que tenía que acudir al draoi Griffin. Encontrar a quienquiera que estuviese al cargo en ausencia de Kordislaen y empezar a hacer planes, pero sus pies lo llevaron por camino conocido hasta el estudio.

Hasta Clía.

Al doblar una esquina, se detuvo: había una persona en su camino.

Niamh estaba a unos pasos. Antes de que Ronan pudiera decir palabra, había desenvainado la espada.

—¿Tenía razón sobre ti? —Se acercó un paso—. ¿O tengo que matarte?

—¿Clía sigue aquí? Tengo que verla. Tengo que decirle… Tengo información. Puedo ayudar a que venzamos esta lucha. —La garganta le ardía al hablar.

La guerrera entrecerró los ojos, pero bajó el arma.

—Sabía que tenía razón. Tienes una pinta espantosa. ¿Es tuya toda esa sangre? —Él le devolvió una mirada vacía, y ella suspiró—. Te llevaré con Clía, pero solo después de que atiendas esas heridas y comas algo. No te tienes en pie. Y no le serás útil a nadie si estás muerto.

Con un gesto, le indicó que se sentara y desapareció. Regresó unos minutos después con un sanador y un cuenco lleno hasta el borde de sopa. Ronan vació el cuenco antes incluso de saborearlo. El calor de la comida lo asentó e hizo retroceder el frío que le había calado hasta los huesos.

El sanador, un hombre de piel morena y pelo corto, se arrodilló delante de él. Retiró el vendaje que Ronan había improvisado con la camisa y empezó a suturar la herida. Ronan ni parpadeó mientras la aguja le atravesaba la piel.

Niamh observó mientras sostenía un plato de carne y pan.

—Esto te lo daré cuando me cuentes qué ha pasado.

Ronan no perdió tiempo. Repasó los sucesos del último día: la conversación de Kordislaen, el campamento tinelannio, la jefa Cuilinn. Al saber que Ronan haría todo lo posible por alertar a Caisleán, Tinelann podría cambiar su acercamiento. Pero Kordislaen era arrogante, y en ese caso seguiría con los planes que Ronan había escuchado.

Cuando sus palabras empezaron a apagarse, Niamh le pasó el plato.

El sanador suturó el último punto y volvió a vendarle el costado.

—Has tenido suerte de que la herida no haya sido más profunda —dijo—. Te dolerá unos días, y debes cambiar las vendas a menudo, pero sobrevivirás.

Aquellas palabras inundaron de alivio a Ronan. Aquello no le impediría participar en el combate que se avecinaba.

—Gracias —susurró cuando el sanador se giró para marcharse. Niamh no volvió a hablar hasta que acabó el segundo plato.

—Ven conmigo —dijo, y se adentró en el castillo—. Clía está por aquí.

Ronan no tenía tiempo ni energía para preguntarle por su nueva amistad con Clía. Había demasiados problemas más urgentes.

Niamh se detuvo al fin ante una pequeña puerta de los túneles bajo el castillo. Ronan la reconoció. Allí era donde Clía y Sárait trabajaban en su proyecto. Las había visitado un par de veces mientras cosían, aunque siempre se apresuraban a declarar que era una distracción y lo echaban.

En el momento en que Niamh abrió la puerta, Ronan desterró de su mente cualquier pensamiento que no guardara relación con la persona que se sentaba en la mesa de trabajo de la esquina del fondo. Concentrada, cosía una prenda sobre el regazo. El pelo rubio le caía por la espalda en suaves ondas. La luz se reflejaba en los cabellos y desprendía un brillo sobrenatural, como una auriflama floreciente. Tenía la pose de una reina, pese a que a horas tan tardías seguro que iba justa de fuerzas.

No reparó en que entraban. Ni siquiera levantó la mirada hasta que Niamh le susurró algo al oído. Ronan no pudo oír qué, pero, cuando Clía se volvió hacia él, le ardió el pecho. Se sintió flotar, incapaz de volver a tierra.

—Estás aquí —dijo, lleno de alivio.

No se había dado cuenta de lo preocupado que estaba hasta que la vio a salvo ante él. A ella le brillaron los ojos.

—No me fui.

Ronan quería correr a su lado. Abrazarla y asegurarse de que estaba bien, de que estaba allí. No entendió cuándo había ocurrido, pero, de algún modo, desde que se conocían, hacía ya unos meses, ella se había convertido en la persona más importante de su vida. Pero el recuerdo de su última conversación lo devolvió a tierra de inmediato. La sonrisa que se le había estado formando poco a poco cayó, y la tensión fue en ascenso.

—Después de… Bueno. Estaba preocupado por ti —dijo al fin.

—Fuiste tú quien desapareció —susurró ella; algo le nubló el semblante antes de que lo controlara y lo convirtiera en cortesía ensayada. Su máscara estaba de vuelta, la máscara que Ronan llevaba meses sin ver. No sabía qué hacer al respecto.

Niamh eligió aquel momento para hablar.

—Está claro que mi presencia aquí no es necesaria. Luego vuelvo.

Clía asintió y se aclaró la garganta.

—Gracias.

Con aquello, Niamh los dejó a solas en la habitación, no sin antes dirigirle una mirada fulminante a Ronan y cerrar la puerta tras de sí. Él estaba acostumbrado a sus recelos, pero aquel desdén era nuevo.

Un latido de silencio. Luego Clía habló.

—Te fuiste con Kordislaen.

Ronan no supo si era una pregunta o una acusación.

—Así es —admitió—. Aquella misión…, apenas pudimos salir con vida del bosque. Necesitaba averiguar en qué consistían sus planes, reunir más información.

—¿Como te obligó a hacer con otros guerreros, quieres decir? ¿Conmigo?

A Ronan se le paró el corazón.

—Jamás le dije nada sobre ti. Nunca te habría traicionado de esa forma.

Ella estaba al otro lado de la habitación, pero la distancia que los separaba parecía tan grande como un océano.

—¿Y debo creérmelo?

—Se supone que confías en mí. —Bajó la mirada.

Toda la energía que se había obligado a mantener en los últimos días lo abandonó con un suspiro. Estaba cansado. Estaba dolorido. Y se sentía más solo que antes.

Al cambiar el peso de un pie a otro, lo atravesó otra conmoción: aquella sensación aplastante en los huesos que conocía demasiado bien. Hizo una mueca de dolor.

—¿Qué te pasa? —preguntó Clía levantándose. Se acercó a él con cautela.

Ronan se apoyó en la puerta y se masajeó la rodilla con la palma de la mano, como si eso pudiera hacer desaparecer el dolor.

—He salido a correr, antes de marcharme. Para aclarar pensamientos. Luego hui del campamento de Kordislaen. Todas esas carreras, todos esos combates… Sabía que empeorarían el dolor. Ahora lo estoy pagando.

—¿Y eso es todo? —Dirigió una mirada penetrante al costado de Ronan, donde la camisa se había levantado lo suficiente como para dejar a la vista el borde del vendaje.

—Kordislaen me acertó con un tajo, lo que probablemente no ha ayudado. Pero ya me ha visto un sanador. Está bien —aseguró.

Ella se le acercó más, agitando las manos a los lados. Pero la preocupación no tardó en dar paso al enfado.

—Si no tuvieras la costumbre de vértelas tan de cerca con la muerte, te mataría yo misma —murmuró—. No dejas de forzarte, sin hacer caso a tus límites y jugándote la vida. Sabías que ya sufrías dolores, y que si sobrevivías no harían más que empeorar. En tiempo de guerra.

—Me niego a que el dolor me defina. No dejaré que me frene, y menos cuando hago falta; cuando puedo marcar la diferencia —protestó.

—Lo que nos hace falta es que estés bien —insistió Clía, meneando la cabeza—. Forzarte más allá de tus límites no es valor, es estupidez. Tu dolor no te rebaja. Lo que me preocupa es la poca atención que le prestas a tu salud.

»Podrías haberte quedado. Buscado ayuda. Podríamos haber formado un grupo y seguido al general. No tenías por qué ponerte en peligro y empeorar tus dolores. No tienes que hacerlo todo tú solo.

Aquellos ojos de color avellana le sostuvieron la mirada, feroces e implacables. Las palabras se asentaron entre ambos.

Ronan sabía que había corrido un riesgo que tal vez lamentara más adelante; aun así, se había ido con Kordislaen. ¿Era valentía o despecho? En todo caso, había acabado herido.

Clía se serenó.

—No pasa nada por tener límites. Todos los tenemos. No son un reflejo de lo que eres. Pero, cuando sigues presionándote pese a saber que no deberías, solo te dañas a ti y dañas a los que se preocupan por ti.

Había estado tan resuelto a vencer el combate que su cuerpo había empezado que no se paró a pensar que quizá tuviera que pagar un precio demasiado alto. Que con ello afectaba a otros, y se afectaba a él, de formas que nunca había querido.

Le prometió que lo intentaría. Se lo prometió a sí mismo.

Dejó escapar otro suspiro.

—Tienes razón —dijo en un susurro—. Nos debemos empatía a nosotros mismos. Es todo lo que podemos controlar.

—Es que suelo tener razón. —Sonrió. Un amago de tregua—. Espero que Kordislaen acabara peor en ese combate.

Ronan pensó en el general tendido en el bosque y sangrando. Cuando él se marchó, aún respiraba.

—Acabó peor, pero… No pude matarlo.

La observó mientras la comprensión aparecía en su cara. Clía le puso la mano en el pecho, el tacto suave y atento, pero sus ojos mostraron dolor. Por supuesto, solo habían pasado unos pocos días desde que ella había matado a Ó Connor.

—Estoy segura de que tendrás otra oportunidad. Pero te corresponderá a ti querer aprovecharla. Este peso no debería recaer sobre tus hombros.

Ronan le tomó una mano y la apretó contra sí.

—Gracias.

En el silencio, el aire entre los dos permaneció inmóvil y tenso. Aún quedaba por atender otra cosa.

Clía retrocedió un paso.

—Te debo una disculpa. Después de Ó Connor y de mi conversación con Kordislaen… —El pelo le cayó sobre los ojos y los ocultó a la mirada de él—, confío en ti. Más que en nadie. No es que dudara de ti: dudaba de mí misma. Y puse distancias.

Ronan la interrumpió.

—Debería ser yo quien se disculpase. En aquel momento necesitabas espacio, y yo seguí presionando. —Guardó silencio un instante—. No debí haber dicho lo que dije.

En ese momento, apoyado contra la puerta cerrada, solo deseaba luchar para mantenerla a su lado. Quería que conociera todos los motivos que tenía para quedarse. Las palabras que se había guardado para sí salieron con demasiada facilidad. Eran ciertas, pero no era el momento adecuado.

—No, no. —La voz de ella era suave pero firme. El mismo tono que él había tardado muy poco en aprender que no debía discutir. Clía levantó la mano y le rodeó el cuello, y él se quedó paralizado por el contacto. Asustado de que cualquier movimiento la alejara y volviera a perderla—. No lamentes eso. Nunca lo lamentes. Yo no lo siento.

Ronan pudo sentir que el calor del cuerpo de ella se transmitía al suyo. Estaba muy cerca, lo más cerca de él que había estado desde la misión fallida, sin que algún peligro inmediato los apartara. Desde su roce con la muerte. Su mano se movió con mente propia y se posó en la suave piel de la mejilla de Clía. Su pulgar le acarició los labios, y todos los pensamientos lo abandonaron.

Inclinaron la cabeza. Las frentes se tocaron. En aquel momento no había guerra, no había traición. Estaban juntos, y él ya no estaba solo.

—Ronan. —Su voz era una caricia suave—. Yo…

De repente, alguien empujó la puerta tras él. Ronan se vio impulsado a un lado y solo Clía evitó que cayera. Se colocó de inmediato entre ella y quienquiera que entraba.

Niamh estaba en el umbral y arqueaba una ceja.

—¿Debería irme?

Ronan controló sus rasgos para no dirigirle una mirada iracunda. Niamh tenía una habilidad increíble para interrumpirlos, y algo le decía que ella lo sabía.

—No, pasa —contestó Clía, apartándose de Ronan. El frío llenó el hueco que ella había dejado, y luchó contra el impulso de seguirla—. ¿Vienen contigo?

Niamh se hizo a un lado.

—Míralo tú misma.

Las personas más poderosas de Caisleán Cósta entraron en la sala de telas de Sárait, una a una. El comandante en jefe Brecc, con armadura completa y expresión de impaciencia; la capitana Duinn, con la mano perpetuamente en la espada, y el draoi Griffin. Tenían un aura de mando. A Ronan le sorprendió la insignia que llevaba Griffin en el jubón: indicaba rango de comandante; debía de haber ocupado el puesto de Ó Dálaigh tras la muerte de este. Domhnall y Kían fueron los últimos en entrar, y en la habitación quedó muy poco espacio libre.

Si a alguno le extrañó la presencia de Clía o el extraño lugar de reunión, no lo mostró.

—Gracias a todos por venir —dijo Clía, dándoles la bienvenida. Su tono parecía más propio de un banquete real que de un almacén atestado.

El draoi Griffin le sonrió.

—Me alegro de volver a verte, Fionnáin. He de admitir que empezaba a echar de menos tu presencia en los salones.

Clía le devolvió la sonrisa.

—Siento haber desaparecido de forma tan inesperada, pero solo seguía las órdenes de Kordislaen. Aunque justo es reconocer que no las seguí demasiado bien.

—Sí, sus órdenes. —Griffin asintió—. No nos informó de su decisión hasta que ya estuvo consumada. Habría luchado por mantenerte aquí.

—Bueno, ahora os voy a pedir que luchéis por otra cosa —dijo ella, dirigiendo la conversación con habilidad. Ronan comprendió el motivo. Los otros dos guerreros no la conocían bien y no tenían motivos para desear que se quedara. Clía no podía arriesgarse a perder la ayuda del comandante en jefe Brecc o la opinión favorable de la capitana Duinn. No había tiempo para desviarse del tema.

Griffin se inclinó hacia delante.

—¿Te importaría explicar un poco más?

Clía fue directa al grano.

—Kordislaen es un espía. Trabaja para Tinelann, y hay motivos para creer que atacará Caisleán Cósta.

Cuando miró a Ronan, este vio una fe absoluta en sus ojos. Ella sabía que encontraría la información que necesitaban. ¿Era eso lo que Niamh le había susurrado cuando entraron en la habitación? ¿O era simplemente que Clía creía en él?

—¿Esperas que te creamos? —preguntó Duinn con voz contenida, como un muelle preparado para saltar.

—A mí no. Espero que lo creáis a él. —Señaló con la cabeza a Ronan, que se envaró—. Ha visto su campamento. Conoce sus planes.

—¿Eso es cierto, capitán? —preguntó Duinn con expresión fría.

—Sí. —Ronan irguió los hombros—. Estuve allí. Planea montar un ataque completo aquí y, después de derrotarnos, usar esta fortaleza como base en su guerra contra Scáilca. Vi sus efectivos y sus armas, y sé cómo ha organizado el ataque. Y no trabaja solo.

Tiene aliados en Caisleán, preparados para verla caer. —Solo le quedaba la esperanza de que ninguno de esos aliados estuviera en aquella habitación con él, pero tenía que confiar en Clía y en Niamh, en su criterio de a quién alertar. A pesar de todo, rogó en silencio la benevolencia de los dioses.

—¿Cuándo? —preguntó Brecc.

Ronan miró a los reunidos.

—Mañana mismo.

El silencio se adueñó del grupo.

Griffin fue el primero en romperlo:

—Cuéntanoslo todo.

—Si Tinelann es la amenaza que dices que es, ¿qué sugieres que hagamos? —preguntó Griffin al cabo de media hora de interrogatorio, pasando la vista entre Clía, Niamh y Ronan.

—Tenemos que reunir las tropas —respondió Clía—. Armar a todos los que sean capaces de luchar, y evacuar a la ciudad más cercana a quienes no lo sean. No podemos garantizar su seguridad aquí. Quizá mandar unos cuantos guerreros como escolta, pero no demasiados. Con nuestros efectivos, no podemos prescindir de nadie.

Brecc asintió.

—Yo me encargo.

—¿De verdad les dejamos los planes a estos críos inexpertos? —preguntó Duinn con incredulidad.

Clía se irguió.

—Nadie te pide que lo hagas; solo queremos compartir lo que sabemos y ayudar como podamos. Aunque creo que estaría bien recordar que entre estos «críos» hay dos nobles inismianos, dos miembros de la realeza y el capitán más joven de Scáilca, que resulta ser el protegido de Kordislaen. No carecemos de utilidad.

Un silencio tenso llenó la habitación. Ronan no pudo evitar sentirse orgulloso y aliviado al ver que Clía no se acobardaba bajo la mirada de Duinn.

—Aceptamos vuestra ayuda —dijo esta al fin.

Domhnall, que había permanecido en silencio durante la reunión, eligió aquel momento para hablar.

—Tenemos que asegurar todas las vías de escape ocultas. ¿Hay maneras eficaces de hacerlo?

Griffin meneó la cabeza.

—Podríamos montar barricadas, pero, si conocen las entradas secretas, será un reto asegurarlas todas. La única otra opción sería derruirlas, pero corremos el peligro de dañar las partes superiores del castillo.

—Entonces dispón guerreros para montar barricadas, pero que se preparen para derrumbar los túneles si es necesario. No podemos dejar que se hagan con el castillo —dijo Ronan—. Si no podemos contenerlos, esta fortaleza les dará ventaja en la guerra. Cueste lo que cueste, no deben tomar Caisleán Cósta.

Capítulo 37

Aquella noche durmieron por turnos.

No les costó movilizar las tropas y prepararlas para el combate una vez que los tres líderes de Caisleán se pusieron de su parte. Lo que no estaba de su parte era el tiempo, de modo que apenas iban a dormir.

Mucho antes del amanecer, Clía se reunió con Ronan en el salón. Su proyecto conjunto con Sárait estaba terminado: su diseño de vestido original, transformado en una túnica de una sencillez engañosa, para llevarlo bajo la armadura o cualquier otra ropa. El vaporoso tejido bendecido por los draois se sentía como aire sobre la piel.

Deseó que a Sárait le hubiera sido posible completar el proyecto, pero la costurera había abandonado el castillo, como todos los que no podían luchar. Esperarían noticias en un pueblo no muy lejos de Caisleán. Ver partir a Sárait tan poco tiempo después de haberla recuperado había sido un tormento para Clía, pero era preferible a la alternativa. Se sentía mejor sabiendo que su amiga estaba a salvo.

Ronan la esperaba ya con la armadura puesta, plateada y reluciente a la luz de las lámparas. Tenía la espada a la cadera. Con su falta de sueño, Clía casi podía creer que se dirigían a la arena a entrenar. Pero los recuerdos y los miedos de la última semana persistían lo suficiente como para recordarle la verdad.

La desconfianza sofocaba los salones por los que circulaban los guerreros. La lealtad era una materia frágil. Era como si el castillo estuviera al borde de un precipicio.

Y el silencio que se interponía entre Clía y Ronan era asfixiante.

Todo entre ellos era delicado, territorio inexplorado. Un frágil retrato de cristal.

Se habían contenido durante demasiado tiempo, y solo habían cedido después de admitir que aquello no podía durar. Ella lo amaba, y por fin se permitía pensar que él quizá la amara también, pero las circunstancias no habían cambiado. Si sobrevivían a aquella batalla, ella tendría que regresar de inmediato a Álainndore. ¿Volverían a verse alguna vez?

Le echó una mirada, pero era demasiado tarde para hablar. Él ya cruzaba la puerta. Eran los últimos en llegar.

El draoi Griffin ocupó el lugar habitual de Kordislaen.

—Saltémonos las cortesías. Los centinelas han detectado tropas con el estandarte de Tinelann que se dirigen hacia nosotros. Parece que Ó Faoláin estaba en lo cierto. Suponemos que llegarán al amanecer. Han perdido el factor sorpresa, y lo saben. Creemos que querrán atacar con rapidez y superarnos en cuanto lleguen. —Era el vivo retrato de la calma y la precisión, a pesar de las oscuras ojeras y la forma en que encorvaba los hombros.

Los otros ocupantes de la sala parecían tensos. Todos habían tenido la esperanza de que pudieran retrasar el combate hasta el crepúsculo; incluso unas pocas horas extras de preparación podrían salvar vidas.

Niamh y Kían cruzaron miradas de preocupación. Domhnall meneó la cabeza. Las únicas personas que no parecían visiblemente nerviosas eran Ronan y los otros dos líderes de Caisleán. Las noticias no les pillaban por sorpresa: o bien las habían oído directamente de boca de los centinelas, o bien Griffin los había advertido.

—¿Qué hacemos? —preguntó Niamh, el eterno soldado cumplidor.

—Prepararnos para la batalla —respondió Griffin—. Tenemos guerreros bien entrenados y tropas propias que se situarán en las posiciones necesarias. Morrigan y Horgan: estáis al mando de los curadhs más bisoños. Habéis entrenado con ellos, así que imagino que seréis capaces de dirigirlos bien. Capitán Ó Faoláin: como ya sabes, tenemos huecos en la cadena de mando, producidos por los espías que hemos conseguido erradicar esta noche. Me las he arreglado para ajustar los números, pero necesito que lideres una tropa de los soldados más veteranos. Confío en que puedas encargarte de esa tarea.

—Sí —respondió Ronan.

—Bien. Vosotros tres, hablad con Duinn sobre los detalles de vuestra misión. Y en cuanto a vosotros dos —Griffin miró a Clía y Domhnall—, tenéis que venir conmigo. Sé que no estabais dispuestos a marcharos con los criados, y es demasiado tarde para que os vayáis a otro lado. Solo nos cabe desearos una estancia segura donde podáis quedaros.

Clía le cortó el paso a Griffin cuando este empezó a dirigirse a la puerta.

—¿De qué estás hablando?

—Sois los herederos de vuestros respectivos tronos. No podemos arriesgarnos a que sufráis daño.

Ella se mantuvo firme donde estaba cuando él intentó pasar a su lado.

—No voy a abandonar a mis amigos.

—No tienes elección. Esto no es un juego —siseó Griffin—. Esto no es una situación hipotética para debatirla en clase, ni un combate de entrenamiento en la arena. Es una cuestión de vida o muerte, y hay que proteger vuestras vidas.

—Pero…

—No te lo tomes como algo personal, alteza —la cortó—. Esto no es un comentario sobre tu habilidad o tu valor como persona. Es logística. Si un soldado tinelannio os encuentra a ti o al príncipe Domhnall, intentará capturaros para usaros como rehenes contra vuestro reino. Las historias como esa no tienen final feliz.

También os pueden matar en el fuego cruzado. Entonces no solo habrá una guerra contra Tinelann, sino que Álainndore podría tomar represalias contra nosotros por no haberos protegido. Tengo que velar por el interés de Inismian.

Clía miró a sus amigos en busca de apoyo. Ronan, Niamh y Kían esperaban alertas, dispuestos a apoyarla, pero Domhnall parecía resignado.

—No perdamos más tiempo —susurró.

Cualquier momento que desperdiciaran lo pagarían los guerreros en el campo de batalla.

Clía asintió con un sutil movimiento de cabeza y dejó que Griffin se la llevara.

~

LLEVARON A CLÍA Y A DOMHNALL A UN TRASTERO ATESTADO Y POLVORIENTO de una esquina lejana del segundo piso del castillo, oculto bajo una desvencijada puerta de madera.

Los tres apenas cabían en el interior. Unos estantes de madera cubrían dos de las tres paredes, cubiertos de sacos de cereal y cajas sin marcas. Griffin fue hasta la pared desnuda, apoyó la mano en una de las piedras y la empujó con suavidad. La piedra se deslizó hacia dentro y la pared entera giró, dejando a la vista una pequeña habitación.

La estancia oculta era solo un poco más grande que el trastero; hacía que su dormitorio en Caisleán pareciera prácticamente regio. En una esquina había una lamparita encendida que proyectaba sombras en las paredes. Antes de que Clía pudiera preguntar nada, la pared móvil se cerró a sus espaldas, y ella y Domhnall se quedaron a solas con el polvo.

No había ventanas en aquella celda improvisada, solo más estantes llenos de viejas reservas de alimentos. Estaban encerrados en un almacén secreto.

—¿Se supone que tenemos que esperar aquí hasta que alguien nos deje salir?

Clía no esperaba respuesta, pero Domhnall le dio una.

—Sí. Aunque imagino que se abrirá sola al cabo de un par de días si nadie viene a buscarnos. —Ante la mirada interrogante de ella, explicó—: Tenemos una habitación como esta en Suanriogh.

Clía no quería pensar en estar atrapada en aquella habitación con Domhnall un día entero, y desde luego no quería pensar en lo que implicaría para sus amigos en el campo de batalla que nadie los sacara antes.

Tenía que distraerse.

Al principio pasó el tiempo intentando contar las losas de la pared. Cuando aquello se volvió aburrido, se puso a revisar todo lo que contenía su lugar de encierro.

No mucho después de que acabara con aquello, se las arregló para recorrer más de veinte veces los diez pasos que había de pared a pared.

—¿Te quieres estar quieta? Me estoy mareando solo de mirarte —gruñó Domhnall.

Clía se volvió hacia él.

—Lo siento, ¿mi preocupación por nuestros amigos te molesta?

—Sí, me molesta. —Soltó un bufido ronco—. No solo son nuestros amigos. Mi prometida está ahí fuera también.

Aquello hizo detenerse a Clía.

—Tenía la impresión de que no erais una pareja amorosa.

—Eso no quiere decir que no me importe. No sé si lo recuerdas, pero puedo ser amigo de alguien. —Recostó la cabeza en la piedra.

—Debo de haberme olvidado. De un tiempo a esta parte no he visto esa faceta tuya. —Sonrió con malicia.

Domhnall ladeó la cabeza y le echó una mirada interrogante.

—¿De verdad te parece un buen momento para esto?

—Estoy llena de amargura y ansiedad. Necesito una válvula de escape —respondió ella. Él volvió a concentrarse en el techo.

—Bueno, pues preferiría que no fuera ahora mismo.

La respuesta de Clía quedó ahogada por un grito que recorrió el castillo, seguido del sonido de pasos a la carrera.

Estaba empezando.

La mirada aterrorizada de Domhnall se cruzó con la suya, y Clía olvidó su enfado.

Aguardaron sentados durante lo que parecieron días pero no pudo ser más de una hora, probablemente menos.

Griffin había elegido bien el lugar del escondrijo; nadie se acercó lo bastante para que ella pudiera adivinar qué sucedía. Solo unos pocos gritos fueron lo bastante sonoros para llegar hasta su pasillo. Y de repente… Unos pasos conocidos resonaron en el suelo.

Murphy.

—¡Murphy! —llamó Clía, sin hacer caso de la mirada interrogante de Domhnall—. ¡Murphy, ven aquí!

Su voz debió de sonar lo bastante alta, porque oyó acercarse los pasos y luego arañazos en la madera. Debía de haber llegado a la puerta del trastero.

—¡Buen chico, Murphy! ¡Si consigues abrir, prometo que te daré todas las chuches que quieras!

—¿De verdad crees que esa criatura puede abrir una puerta? —se burló Domhnall.

Crash.

Clía sonrió.

No, pero creo que es lo bastante grande para arrancar una puerta vieja de los goznes.

Domhnall alzó las cejas con gesto aprobador, pero ella ya había pasado a la siguiente tarea. Golpeó la pared una y otra vez, intentando atraer la atención de Murphy hacia la piedra que recordaba que Griffin había empujado para abrir. Si lograba que Murphy empujara con las zarpas o la nariz, o quizá incluso que se apoyara en ella…

La pared giró.

Estaban libres.

Murphy entró corriendo con una sonrisa en su cara tontorrona. Domhnall retrocedió a una esquina al ver al dobhar-chús. Con los estirones que había dado en los últimos meses había alcanzado más o menos el tamaño de un lobo grande, lo que definitivamente le confería un aspecto más intimidatorio. ¡Pero los había liberado! Domhnall no podía sentirse más agradecido. Con cuidado de mantener la puerta abierta, Clía le revolvió el pelo de la cabeza.

—Te debo una, pequeño. Pero ahora tienes que mantenerte a salvo. Vete a nadar, estarás bien allí.

Murphy se animó en el instante en que ella mencionó nadar, y corrió de vuelta al pasillo. Clía deseó que hubiera una forma mejor de protegerlo, pero, si la batalla no iba bien, sabía que sería feliz en el lago.

Cuando salió de la celda al trastero, Domhnall la siguió con cautela.

—Griffin no se equivocaba. Si morimos aquí, solo causaremos más problemas.

—Pues no te mueras. —Clía se encogió de hombros—. Te puedes quedar o te puedes ir, me da igual, pero no me quedaré sentada a esperar si puedo desequilibrar la balanza. —Se daba cuenta de que la elección daba vueltas por la cabeza de Domhnall. Entonces este cuadró los hombros.

—Por Scáilca.

Lo había dicho para sí mismo, pero ella respondió igualmente.

—Por Álainndore.

La planta superior no parecía diferente a como estaba cuando se escondieron, pero en cuanto bajaron la escalera hasta el primer piso quedó claro que había una batalla en marcha.

En el castillo reinaba el caos.

Pasaban soldados a la carrera, con la armadura ensangrentada y las armas desenvainadas. En el interior, todos ayudaban a algún camarada herido o corrían hacia una nueva posición.

Clía no vio a nadie a quien reconociera.

—¿Tenemos algún plan? —Domhnall tuvo que gritar para hacerse oír.

«No».

Pero no podía decir eso, así que respondió:

—Tenemos que conseguir armas.

Los dos ya llevaban puesta la armadura; Clía estaba probando su nueva creación, mientras que Domhnall portaba el reluciente conjunto de hierro que había paseado por clase, algo que siempre la había irritado pero que ahora la llenaba de alivio.

Domhnall asintió.

—Tú primero.

Recorrieron juntos el castillo en busca de sus armas preferidas. Los gritos de los heridos la sobresaltaban a cada paso que daba.

Camhaoir descansaba apoyada en la pared de la sala de telas. Clía la cogió, agradecida por no habérsela dado a Niamh como había planeado. La empuñadura era reconfortante en su mano. Aquel día descubriría lo bendita que estaba aquella arma.

Unos pasos la alertaron de la llegada de Domhnall. Vio que su reflejo en el espejo le devolvía una sonrisa. El pelo rubio anudado detrás de la cabeza, la armadura ligera nueva brillando en la luz difusa y Camhaoir en su costado: parecía una guerrera.

Pero no había tiempo para aquellos pensamientos, aquel orgullo. Tenía cosas más urgentes de las que preocuparse.

~

No había calma en la batalla.

Clía y Domhnall cruzaron a la carrera los salones de Caisleán, siguiendo la constante corriente de guerreros que regresaban al combate y el sonido del metal chocando y chirriando contra el metal. Las pisadas resonaban en el suelo helado; el acero golpeaba hierro y cuero.

El sonido le hacía daño en los oídos.

Siguió corriendo hacia él.

Unos guerreros habían atravesado la muralla junto a la entrada principal, una debilidad que habían previsto. La mayoría de los soldados de infantería se concentraba allí, mientras que los arqueros permanecían en los puntos más elevados del castillo y enviaban andanadas de flechas contra los guerreros tinelannios.

Clía no podía ver con claridad a sus tropas desde el punto donde se encontraba; el combate era un caos de cuerpos y armas. Pasaron junto a figuras que yacían rotas en el suelo. No se atrevió a mirarles las caras.

Domhnall soltó un grito ahogado. Tenía la mirada fija en algo que ella no podía ver, y, antes de que pudiera detenerlo, él echó a correr. Algo chocó con ella; un guerrero scáilqueño que se lanzaba a la refriega. Para cuando Clía recobró el equilibrio, Domhnall había desaparecido.

Los guerreros tinelannios estaban ganando terreno. Algunos rompieron la primera línea de la formación y corrieron hacia el castillo, pero las flechas cortaron rápidamente su avance. Aun así, las flechas no podían evitar que los hombres que tenía delante cayeran o que una espada fuera hacia su cabeza. La bloqueó con su propia espada sin pensar, y de repente se vio atrapada en la danza de la batalla.

Clía concentró su atención en las armas que iban hacia ella y en la gente que la rodeaba. Griffin tenía razón: aquello no era una sesión de entrenamiento. Ni siquiera se podía comparar a la pelea que habían tenido con los tinelannios en el transcurso de su misión. Ocurrían muchas cosas, demasiadas, y tenía que estar atenta a todas.

Estaba abrumada, pero no se permitiría sentirse superada.

La gema de la empuñadura brillaba. Con cada golpe que bloqueaba podía ver la luz que le subía por las venas. A la luz del día era solo un brillo débil, pero allí estaba. La energía siguió recorriendo su cuerpo sin desvanecerse en ningún momento. Clía se sintió afilada, tan letal como una hoja recién pulida.

Era el poder de la gema de Ríoghain. La magia de Tír Síoraí.

Cayó en el patrón del combate, dejando de lado el miedo, las dudas y la compasión que la refrenaban.

Su adversario era hábil. Se enfrentó a la espada de ella lleno de confianza, por no decir que cómodo, pero no consiguió ganar terreno. Clía podía ver que sus compañeros scáilqueños se esforzaban por mantener la línea de combate.

Con una rápida estocada, su hoja rebanó el cuello de su rival.

El sonido roto, húmedo y ahogado fue más fuerte que el de todos los combates que la rodeaban.

No se detuvo a mirar cómo caía el cuerpo. Tampoco lo hizo el guerrero tinelannio que ocupó su lugar.

La danza empezó otra vez. Y otra.

El quinto guerrero al que se enfrentó tenía una fuerza intimidante. La espada de Clía iba por detrás mientras ella intentaba bloquear sus movimientos y ganar ventaja. La atrapó un temblor leve, un fuego débil que ardía en sus músculos, pero no tenía más alternativa que seguir dando tajos y estocadas.

Un trueno surgido del propio castillo resonó en el campo de batalla.

La brillante luz del sol la cubrió desde el cielo mientras se volvía a mirar. Las piedras de la antigua fortaleza se sacudieron de repente.

Aquello no tenía nada que ver con la climatología.

Un túnel se había desmoronado.

Sintió las tripas removerse a la vez que algo le golpeaba el pecho y le cortaba la respiración. Volvió a mirar a su enérgico oponente justo cuando la hoja de este rebotaba en la armadura.

Jadeando en busca de aire, no esperó a que el hombre se recuperara. Le agarró la mano de la espada y lo acercó de un tirón. El guerrero tropezó. Clía le retorció la muñeca y la espada cayó al suelo, lo que le permitió acercarse un paso y pasarle su hoja por el cuello con un movimiento fluido.

Antes de que golpeara el suelo, ella había echado a correr. Llevaba a Camhaoir a un lado, de forma segura, mientras serpenteaba entre los guerreros combatientes y se abría paso hacia el interior del castillo.

Una draoi chocó su hombro con el de ella al cruzársela de camino hacia alguna otra parte del castillo. Clía la cogió por un brazo.

El deseo de asegurarse de que Ronan estaba a salvo no era un capricho sino una necesidad, pues su mente traicionera insistía en que corría peligro.

—Las tropas de Ó Faoláin. ¿Sabes dónde están?

La draoi asintió con gesto sombrío.

—En la entrada subterránea del sur.

El miedo la perforó con más fuerza. Jamás le había molestado más tener razón. ¿Estaría cerca del túnel derrumbado?

Quería correr hacia él de inmediato, pero necesitaba saber una cosa más.

—¿Y Kordislaen? ¿Lo ha visto alguien?

—No hace mucho estaba al frente, observando la batalla. Desapareció poco después. He oído decir que lo han visto al oeste, por los acantilados.

Clía soltó a la mujer y echó a correr.

La puerta que llevaba a los túneles estaba arrancada y caída de lado. Nadie le dijo nada cuando entró.

Recorrió los claustrofóbicos pasillos hasta que la condujeron a una cámara amplia en la que confluían tres túneles: aquel por el que había llegado, uno que seguía en línea recta y el que llevaba a la entrada sur.

Al doblar la última esquina, un miedo aceitoso se apoderó de su corazón.

Donde debía estar la entrada solo había una pila de escombros. Una fina capa de polvo gris procedente de las piedras rotas cubría el suelo como nieve recién caída. Habían derribado los pilares de madera que sostenían el pesado techo, cegando la ruta de escape.

Una tos quebradiza apartó su atención del derrumbe y la dirigió a los guerreros esparcidos por la cámara. Yacían cubiertos de escombros. Los sanadores expertos iban de un guerrero caído a otro.

Había pocos hombres en el suelo. Menos de la mitad de los de una tropa típica. El resto, o bien había salido a luchar, o bien…

Examinó las caras mientras dirigía a los dioses una oración silenciosa en su idioma.

El aliento le llenó los pulmones cuando vio a Ronan. Incluso sentado en el suelo, con la espalda apoyada en una pared, tenía el aspecto de un líder. Clía no pudo encontrarle ningún trozo de piel que no estuviera cubierto de sangre y polvo, pero estaba vivo, y aquello aplacó la pulsante urgencia de su acelerado corazón.

Ronan levantó la cara cuando ella se arrodilló a su lado. El gesto de dolor se convirtió en una débil sonrisa, pero frunció el ceño, confuso.

—Creía que estabas escondida.

La debilidad de su voz hizo añicos el trozo de corazón que había congelado en la batalla.

—Tenía que encontrarte. Debía ayudar.

—Y decías que era yo el que tenía complejo de salvador. —Su risa era un fantasma silencioso. Ella se aferró a la escasa calidez que aún conservaba.

—¿Qué ha pasado aquí? —preguntó Clía. Ronan presentaba unos cuantos cortes y heridas abiertas en los brazos y la muñeca izquierda hinchada. Gracias a los dioses. Ninguna de las heridas causaría daños permanentes. Al menos, no que ella pudiera ver—. ¿Estás bien?

—Estoy bien. —Cambió de postura y siseó al moverse. Las manos de ella saltaron a ayudarlo, pero tenía demasiado miedo de empeorar las cosas—. Nos sobrepasaron. Supongo que pensaron que sería la entrada más fácil de tomar porque sabíamos que venían desde el norte. No es que se equivocaran del todo. Aquí solo estábamos mis hombres y yo, y ellos eran por lo menos el doble.

»Cogieron ventaja deprisa y nos siguieron por el túnel sur, y, cuando no quedaba ninguno fuera, rompimos lo pilares y se lo dejamos caer encima. —La mirada normalmente viva de Ronan se apagó al observar a sus hombres heridos en la cámara—. Intenté que salieran todos los que fuera posible de los nuestros. Los que estaban más cerca de la cámara están a salvo, pero los otros…

El dolor en su voz desgarró a Clía. Le limpió con una mano el polvo de las mejillas. Él cerró los ojos al sentir el contacto. Casi pareció en paz.

«Podría haberlo perdido». No, no debía permitirse pensar así. No hasta después de la batalla.

Ronan aceptó el consuelo durante un momento antes de abrir otra vez los ojos, de nuevo un soldado.

—Supongo que has visto la lucha de arriba. ¿Qué tal aguantamos en el otro frente?

Perdían terreno. Muchos habían muerto ya. Existía la posibilidad de que el derrumbe del túnel hubiera dañado la fortaleza…

Clía no tenía la menor idea de si la muralla sur seguía en pie sobre ellos.

—No muy bien cuando estuve allí.

Ronan apretó los labios.

—Aguantaremos. Tenemos que aguantar.

El pulgar Clía empezó a trazarle con aire distraído un dibujo en la mejilla.

—Tengo que irme —dijo.

Apartarse de él fue como luchar contra la gravedad. No quería dejarlo allí, pero tenía que ayudar en los combates.

—¿Vas a primera línea? —No se lo discutía, era simple curiosidad.

—A buscar a Kordislaen —le corrigió.

Sus dedos encontraron los de ella y se los apretó para darle ánimos.

—¿Quieres ir a por él? ¿Tú sola?

—Me las arreglaré.

Ronan sonrió, y a Clía el corazón le dio un salto.

—Lo sé. Solo me preguntaba si no querrías llevar apoyo de todas formas.

Capítulo 38

Ronan tenía que seguir avanzando. No podía permitirse dudas ni lamentaciones. No podía permitirse pensar en la gente que dejaba atrás.

Clía y él se apresuraron por los túneles; llegaron hasta uno que los escupió a los terrenos del oeste, cerca del acantilado de los Susurros. Podía ver la espuma blanca del oleaje bajo el borde rocoso. El sonido de la batalla desapareció en la lejanía, oculto por el silbido del viento. El frío invernal mordió la piel de Ronan, pero su determinación lo mantuvo caliente.

A lo lejos, Ronan distinguió la silueta de un guerrero a caballo.

Kordislaen estaba allí.

Clía encabezó la marcha mientras se acercaban al general. El hombre aparecía impoluto, sin marca de combate alguna. Pese a ser famoso en todo el reino por su bravura y su habilidad para luchar, Kordislaen se mantenía apartado mientras sus guerreros morían por él. Ronan había pasado la vida peleando, con la esperanza de granjearse el favor del legendario general. Pero, cuando estaba frente a la guerra, Kordislaen se limitaba a observar.

El general no les quitaba ojo de encima, y fruncía el ceño a medida que se acercaban. Ronan escrutó los alrededores y reparó en que no había nadie más cerca. El general estaba solo.

¿Era valor o arrogancia?

Clía habló primero.

—Bienvenido. Veo que has traído invitados.

El general la miró como si fuera un chiquillo que lo hubiera interrumpido.

—Esto es serio, princesa. Creía que lo habías entendido a estas alturas. Los juegos han terminado.

—Pues yo creo que por fin empiezan a ser divertidos.

Kordislaen empezó a desenvainar la espada, pero Ronan fue más rápido. Su arma estuvo fuera y apuntando al general antes de que este pudiera parpadear.

—Me decepcionas, Ó Faoláin.

—No serás el primero al que decepciono. —Ronan sostuvo la espada con firmeza.

—Ah, sí, tu madre. —La sonrisa de Kordislaen le provocó una sensación desagradable en las tripas—. Creo que debería haberla salvado a ella en vez de a ti.

Ronan vaciló. Fue solo un instante, pero era todo lo que Kordislaen necesitaba. Antes de que Ronan pudiera pensar, su espada estaba en el suelo ante el general. Kordislaen golpeó con su espada en dirección al cuello de Ronan, que se retorció por instinto. La hoja rebotó en la armadura, pero no antes de golpearle el brazo de la espada. Sintió un fuego abrasador allí donde el acero había besado la piel y el músculo. La sangre manó generosamente de la herida.

Antes de que Kordislaen pudiera causar más daños, Clía se interpuso y bloqueó el siguiente golpe.

Un barrido de acero y los tres volvieron a quedar separados; sin embargo, Kordislaen permanecía impávido. Ronan aferró el pequeño cuchillo que guardaba en la bota. Su brazo gritó a modo de protesta. La minúscula hoja no sería de mucha ayuda contra Kordislaen, pero usaría cualquier arma que pudiera conseguir.

—Siempre necesitas que alguien intervenga y te salve, ¿eh, chico? —Ronan intentó hacer caso omiso, pero las palabras del general le hicieron recordar otro día. Otra batalla—. Dime: ¿también a ella la verás morir?

Cuando Ronan se puso ante Clía fue por instinto, no estrategia. Quería cargar contra Kordislaen, luchar por fin contra él sin que ninguna deuda lo refrenara, pero se mantuvo donde estaba. La primera vez que vio al general fue porque Ronan había necesitado que lo salvaran después de lanzarse temerariamente al combate. Pero, en esta ocasión, su vida no era lo único que estaba en juego. Ya había perdido a alguien a quien amaba porque había fracasado a la hora de proteger lo que era importante.

La primera vez era un chiquillo. Esta vez sería diferente. Esta vez tenía que ser diferente.

Kordislaen se plantó ante él, como un depredador que arrincona a su presa. Ronan lo observó mientras sujetaba con fuerza la espada. Atacaría de un momento a otro. Su única esperanza residía en poder responder a tiempo. Sostuvo el cuchillo con la mano no dominante, consciente de que la otra no podría cumplir su tarea por culpa de la herida.

—No. —Kordislaen ladeó la cabeza—. Creo que te mataré a ti primero.

Detrás de él, Ronan sintió que Clía cambiaba de postura, preparándose para la chispa que desencadenaría un nuevo combate. Aun así, mantuvo la mirada fija en su enemigo. Y fue entonces cuando se dio cuenta: Kordislaen caminaba con pasos irregulares. Lo ocultaba bien; habría sido casi imposible darse cuenta de no haber sabido qué buscar. Aún tenía las piernas heridas.

—Creo que deberías preocuparte más por ti —dijo Ronan. La boca de Kordislaen se torció en una mueca siniestra.

—Crees que eres fuerte, pero ni siquiera pudiste matarme cuando tuviste la oportunidad. ¿De verdad crees que podrás ahora, teniendo en cuenta todo lo que he hecho por ti? Esto está lejos de la gratitud que me debes.

Ronan levantó el cuchillo. Sabía que debería serle fácil hacer oídos sordos a esas palabras; Kordislaen se aferraba a cualquier brizna que pudiera sujetar con tal de manipular la situación y desequilibrarlo. Aun así, las palabras sacudieron una parte de Ronan cuya continua existencia odiaba. Todo aquello por lo que había pasado, todo lo que había perdido y ganado… Las huellas de Kordislaen estaban en prácticamente todo ello. Había ayudado a Ronan a alcanzar sus sueños, y, a pesar de lo monstruoso que había resultado ser, aquella pequeña parte de Ronan se sentía agradecida. Supuso que el sentimiento nunca desaparecería del todo. Pero la gratitud no es lo mismo que la fidelidad.

—No te debo nada. Ya no.

Oyó un grito a su derecha y reparó en que las figuras de Domhnall y Niamh se dirigían hacia ellos. Antes de que ser consciente de su llegada, oyó una leve inhalación. Se tiró a un lado, arrastrando a Clía con él. La hoja de Kordislaen no los acertó por poco. El general estaba donde unos segundos antes habían estado ellos, pero le dio a Ronan la oportunidad de lanzarse a recuperar su espada.

Kordislaen no fue tras él; retrocedió un paso y observó mientras Ronan y Clía ponían más distancia entre ellos y él. No pareció enfurecido, ni siquiera preocupado, por la llegada de otros dos guerreros. Una sonrisa se le dibujó en la cara mientras volvía hasta su caballo, y luego se dirigió al borde del acantilado. No huía, era una exhibición de aplomo.

«Dioses, si tuviera un arco…».

Una mano en el hombro lo sacó de sus pensamientos. Domhnall y Niamh habían llegado a su lado.

—Mira —dijo el príncipe, apuntando con la barbilla hacia el mar.

Ronan siguió su mirada. Lo primero que distinguió fue una gran vela, y sus ojos bajaron por el mástil hasta un barco cargado con cientos de guerreros; los escudos de Ionróir descansaban junto a los remos. Iba directo hacia la playa que tenían debajo.

El barco se acercó a una velocidad aterradora. Si los ionróndios desembarcaban en la playa, podrían entrar por el túnel mal defendido del acantilado y conquistar el castillo desde el interior. Los guerreros que luchaban en primera línea se encontrarían con enemigos por el frente y por la espalda. Los dominarían en cuestión de minutos.

Tenían que proteger el túnel.

—Vimos el mástil —explicó Niamh.

—Tenemos que conseguir hombres dentro de Caisleán. Tantos como nos podamos permitir sacar de primera línea. Si guardamos el túnel y mantenemos a raya a los ionróndios mientras los demás rechazan a las fuerzas tinelannias, aún tendremos una posibilidad —dijo Ronan en voz baja.

Clía no apartó el arma.

—Yo me quedo aquí.

Sus miradas se cruzaron, y Ronan supo que no podría hacerle cambiar de idea. Alguien debía acabar con el general.

Y alguien debía dirigir a las tropas en los túneles. Ronan sabía estrategia; había pasado la noche en vela con el draoi Griffin planeando la defensa. Tenía que ser él quien asegurara el acantilado.

La idea de dejarla atrás le hizo sentir náuseas, pero era una guerrera entrenada. Una curadh. Clía podría ocuparse de un solo hombre.

—Las piernas. Tiene heridas en ellas. La de la pierna izquierda debe de ser la más grave, pues la protege más —susurró Ronan. Clía asintió, y él dio un paso y le cogió la mano libre—. Ten cuidado, auriflama.

—Soy la reina de la seguridad y el pensamiento racional. —Sonrió. La cara de él se retorció en el intento de devolverle la sonrisa—. Llévate Camhaoir. —Intentó entregarle la hoja enjoyada, pero él la rechazó con el puño cerrado.

—Pero ¿qué haces? La necesitas.

Alargó hacia él la otra mano y le desenvainó la espada.

—Un último intercambio. Por favor, me quedaré más tranquila.

Cuando la empuñadura pasó de la mano de Clía a la suya, Ronan sintió un golpe de energía. Pero esa energía no se pudo comparar a la euforia que lo llenó cuando los labios de Clía tocaron los suyos. Todos los nervios se le encendieron con aquel contacto. Si aquel era su último instante de vida, iría a Tír Síoraí sin remordimientos.

Y, con tanta rapidez como había empezado, ella se apartó, pero las emociones permanecieron con él como un torbellino.

La cara de Clía estaba aún muy cerca. Ronan necesitó todas sus fuerzas para no volver a acortar la escasa distancia.

Se apartó de ella y, tras una última mirada, siguió a Domhnall y Niamh de vuelta al castillo. El corazón lo dejó atrás, en el acantilado.

HABÍAN RECORRIDO LA MITAD DE LA DISTANCIA CUANDO RONAN SE volvió a mirar a Clía.

Desde lejos, la escena no se veía con claridad, pero reparó en que unas figuras coronaban el acantilado y se unían a Kordislaen. La superaban en número.

No fue el único que lo vio. Niamh lo sujetó por el brazo sano y lo arrastró de vuelta. No se había dado cuenta de que había dado unos pasos hacia Clía.

—Una cosa es tener fe en alguien y otra dejarlo en situación de fracasar —dijo, pero la mirada de Niamh lo clavó en el sitio. Luego la suavizó al mirar a Clía.

—Puede ocuparse ella sola, pero eso no quiere decir que tenga que hacerlo. —Niamh volvió a cruzar una mirada con él—. A ti te necesitan en los túneles —dijo, y emprendió la vuelta hacia el acantilado.

Domhnall arrancó a Ronan de sus dudas con un empujón para ponerlo en marcha.

—No tenemos tiempo para tus suspiros.

Corrieron juntos al castillo, igualando el paso como si entrenasen en el palacio.

—No estoy suspirando.

—Claro que no. —La sonrisa de Domhnall le hizo sentir una oleada de irritación, pero fue una sensación bienvenida. Familiar—. Igual que cuando me dijiste que no había nada entre Clía y tú.

Ronan quiso replicar, pero no encontró las palabras.

—Nunca dije que no hubiera absolutamente nada.

—Ah, ¿así que ahora con tecnicismos? —bufó Domhnall.

—Te odio.

—Yo también te quiero.

Antes de que Ronan siguiera la discusión llegaron a Caisleán. Los guerreros que guardaban la puerta los dejaron entrar sin poner objeciones.

Se permitió un momento para observar al príncipe. La armadura tenía algunos daños, y Ronan podía verle el principio de unas magulladuras en la cara, pero Domhnall seguía relativamente bien.

—Debería ordenarte que volvieras a esconderte —dijo.

El príncipe le dirigió una sonrisa sardónica y se apartó el pelo de la cara.

—¿Y esperas de verdad que te haga caso?

—Si mueres, el rey pedirá mi cabeza.

—¿Tan poca fe tienes en mí?

Ronan lo observó. Su príncipe. Su amigo.

Se rindió. Meneó la cabeza.

—Más te vale salir con vida.

Domhnall sonrió.

—¿Te apetece una pequeña competición, por los viejos tiempos? A ver quién reúne más guerreros para ayudarnos.

Ronan suspiró, pero sonrió a su pesar.

—No podemos llevarnos demasiados. La línea del frente también los necesita.

—Bueno, vale. Pues a ver quién reúne a los mejores guerreros.

Ignorando el dolor punzante de las piernas, Ronan apretó el paso hacia la puerta principal del castillo, siguiendo el sonido de la batalla.

Domhnall lo llamó.

—¿Adónde vas?

—¡A buscar los mejores guerreros!

CON SUS TROPAS RECIÉN ADQUIRIDAS, SE REUNIERON EN LA PUERTA QUE llevaba al túnel del acantilado. Una cabeza pelirroja conocida del grupo de Domhnall llamó la atención de Ronan.

—¿MacCraith? —preguntó.

El hombre le devolvió la sonrisa.

—A tu servicio.

—Creía que te ibas. —Lo alivió ver una cara conocida, especialmente la de un guerrero que le constaba que era capaz, pero el hombre debería estar ya a mucha distancia de allí.

—Esa era mi intención —dijo MacCraith—. Pero tenías razón: no podemos permitirnos perder Caisleán. Puede que no haya llegado a Suanriogh para conseguir ayuda, pero envié la carta de Domhnall y cogí unos cuantos amigos en el viaje de vuelta. —Hizo un gesto con la cabeza hacia los guerreros que tenía al lado—. Estamos aquí para ayudar como podamos.

Ronan le dio una palmada en el hombro.

—Gracias.

—¿Eso quiere decir que gano yo? —dijo Domhnall, apoyado en la pared curva del túnel.

Unos gritos le impidieron responder a Ronan. El enemigo se congregaba en el exterior. Y eso significaba que tenían que empezar a moverse.

Ronan hizo un gesto a sus tropas para que lo siguieran por el túnel.

—Como tal vez ya sepáis, los ionróndios han llegado al acantilado de los Susurros. Esperan entrar por aquí. Nuestro trabajo es impedirlo. Creo que habrá un par de docenas de guerreros al otro lado de las puertas. Matadlos, no hagáis prisioneros. No hay tiempo para dar cuartel —dijo. Domhnall le dirigió una mirada aprobadora.

La puerta del túnel estaba cerrada y había una barricada de madera, pero no mantendría el castillo a salvo mucho tiempo. Solo podía rogar a los dioses que sus tropas y él pudieran soportar el embate de las fuerzas ionróndias.

Ronan y algunos guerreros quitaron de en medio la madera y abrieron la puerta.

Por un momento, el brillo del sol los cegó. Se detuvo para recobrar la compostura y evaluar la amenaza. Docenas de ionróndios contra los dos únicos guerreros de Caisleán supervivientes de los que custodiaban la entrada. Se lanzó al combate.

Corrió hacia el ionróndio más cercano y lo golpeó antes incluso de que se diera cuenta de su presencia. La espada se hundió en el brazo del hombre. El ionróndio retrocedió de un salto, pero Ronan siguió su avance.

Los gritos lo rodearon cuando el resto del grupo se unió a la refriega y comenzó la batalla. Una vez caído el adversario, Ronan fue a por el siguiente.

Las espadas y las hachas chocaron. Los escudos desviaron golpes mortales. Los gritos de los moribundos se mezclaron con los de los victoriosos.

El coro del combate impulsó a Ronan. Igualó a sus enemigos golpe por golpe, sin espacio en sus pensamientos para nada que no fuera la supervivencia. Agitó Camhaoir en movimientos borrosos, y, a la luz del día, apenas pudo distinguir el brillo que parecía emanar de la espada y de él mismo.

En un respiro entre combates, Ronan reparó en que aún quedaban docenas de ionróndios en la playa. Entonces vio el barco en la orilla. Los ionróndios renovaban sus efectivos, y unas cuantas canoas ya se dirigían del barco a la arena.

Pero no estaban solos en el agua. Una forma conocida surgió de las olas, golpeó una canoa y arrojó a los guerreros al mar. Uno soltó un grito y desapareció bajo la superficie.

Murphy reemergió con un brillo de alegría en los ojos. De sus mandíbulas goteaba la sangre. Ronan sonrió a la terrorífica criatura.

—Buen chico.

El dobhar-chús no necesitaba que lo animaran. Se sumergió otra vez y, en cuestión de segundos, otro bote se vació en el océano.

Una voz que conocía tan bien como la suya apartó su atención de su nuevo aliado.

Domhnall se tambaleó; la sangre goteaba de su cabeza a la arena. Un corte profundo le cruzaba la cara desde la ceja a la mejilla.

La herida lo distrajo. El príncipe no vio el hacha que se dirigía hacia su cuello.

Ronan se lanzó adelante. En el fondo de su mente sabía que su posición no era buena, que no podría ayudar, pero tenía que intentarlo a pesar de todo. No podía quedarse quieto y ver morir a Domhnall.

Alguien estuvo allí antes de que Ronan lo consiguiera. MacCraith apartó a Domhnall de un empujón que lo mandó directamente al camino de Ronan y desvió el hacha con su espada. Una expresión triunfal le iluminó el rostro, pero no fue lo bastante rápido. No lo vio. Un ionróndio se le acercó sigilosamente por detrás, y su puñal encontró la espalda de MacCraith antes de que Ronan pudiera gritar una advertencia.

El cuerpo de MacCraith cayó en la arena sin producir ni un sonido. Ronan siguió esperando: un golpe, un chasquido, algo que indicara que aquello había sido real. Que aquello había sucedido.

Domhnall se vio envuelto en otra lucha mientras Ronan corría hacia el caído… ¿Era un amigo? Su único lazo significativo había sido una misión suicida y que Ronan lo había traicionado por Kordislaen, muchos meses antes. ¿Fue MacCraith consciente de que había sido culpa de Ronan que casi lo mataran en aquella misión? «En fin, ya no importa», pensó con amargura.

Apenas se habían conocido. Ignoraba el nombre del marido de MacCraith, si tenía hijos que llorarían su muerte, cómo era su vida fuera del castillo que se alzaba sobre ellos. Solo sabía que era honorable y valiente. Que había vuelto para ayudarlo y ayudar al reino al que los dos eran leales, y que ahora estaba muerto.

No había tiempo para lamentos. Oyó unas pisadas tras él y se volvió para enfrentarse a otra hacha. Hubo una veta de luz ardiente cuando Camhaoir se alzó antes de que Ronan pudiera pensar en moverse. Con una fuerza que no sabía que poseyera, cortó el metal del hacha. El ionróndio soltó un grito ahogado, pero Ronan no cuestionó lo ocurrido: se impulsó hacia delante y le cortó el cuello con un rápido tajo. Al mirar hacia atrás vio que Domhnall seguía peleando, pero fallaba más de lo normal por culpa de la herida que le cruzaba el ojo.

Ronan, estimulado por la extraña energía que lo inundaba, acudió en su ayuda.

Capítulo 39

El viento barría el acantilado y agitaba el pelo de Clía mientras esta avanzaba hacia Kordislaen, montado a caballo junto al borde.

Un halcón mensajero se posó en el brazo extendido del general. Este le ató a una garra un trocito de pergamino y lo echó a volar de nuevo. Por eso estaba apartado del combate: Kordislaen dirigía a sus guerreros a distancia, de modo que pudiera asegurar la victoria.

Un escalofrío le recorrió el espinazo a Clía cuando Kordislaen se volvió al fin hacia ella y cruzaron las miradas, pero la mujer se reafirmó. Ver partir a Ronan hacia un futuro incierto había sido un recordatorio necesario y crucial de lo que estaba en la balanza.

Aquello tenía que acabar.

Cerró los dedos con fuerza en torno a la empuñadura de la espada de Ronan al tiempo que tres ionróndios, un hombre y dos mujeres, coronaban el acantilado y se unían al general. Estaban ataviados para la guerra; las cotas de malla relucían al sol.

—Acabad con ella —ordenó Kordislaen, mientras hacía un gesto con la mano.

El combate la alcanzó.

Esquivó los golpes fatales de las armas y respondió a su vez. Su piel acumuló cortes y magulladuras, pero nada la detuvo. Quizá hubiera perdido la bendición de su espada, pero aún era más que capaz de luchar.

No se contuvo. Había arrinconado sus preocupaciones, y solo el zumbido tranquilizador de la espada las mantenía sujetas. Los soldados la igualaron en ferocidad, pero hasta los más feroces acaban por caer.

Su hoja se hundió en carne.

Kordislaen permaneció impasible. Los observaba como si fueran hormigas que pelearan por migajas.

Una de las ionróndias que seguían en pie pilló a Clía por sorpresa y tomó ventaja. Pero, antes de que pudiera usarla para acabar el combate, un torbellino de movimiento se unió a la refriega.

Niamh bloqueó lo que podría haber sido un golpe catastrófico, quizá mortal. Clía la miró agradecida, pero Niamh estaba demasiado ocupada con la lucha como para darse cuenta. Atacó con una energía espectacular.

—Yo me encargo de estos, vete a por Kordislaen —gritó Niamh entre golpe y golpe.

Clía corrió hacia el general. Por fin nadie se interponía entre ellos.

—¡Siempre creí que eras la clase de líder que peleaba junto a sus soldados! —gritó.

Kordislaen respondió con un bufido.

—Solo lucho cuando es necesario.

Clía ajustó el agarre de su espada. Él la observó, y la mujer deseó que no se diera cuenta de la forma en que le temblaban las manos.

—He venido a invitarte a que te unas a la fiesta.

—Ah, sí, la muerte de buenos soldados. Qué juego más divertido.

—Tú lo llamaste así. «El juego de la guerra». Dime… ¿Pretendías sonar pedante o fue por casualidad? —Provocarlo era a la vez entretenido y necesario. Le hacía falta que desmontara si quería tener alguna posibilidad de vencer el combate. Y, para eso, debía cumplir la maravillosa tarea de enfurecerlo.

—No tengo tiempo para esto. —Apretó las riendas hasta que los nudillos se le pusieron blancos—. Eras una guerrera decente, lo bastante lista como para que tuviera que librarme de ti antes de fueras a más. Por eso permitiré que te unas a la pelea de tus amiguitos. Estoy seguro de que en la playa necesitan toda la ayuda que puedan recibir. Puedes tener una muerte honorable.

Clía soltó un bufido. Las manipulaciones de Kordislaen no volverían a surtir efecto en ella.

—Ni lo sueñes. En Caisleán luchaste con palabras; creo que es hora de ver si tu espada está a la altura.

—Estás muy segura de ti misma para ser una princesa mimada.

—Y tú finges ser honorable pese a ser un traidor. Para alguien que parece tan interesado en cómo presentarán todo esto los libros de historia, ¿qué crees que dirán sobre ti? —Kordislaen entrecerró los ojos. Clía contuvo una sonrisa—. Dirán que fuiste un cobarde, un traidor a su reino. O quizá ni te mencionen.

Kordislaen desmontó de un salto; sus pies golpearon secamente el suelo al aterrizar junto al caballo. Sacó la espada de la vaina de cuero.

—Nunca aprendiste a tener la boca cerrada, ¿verdad?

—Nunca. —Clía sonrió pese a su nerviosismo.

Kordislaen no le dio tiempo a prepararse. Su primer ataque fue fuerte y rápido, y la espada de Clía apenas lo bloqueó a tiempo. Retrocedió un paso, pero devolvió el golpe a su vez.

Se turnaron en los ataques y las defensas; las espadas ejecutaron una danza en la que ninguna dominaba.

Clía apretó la mandíbula. Mientras él había estado sentado observando, ella había luchado sin parar. Sentía en los huesos el desgaste del combate. Kordislaen era una hoguera rugiente; ella empezaba a encogerse bajo el aire del invierno.

La espada del hombre voló hacia ella, más rápida de lo que había podido anticipar. El frío metal le mordió la piel de la mejilla, y sintió que la sangre cálida empezaba a fluir por su piel. Un siseo de dolor brotó de sus labios mientras se apartaba.

—Deberías haberte marchado cuando te lo dije. —Kordislaen sonrió.

El deseo de hacerle daño hizo arder las venas de Clía. Se limpió la sangre de la mejilla, algo que había parecido buena idea, pero solo hizo que le escociera más. «Joder».

En vez de replicar, siguió el consejo. Guardó silencio y envió la espada directa al vientre del hombre. Sabía que no le haría nada, la armadura de placas de hierro dejaba pocos puntos expuestos a los que apuntar, pero él no se lo esperaba y se vio obligado a retroceder un paso.

Se recuperó con rapidez y volvió a atacar.

La espada buscó el corazón de Clía.

Sus brazos estaban demasiado débiles; sus piernas, demasiado cansadas. No podía esquivar. No podía bloquear.

Miró la espada cuando hizo contacto e inspiró por última vez.

La espada de Kordislaen rebotó en el tejido. Clía apenas lo notó.

Él se quedó mirándola, asombrado.

—¿Eso es armadura?

Ella atacó sin demora, esta vez con un tajo a las vulnerables piernas. Él respondió un instante tarde, y su postura lo dejó desequilibrado. Ella avanzó un paso, y lo aprovechó, sin dejarle espacio para responder con fuerza. El siguiente golpe de Kordislaen fue fácil de repeler al tiempo que le propinaba una patada en la rodilla. Un satisfactorio chasquido la recompensó.

Kordislaen se tambaleó, y, antes de que pudiera enderezarse, Clía cargó contra él con pura fuerza bruta. Su expresión al caer al suelo fue algo que ella atesoraría durante mucho tiempo.

Le pisó la muñeca de la mano que empuñaba la espada y cargó en ella su peso hasta que los dedos se aflojaron lo bastante como para quitarle la hoja. Kordislaen se retorció, intentando liberarse. Con un sutil cambio del peso y un giro del tobillo, algo se dislocó.

Kordislaen soltó un gruñido de dolor, pero Clía no lo soltó. La punta de la espada le besó la piel del cuello. Cualquier movimiento más amplio que una leve inspiración la rompería.

Él guardó silencio. Si aquello hubiera sido un entrenamiento, ahí habría terminado todo. Él se rendiría y ella apartaría la espada. Le tendería una mano para ayudarlo a levantarse. Fin.

Bajó la mirada y contempló los ojos del hombre que había tratado de indisponerla en contra de Ronan. Que había intentado manipularla. Que había envenenado a Sárait. Que aspiraba a destruir Caisleán y el reino de Clía. Que la había hecho dudar de todo: de su habilidad, de sus amigos, de su propia valía.

No le bastaba con matarlo. Tenía que saber que ella había vencido.

—Gracias por ayudarme a probar mi nuevo diseño —susurró—. Al final una cara bonita también sirve de algo, ¿eh?

Le rajó el cuello y se volvió para acudir adonde seguían los combates.

LA MUERTE DE KORDISLAEN NO DETUVO LA BATALLA, PERO, SIN UN general que dirigiera las tropas desde el margen, la ventaja se había decantado del lado de Scáilca.

Niamh había acabado su combate poco antes que Clía, y las dos se apresuraron a regresar a primera línea. Clía no se permitió pensar en el combate en el acantilado; pararse a reflexionar podía matar a un guerrero.

La noticia de que Kordislaen había caído empezó a correr entre las tropas enemigas. La pérdida del gran general, el hombre que les había prometido una victoria fácil, fue un terrible golpe para su confianza. Y, a la vez que la moral caía, cayeron también los guerreros.

Clía no supo cuánto tiempo duró el combate. Para cuando los enemigos empezaron a retirarse, los músculos le ardían y estaba empapada de sudor y cubierta de la sangre de desconocidos. Desde las puertas de Caisleán Cósta, contempló la huida.

Las manos le temblaban, pese a empuñar la espada de Ronan. La soltó y repiqueteó al caer en las losas. Todo su cuerpo anhelaba derrumbarse.

Los terrenos del castillo y la playa de abajo estaban cubiertos de cadáveres, gente que había peleado duramente y que había pagado el precio por defender Inismian.

Ayudó a retirar los cadáveres del campo de batalla, incluso a pesar de que su corazón la incitaba a correr a asegurarse de que Ronan estaba bien. De que Niamh, Kían, Domhnall y todas las demás personas a quienes conocía habían salido con vida.

Con cada cadáver rezaba a Ríoghain para que esa persona fuera con rapidez a Tír Síoraí. El dios las cuidaría.

Acto seguido le enviaba otra oración a Tara, pidiendo que el siguiente no tuviera el rostro de un ser querido.

Pareció que sus ruegos obtenían respuesta, hasta que encontró una forma conocida en la arena.

MacCraith parecía inquieto en la muerte. Sus ojos estaban abiertos y clavados en el cielo, como desafiando a los dioses. No conservaba nada de su proverbial calma. Tenía el pelo pegado a la cara, empapado de la sangre salida del cráneo. Quiso apartárselo, pero lo único que pudo obligarse a hacer fue cerrarle los ojos antes de llamar a otro soldado para que la ayudara a transportarlo.

Los cadáveres se transportaban sin delicadeza: no era posible tenerla cuando esperaban docenas y docenas. Pero se trataba de MacCraith, y Clía quiso llevarlo con cuidado.

No parecía diferente de los demás. Solo otro cuerpo que incinerar a la mañana siguiente.

El muro que le guardaba el corazón se quebró. No había sonidos de lucha, ni sensación de peligro que la obligaran a mantenerlo. Se derrumbó a su alrededor en minúsculos fragmentos.

EN EL CAOS POSTERIOR A LA BATALLA, CLÍA ENCONTRÓ A KÍAN ANTES de lo que esperaba. Estaba en el estudio, ante la mesa, escribiendo una carta.

—¡Kían! —llamó. Se sobresaltó en su asiento, la adrenalina y el miedo de la batalla aún eran evidentes en sus ojos oscuros—. Quería ver si estabas bien.

—Siempre estoy bien, ¿no? —Sonrió, pero la sonrisa no era tan brillante; estaba ensombrecida por la innegable tristeza que envolvía el castillo. Kían y MacCraith habían tenido una relación estrecha. Kían tenía muchos amigos en Caisleán: más gente a la que perder—. Antes de que preguntes: solo he visto a unos pocos de los otros. Domhnall y Niamh estaban en su habitación, discutiendo sobre los dioses sabrán qué. Ronan y Griffin están trazando planes en la sala de reuniones; parece que el chico se ha granjeado el favor de los draois. Y en cuanto a Brecc y Duinn, supongo que están entretenidos mangoneando a las tropas.

Una cálida sensación de alivio llenó el pecho de Clía y le provocó un nudo en la garganta al oír el nombre de Ronan. Por un momento temió que se le llenaran los ojos de lágrimas otra vez. Estaba vivo. Estaba a salvo. Por mucho que deseara correr hasta Ronan, rodearlo con los brazos y comprobarlo por sí misma, tenía que asegurarse de que Kían no mentía al afirmar que estaba bien.

Se sentó a su lado.

—¿Cómo estás, de verdad?

Kían meneó la cabeza; tenía los ojos vidriosos.

—Parece una tontería llorar a una persona cuando tantas otras han muerto, pero era mi amigo. Yo… Se me hace raro pensar que no estará entrenando conmigo mañana por la mañana.

La pena tenía formas de ahogar a la gente. Clía había sentido aquel peso sofocante cuando mató a Ó Connor. Había intentado no pensar en ello, no dejar que la acosara durante mucho tiempo, pero en el silencio del estudio notó que la sensación regresaba. Era un dolor que no le deseaba a nadie. Apoyó la mano en la de Kían y se produjo un entendimiento silencioso.

Cuando Kían volvió a sus papeles, Clía lo tomó como una señal para dejar correr el asunto.

—¿A quién le escribes? —preguntó.

—A Oileánster. El rey tiene que saber qué ha ocurrido aquí, para prepararse como es debido.

—¿Crees que la guerra llegará tan al sur? —El susurro de Clía sonó demasiado fuerte en la silenciosa habitación.

—Inismian no ha visto una batalla entre sus reinos desde hace siglos. Tenemos que prepararnos ante cualquier eventualidad.

—¿Volverás entonces a Oileánster?

Kían se encogió de hombros y se recostó en la silla.

—Me he pasado la vida oyendo hablar de Caisleán y los curadhs. De los valientes guerreros y los poderosos nobles que lucharon y entrenaron aquí. Me fascinaba. Nadie en casa podía entenderlo. Pensaban que debía concentrarme en la navegación, la política, la pesca… En algo útil. Me decían que no necesitaba la gloria, y que desde luego no necesitaba la tensión. —Rio para sí—. Pero un día mi rey me llamó a su presencia. Quería enviarme aquí. Dijo que sería más útil al reino si aprendía de los draois del norte. Me dio la excusa que necesitaba, así que vine.

»Si mi rey me lo pide, entonces sí, volveré a casa con mi nuevo título. Pero he esperado demasiado para esto. Me prometieron un año de entrenamiento, y ¿qué mejor forma de aprender que en el campo de batalla? Por no mencionar que imagino que mi presencia será más útil aquí en el norte. Alguien tiene que mantener informado al rey Brogán. Y, hablando de información… He mandado noticias a Sárait. —Clía alzó la cabeza—. Le he asegurado que estamos bien. Si Tinelann continúa su retirada, podrá volver dentro de pocos días.

Pocos días.

¿Qué pasaría entonces? ¿Reanudarían el entrenamiento? ¿Llegarían nuevos guerreros para llenar los salones de Caisleán? ¿O el lugar quedaría vacío y todos volverían allí donde los necesitaban, a esperar para ver si la guerra continuaba?

Clía dejó a Kían con sus cartas y fue a la sala de reuniones. Necesitaba saber cuánta paz habían comprado.

Capítulo 40

—Necesitamos traer tropas al norte para asegurarnos de que Tinelann no saquea las poblaciones mientras se bate en retirada. —Ronan señaló con un gesto el mapa de la mesa.

El draoi Griffin consideró la cuestión. La sala de reuniones parecía vacía: solo estaban ellos dos ante la gran mesa. Sus voces despertaban ecos en las paredes de piedra y los libros. El sonido suave de unos pasos los alertó de la presencia de Clía.

—Clía —susurró Ronan, bebiéndola con la mirada a la vez que buscaba heridas; aquella era la primera vez que la veía desde que la dejó en el acantilado con Kordislaen.

Ella hizo lo mismo con él; sus ojos mostraron una enorme preocupación al ver el brazo sostenido por un cabestrillo sucio y el polvo y los fragmentos de escombros que le cubrían la ropa.

—Kían me dijo que estabas bien, pero tenía que comprobarlo por mí misma.

—Lo entiendo. —La noticia de que Clía había derrotado a Kordislaen había viajado deprisa, pero, hasta que no oyó su voz, Ronan no llegó a creerse de verdad que estuviera a salvo. Recordó el arma que llevaba al costado: Camhaoir. Se la ofreció—. Creo que esto te pertenece. Me ha sido muy útil.

Deseaba preguntarle si ella experimentaba la misma energía extraña cuando luchaba con esa espada, pero lo distrajo una electricidad de un tipo completamente diferente cuando los dedos de ella rozaron los suyos. Clía tomó la espada y le tendió la suya a cambio.

—Me alegro. —Sus labios se curvaron en una sonrisa. Era suave, casi cansada, pero dulce.

—Es un placer verte, princesa —dijo Griffin, lo que le recordó a Ronan que él y Clía no estaban solos—. Ahora… Como íbamos diciendo: he enviado ya un mensajero al rey Cathal para advertirle de lo que ha sucedido. No podemos pedirle nada, solo esperar que el jefe Lyons no tarde en tomar medidas.

—¿Y de lo contrario? Podría estar conchabado con Kordislaen. Si no envía la orden, ¿abandonaremos las ciudades y los pueblos de aquí a la frontera?

Griffin le dirigió una mirada punzante. Ronan no flaqueó. El dolor era peor que antes, algo inevitable teniendo en cuenta lo mucho que se había exigido los últimos días. Su energía era un recurso limitado que necesitaba reservar para proteger a su gente. Lo que ahora estaba haciendo al discutir con Griffin.

—No los hemos olvidado —dijo el draoi—. Lo que pasa, simplemente, es que no podemos estirarnos tanto para protegerlos. Si dejamos Caisleán abierto a otro ataque, no sobreviviremos. Las vidas que se han perdido hoy se habrán perdido para nada.

—¿Y si Álainndore envía ayuda?

Los dos se volvieron hacia Clía, que se había sentado a la mesa mientras Ronan y Griffin debatían, y sus ojos brillantes los observaban con interés.

—Aunque es una idea admirable —dijo Griffin, bajando la cabeza—, tienes que proteger tu reino. Y el rey de Scáilca es un hombre orgulloso; podría negarse. Clía se envaró, y Ronan captó el destello de preocupación que le cruzó el rostro. Había pasado mucho tiempo concentrada en Caisleán y Scáilca; ¿cuándo había sido la última vez que pensó en su casa?

Los dos sabían que tendría que regresar pronto: su ausencia había sido muy prolongada. Ronan solo esperaba que pudieran tener unos instantes en privado antes de que llegara ese momento.

A pesar de las esquirlas de hielo que la idea de que ella se ausentara le atravesaban el corazón, sabía que era necesario. Álainndore no había sido construido para la guerra. El rey y la reina no eran luchadores, y no estaban preparados para lo que se avecinaba. Clía podía ayudarlos. Podía dirigir Álainndore en el campo de batalla y llevarlo a la victoria.

Sus labios formaron una línea adusta.

—Así que esperamos las órdenes de Lyons.

—Es el mejor curso de acción. —Griffin empezó a recoger los papeles que había esparcido por la mesa alrededor del mapa—. Hasta que lleguen, mantendremos tropas en guardia por si Tinelann decide terminar la batalla de hoy. Con Kordislaen muerto y su ventaja perdida, serían unos idiotas si regresaran, pero debemos estar preparados.

—¿Qué crees que planean? —preguntó Clía.

La sala quedó en silencio.

—Lo más probable es que se retiren cerca de la frontera, donde podrán rehacer mejor sus efectivos y reponer suministros mientras esperan órdenes del rey Ardal —dijo al fin Griffin, tras dejar los papeles ordenados en un pulcro montón—. Supongo que esperará antes de lanzar otro ataque. Tal vez lo evitemos si Lyons juega bien sus cartas. Los tinelannios actúan movidos por la desesperación; el reino ha sufrido tremendas inclemencias y sequías interminables, y todo irá a peor cuando los draois retiren todo su apoyo después de este ataque. Las cosechas se echarán a perder y tornarán las aguas.

»El rey Ardal está pagando el precio del egoísmo de su padre y de sus actos temerarios en el trono, y ahora debe distraer al reino de los errores cometidos por su familia. Una guerra es la forma perfecta de unir un reino y evitar una revuelta.

—¿Crees que no se detendrán?

—Como he dicho, están desesperados —explicó Griffin—. La desesperación engendra miedo, y podemos usar eso a nuestro favor. Demostrar que Scáilca no es un reino al que se pueda provocar. Las tácticas de intimidación pueden ser útiles, y entonces negociaremos un nuevo acuerdo.

Griffin hacía que sonara sencillo, pero Ronan sabía que iba a ser mucho más complicado.

Clía asintió.

—¿Qué hacemos por ahora?

—Seguimos. Esta batalla ha sido la culminación de más de un año de planes. Tenemos tiempo antes de que regresen. Tiempo para reconstruir y para prepararnos.

CUANDO RONAN REGRESÓ POR FIN A SU HABITACIÓN, EL SOL SE HABÍA puesto y a él le costaba trabajo sostenerse en pie. El brazo herido solamente era el primero de los dolores que lo atenazaban. Sus extremidades latían con furia asesina. Solo sabía que estaba cansado. Estaba listo para parar.

Cuando abrió la puerta, lo recibió la imagen de Domhnall sentado en la cama.

Le cubría la cara una fea herida de un intenso color granate y cerrada con suturas. Iba desde la ceja hasta la mejilla. El ojo en sí estaba cubierto con una gasa sujeta con un parche.

Cualquier posible molestia por encontrarse un huésped inesperado desapareció al ver aquello.

—Sé que mi belleza puede ser impactante, pero, si eres tan amable, ¿podrías no mirarme tan fijamente? —bromeó Domhnall. A Ronan no le pareció divertido.

—¿Te vas a recuperar?

—No lo saben; quizá me recupere del todo, o quizá pierda el ojo. Han dicho que ya veremos; no les hizo gracia que les señalara la ironía. Pero eso no importa. Lo que importa es que, a partir de hoy, una guerra con Tinelann ha dejado de ser una posibilidad absurda. Ha empezado, y ha muerto gente. Gente que conocíamos. Y ahora tengo que volver al palacio y casarme con Niamh, como si eso fuera a arreglar algo. —Domhnall apretó los puños en el regazo y quedó en silencio.

Ronan entró en la habitación, no muy seguro de qué hacer. Era un guerrero entrenado, un estratega y un experto en historia militar. Pero, al enfrentarse a los problemas de su amigo, se sentía perdido.

Decidió sentarse a su lado en la cama. Domhnall apoyó la cabeza en el hombro de Ronan. Este deseó poder hacer más, ofrecer respuestas o palabras de ánimo. Se limitó a quedarse sentado.

Permanecieron así durante lo que parecieron horas. Los dolores de Ronan dieron paso a una molestia apagada. No desaparecieron del todo, pero se volvieron soportables.

Domhnall rompió el silencio.

—No sé qué hacer ahora. —Se encontró con la mirada interrogante de Ronan—. Esto no siempre formó parte de mi plan, ¿sabes? Estudiar en Caisleán. En cierto modo es culpa tuya.

—¿Mía?

—Venir aquí era tu sueño. —El príncipe se encogió de hombros—. Conocer a Kordislaen. Comprender su impulso y su ambición. Yo mismo lo sentí. Habrías encontrado tu camino hasta aquí en todo caso, los dioses se habrían asegurado de ello. Yo me di varias razones y explicaciones para hacerme venir. Todas eran ciertas, de algún modo, entre ellas la de asegurar mi compromiso con Niamh; pero, aparte de eso, yo solo quería estar aquí contigo.

»Por si no te has dado cuenta, tienes una tendencia a meterte en problemas. Por supuesto que te liaste con Clíodhna, la princesa de Álainndore, en cuanto deshice nuestro compromiso. Por supuesto que el hombre al que idolatrabas tenía que ser un traidor. Por supuesto que la guerra vendría a Caisleán en cuanto llegaras.

—¿Estás diciendo que esto es culpa mía? —Ronan sonrió y le dio un empujón. Domhnall se lo devolvió.

—No. Por mucho que me gustaría decir que eres un imán para el peligro, no es eso. Eres noble. Eres bueno. Quieres ayudar de cualquier forma que puedas, sin importar lo que te cueste. Yo nunca fui así; supongo que estaba demasiado concentrado en mí mismo. Dejaría que Álainndore se hundiera si con ello me asegurase de que Scáilca estaría a salvo. Supongo que me inspiras. Quizá no sea un egoísta, pero pensé que tendría alguna parte redimible si pudiera salvarte de ti mismo.

No quiso mirar a Ronan a los ojos; mantuvo la cabeza inclinada y jugueteó con las manos.

Domhnall creía en eso de verdad. Que estaba más allá de la redención; que poner su propio reino por encima de todo lo demás era algún tipo de acto egoísta e imperdonable.

—Bueno, estoy vivo. Parece que tuviste éxito —dijo Ronan.

Domhnall levantó la cabeza.

—Me lo pusiste difícil.

—Tú a mí también —replicó Ronan.

Domhnall había cometido errores. Había hecho daño a gente. Pero seguía siendo Domhnall, y Ronan no lo abandonaría.

—Y ahora ¿qué? —preguntó.

—Niamh y yo volveremos a Suanriogh en cuanto las cosas estén organizadas aquí. Allí nos prepararemos para la boda y para la guerra. —Domhnall suspiró.

Ronan se echó hacia atrás y se derrumbó en la cama.

—¿Qué crees que te matará antes?

—Niamh. Sin duda.

Ronan sonrió. Le dolían los músculos de la cara.

—Estoy impaciente por verlo.

—Seguro que te encantaría. —Domhnall se inclinó hacia delante, con las palmas apoyadas en las rodillas—. Pero dudo que pase.

Ronan se levantó un poco, apoyado en los codos.

—¿Qué quieres decir?

—¿No tendrías que hablar con Clía antes de hacer planes? —Fue un recordatorio amable, pero Ronan se sentó.

—Pronto estará en su casa, de vuelta en Álainndore. Y yo soy el capitán de tu guardia. Voy adonde tú vayas. —Aceptar lo inevitable le llenó el corazón de tristeza.

Domhnall se puso en pie y se giró para mirarlo.

—Kordislaen está muerto. Tu madre está muerta, y nada de lo que hagas ahora cambiará eso. Es hora de encontrar otro sueño. Has ayudado a salvar Caisleán, y el reino está en deuda contigo por eso, pero la guerra no ha acabado. ¿Quieres pasar el tiempo protegiéndome en un castillo lleno de guardias, o estás listo para hacer algo nuevo?

—No te voy a abandonar —insistió Ronan. Durante años, Domhnall había sido como de su familia. No se apartaría de su lado en tiempos tan oscuros.

—Mientras me prometas que nos mantendremos en contacto, estaré bien. No me costará encontrar otro capitán que me proteja.

Ronan se detuvo, y luego susurró las palabras en las que no quería pensar.

—Puede que ni siquiera le interese.

—No te aferres a lo conocido para evitar hipotéticos dolores desconocidos. Te alcanzarán, tanto si estás preparado como si no.

Más tarde, las palabras de Domhnall resonaron en la cabeza de Ronan mientras intentaba dormir. No lo abandonaron mientras desayunaba a la mañana siguiente. Lo siguieron por los salones y los túneles mientras los reconstruían.

Domhnall tenía razón.

Y Ronan estaba listo.

Capítulo 41

Las tropas de Tinelann no regresaron. Durante dos días, Clía y los demás esperaron, atentos a cualquier señal de otro ataque.

No hubo ninguna.

Lo que les permitió centrarse en la reconstrucción.

La muralla sur había caído al derrumbarse el túnel, y se habían producido bastantes daños en el terreno alrededor. El castillo en sí había soportado la batalla, pero las cicatrices quedarían marcadas en la piedra durante siglos. Tenían que reforzar los pasadizos subterráneos, un trabajo peligroso y físicamente exigente. Niamh y Kían fueron los primeros en ofrecerse. Clía sabía que Ronan tenía intención de ayudar, pero el brazo herido lo frenó. Incluso había empezado a levantarse un poco más tarde por las mañanas, y ella reparó en que hacía menos muecas de dolor al caminar.

Ronan ayudó a Griffin en las reuniones de estrategia y en la supervisión de las patrullas. Clía y Domhnall estaban invitados a esas reuniones como representantes de sus respectivos reinos.

Cinco días después de la batalla, cuando les llegó la noticia de que Sárait había vuelto, Clía se permitió una pausa para ver a su amiga.

Dejó el estudio y recorrió el castillo como una exhalación; Ronan la seguía de cerca.

—¡Voy a buscar a Kían! —les dijo Domhnall cuando se iban.

Sárait estaba en la entrada principal. No se la veía diferente. El pelo le caía largo y suave bajo la gorra de lana. Tenía la cara enrojecida por el aire helado, pero la sonrisa que mostró al ver a Clía era más cálida que el sol del verano.

Clía no se detuvo y corrió hacia ella para abrazarla.

—Cómo me alegro de que estés de vuelta.

—Lo sé, mi ausencia dejó un hueco en tu vida que fuiste incapaz de llenar —dijo Sárait, y se echó a reír. Al oír el sonido, Clía sintió que los ojos le ardían. Durante demasiado tiempo se había cernido una capa de oscuridad sobre el castillo. Tener allí a Sárait, despierta y risueña, era como la primera bocanada de aire después de que la arrollasen una ola detrás de otra.

—Te he echado de menos de verdad —susurró Clía.

—Y yo a ti.

Unos pasos hicieron que Sárait se apartara de ella.

Sárait respiró al ver a Kían. Una fina capa de polvo le cubría la cálida piel tostada, pegada al sudor, pero Sárait le miró como si llevara ropas de diamantes relucientes. Corrieron a abrazarse como amantes largo tiempo separados.

Clía buscó algo, lo que fuera, en lo que concentrarse. Se habían ganado un momento a solas. Se encontró con la mirada de Ronan, y algo en ella le dolió con un anhelo que hacía días que trataba de olvidar.

No había hablado con él fuera de las reuniones; no sabía qué decirle. Pasar más tiempo con él a solas haría mucho más dolorosa su inevitable separación, y no podía soportarlo. Además, basándose en la pena que veía tras el anhelo en los ojos de él, no era la única que sentía dolor. Pronto tendría que regresar a Álainndore, y él viajaría de vuelta al palacio scáilqueño de Suanriogh.

Pero aún encontraba razones para permanecer en Caisleán. Hablar con Domhnall sobre los planes de Scáilca. Debatir con los comandantes los siguientes movimientos de Tinelann. Se le acababan las excusas, y no podía esquivar eternamente sus obligaciones. Y la idea de volver a casa se parecía cada vez más a nadar en aguas abiertas sin un bote cerca.

Las frías paredes de Caisleán se habían convertido en otro tipo de hogar para ella. Un lugar donde se había sentido feliz y había hecho amistades que habrían sido impensables en Bailetara. Allí se había puesto a prueba y había demostrado su valor.

Fue a aquel lugar asumiendo que volvería a casa triunfante, del brazo de un príncipe. Pero ahora regresaba con una guerra como premio.

Al pensarlo sintió un dolor sordo en la cabeza. Aquello era inútil. Volvería a Álainndore, pero no tenía por qué mancillar con dudas y temores el tiempo que aún le quedaba con sus amigos.

~

CLÍA ESTABA RECOSTADA EN EL SOFÁ FRENTE AL FUEGO DE LA BIBLIOTECA, intercambiando historias con sus amigos con una copa de vino a medio llenar en la mano. Ronan se sentaba a un palmo de ella.

—Así que lo mataste tú. —Kían se echó a reír mientras sus dedos jugueteaban con el pelo de Sárait. Estaban entrelazadas en el suelo, cerca del fuego. Clía no las había visto separadas desde que Sárait regresó. La mano de Kían siempre sujetaba la de Sárait, cuando no era el brazo de Sárait el que rodeaba la cintura de Kían.

Miraron expectantes a Clía. Esta asintió, remisa a entrar en detalles.

—Sedienta de sangre. —Sárait soltó un silbido—. Quién lo habría dicho.

A Clía le dio un vuelco el corazón cuando asimiló las palabras. Mantuvo la máscara firme en su sitio y les dirigió un encogimiento de hombros petulante. La mano de Ronan se había acercado poco a poco a la suya en el sofá, antes de detenerse a apenas un suspiro.

Parecían separarlos millas y millas de distancia, y Clía no sabía cómo salvarlas.

Niamh se sentaba en la mesa con las piernas cruzadas, inclinada hacia atrás y apoyada en los brazos. El pelo le colgaba por la espalda y su piel brillaba dorada a la luz del fuego. Abrió los ojos y no los apartó de Clía.

—¿Cuándo vuelves a casa? —preguntó sin rodeos.

Cualquiera habría pensado que hablar de muertes habría hecho decaer el ambiente, pero eso no fue nada en comparación con la pregunta de Niamh. Un silencio sepulcral se adueñó de la estancia.

—Pronto.

Ronan retiró la mano, y la atracción magnética se desvaneció. Clía deseaba alcanzarla. Sujetarla. Sujetarlo a él. Necesitaba decirle que cuando cerraba los ojos soñaba con quedarse en el castillo. Se despertarían lo más temprano posible para acudir a las duras sesiones de entrenamiento y reirían en la arena mientras trabajaban, con las estrellas que se desvanecían como compañía. Luego se pasarían las cenas quejándose de lo mucho que les dolían los músculos. Habría sido feliz.

Pero en la guerra no había espacio para la alegría. No con todo en juego.

—Si alguna vez necesitas ayuda, con lo que sea, estoy segura de que podemos organizar una visita —ofreció Niamh, taladrando con la mirada a Domhnall. Este se sentaba en el sillón detrás de ella, con el ojo que no tapaba su nuevo parche fijo en algo que ella no podía ver.

Al girarse Niamh, Clía pudo distinguir un destello de esperanza y determinación en la forma de su ceño y en la leve curva de su boca.

Sonrió.

—Será un placer.

Cuando todos se fueron a dormir, Domhnall se llevó aparte a Clía. Ella lo siguió extramuros y por el terreno del sur, donde el polvo desprendido por las piedras caídas cubría la hierba muerta. Habían reconstruido la muralla a toda prisa, pero esta había cambiado. La forma en que las piedras se unían era diferente. Estaba poco pulida y era irregular, pero servía a su propósito.

—Te marchas. —No era una pregunta, sino una acusación.

Clía entrecerró los ojos.

—Ya lo sabes.

Él soltó un suspiro tan tenso como su postura.

—Lo tuyo no es disimular, princesa Clíodhna.

—Estoy cansada de ceñirme a la etiqueta, príncipe Domhnall. ¿Qué quieres saber?

El gélido aire invernal había empezado a calarle la capa, y no solo la afectaba a ella. Domhnall se frotó las manos, enrojecidas por el frío.

—Niamh te hizo una pregunta. Respondiste con vaguedades, y no creo que fuera solo por dramatismo.

—Soy una persona muy dramática, ¿no te habías dado cuenta ya?

—Oh, claro que me he dado cuenta —respondió él, y Clía creyó ver un amago de sonrisa en sus labios—. Pero por lo general sueles ser sincera. A veces puede ser irritante. Así que ¿por qué comenzar ahora con falsedades? —Arqueó una ceja.

Clía puso los ojos en blanco.

—Algo me dice que me lo vas a explicar.

Cuando él sonrió al fin, fue una sonrisa tímida, inteligente y cargada de frustración. Clía se sintió de nuevo agradecida por no haber tenido que ligar su vida a la de él.

—No quieres que lo sepan. Si tuviera que apostar, diría que te marchas mañana. Quizá pasado mañana. Si se lo hubieras dicho esta noche, habría habido llantos y despedidas eternas que acabarían siendo dolorosas. Quizá incluso alargaras tu estancia.

Ella hizo una pausa. No suponía que él fuera a tener razón.

—¿Cuándo te volviste perspicaz?

—Siempre lo he sido. Lo que pasa es que nunca te diste cuenta. —Dijo aquellas palabras en broma, pero la hirieron. Había muchas cosas de él en las que nunca había reparado. Cosas que la habrían vuelto loca de haberse casado con él. Cualidades y manías sorprendentes que había pasado por alto, obsesionada con la importancia del matrimonio y de la alianza que este conllevaría—. Pero tus actos me resultan familiares. —Sus palabras calaron, y de repente ella lo entendió.

El motivo de la cancelación a última hora de los planes de boda no fue una decisión insensible. Fue el resultado de los temores de él. Quería retrasar el momento de aplastar la visión del futuro que había mantenido durante tanto tiempo. La incomodidad, el dolor y la ira que seguirían. No lo había aceptado hasta que hablaron, y, una vez consumado, se marchó de inmediato para no tener que alargar la situación.

Había estado temeroso y reticente, dudando de sus decisiones. Igual que ella en aquel momento.

—Un carruaje vendrá a buscarme mañana por la mañana. Se lo diré a todo el mundo durante el desayuno, antes de irme —confesó a las sombras.

—Niamh te echará de menos. Creo que le caes mejor que yo.

Como chiste, no tenía la menor gracia, pero Clía reconoció con una risa que la intención era buena.

—Eso no dice demasiado de mí.

—Y aquí estaba yo tratando de animarte. —La luz de la luna le trazó líneas blancas en el pelo al menear la cabeza—. Kían y Sárait te echarán especialmente de menos. Sárait acaba de recuperarte hoy, y supongo que no se marchará contigo.

Una parte de Clía habría querido que Sárait se fuera con ella, al menos por un tiempo, pero, antes de que pudiera sacar el tema,

Sárait había dejado caer que planeaba quedarse en Caisleán con Kían hasta que decidiera adónde quería ir después.

—Pensaba que pretendías animarme —murmuró.

—Mi objetivo principal era meterte un poco de sensatez en la cabeza —admitió él—. Sé que estás evitando a Ronan.

—Me vuelvo adentro. —No tenía fuerzas para soportar aquello. Cuando salió con Domhnall pensó que podría acabar de arreglar el daño que los últimos meses habían causado a su amistad. No estaba allí para que le echaran sermones.

Al dar media vuelta para regresar al castillo, una mano le sujetó el antebrazo y la detuvo.

—Está enamorado de ti. —Su voz era tranquila pero firme. Decidida—. Y creo que tú sientes lo mismo. ¿Por qué lo dejas ir? Dame un motivo, y, si es convincente, pues vale, te dejaré en paz.

Lo último que ella quería hacer era abrir el baúl cerrado de las emociones y pensamientos que se agolpaban en su cabeza.

Cuando se giró hacia Domhnall, planeaba decirle alguna mentira astuta. Algo que acabara con las preguntas y mantuviera su corazón firmemente sujeto al pecho. Pero el verde del ojo que tenía al descubierto mostraba suavidad. Comprensión.

Y sabía que no podía ofrecerle nada que le resultara satisfactorio. No a ella.

Siempre había intentado ser lo que los demás querían. ¿Cuándo había hecho algo por sí misma? ¿Por qué no se merecía una vida propia?

Ronan podía decir que no y, aunque eso dolería, ¿no sería mejor que quedarse con la duda sobre las oportunidades perdidas?

El ojo de Domhnall brilló con aprobación.

—Eso me parecía. —No lo dijo con petulancia ni paternalismo. Era amable y comprensivo.

—Hablaré con él por la mañana.

Domhnall le devolvió una sonrisa juvenil.

—Bien. No me gusta ver a mis amigos sufriendo sin motivo. Y eso quiere decir que ahora podemos hablar de la otra cosa que te quería comentar. Es más positiva, te lo prometo. —Hurgó en el bolsillo—. He hablado con el draoi Griffin, y está de acuerdo.

Abrió la mano y mostró un alfiler de capa. Intrincados nudos de oro se enroscaban formando un halo en torno a una pequeña daga. La insignia de Caisleán Cósta. A pesar de que Kordislaen dijera que habían ganado el título de curadh, jamás les habían dado sus alfileres.

Clía frunció el ceño.

—¿Es… mía?

Domhnall alargó la mano y le apartó el pelo que tapaba el alfiler que usaba en ese momento. Era sencillo, algo que había comprado en un mercado años antes. Se lo quitó y se lo dejó en la mano. Luego empezó a enganchar la insignia en su lugar.

—Griffin pensó que era justo que lo recibieras —dijo, acabando de fijar el puñal—. Creo que matar al anterior jefe de Caisleán demuestra que estás bien entrenada.

Clía miró el alfiler, un símbolo de décadas de tradición y habilidad, y una cálida sensación de orgullo la llenó.

Durante los últimos días, cuando pensaba en volver a casa, lo único que tenía en mente era lo diferente que sería todo. Tendría que ayudar a preparar el reino para la guerra, algo que su país no había visto en generaciones. Y Ó Connor ya no estaba. No estaría allí para distraerla en los banquetes o bromear con ella en una partida de fidchell.

Sería extraño y doloroso, pero había encontrado en Caisleán una versión de sí misma que nunca creyó posible. Quizá aquella nueva versión del hogar no sería tan insoportable.

Y quizá Domhnall tenía razón, y no necesitaba estar sola allí.

—Cuando hables con Ronan —añadió Domhnall, sacando algo más del bolsillo—, asegúrate de darle esto.

Era otro alfiler, idéntico al suyo. El metal era suave al tacto.

—¿Crees que los dioses nos observan? ¿O creen que somos unos idiotas que adoran a seres a los que no importamos? —La nieve había empezado a caer otra vez mientras Domhnall hablaba.

Clía pensó en Camhaoir. En la gema que brillaba en la empuñadura. Pensó en las oraciones sin respuesta y en los cadáveres en el suelo.

—No lo sé.

—Yo tampoco. Nunca lo he sabido —susurró—. Griffin pediría mi cabeza si me oyera blasfemar en tierra sagrada, pero en la última semana me he descubierto pensando que no importa. Los dioses harán lo que quieran. Lo único que podemos controlar son nuestras elecciones. —Bajó la vista al alfiler que Clía sostenía en la mano—. Él merece algo bueno.

Clía contempló el frío metal. Cuando volvió a mirar a Domhnall, este había levantado la barbilla y su ojo estaba fijo en las estrellas.

Capítulo 42

Lo más inteligente es despachar primero las tareas más difíciles.

Y, por eso, la mañana de su partida hacia Álainndore, Clía estaba ante la puerta de Ronan. Tardó diez minutos en reunir el valor para llamar.

Golpeó la puerta tres veces con los nudillos.

La habitación de Ronan estaba a apenas tres pasos de la esquina del pasillo. Aún tenía tiempo para escapar y esconderse antes de…

Ronan abrió la puerta.

Tenía el largo pelo revuelto, con mechones en todas las direcciones. Los ojos, cansados y somnolientos. Por suerte dormía con una camisa y unos pantalones modestos; Clía no necesitaba más distracciones aquella mañana.

—Clía. —El agotamiento de su voz se transformó en sorpresa—. ¿Qué haces levantada?

Ella no pudo evitar sonreír ante su desastrada expresión. Era completamente injusto que pareciera tan adorable en aquel estado de semivigilia.

—Me pareció justo tener la oportunidad de despertarte a estas horas tan infames.

—Creía que habíamos pausado los entrenamientos. —Contempló las sombras del pasillo. El sol no tardaría en salir, pero aún era plena noche—. Aún falta un montón para el desayuno.

—¿Puedo pasar? —preguntó ella.

Ronan se hizo a un lado. Clía lo rozó con el brazo al pasar, lo que hizo que la recorriera una sacudida eléctrica.

—Has cambiado la decoración. —Tuvo que forzar la voz. Había pasado muchos días como princesa ejerciendo control sobre sí misma, portando la máscara, pero, en el momento en que más la necesitaba, su cuerpo trataba de traicionarla—. Tengo que admitir que no estoy segura de cómo se llama este estilo.

Había libros esparcidos por el suelo y en la cama. Tan solo un pequeño trozo del colchón estaba despejado, probablemente donde había dormido aquella noche. Ronan rio con timidez.

—Estuve despierto hasta tarde investigando un poco.

Clía se fijó en los libros que tenía más cerca.

—*La historia colectiva de Tinelann. Recursos de las montañas Diamhair. Mitos y leyendas comunes*. Cuánta variedad.

—Me distraje un poco después de tanto pensar. Creíamos entender los motivos de Tinelann, pero... ¿Recuerdas esa conversación de hace unos meses sobre los regalos del Treibh Anam? —Hizo una pausa, y ella lo observó mientras meditaba lo que iba a decir—. Cuando luché con tu espada sentí algo. Era diferente. Poderoso.

Clía casi no recordaba que le había prestado Camhaoir. Sus recuerdos de la batalla eran confusos y nebulosos, limitados a los momentos más terribles. Ronan señaló con la cabeza hacia la empuñadura de la espada que le colgaba de la cintura; desde la batalla, Clía se sentía mejor llevándola. La desenvainó y se la pasó para que la estudiara.

—Durante la batalla, alguien vino hacia mí —explicó—. Estaba distraído y me habrían matado. Entonces llegó ese impulso. Y esa luz. No... no puedo describirlo, ni siquiera entenderlo. Pero teníamos razón, ¿verdad?

—La gema de Ríoghain —susurró Clía, mientras asentía.

A Ronan se le iluminaron los ojos de Ronan.

—Algo como esto puede ayudar si esta guerra continúa.

—Algo como esto puede cambiar el curso de la historia —dijo ella.

Ronan alzó Camhaoir, y la luz de las velas se reflejó en la gema de la empuñadura. Ronan y Clía estaban bañados en la llama dorada reflejada.

—No creo que te tropezaras con el cristal por casualidad. Tinelann buscaba en esas montañas desde mucho antes de que llegáramos. ¿Y si el motivo por el que no descubrieron la gema fue que Ríoghain no quería que la encontraran?

Clía abrió mucho los ojos.

—Ríoghain le quitó la gema al Gran Rey Mael para impedirle conquistar Inismian. Quizá dejó que la encontraras por el mismo motivo.

—¿Y quería que la encontrara yo? —Clía aún estaba aprendiendo a empuñar la espada cuando entró en aquella cueva.

Los ojos de Ronan brillaron.

—Quizá Ríoghain vio en ti el mismo potencial que vi yo.

El halago sonrojó a Clía, que trató de mantener la concentración.

—¿Crees que los otros regalos perdidos están escondidos también?

El arpa mágica de Tadhg y la red de Orlaith llevaban desaparecidos décadas, quizá más. Según las leyendas, serían mucho menos peligrosos que la gema de Ríoghain, pero cualquier tesoro de los dioses es un objeto de inmenso poder.

—No estoy seguro. Todo lo que sé es que hay que proteger este cristal. Nadie más debe encontrarlo. Si cae en las manos equivocadas, si corren siquiera rumores sobre este poder… No necesitamos más causas para la guerra. —Por el ceño fruncido de Ronan, Clía supo que ambos comprendían el peligro.

A ella no le costaba guardar secretos. Las palabras que necesitaba decir seguían enganchadas en su garganta.

Pasó la mirada por la habitación, escrutando el caos.

—¿Y tu capa?

Ronan le dirigió una mirada llena de curiosidad mientras la sacaba de debajo de otra pila de libros. Clía la cogió, y sus manos rozaron las de él mientras se la ponía sobre los hombros.

—Aquí hace un poco de calor para esto —dijo él, pero se paró en seco cuando ella sacó el alfiler del bolsillo—. ¿Eso es…?

Clía tiró de los bordes de la capa y los colocó como era debido.

—Lo es. Capitán Ronan Ó Faoláin, has completado oficialmente tu entrenamiento en Caisleán Cósta.

Ronan alzó la barbilla y miró al fondo de la habitación mientras ella le colocaba el alfiler. Clía vio cómo se le hinchaba el pecho con una profunda inspiración.

—Te lo mereces. Más que nadie a quien conozca. Has luchado y sangrado por tu reino, por Inismian. Estuviste a la altura de todos los desafíos y demostraste ser un guerrero digno de Caisleán. Un auténtico curadh.

Cuando él volvió a mirarla, lo hizo con una intensidad que ella no pudo soportar. Le ajustó el alfiler.

—Una enorme cantidad de gente no estaría viva hoy de no haber sido por ti. Nuestros reinos estarían bajo una amenaza aún mayor. —Las palabras sin pronunciar le formaron un nudo en la garganta. Había más cosas que quería decir, que debía decir, pero no sabía por dónde empezar—. Inismian te debe su agradecimiento. Yo te debo mi agradecimiento.

Ronan le cogió la muñeca con suavidad.

—Enhorabuena —susurró ella.

—Clíodhna…

—Vuelvo a Álainndore. —Las palabras surgieron atropelladamente, y ya no las pudo desdecir.

Ronan se detuvo durante un momento. Inspiró hondo.

—Quieres decir ahora. No dentro de unos días. —Clía asintió. Por un instante le pareció que él bajaba la cara—. Supongo que no te puedo pedir que te quedes más tiempo.

—Tengo que volver con mi gente. —Habló con voz débil. Había perdido la esperanza de intentar resolver aquello. Se trataba de Ronan. La conocía mejor que nadie, y, si podía mostrarse tal como era ante alguien, era ante él—. Si esta guerra continúa, me expongo a perder demasiadas cosas. Ellos se exponen a perder demasiadas cosas.

—Lo entiendo. Desearía que no estuviéramos desgarrados entre esas alternativas, pero sé que tienes que poner por delante tu reino. —Apartó la mirada un instante, rechinando los dientes como si luchara con algo. Al mirarla de nuevo, Clía vio en sus ojos que había tomado una decisión. Él se acercó un paso—. Te echaré de menos.

Clía dejó caer la mano y cogió la de él. Los ojos de Ronan siguieron el movimiento, como si dibujara la imagen de los dedos entrelazados. El corazón de Clía anhelaba pedirle, rogarle que fuera con ella, pero el miedo la tenía atrapada.

—Yo también te echaré de menos.

Los ojos de color ámbar se encontraron con los de ella y su calidez iluminó el aire que los rodeaba.

—Supongo que no tendrás mucho tiempo para visitar Scáilca con tantos preparativos de guerra. —Inclinó aún más la cabeza hacia la de ella.

—No estoy segura —susurró en el espacio cada vez más corto que separaba sus labios.

—Entonces, si esto se acaba aquí, disfrutemos el momento.

Se encontraron en una lenta cascada de deseo y anhelo. Todo se difuminó en las sombras excepto la sensación de la piel de uno en la del otro y los alientos mezclados entre los besos. Su abrazo fue el calor de la primavera al fundir la fría nieve. Era confiado y dulce, pero desesperado. Como si desafiara al mundo a que intentara separarlos.

Pero el mundo no necesitaba separarlos. Clía se apartó jadeante.

—Lo siento —dijo en el silencio que se sucedía entre sus respiraciones.

Él bajó la frente y la apoyó en la de ella.

—Por favor, dime que no te estás disculpando por lo que acaba de pasar.

Su voz ronca hizo que Clía deseara volver a apretarse contra él. Negó con la cabeza.

—No; nunca lo haré por eso. Lo que siento es haberte alejado de mí en alguna ocasión. Siento haber dejado que mis temores me gobernaran. Haberte mantenido apartado cuando en realidad deseaba que estuvieras justo aquí. —Le acarició el cuello para enfatizar sus palabras.

Ronan respondió con un leve beso en la mejilla. Luego en la mandíbula. Luego en los labios.

Fue casto y duró apenas un segundo, pero el corazón de Clía latió como si hubiera corrido una milla.

—Ya hemos hablado de esto. No hay nada que perdonar. —Su voz era tan suave como el aire que se interponía entre ambos—. Nunca creí lo que la gente decía de mí cuando era niño. Lo de ser un bendecido por los dioses. Hasta que llegaste a mi vida. Incendiaste mi mundo, y nunca he deseado con tanta desesperación arder. Cada amanecer volvía a enamorarme de ti. Aunque, sí, no quiero que vuelvas a apartarme nunca. Quiero estar a tu lado mientras llevas el cambio a nuestros reinos.

»Sé que te marchas, y si no compartes mi sueño lo entenderé, pero, si desapareces de mi vida después de hoy, necesito que sepas lo mucho que te admiro. Que siempre te amaré, aunque sea en la distancia.

Una semilla de esperanza arraigó en los pulmones de Clía y le cortó la respiración.

—¿Y si no tuviéramos que separarnos?

Ronan retrocedió un paso y la observó.

—¿Qué quieres decir?

—Estoy cansada de refrenarme. Y de pasar por alto mis propios deseos en beneficio de los de todos los que me rodean. Sí, mi reino necesita el favor de los draois, y un matrimonio nos lo podría granjear, pero no es la única manera. Los dos hemos luchado por Inismian y, por algún motivo, un dios me ha considerado digna de portar su regalo. Eso tiene que significar algo. —Las palabras que se agolpaban en su boca parecían más ligeras ahora, en vez del sueño de una demente—. No me puedo quedar, pero ¿y si vienes conmigo? Sé que te pido mucho. —Habló a toda prisa, atropellando las palabras antes de que él la interrumpiera—. Con la guerra no querrás dejar a Domhnall, a Scáilca…

—Espera. —Le puso la mano en la mejilla y ella se inclinó hacia la calidez—. ¿Puedo decir algo antes de que descartes la idea?

Ella asintió con reticencia.

—Iría a cualquier parte contigo, Clía. —Sonrió, y fue como si el sol se abriera paso entre las nubes—. Cualquiera diría que lo habrías entendido después de haberte declarado mi amor dos veces.

Ella se echó a reír.

—Después de dos declaraciones de amor, deberías saber que mi inseguridad puede ser increíblemente persistente.

Él le besó la frente y sonrió.

—Porque lo sé, voy a decirte esto muy claro. Te amo, princesa Clíodhna Fionnáin, mi auriflama. Quiero ir contigo.

—Yo también te amo. —Las palabras escaparon sin pensamiento ni razón. Clía atesoró su sabor en los labios.

Ronan la abrazó unos dichosos instantes más antes de apartarse. Sus manos siguieron sujetándole los brazos, acariciando arriba y abajo la piel y dejando escalofríos en su estela.

—Tengo que arreglar un par de cosas. Y hacer el equipaje. —Inspeccionó con la mirada aquel desastre de habitación antes de volverla hacia ella; empezó a surgir lentamente una duda oculta—. Tenemos que planear unas cuantas cosas. Dónde viviré. El trabajo. Mi padre.

Por suerte, Clía había revisado cientos de escenarios y planes a lo largo de la noche. En aquel momento le habían parecido sueños remotos, del todo imposibles.

—El palacio tiene habitaciones de sobra. Tú y tu padre, si quieres, sois más que bienvenidos. Sobre todo, si estás dispuesto a ocupar una vacante que seremos afortunados de llenar con alguien con tanto talento.

—¿Qué vacante?

—Mataron a nuestro caudillo antes de que visitaras Álainndore. Creo que podemos dar por seguro que mis padres no se molestaron en sustituirlo —caviló—. Tienes cualidades más que suficientes para optar al puesto, si te interesa.

Álainndore era débil y estaba lleno de defectos. Disponer de líderes competentes era el primer paso para reparar el daño que el gobierno de sus padres había causado. Ronan podría ofrecer grandes ideas para el reino, y lo tendría cerca. Por una vez, los deseos de Clía parecían combinarse bien. Si él aceptaba.

—Será un honor —respondió Ronan. Su sonrisa la cegaba y le vaciaba el aire de los pulmones—. Quiero un futuro contigo, Clía. Me ves de formas en las que nunca creí que podrían verme. Y yo te veo a ti. Quiero estar allí, a tu lado, a cada momento. Es lo que quiero desde hace más tiempo del que puedo admitir. Y sé que tendremos que estar pendientes de muchas cosas, pero de algún modo, contigo, todo parece más soportable.

Sonrió y le acarició la mejilla. El corazón de Clía parecía bailar en su pecho.

—Yo siento lo mismo —dijo, y se acercó a él en busca de otro beso, que se convirtió en dos, luego en tres, y luego en más.

Y ahora ya no se acabarían nunca.

~

La brisa invernal intentó enredarle el pelo, pero por suerte había tenido la idea de atárselo por detrás. Los viajes largos nunca eran amables con el pelo.

Murphy iba acostado en el suelo del carruaje, ocupando casi todo el espacio e inmune al viento. Los numerosos arcones de Clía estaban apilados a su lado, junto al único baúl de Ronan y una pequeña bolsa de viaje. Por mucho entrenamiento que recibiera, jamás sería capaz de hacer el equipaje como un guerrero.

La mano de Ronan descansaba en la base de su espalda mientras esperaban a Sárait y Kían. A nadie le había hecho gracia la noticia de su marcha tan precipitada. No se habían preparado para decir adiós.

—¿Estás bien? —preguntó Ronan, en voz lo bastante baja como para que Domhnall y Niamh no lo oyeran. Estaban demasiado ocupados discutiendo entre dientes como para darse cuenta.

Clía se apretó contra él, codiciando su calor mientras la nieve caía alrededor de ellos.

—Estoy bien.

Las figuras de Sárait y Kían aparecieron en la entrada principal.

—Llegáis tarde —dijo Niamh.

—Nuestras más sentidas disculpas. Brecc necesitaba que asegurara el perímetro antes de dejarme marchar —explicó Kían.

Clía quitó importancia al retraso.

—Me alegro de que hayáis podido escapar. No podía irme sin veros por última vez.

—No te estás muriendo, Clía. Ya nos veremos pronto —dijo Sárait con voz alegre, pero Clía podía captar una sombra agridulce en el tono. Sonrió, pero no pudo obligarse a reír.

—Bueno, siento que me ponga triste dejaros. Retiro lo dicho, entonces.

—Que los dioses ayuden a Ronan —dijo Sárait con una mueca—. ¿Cuántos cambios de humor tuyos tendrá que aguantar durante el trayecto a Álainndore?

Ronan se echó a reír.

—Será un viaje entretenido.

Clía le dio un empujón en el brazo sano.

—Creía que se suponía que estabas de mi parte.

—No entre amigos —dijo, y ella apoyó la cabeza en su hombro para ocultar la calidez que le causaban sus palabras.

—Tenemos que irnos —dijo el conductor del carruaje.

No podían retrasar más la partida. Debían empezar el viaje antes de que la nieve se convirtiera en una barrera.

Clía se acercó primero a Kían.

—Espero verte algún día en Álainndore.

Kían le devolvió la sonrisa.

—Seguro que Sárait y yo encontraremos alguna excusa para visitaros. ¿Quizá una citación real?

Clía rio.

—Creo que podré arreglarlo. —Su amistad se había formado en el crepúsculo de su estancia en Caisleán, pero echaría de menos su ingenio y su resiliencia. Kían asintió.

—Hasta la próxima aventura, entonces.

—Hasta la próxima aventura.

Se volvió hacia Niamh. Con la luz detrás de ella, parecía tan divina como la primera vez que se encontraron en la arena. Feroz e inquebrantable.

—Te echaré de menos. —Envolvió a Niamh en un estrecho abrazo antes de que esta pudiera protestar. En vez de apartarla de sí, los brazos de la guerrera, que Clía había admirado desde lejos en el pasado, se cerraron a su alrededor.

—No se lo digas a nadie, pero yo también te echaré de menos —susurró Niamh, y su voz tenía un peso inusual—. Si no me escribes, iré a Álainndore y te mataré.

En el rostro de Clía apareció una sonrisa que suavizó el dolor que empezaba a sentir en las costillas. Niamh era un lobo con forma de mujer, y jamás había estado más encantada de conocerla.

—No espero menos.

Sárait se acercó a continuación. Su amiga de Álainndore. Clía la estrechó en sus brazos.

—Espero que me tengas al día de la moda de la corte —le rogó Sárait cuando se separaron.

—Por supuesto. No puedes no estar a la última.

—Y tenme al tanto de cómo te va a ti. Quiero estar al tanto de todos los cotilleos. —Miró a Ronan, que en aquel momento se despedía de Kían. Cuando este volvió, el rostro de Sárait tenía una sombra de preocupación—. Cuídate. En el viaje y en tu reino.

—Así lo haré —susurró Clía, conteniendo las lágrimas que amenazaban con caer mientras volvía a abrazar a su amiga.

Domhnall fue el último. Vestía como el príncipe a quien había conocido en tiempos, aunque con algunos cambios. No llevaba corona, tenía la ropa arrugada y seguía con el parche en el ojo.

Clía había emprendido aquel viaje por él, y ahora iban a seguir caminos diferentes al fin. No era lo que había planeado en un primer momento, pero se alegraba de que todo acabara así.

—Trata bien a Niamh —dijo, mientras se retorcía la manga con los dedos. Domhnall sonrió.

—No creo que tenga muchas más opciones.

—Lo digo en serio.

—Puede cuidar de sí misma. Pero, si con ello te sientes mejor, te garantizo que no tengo la menor intención de portarme mal con ella.

—Bien. Porque, si me entero de que tiene quejas, me encontrarás en la escalera de tu palacio con una espada en las manos.

Él ensanchó aún más la sonrisa.

—No me cabe duda.

—Trátate bien también a ti mismo. —Los copos empezaban a caer con más fuerza; se les acababa el tiempo—. Mereces ser feliz.

Domhnall asintió con gesto solemne.

—Gracias, Clía.

Ronan se les unió. Los dos hombres se miraron, y Clía se preguntó si antes, alguna vez, habían tenido que despedirse.

Domhnall asintió mientras miraba hacia la insignia de Caisleán de la capa de Ronan.

—Te sienta bien.

Ronan le dio un abrazo.

—Te veré pronto.

—Los dioses no pueden mantenernos separados mucho tiempo —dijo Domhnall, y le dio una palmada en el hombro.

Cuando se separaron, Ronan tomó a Clía de la mano. Las vetas doradas de sus ojos lucían radiantes. Clía sintió que se enamoraba de él una vez más.

—Tendríamos que ponernos en marcha —dijo él. Ella asintió y volvió la mirada hacia sus amigos.

Habían pasado penurias, perdido, luchado y matado. Y habían vivido.

¿Qué últimas palabras que merecieran la pena les dejaría? Su madre habría dicho algo grandilocuente que resonara en ellos durante su ausencia y la de Ronan. Pero ella no era su madre, y ellos no eran súbditos a la espera de oír a su princesa.

Eran sus amigos, y solo tenía que ser ella misma.

Ninguna combinación de palabras y frases cambiaría lo que pensaban de ella, ni aligerarían el dolor de aquel momento. Así que se limitó a mirar a los seis y empaparse de su imagen.

Luego se volvió hacia Ronan y le cogió la mano. Los copos de nieve se arremolinaron en el viento mientras subían al carruaje.

—¿Preparada para ir a casa? —preguntó él.

Clía dejó que su mirada pasara de la nieve que empezaba a cubrir el suelo al ominoso cielo gris. Pronto no habría otra cosa que el blanco cubriendo las cicatrices del campo de batalla.

—Sí —susurró.

Aquel no era el final. La nieve se fundiría, y volverían a crecer flores donde una vez hubo sangre y muerte.

Habría más batallas por delante. Y estaba preparada.

Epílogo

Tres meses más tarde

Era un lago apartado en un rincón tranquilo de los terrenos del palacio de Álainndore. La hiedra colgaba de los árboles que lo rodeaban, creando un escondrijo oculto. Bajo los árboles, los arbustos empezaban a recuperar por fin los tonos verdes, y Ronan no veía el momento de que el tiempo fuera lo suficientemente cálido para sembrar un jardín allí.

El agua era tan lisa como el cielo del atardecer sobre ella, y reflejaba tonos rosas suaves y naranjas desvaídos. Ronan estaba sentado en la orilla, con la cabeza de Clía recostada en su pecho. De repente, un dobhar-chú bloqueó el paisaje.

—Murphy, me estás empapando. —Clía suspiró, se sentó y acarició la cabeza de la bestia—. Vuelve al agua a jugar, pequeño.

—¿«Pequeño»? —Ronan arqueó una ceja—. Es más grande que un caballo.

—Es un bebé. —Miró alejarse a Murphy; sus garras dejaban surcos en la hierba.

Ronan sonrió y meneó la cabeza mientras estrechaba a Clía con un brazo. En el crepúsculo, su pelo tenía un brillo sobrenatural. Con la otra mano le cogió la barbilla y le giró la cara hacia él.

Se oyó un chapoteo cuando Murphy se sumergió en el lago, y Clía se apartó.

—¡Casi se me olvida! —jadeó—. Quería darte una cosa antes de que llegue tu padre hoy.

Se puso en pie de un salto, y Ronan, con desgana, la miró mientras se alejaba, echando de menos el cuerpo de ella a su lado.

Clía se detuvo al pie de un árbol y arqueó las cejas con aire impaciente. «Bueno, cierra los ojos», casi pudo oírle decir.

Contuvo su curiosidad y obedeció la petición silenciosa.

En cuanto llegaron a Álainndore, Clía se había puesto en movimiento para preparar el reino para las amenazas que lo acechaban. Ronan, a su vez, se había ajustado con rapidez a su nuevo papel de caudillo interino. Había habido reuniones con los otros jefes, banquetes para aplacar a los nobles y una discusión muy tensa con los padres de Clía. Desde la batalla de Caisleán Cósta, en Tinelann y Ionróir reinaba la tranquilidad, pero Ronan era consciente de que no podían fiarse de aquella paz repentina. Estaban esperando, y golpearían de nuevo.

Pero, hasta que llegara ese momento, disfrutaría de su nueva vida. En medio del caos, Clía y él seguían entrenando todas las mañanas, e intentaban robar cualquier momento tranquilo que pudieran. Por eso estaban escondidos junto al lago; querían aprovechar el tiempo al máximo antes de que llegara el padre de Ronan.

—Pon las manos —dijo la voz de Clía, quien de pronto estaba cerca de él. Ronan obedeció, y sintió el peso de algo en las palmas—. Una vez me hiciste un regalo. Y he pensado que era hora de devolverte el favor.

Ronan abrió los ojos.

El bastón era de una madera lustrosa y oscura, y tenía un elegante mango de oro. Lo sentía ligero pero fuerte.

—No sé qué decir —susurró; casi le fallaba la voz.

Había pasado mucho tiempo intentando luchar contra el dolor, evitando que lo definiera. Pero, durante el tiempo pasado en

Caisleán, comprendió que con esa manera de actuar solo conseguía aumentarlo. Al final, le correspondía a él decidir qué lo definía.

Había empezado a escuchar a su cuerpo, a entender sus límites y construir una vida dentro de ellos. Una vida que era hermosa y complicada, y todo lo que podía desear.

Clía se había dado cuenta, y había estado a su lado animándolo en cada paso del camino. Podría haber progresado igual sin ella; habría sido un desafío doloroso y largo, y lo habría conseguido. Pero tenerla a su lado lo hizo mucho más fácil y mucho más dulce.

Dos semanas antes, había mencionado su interés por encontrar una forma de aliviar el dolor cuando estaba de pie, para no tener que apoyarse en lo primero que tuviera a mano cuando sus rodillas decidían causarle problemas. Clía lo había escuchado mientras se explicaba, y se había apresurado a apoyar la idea. ¿Acaso lo planeaba desde entonces?

—Gracias. —Lo miró a los ojos y supo que ella entendía todo lo que él no tenía palabras para expresar.

—Aún no has visto lo mejor. —Cogió el bastón y apretó un cierre sutil del mango dorado. Tiró de él y lo separó del bastón, dejando a la vista una hermosa espada.

Ronan casi se echó a reír.

—Te amo.

Cogió el bastón, con espada y todo, y lo dejó con suavidad en el suelo antes de abrazarla. El beso fue lento y suave y amoroso, con una pasión que ardía bajo la superficie. Con una mano le sostuvo el cuello mientras con la otra le rodeaba la cintura, acercándola hacia él. En su abrazo, todo parecía disiparse, y se sentía como si estuviera por fin en casa.

Ella se apartó primero, con una sonrisa tímida.

—Yo también te amo, pero tal vez debamos volver. No quiero hacer esperar a tu padre.

Ronan inspiró y se hizo a un lado.

—Tú delante, princesa.

Al pasar junto a él, Clía alzó la vista de repente.

—¿Te conté que hemos recibido una invitación? A la boda de Domhnall y Niamh.

—Eso va a ser todo un acontecimiento. —Ronan rio—. Me pregunto... ¿Quién crees que matará primero al otro?

—Niamh. No me cabe la menor duda.

—¿Apostamos?

Siguieron por el camino serpenteante de vuelta al palacio. Al acercarse a la entrada principal, Ronan vio que un carruaje aguardaba al pie de la escalera. Se detuvo.

Clía se paró a su lado y pasó la vista del carruaje a Ronan, antes de que la mano de él buscara la suya.

—Estará impaciente por verte.

Ronan asintió, a pesar de que lo devoraban las dudas. Durante mucho tiempo, cuando pensaba en su padre solo sentía culpa por las preocupaciones que sabía que le había causado. Pero era su familia, y ya habían estado separados bastante tiempo.

Entre la sangre, las traiciones y las batallas que habían enfrentado, Ronan había aprendido a aferrarse a la luz de su vida. Era una elección que debía hacerse en pequeños momentos, sujetando con fuerza los puntos luminosos y la gente a la que se amaba.

Apretó la mano de Clía y sonrió.

—Vamos a decirle hola.

Agradecimientos

Cuando era más joven, si me hubieran hecho la pregunta típica de qué quería ser de mayor, probablemente no habría dicho que escritore. Lo habría pensado, pero era un sueño que parecía demasiado imposible incluso entonces. Pero, de algún modo, aquí estamos. Perdonadme si esto se hace largo y sensiblero, pero hay mucha gente que se ha esforzado mucho y se ha preocupado lo suficiente para ayudar a convertir este sueño imposible en una realidad.

En primer lugar, a mi agente, Josh Adams, y al equipo de la agencia Adams Literary. Cualquiera que me conozca sabe que soy una persona nerviosa, pero trabajar con vosotros a lo largo de este camino me ha hecho sentir que, por una vez, no tenía que preocuparme tanto. Muchísimas gracias por apoyarme y por apoyar mi escritura.

A Priyanka Krishnan; ha sido maravilloso trabajar contigo. Ver lo mucho que entendías estos personajes y este mundo y te preocupabas por ellos lo ha significado todo para mí, y tus ideas han hecho este libro mucho mejor. A Elizabeth Vaziri y Ajebowale Roberts, por defender *De princesa a caballero* en el Reino Unido. Y a Natasha Bardon y Mireya Chiriboga por arriesgarse con este libro y empezar a modelarlo en lo que se ha convertido. Siento un eterno agradecimiento hacia las dos.

Al maravilloso equipo de Harper Voyager, que ha hecho un trabajo increíble entre bambalinas: David Pomerico, Grace Vainisi,

Paule Miele-Herndon, DJ De Smyter, Rachel Berquist, Hole Ellis, Jeanie Lee, Jennifer Hart, Liate Stehlik y Jennifer Chung. A Elithien, por su asombroso arte y por dar auténtica vida a Clía y Ronan. Y a mi buen amigo y publicista Jess Cozzi; poder trabajar contigo en *De princesa a caballero* ha sido realmente un sueño hecho realidad.

A BookTok y Bookstagram; jamás me he sentido tan bienvenide en una comunidad. No estaría aquí sin vosotros, y me refiero a mi carrera y en general. Os debo mucho a todos, y nunca seré capaz de expresar por completo lo mucho que esta comunidad significa para mí.

A The Bookington Book Club, por ser siempre una fuente de luz en mi vida. Aunque me encantaría enumeraros a todos de manera individual, sé que se me olvidaría mencionar a alguien y me sentiría fatal, así que dejadme decir simplemente que tengo estupendos recuerdos de todos vosotros. También un agradecimiento especial al increíble equipo de moderadores que mantienen Bookington en funcionamiento, incluyendo a Danie Malius, Connie Knox, Chloe O'Grady, Lynx Welch, Iris Van Ryssen, Amani Salahudeen y Kait Lampley. El club de lectura no sería nada sin vosotros.

A toda la gente increíble de la comunidad de escritura que he tenido la suerte de conocer. A Sara Raasch, que ha sido una amiga increíble y lo bastante amable para leer este libro cuando más nerviose estaba. Siento un gran agradecimiento por haberte conocido. A Sophie Clark, por haber estado siempre ahí para escuchar. A Kamilah Cole, una de las personas más amables que conozco. A Melissa Blair y al resto del Scooby Gang, y a Sydney Shields y Betty Cayouette.

A Mark Howard, quien, cuando mencioné por primera vez la tonta idea para un libro que había tenido, se emocionó tanto como lo estaba yo. A Bri Boehm (@beforeviolets) y El (@ermreading), el «consejo consultivo», cuyas asombrosas ideas, amistad y honestidad atesoraré siempre. Al #KnightShift, el mejor equipo callejero que podía pedir.

A todos los profesionales médicos y psicológicos que me hicieron más fácil trabajar en este libro y que me oyeron divagar sobre estos personajes durante las citas. A Mr. Kelly; esto es lo que consigues por no dejarnos hacer *Una rubia muy legal, el musical*, en el instituto. Y a mi tutora irlandesa, Kate Ní Mhaonaigh, por ayudarme con la pronunciación y ser tan paciente. *Go raibh míle maith agat!*

A los amigos sin los que no sé cómo habría sobrevivido. A Grace, Becca, Kim, Sam K., Bonnie, Jenny y Matt, por aguantar mi caos. A «Mercy's Oldest»; ni siquiera las mejores representaciones del tropo «familia encontrada» se pueden comparar con vosotros. A Patrick, por las interminables sesiones de estudio, que fueron la única razón por las que fui capaz de ser productive, y por oírme hablar sin parar sobre mi obsesión. A Ella, mi «esposa», por entenderme como nadie. A Johnny T., por estar siempre ahí (incluso cuando menos lo esperaba). El capítulo 10 te lo dedico <3. Y a Jackson, Sam C. Julia, Dom y Rich. Os quiero mucho a todos.

Al grupo mañanero de paseo de perros (Ellen, Julie y Uncle Loser), y a toda mi familia extendida, por vuestro apoyo ilimitado. A Johnny, por ser un hermano tan increíble. A Aimee, que fue una de las primeras personas que leyeron *De princesa a caballero*; me siento agradecide de que seas mi hermana. A mis padres, por estar siempre ahí para escuchar, ayudar y animarme. Nunca os podré agradecer bastante todo lo que hacéis.

Y a la abuela, por coger siempre el teléfono y hacerme reír todos los días. Cada vez que soñé con publicar un libro, sobre todo este libro, uno tan arraigado en la cultura y el folclore que tanto amamos, contemplaba el día en que te daría un ejemplar. Aunque eso no ocurrirá ya, lo ha significado todo para mí que estuvieras ahí en cada etapa del proceso que ha llevado a esto. Te quiero y te echo mucho de menos.

Sé que probablemente me he olvidado de alguien, y que eso me acosará el resto de mi vida, así que añado un agradecimiento general a aquellas personas a quienes no haya mencionado por su nombre.

Y, por último, a cualquiera que coja este libro y decida darle una oportunidad: muchísimas gracias.

ESTE LIBRO SE TERMINÓ DE IMPRIMIR
EN EL MES DE NOVIEMBRE DE 2025.